O SERTANEJO

COLEÇÃO A OBRA-PRIMA DE CADA AUTOR

O SERTANEJO

José de Alencar

TEXTO INTEGRAL

3ª EDIÇÃO

MARTIN CLARET

© *Copyright* desta edição: Editora Martin Claret Ltda., 2005.

DIREÇÃO Martin Claret
PRODUÇÃO EDITORIAL Carolina Marani Lima
Mayara Zucheli
DIAGRAMAÇÃO Gabriele Caldas Fernandes
Giovana Gatti Leonardo
PROJETO GRÁFICO E DIREÇÃO DE ARTE José Duarte T. de Castro
CAPA Weberson Santiago
REVISÃO Pedro Baraldi
IMPRESSÃO E ACABAMENTO Meta Brasil

Este livro segue o novo Acordo Ortográfico da Língua Portuguesa.

Dados Internacionais de Catalogação na Publicação (CIP)
(Câmara Brasileira do Livro, SP, Brasil)

Alencar, José de, 1829-1877.
  O sertanejo / José de Alencar. — 3. ed. — São Paulo:
Martin Claret, 2013. — (Coleção a obra-prima de cada autor; 206)

ISBN 978-85-7232-674-2

1. Romance brasileiro I. Título. II. Série

12-08877   CDD-869. 93

Índices para catálogo sistemático:

1. Romances: Literatura brasileira 869. 93

EDITORA MARTIN CLARET LTDA.
Rua Alegrete, 62 — Bairro Sumaré
01254-010 — São Paulo, SP
Tel.: (11) 3672-8144
www.martinclaret.com.br
6ª reimpressão - 2024

SUMÁRIO

Prefácio 7

O SERTANEJO

PRIMEIRA PARTE

O comboio 11
Desmaio 18
Chegada 25
A herdade 33
Jó 39
A malhada 46
Moirão 52
Dois amigos 58
Puxão de orelha 65
O rosário 72
Comadre 79
Alvoroço 86
Explicação 93
Desobediência 100
A cavalhada 106
O vizinho 113
A jura 120
Desengano 127
Ao cair da tarde 135
O aboiar 143

Segunda parte

A saída 153
A montearia 161
O dourado 170
O sorubim 180
A carreira 188
Os bilros 199
A volta 207
Emboscada 216
Repreensão 225
A infância 234
Adolescência 242
Anhamum 250
A viúva 258
A trama 268
Tentação 275
O fojo 283
A intimação 294
A carta 302
A resposta 309
O casamento 316
Deus não quer 323
Conclusão 329

Apêndice

Glossário 333
Contextualização da obra 343
Questões de vestibular 351

Prefácio

Um marco literário

A relação imagética que temos acerca do nordeste brasileiro, mais precisamente sobre o sertão, foi, sem sombra de dúvidas, fomentada pela literatura de José de Alencar. A pesquisa e a análise produzida desse território contribuíram em legitimar um espaço pouco desbravado. Alencar dá vida a quem não parecia dispor desse privilégio — isso acontece, pois, após *O sertanejo*, o sertão passa a ser um local propriamente dito e o sertanejo passa a figurar como mais um elemento constituído de nação. Mazelas são expostas: a fome, a seca, a falta de infraestrutura educacional e política; bem como as qualidades são exaltadas: o povo guerreiro, alegre, disposto, trabalhador, que tudo enfrenta em baixo de um sol castigante, lutando por nada menos que suas sobrevivências. Toda essa visão histórica e cultural nos é apresentada em meio a um romance original, típico, concomitante a valores universais.

O sertanejo, publicado em 1875, faz parte da época regionalista de José de Alencar. É quando esse romancista, essencialmente ligado às questões nacionais, debruça-se sobre o interior do país, descrevendo lugares e construindo arquétipos que passam a ser referências pontuais da identidade brasileira. É como se Alencar estivesse construindo, de fato, uma nação — afinal, somos nação a partir do momento em que pensamos no que nos cerca e lhe damos um valor de pertença unitária, demarcada por fronteiras consentidas. Conseguimos entender, enquanto brasileiros, os processos de mestiçagem de nossas raízes sociais e culturais; refazemos o caminho de nossa constituição individual e coletiva — compreendemos o passado olhando para o nosso tempo e percebemos que esse vetor de entendimento tem sentidos variados.

Durante o enredo acompanhamos a jornada de um herói guerreiro, aventureiro e romântico — uma trajetória de amor sob o sol do sertão. Alencar trata de uma das questões mais universais pelo prisma de estereótipos totalmente originais para época: é a saga do amor proibido no nordeste brasileiro. Na narrativa, a família do fazendeiro capitão-mor voltava para sua terra natal em comitiva, sob a vigilância distante de Arnaldo, um sertanejo que não se submete à ordem, mas dá a vida pelo capitão e sua família. No bando seguiam o capitão--mor, sua mulher Genoveva e sua filha Flor, essa que acaba se perdendo no caminho, montada em seu cavalo. Arnaldo, que os segue de longe — servindo como um guardião da família —, vai atrás de Flor e a salva de perigos. Um amor arrebatador se dá entre o sertanejo e a filha do fazendeiro. Um amor proibido, o que faz aumentar ainda mais essa chama. Os caminhos que Arnaldo percorre são de perigo, num local de paisagens exuberantes e de vida rara.

Alencar nos faz ver um Brasil que, mesmo nos dias de hoje, não nos é conhecido. Arnaldo, personagem cerne do romance, exibe diversas características: é um homem misterioso e íntimo da natureza — conhecedor das matas e dos animais selvagens, tem o hábito de dormir no alto das árvores e é de pouca fala. Ao tempo que se mostra simples, bom e servidor, também é firme em seus princípios e, como um boi bravo, é arredio e não aceita que reprovem seu jeito de ser. Apesar da fase regionalista, Alencar presenteia-nos com sua descrição naturalista dos locais e dos personagens — uma descrição conhecida de suas histórias de cunho indianista. *O sertanejo* é um marco na literatura brasileira.

O SERTANEJO

Primeira parte

O comboio

Esta imensa campina, que se dilata por horizontes infindos, é o sertão de minha terra natal.

Aí campeia o destemido vaqueiro cearense, que à unha de cavalo acossa o touro indômito no cerrado mais espesso, e o derruba pela cauda com admirável destreza.

Aí, ao morrer do dia, reboa entre os mugidos das reses a voz saudosa e plangente do rapaz que aboia o gado para o recolher aos currais no tempo da ferra.

Quando te tornarei a ver, sertão da minha terra, que atravessei há muitos anos na aurora serena e feliz da minha infância?

Quando tornarei a respirar tuas auras impregnadas de perfumes agrestes, nas quais o homem comunga a seiva dessa natureza possante?

De dia em dia aquelas remotas regiões vão perdendo a primitiva rudeza, que tamanho encanto lhes infundia.

A civilização que penetra pelo interior corta os campos de estradas, e semeia pelo vastíssimo deserto as casas e mais tarde as povoações.

Não era assim no fim do século passado, quando apenas se encontravam de longe em longe extensas fazendas, as quais ocupavam todo o espaço entre as raras freguesias espalhadas pelo interior da província.

Então o viajante tinha de atravessar grandes distâncias sem encontrar habitação, que lhe servisse de pousada; por isso, a não ser algum afoito sertanejo à escoteira, era obrigado a munir-se de todas as provisões necessárias tanto à comodidade como à segurança.

Assim fizera o dono do comboio que no dia 10 de dezembro de 1764 seguia pelas margens do Sitiá buscando as faldas da Serra de Santa Maria, no sertão de Quixeramobim.

Uma longa fila de cargueiros tocados por peões despeja o caminho nessa marcha miúda e batida a que dão lá o nome de carrego baixo, e que tanto distingue os alegres comboios do Norte das tropas do Sul a passo tardo e monótono.

Os recoveiros armados de sua clavina e faca de mato formavam boa escolta para o caso de necessidade. Além deles, acompanhava a pesada bagagem uma caterva de fâmulos de serviço doméstico e acostados.

Adiante do comboio, e já muito distante, aparecia a cavalgada dos viajantes.

Compunha-se ela de muitas pessoas. Dessas, vinte pertenciam à classe ainda não extinta de valentões, que os fazendeiros desde aquele tempo costumavam angariar para lhes formarem o séquito e guardarem sua pessoa, quando não serviam, como tantas vezes aconteceu, de cegos instrumentos a vinganças e ódios sanguinários.

Em geral essa gente adotara um trajo em que a moda portuguesa do tempo era modificada pela influência do sertão. Aqueles, porém, traziam um gibão verde guarnecido de galão branco, uma véstia amarela e calções da mesma cor com botas pretas e chapéus à frederica.

Larga catana à ilharga, trabuco a tiracolo e adaga à cinta, além dos pistoletes nos coldres, completavam o equipamento destes indivíduos cuja sinistra catadura já de si inculca mais susto do que as próprias armas.

Traziam mais, presa à borraina da sela e suspensa às ancas do animal, a larga machada que servia-lhes no caso de necessidade para abrir a picada na mata virgem, ou improvisar uma ponte sobre o rio cheio: utensílio indispensável naquele tempo ao viajante, que muitas vezes o transformava em arma terrível.

Ia de cabo a essa força um homem de exígua figura, magriço, que trajava como os seus companheiros, com a diferença de trazer a farda de pano verde e o chapéu do feltro agaloados de prata.

Esta escolta acompanhava duas pessoas que eram sem dúvida os donos do comboio.

A primeira, homem de 50 anos, de alto porte e compleição robusta, mostrava pelo chapéu armado e pela farda escarlate com galões dourados ser um capitão-mor de ordenanças. Montava cavalo ruço-pedrês, o qual dava testemunho de seu vigor na galhardia com que suportava o peso do corpulento cavaleiro, além de umas vinte libras da prata dos arreios.

A segunda personagem, dama de meia-idade, mas bem conservada e prazenteira, manejava com donaire o seu cavalo castanho, também ajaezado de prata como o de seu marido. O vestido de montar era de fino droguete verde-garrafa com alamares de torçal de ouro, e o chapéu, em forma de touca, ornado de um cocar de plumas tricolores, que ao movimento do cavalo se agitavam em torno da cabeça.

Atualmente viaja-se pelo nosso interior em hábitos caseiros; não era assim naquele bom tempo em que um capitão-mor julgaria derrogar da sua gravidade e importância, se fossem vistos na estrada, ele e a esposa, sem o decoro que reclamava sua jerarquia.

Acresce que o capitão-mor Gonçalo Pires Campelo e sua mulher D. Genoveva estavam a chegar à sua fazenda da Oiticica[1], onde pretendiam entrar antes de uma hora com a solenidade, que ali era de costume, sempre que os donos voltavam depois de alguma ausência.

A última pessoa da cavalgada, ou antes a primeira, pois rompia a marcha, era D. Flor, a filha do capitão-mor. Formosa e gentil, esbeltava-lhe o corpo airoso um roupão igual ao de sua mãe com a diferença do ser azul a cor do estofo.

Trazia um chapéu de feltro à escudeira, com uma das abas caída e a outra apresilhada um tanto de esguelha pelo broche de pedrarias donde escapava-se uma só e longa pluma branca, que lhe cingia carinhosamente o colo como o pescoço de uma garça.

---

[1] Oiticica: termo que, quando aparece com inicial maiúscula, refere-se a uma cidade localizada no atual estado do Ceará. Com inicial minúscula, trata-se do nome popular de uma árvore pertencente à família das crisobalanáceas e que pode atingir até 15 metros de altura. Nativa do Brasil, ela ocorre na Caatinga e ajuda compor a vegetação de transição do sertão semiárido nordestino com a floresta amazônica.

Na moldura desse gracioso toucado, a beleza deslumbrante de seu rosto revestia-se de uma expressão cavalheira e senhoril, que era talvez o traço mais airoso de sua pessoa. No olhar que desferia a luminosa pupila; na seriedade dos seus lábios purpurinos, que ainda cerrados pareciam enflorar-se de um sorriso cristalizado em rubim; na gentil flexão do colo harmonioso; e no garbo com que regia o seu fogoso cavalo, assomavam os realces de uma alma elevada que tem consciência de sua superioridade, e sente ao passar pela terra a elação das asas celestes.

O sôfrego baio mastigava o freio e espumava; porém a mão firme da linda escudeira, calçada de comprido guante de seda, que lhe vestia o braço até a curva, retinha os ímpetos do animal, impaciente desde que aspirara as emanações dos campos nativos.

A chapada, que os viajantes atravessavam neste momento, tinha o aspecto desolado e profundamente triste que tomam aquelas regiões no tempo da seca.

Nessa época o sertão parece a terra combusta do profeta; dir-se-ia que por aí passou o fogo e consumiu toda a verdura, que é o sorriso dos campos e a gala das árvores, ou o seu manto, como chamavam poeticamente os indígenas.

Pela vasta planura que se estende a perder de vista, se eriçam os troncos ermos e nus com os esgalhos rijos e encarquilhados, que figuram o vasto ossuário da antiga floresta.

O capim, que outrora cobria a superfície da terra do verde alcatifa, roído até a raiz pelo dente faminto do animal e triturado pela pata do gado, ficou reduzido a uma cinza espessa que o menor bafejo do vento levanta em nuvens pardacentas.

O sol ardentíssimo coa através do mormaço da terra abrasada uns raios baços que vestem de mortalha lívida e poenta os esqueletos das árvores, enfileirados uns após outros como uma lúgubre procissão de mortos.

Apenas ao longe se destaca a folhagem de uma oiticica, de um joazeiro ou de outra árvore vivaz do sertão, que elevando a sua copa virente por sobre aquela devastação profunda, parece o derradeiro arranco da seiva da terra exausta a remontar ao céu.

Estes ares, em outra época povoados do turbilhões de pássaros loquazes, cuja brilhante plumagem rutilava aos raios do sol, agora ermos e mudos como a terra, são apenas cortados pelo voo pesado dos urubus que farejam a carniça.

Às vezes ouve-se o crepitar dos gravetos. São as reses que vagam por esta sombra de mato, e que vão cair mais longe, queimadas pela sede abrasadora ainda mais do que inanidas pela fome. Verdadeiros espectros, essas carcaças que se movem ainda aos últimos arquejos da vida, inspiraram outrora as lendas sertanistas dos bois encantados, que os antigos vaqueiros, deitados ao relento no terreiro da fazenda, contavam aos rapazes nas noites do luar.

Quem pela primeira vez percorre o sertão nessa quadra, depois de longa seca, sente confranger-se-lhe a alma até os últimos refolhos em face dessa inanição da vida, desse imenso holocausto da terra.

É mais fúnebre do que um cemitério. Na cidade dos mortos as lousas estão cercadas por uma vegetação que viça e floresce; mas aqui a vida abandona a terra, e toda essa região que se estende por centenas de léguas não é mais de que o vasto jazigo de uma natureza extinta e o sepulcro da própria criação.

Das torrentes caudais restam apenas os leitos estanques, onde não se percebe mais nem vestígios da água que os assoberbava. Sabe-se que ali houve um rio, pela depressão às vezes imperceptível do terreno, e pela areia alva e fina que o enxurro lavou.

É nos estuários dessas aluviões do inverno, conhecidos com o nome de várzeas, onde se conserva algum vislumbre da vitalidade, que parece haver de todo abandonado a terra. Aí se encontram, semeadas pelo campo, touceiras erriçadas de puas e espinhos em que se entrelaçam os cardos e as carnaúbas. Sempre verdes, ainda quando não cai do céu uma só gota de orvalho, estas plantas simbolizam no sertão as duas virtudes cearenses, a sobriedade e a perseverança.

O capitão-mor havia sesteado a quatro léguas da fazenda, e partira à tarde quando já quebrara a força do sol, contando chegar à sua casa à noitinha.

Nessas horas do ocaso o sertão perde o aspecto morno, acerbo e desolador que toma ao dardejar do sol em brasa. A sombra da tarde reveste-o de seu manto suave e melancólico; é também a hora em que chega a brisa do mar e derrama por essa atmosfera incandescente como uma fornalha a sua frescura consoladora.

À medida que se aproximam da fazenda, o capitão-mor Campelo ia observando com maior atenção o estado dos terrenos que atravessava, e a propósito dirigia a palavra, umas vezes à sua mulher, outras a um dos acólitos, o que parecia o cabo da escolta e que lhe ficava mais próximo.

Ao longo do caminho, de um e outro lado, alvejavam, entre as maravalhas dos ramos queimados pelo sol, as ossadas dos animais que já tinham sucumbido aos rigores da seca.

— A seca por aqui foi rigorosa, D. Genoveva — disse o capitão-mor.

— Há de ver, Sr. Campelo, que poder de gado se perdeu.

— Com isso já conto eu; as ossadas que temos encontrado estão mostrando. Não é um boi que lá está caído, Agrela?

— Lá ao pé da marizeira, Sr. capitão-mor? Aquele já esticou a canela.

— Aposto que deixaram entupir as cacimbas? — acudiu D. Genoveva.

— Não duvido — respondeu Campelo.

Nesse momento chegavam os viajantes a uma pequena elevação, donde se avistava ao longe, sobre aquela mata adusta, a copa verde e frondosa de uma prócera oiticica.

Um dos acostados que trazia a trombeta a tiracolo, levou-a à boca e tocou uma alvorada cujos sons festivos derramaram-se pelo espaço e encheram a solidão.

O fogoso cavalo em que montava a gentil donzela, já excitado desde que primeiro sentia as auras da terra natal, com os rebates da trombeta se arremessou impetuoso pelo caminho da fazenda.

D. Flor deixou-o desafogar aquele generoso anelo que também lhe assomava n'alma ao reconhecer os sítios onde passara a sua infância e lhe corriam felizes os anos da juventude.

Logo abaixo da eminência, o caminho dividia-se; uma trilha estendia-se pelos tabuleiros, a outra serpejava pelo doce aclive que já ali formavam as abas da próxima serra. Sobre essa lomba, cujo terreno estava menos abrasado por causa das filtrações da montanha, as árvores ainda conservavam a folhagem, que tornava-se mais embastida e virente, à proporção que se avizinhavam das cabeceiras do Sitiá.

Foi por este último caminho que tomou a donzela.

— Flor! — gritara D. Genoveva, chamando-a.

Mas ela voltou-se para sorrir à sua mãe, fazendo-lhe um gesto prazenteiro, e deixou-se levar pelo árdego ginete.

A moça breve desapareceu encoberta pelo mato aí mais fechado, e revestido ainda de alguma rama, embora rara e crestada.

Com a rapidez do galope, o vento agitava os cabelos castanhos da donzela, fustigando-lhe o rosto, e ela experimentava um indizível prazer, como se a terra de seu berço lhe abrisse os braços carinhosa, e a estivesse apertando ao seio, e cobrindo-lhe as faces de beijos.

Cerrando a meio os olhos, engolfada nessa ilusão, parecia-lhe que a terra tomava as feições da ama que a criara, da boa Justa, de quem se apartara pela primeira vez com tamanha saudade.

De repente o brioso cavalo que relinchava de alegria erriçou a crina e soltou do peito um ornejo surdo, lançando os olhos pávidos para a esquerda do caminho.

D. Flor, pensando que esse terror proviria de ter o baio pressentido no mato a carniça de alguma rês, afagou-lhe o pescoço com a mãozinha afilada, excitando os brios do animal por uma carícia da voz.

Mas o cavalo estacou espavorido, com o pelo híspido e as narinas insufladas pelo terror.

Desmaio

A par com a comitiva, mas por dentro do mato, caminhava um viajante à escoteira.

Parecia acompanhar o capitão-mor, porém de longe, às ocultas, pois facilmente percebia-se o cuidado que empregava para não o descobrirem, já evitando o menor rumor, já afastando-se quando o mato rareava a ponto de não escondê-lo.

Sua paciência não se cansava; tinha caminhado assim horas e horas, por muitos dias, com a perseverança e sutileza do caçador que segue o rasto do campeiro. Não perdia de vista a comitiva, e quando a distância não lhe deixava escutar as falas, adivinhava-as pela expressão das fisionomias que seu olhar sagaz investigava por entre as ramas.

O cavalo cardão, que ele montava, parecia compreendê-lo e auxiliá-lo na empresa; não era preciso que a rédea lhe indicasse o caminho. O inteligente animal sabia quando se devia meter mais pelo mato, e quando podia sem receio aproximar-se do comboio. Andava por entre as árvores com destreza admirável, sem quebrar os galhos nem ramalhar o arvoredo.

Tinha o cavalo um porte alto e linda estampa; mas nessa ocasião, além da fadiga da longa viagem que devia emagrecê-lo, sobretudo por uma seca tão rigorosa, o animal vaqueano conhecia que não era ocasião de enfeitar-se, rifar e dar mostras de sua galhardia. De feito tinha mais aspecto de um grande cão montado por seu senhor do que de um corcel.

Era o viajante moço de 20 anos, de estatura regular, ágil, e delgado do talhe. Sombreava-lhe o rosto, queimado pelo sol, um buço negro como os compridos cabelos que anelavam-se pelo pescoço. Seus olhos, rasgados e vívidos, dardejavam as veemências de um coração indomável.

Nesse instante o constrangimento a que a espreita o forçava tolhia-lhe os movimentos e embotava a habitual impetuosidade; mas ainda assim, nesses agachos de caçador a esgueirar-se pelo mato, percebia-se a flexibilidade do tigre, que roja para arremessar o bote.

Vestia o moço um trajo completo de couro de veado, curtido à feição de camurça. Compunha-se de véstia e gibão com lavores de estampa e botões de prata; calções estreitos, bolas compridas e chapéu à espanhola com uma aba revirada à banda e também pregada por um botão de prata.

Ainda hoje esse trajo pitoresco e tradicional do sertanejo, e mais especialmente do vaqueiro, conserva com pouca diferença a feição da antiga moda portuguesa, pela qual foram talhadas as primeiras roupas de couro. Ultimamente já costumam fazê-las de feitio moderno, mas não têm o valor e estimação das outras, cortadas pelo molde primitivo.

Trazia o sertanejo, suspensa à cinta, uma catana larga e curta com bainha do mesmo couro da roupa, e na garupa a maleta de pelego de carneiro, com uma clavina atravessada e um maço de relho.

Quando a comitiva chegou à eminência donde se avistava a oiticica, o viajante acompanhou com os olhos a donzela até que seu vulto gracioso desapareceu entre o arvoredo; e dando volta ao cavalo afastou-se vagarosamente do caminho da fazenda.

Não tinha, porém, andado vinte braças, que sua fisionomia traiu súbita inquietação. Reclinando sobre o arção, perscrutou com o olhar o mato que o rodeava. Ouvia-se ao longe um leve crepitar, semelhante ao rugir do vento nas palmas crenuladas da carnaúba.

O que, porém, mais preocupava o sertanejo era a cálida rajada que ao passar escaldara-lhe o rosto. Arrepiando caminho avançou contra o bochorno para verificar a causa, que tinha logo suposto.

Seu cavalo cardão rompeu o mato a galope, como quem estava acostumado a campear o barbatão no mais espesso bamburral; e com pouco o sertanejo, atalhando a distância, avistou D. Flor parada além, no caminho.

A donzela debalde fustigava o baio, que recuava cheio de terror. Também ela sentira-se envolta por uma evaporação ardente, que se derramava na atmosfera e oprimia-lhe a respiração, mas, ocupada em vencer a relutância do animal, não prestara ao incidente maior atenção.

Nisso levantou-se no mato um fortíssimo estrépito que rolava como o borbotão de uma torrente; e a donzela viu, tomada de espanto, um turbilhão de fogo a assomar ao longe e precipitar-se contra ela para devorá-la.

Conhecendo então a causa do terror que assustara o animal, e pressentindo o perigo que a ameaçava, lembrou-se a donzela de retroceder; mas outro bulcão de chamas já arrebentava por aquela banda e tomava-lhe o passo.

O incêndio, causado por alguma queimada imprudente, propagava-se com fulminante rapidez pelas árvores miradas que não passavam então de uma extensa mata de lenha. A labareda, como a língua sanguinolenta da hidra, lambia os galhos ressequidos, que desapareciam tragados pela fauce hiante do monstro.

No seio do denso pegão do fumo, que já submergia toda a selva, rebolcava-se o incêndio como um ninho de serpentes, que se arremetiam furiosas, enristando o colo, brandindo a cauda, e desferindo silvos medonhos.

Ao mesmo tempo parecia que a tormenta percorria a floresta e a devastava. Ouvia-se mugir o vento, agitado pelo ressolho ardente e ruidoso das chamas; um trovão soturno repercutia nas entranhas da terra, e a cada instante, no meio do constante estridor da ramagem, reboavam com os surdos baques dos troncos altaneiros os estertores da floresta convulsa.

Do meio desse torvelinho, o dragão de fogo se arremessava desfraldando as duas asas flamantes, cujo bafo abrasado já crestava as faces mimosas de D. Flor, e a revestiam de reflexos purpúreos.

Entre as duas torrentes ígneas que transbordavam inundando o campo e não tardavam soçobrá-lo, a donzela não desanimou, e fez um supremo esforço para arrancar seu cavalo do estupor que lhe causava o terror do incêndio.

Negros rolos de fumo, porém, a envolveram, e sufocada pelo vapor ela sentiu desfalecer-lhe a vida.

Então com um gesto de sublime resignação cruzou as mãos ao peito, reclinou a linda fronte, e abandonou-se à morte cruel que vinha ceifar-lhe sem piedade a primícia de sua beleza, quando apenas desabrochava.

Nenhum grito lhe rompeu do seio nessa tremenda angústia; com o nobre pudor das almas altivas recalcou o supremo gemido, e em seus lábios mimosos a voz feneceu exalando apenas esta palavra, que resumia toda a sua aflição:

— Jesus!...

O corpo desmaiado resvalou pelo flanco do baio, mas não chegou a cair. Um braço robusto o suspendeu quando já a fralda do roupão de montar arrastava pelo chão.

Apenas o sertanejo conheceu o perigo em que se achava a donzela, rompeu-lhe do seio um grito selvagem, o mesmo grito que fazia estremecer o touro nas brenhas e que dava asas ao seu bravo campeador.

No mesmo instante achava-se perto da moça, a quem tomara nos braços. Para salvá-la era preciso voltar antes de fechar-se o círculo de fogo, que já o cingia por todos os lados com exceção da estreita nesga de terra por onde acabava de passar.

Não houve de sua parte a mínima demora; o campeador devorou o espaço, e não se poderia dizer que chegara, pois sem parar voltara sobre os pés. Mas o incêndio tinha as asas do dragão; retrocedendo, achou-se o sertanejo em face de um bulcão de chamas que o investia.

As duas trombas de fogo, que desfilavam pelo campo fora, se haviam encontrado, não frente a frente, mas entrelaçando-se, de modo que deixavam ainda, de espaço em espaço, restingas de mato poupadas pelas chamas.

Arrojou-se o mancebo intrepidamente nessa voragem. Estreitando com o braço direito o corpo da donzela cujo busto envolvera em seu gibão de couro, com um leve aceno da mão esquerda suspendia pelas rédeas o bravo campeador que, de salto em salto, transpôs aquelas torrentes de fogo, como tantas vezes sobrepujara os rios caudalosos, abarrotados pelas chuvas do inverno.

Fustigado pelas chamas que já o atingiam, e instigado também do exemplo, o baio, saindo afinal do torpor que dele se apossara, disparou à cola do brioso campeador; porém, menos intrépido e ágil, muitas vezes tropeçou no braseiro, donde a custo pôde safar-se.

Para rodear a coluna de fogo que lhe cortava o caminho da fazenda, teve o sertanejo de dar grande volta, que o levou aos fundos da habitação, completamente deserta nesse momento, pois todos os moradores e gente do serviço, avisados pelo toque da trombeta, haviam acorrido para o terreiro da frente a receber os donos e festejar a chegada.

Saltou o mancebo em terra sem esperar auxílio, e atravessando a varanda deitou o corpo desfalecido de D. Flor no longo canapé de couro adamascado, que ornava a sala principal.

Compôs rapidamente, mas com extrema delicadeza, as amplas dobras da saia de montar, para que não ofendessem o casto recato da donzela, descobrindo-lhe a ponta do pé, nem desconsertassem a graciosa postura dessa linda imagem adormecida. Com os olhos enlevados na contemplação da formosa dama, agitava como leque a aba de seu chapéu do couro, refrescando-lhe o rosto.

Não assustava ao sertanejo a imobilidade da moça; durante a corrida, apesar do estrépito do incêndio e do esforço que empregava para arrancá-la às chamas, não cessara um instante de ouvir sobre o peito a palpitação do coração de D. Flor, a princípio violenta, mas que foi moderando-se gradualmente.

Conheceu que não passava isso de um simples desmaio causado pelo vapor do incêndio. Com o repouso e a inspiração do ar mais vivo e fresco, a donzela não tardaria a voltar a si. Mas se não receava já pela vida preciosa que salvara, todavia não se desvaneceu completamente a inquietação do mancebo pelas consequências que podia ter aquele susto para a saúde e tranquilidade de D. Flor.

Este desvelo extremo enchia-lhe os olhos os feros olhos negros, que fuzilavam procelas nos assomos da ira e que agora, ali, em face da menina desfalecida, se quebravam mansos e tímidos, espreitando a volta do espírito gentil que animava aquela formosíssima estátua, e estremecendo ao mesmo tempo só com a lembrança de que as pálpebras cerradas pelo desmaio se abrissem de repente e o castigassem com mostras de desprazer.

Indefinível era a unção desse olhar em que o mancebo embebia a virgem, como para reanimá-la com os eflúvios de sua alma, que toda se estava infundindo e repassando da imagem querida. Ninguém que o visse momentos antes, lutando braço a braço com o incêndio, gigante contra gigante, acreditara que esse coração impetuoso encerrasse o manancial de ternura, que fluía-lhe agora do semblante e de toda sua pessoa.

A respiração da donzela, sopitada pela vertigem, foi-se restabelecendo; o seio arfou brandamente com o primeiro alento, e na face que parecia de alabastro perpassara um frouxo vislumbre de cor.

Ajoelhou então o sertanejo à beira do canapé; tirando do peito uma cruz de prata, que trazia ao pescoço, presa a um relicário vermelho, deitou-a por fora do gibão de couro. Com as mãos postas e a fronte reclinada para fitar o símbolo da redenção, murmurou uma ave-maria, que ofereceu à Virgem Santíssima como ação de graças por haver permitido que ele chegasse a tempo de salvar a donzela.

Terminada a oração, volveu a vista em torno como se temesse que as paredes se crivassem de olhos para espiá-lo e perscrutou o semblante da donzela com uma expressão pávida e suplicante. Afinal, trêmulo, pálido, qual se cometesse um crime, curvou-se e beijou a franja que guarnecia o fraldelim do roupão, como se beija a mais santa das relíquias.

Tênue suspiro exalou dos lábios já rosados da donzela; a mão esquerda moveu-se com um brando gesto que a aproximara do peito. O mancebo retraíra-se vivamente para o lado da cabeceira; e à medida que os sinais do recobro se manifestavam na menina, ele, sempre voltado para o canapé, sem tirar-lhe os olhos do semblante, se afastava de costas em direção à varanda. Cada movimento de D. Flor era um passo que ele dava, pronto a desaparecer da sala como uma sombra.

Já próximo à porta, violenta comoção o abalou. Dos lábios frouxos da donzela se desprendera em mavioso queixume um nome, e esse nome era o seu:

— Arnaldo!

Irresistível impulso arrojou-o para a donzela; mas, como o cedro que o vento inclina, sem arrancá-lo do solo onde lançou a profunda raiz, o sertanejo tinha dentro d'alma um poderoso sentimento, que lhe encadeava os assomos da paixão, e o soldava ao pavimento.

Foi lentamente e com supremo esforço tornando do primeiro elance, até que, arrancando-se enfim ao encanto que ali o prendera, desapareceu da sala.

Levantara-se então um grande alarido no terreiro da casa.

Chegada

Quando o capitão-mor reconheceu os primeiros sinais do incêndio, preveniu a gente de sua escolta.

— Queimada, Agrela? — disse ele surpreso. — Neste tempo e nestas paragens, não pode ser.

— É que vem de longe — observou o tenente, fincando as esporas no cavalo. — Toca avante a escolta.

O troço de cavaleiros disparou com a machada em punho, desbastando o mato de uma e outra banda para formar um largo aceiro que impedisse o fogo de propagar-se pela floresta.

Enquanto eles abatiam as maravalhas e ramadas altas que facilmente concebiam a chama e a comunicavam, os peões, chamados a tempo, arredavam para longe todo esse chamiço, isolando os grossos troncos, que se não podiam facilmente derrubar na ocasião.

No meio dessa faina que o capitão-mor dirigia em pessoa e animava com a palavra e o exemplo, soou um grito de aflição. Partira de D. Genoveva, a quem de repente acudiu a ideia do perigo que podia correr a donzela nesse instante, se é que já não fora vítima da horrível catástrofe.

— Minha filha!... Flor!... — bradava a desolada mãe.

E ora queria atravessar por dentro da mata abrasada, levada pelo desespero à busca da menina; ora voltava-se para o marido com as mãos postas, suplicando-lhe que a amparasse naquela ânsia.

Rápida contração frisou o rosto grave e plácido do capitão-mor, que logo dominou-se. Podia medir-se a energia que recalcou a primeira impulsão, pela força com que o velho se firmou na sela, vergando ao seu peso o espinhaço da cavalgadura à feição de um arco.

— Não se assuste, D. Genoveva! — disse com voz sossegada — Nossa filha não corre perigo.

— Decerto — acudiu Agrela; — a doninha passou antes que o fogo chegasse ao caminho, senão teria voltado.

— Esteja descansada, minha mulher. D. Flor já chegou à nossa casa, observou o capitão-mor e tomou ao serviço: — Aguenta, rapazes!

— Quem sabe, Sr. Campelo; Flor é tão animosa! Talvez teimasse em passar para mostrar que não tem medo.

— Mas, senhora dona — insistiu o Agrela —, se tivesse acontecido alguma coisa, do que Deus nos livre e guarde...

— Amém! — disse a dama.

O capitão-mor tirou o chapéu, gesto que toda a escolta imitou.

— Por força que se havia de ouvir!

— Com esse barulho do fogo, que parece uma trovoada!...

— Lá o grito da doninha, não digo nada, mas o rincho do cavalo chega longe; e então quando o fogo começasse a chamuscar-lhe a pele!

— Convença-se do que lhe digo, senhora — acrescentou o capitão-mor.

— A prova aí está! Não ouve, senhora dona? Um cavalo que está rinchando lá em casa?

— É verdade! — exclamou D. Genoveva.

Agrela aplicou o ouvido.

— E não é outro senão o baio!

— Está vendo, D. Genoveva?

A inquietação da mãe abrandou um tanto, mas não serenou de todo. Nessas ocasiões, quando um grande susto abala profundamente o coração, deixa uma incredulidade, que se não desvanece com palavras e muitas vezes resiste à própria realidade.

É só depois que ao coração, como ao lago revolto pela tempestade, volta a bonança, que ele recobra sua limpidez, na qual espelha as celestes esperanças.

— Enquanto meus olhos não virem Flor, eu não fico sossegada, Sr. Campelo.

O capitão-mor voltou-se para Agrela.

— Minha senhora dona já pode passar — disse o tenente.

— Olá, o Xavier e o Bentevi!

— Pronto! — disseram dois sequazes acudindo à ordem do cabo.

— Ordena o Sr. capitão-mor que acompanhem a casa a Sra. D. Genoveva? — perguntou Agrela.

— Ordenamos!

— Até logo, Sr. Campelo. Não se demore; já basta de aflições.

O capitão-mor fez à mulher uma respeitosa cortesia, e enquanto ela se encaminhava à fazenda, tornou ao serviço que sua gente empreendera para atalhar o incêndio e salvar as matas vizinhas, ameaçadas de ficarem reduzidas a cinzas.

O trabalho avançara rapidamente a ponto de poder D. Genoveva atravessar para o outro lado sem necessidade de fazer grande volta. O aceiro aberto na direção da fazenda tinha cortado a tromba do incêndio que o vento impelia naquele rumo, de modo que não foi difícil ilhá-lo nessa porção de terreno já devastada, onde brevemente, consumido pela chama todo o combustível, começou a apagar-se, ficando apenas o brasido.

Todavia, não era prudente abandonar esse imenso borralho, donde o vento a cada instante levantava enxames de fagulhas, que inflamavam-se no ar e podiam atear novamente o fogo no mato cheio de gravetos e chamiços.

Agrela não descansou enquanto não extinguiu de todo o fogo na largura de umas dez braças, e ainda assim postou de espaço a espaço vigias que aí deviam ficar durante a noite, para dar aviso de qualquer acidente, quando por si não o pudessem remediar.

Durante essa arriscada e árdua tarefa, a gente da escolta e do comboio não deixava de torcer-se com a impaciência de Agrela, mas ali estava o capitão-mor, que não somente não se poupava para dar o exemplo, como não duvidaria esborrachar com um murro a cabeça do primeiro que respingasse contra o seu tenente.

Com pouco apareceu o reforço da gente da fazenda, que avisada pela chegada de D. Genoveva, corria em socorro e deu a última demão ao serviço.

— Podemos seguir, Sr. capitão-mor, se V. Sa. não manda o contrário.

— Vamos!

Só então o capitão-mor Campelo resolveu-se a deixar aqueles sítios para dirigir-se à sua casa da qual se achava ausente havia meses, e a que tão a propósito voltara para salvá-la da ruína de que não escaparia com certeza, se o fogo continuasse com a violência em que ia.

Entretanto havia chegado D. Genoveva ao terreiro, onde a aguardava novo susto.

Toda a gente da casa, agregados e servos, apinhada no meio do pátio, em frente ao caminho, esperava ansiosa que aparecesse a cavalgada para recebê-la com as alvíssaras, toques e aclamações de prazer, que eram de uso em tais ocasiões.

D. Genoveva, apenas entrou no terreiro, sem atender às festas com que a saudavam, foi em altas vozes perguntando pela filha às primeiras pessoas que lhe saíam ao encontro.

— Flor?... onde está Flor!...

Esta pergunta instante deixou a todos surpresos. Não podiam compreender como a dona lhes pedia novas de uma pessoa, que devia estar a essa hora em sua companhia e chegar juntamente com ela e o marido.

A hesitação que se pintava em todos os semblantes, o espanto que já assomava nos gestos de alguns, lançou outra vez a mãe extremosa na mesma, senão mais cruel aflição.

— Minha filha!... — gritou com um clamor de angústia. — Não viram minha filha?... Ela não chegou?... Então, meu Deus, está morta! O fogo a queimou!...

A dama se arremessara da sela ao chão, e estorcendo os braços convulsos, arrancava os cabelos que se desgrenhavam revoltos pelas espáduas.

Nem uma das mulheres presentes, crias de sua casa e fâmulas, se animava a consolar a dor suprema da mãe, que perdera a filha. Limitavam-se a acompanhá-la com o pranto e a velar sobre ela, para ampará-la, se afinal desfalecesse com o atroz suplício.

Foi o capelão, o padre Teles, quem no exercício do santo ministério dirigiu palavras de conforto à mãe aflita.

— Lembre-se a dona que mais sofreu a mãe de Cristo, vendo seu filho não só morto e crucificado, mas coberto de baldões. E ela bebeu resignada esse cálice de amargura!...

Mas outro grito soou aí perto, que a todos estremeceu:
— Minha mãe!
Na janela da casa assomara o vulto de D. Flor, que também inquieta pela sorte dos pais a quem estremecia, soltava uma exclamação de desafogo, avistando sua mãe.

D. Genoveva caiu de joelhos, dando graças a Deus que lhe restituia a filha; e quando ergueu-se foi para estreitar ao peito a donzela que se lançara em seus braços.

— E meu pai? — interrogou a menina assustada.

— Não lhe aconteceu nada; sossega; ficou atrás para apagar o fogo; eu é que não podia descansar enquanto não te visse perto de mim, livre do perigo... Que desespero, quando cheguei, e ninguém sabia de ti! Como não morri, meu Deus!

— Já passou! — murmurava D. Flor. — Agora sossegue, que aqui está sua filha querida.

— Sim, sim; parece-me que ainda mais te quero depois que te chorei perdida.

A esse tempo já toda a gente de serviço corria para o lugar do fogo.

Entre as mulheres que cercavam a dama e sua filha, nem uma tomara maior parte nas aflições, como nas alegrias maternais, do que uma sertaneja alta e robusta sem corpulência, que mostrava no semblante rude, porém amorável, uma franqueza de cativar.

Era essa a Justa, a ama de D. Flor, cujo amor pela menina às vezes causava ciúmes a D. Genoveva, tamanha era a devoção da carinhosa aldeã por sua filha de criação.

Apenas se desprendeu dos braços de sua mãe, D. Flor se atirou com efusão à Justa, que esperava essa carícia, como seu foro e juro de segunda mãe. A alentada sertaneja não se contentou com qualquer afago dos que se costumam fazer às moças; tomou a menina ao colo, e conchegando-a a si como fazia outrora quando a trazia aos peitos, comeu-a de beijos desde as macias tranças dos cabelos até à ponta dos pequeninos pés, calçados de coturnos de cetim escarlate.

— Olhem só, gentes!... como veio bonita!... Está-se rindo, hein!... Teve saudades de sua mamãe?... Teve!... Teve?... Não havia de ter!... Por que não voltou logo?... A gente tanto tempo aqui penando!... Pois agora há de pagar! Tome! Um, dois, três... cem!... Ah! cuida que não me hei de desforrar?

Tudo isto interrompido por mil carinhos e entremeado dessa ingênua garrulice com que as mães falam aos filhinhos de colo, e que eles parecem entender: misteriosa linguagem do mais sublime afeto, formada de arrulhos, de carícias e de ternos balbucios.

D. Flor deixava-se acariciar; e cheia de risos, mostrava no semblante o contentamento que sentia banhando-se nessas efusões de amor.

— Então lembrou-se muito de mim, mamãe Justa? — disse D. Flor.

— Nem se fala, gente!

A donzela pôde enfim receber as festas das companheiras da Justa. Com todas mostrou-se afetuosa, porém mais especialmente com uma moça que no seu tímido receio não ousava aproximar-se.

— Adeus, Alina, vem abraçar-me.

Entraram afinal as duas senhoras na sala principal.

— Ainda não me disseste, Flor! — tomou D. Genoveva, sentando-se no sofá e chegando a filha para junto de si, como que ainda receosa de que lha arrebatassem. — O fogo assustou-te muito, ou não havia nada quando passaste?

— Pensei morrer! — exclamou D. Flor erriçando-se à lembrança do transe horrível que passara. Está bom; não fique outra vez aflita! Para que falar mais destas coisas?

— Não; conta, Flor!

— Foi um milagre. O baio espantadiço empacou; a princípio não sabia o que era; quando descobri o fogo, quis voltar. Estava cercada; via as labaredas correrem para mim, e pareciam-me estarem folgando e rindo do medo que me causavam. Mas a fumaça de repente sufocou-me, e não soube mais de mim!... Vi que era chegada a minha última hora e encomendei-me a Deus.

— Jesus! — pôde afinal proferir D. Genoveva em quem se repetia a ânsia já passada da filha. — E como escapaste, Flor?

— Não sei, minha mãe — respondeu a menina ingenuamente. — Disse-lhe já que foi um milagre; não pode ser outra coisa. Nossa Senhora quis valer-me!

— Pois foi mesmo Nossa Senhora da Penha de França! — afirmou a Justa, que ouvia de pé. — E por isso há de ter a sua novena de arrojo este ano, que foi a minha promessa, se trouxesse a minha filha e todos a salvamento.

— Obrigada, mamãe!

— Mas, Flor, como chegaste à casa sem que te acontecesse nada?

— Não posso lembrar-me! — respondeu a menina pensativa e evocando do íntimo as vagas impressões que lhe flutuavam no espírito. — Desde que a fumaça cobriu-me toda, como se fosse a minha mortalha, não vi mais nada; só dei acordo de mim aqui, neste canapé!...

— Neste canapé! — exclamou D. Genoveva atônita.

— E deitada, como se tivesse dormindo.

— Foi a minha Senhora da Penha, que a trouxe nos braços. Por isso ninguém viu quando chegou.

— É verdade! — exclamaram outras vozes de mulher.

— Eu tinha acordado; não sabia onde estava, nem tinha ideia de que me acontecera. Ergui-me e começava a reconhecer a casa, quando ouvi gritos no terreiro; corri à janela e dei com minha mãe.

A moça, proferindo estas últimas palavras, lançou os braços ao pescoço da mão, e ambas ficaram enlaçadas naquela ardente efusão com que novamente se restituíam uma à outra.

A maneira por que a donzela fora salva do incêndio ficou sendo um mistério. A maior parte da gente da fazenda atribuiu o caso à intervenção divina, e acreditava que Nossa Senhora da Penha fizera um milagre em favor da menina e pela intercessão da Justa. Outras, sem afirmar, supunham que a menina, trazida a casa pela disparada do cavalo, que se encontrou atado ao pilar da varanda, apeara-se fora de si e caíra desmaiada de susto no sofá, não se recordando dessas circunstâncias pelo abalo que sofrera.

Quanto a D. Flor, cogitando depois sobre o acontecimento que ameaçara a sua existência, recordava-se de um grito que ouvira ao perder os sentidos e de um vulto que surgira de repente a seus olhos já anuviados pelas sombras da morte.

Mas essa impressão que ao despertar exalava-se em um nome murmurado à flor dos lábios, seria a fugaz reminiscência deixada por confusa realidade, ou ilusão apenas da fantasia turbada pela vertigem?

A HERDADE

A morada da Oiticica assentava a meio lançante em uma das encostas da serra.

Erguia-se do centro de um terrado revestido de marachões de pedra solta. Por diante, além do terreiro, descia a rampa com suave ondulação até a planície; atrás da habitação, remontava-se ao dorso de uma eminência donde caía abrupta sobre um vale profundo que a separava do corpo da montanha.

Na frente elevava-se no terreiro, a algumas braças da estrada, a frondosa oiticica, donde viera o nome à fazenda. Era um gigante da antiga mata virgem, que outrora cobria aquele sítio.

Na ocasião da derrubada, sua majestosa beleza moveu o fazendeiro a respeitá-la, destinando-a a ser como que o lar indígena da nova habitação fundada aí nesses ermos.

As casas da opulenta morada eram todas construídas com solidez e dispostas por maneira que se prestariam sendo preciso, não somente à defesa contra um assalto, como à resistência em caso do sítio.

Ocupava a maior área do terreiro um edifício de vastas proporções que prolongava duas asas para o fundo, flanqueando um pátio interior, bastante espaçoso para conter horto e pomar.

À extremidade de cada uma dessas asas prendiam-se outros edifícios menores, alguns já trepados sobre os píncaros alpestres, porém ligados entre si por maciços de rochedos que formavam uma muralha formidável.

A tapeçaria e alfaias da casa eram de uma suntuosidade que se não encontra hoje igual, não só em toda a província, mas quiçá em nenhuma vivenda rural do império.

Naquela época, porém, os fazendeiros tinham por timbre fazer ostentação de sua opulência e cercar-se de um luxo régio, suprimindo assim em torno de si o deserto que os cercava.

Havia fazendeiro, e o capitão-mor Campelo era um deles, que não comia senão em baixela de ouro, e que trazia na libré de seus criados e escravos, bem como nos jaezes de seus cavalos, brocados, veludos e telas de maior custo e primor do que usavam nos paços reais de Lisboa os fidalgos lusitanos.

Datava do fim do século XVII a primeira fundação da herdade ou fazenda, como já então se entrava a chamar esses novos solares que os fidalgos de fortuna iam assentando nas terras de conquista, à semelhança do que outrora o haviam feito no reino outros aventureiros, também enobrecidos pelo valor e pelas façanhas.

Naturalmente lembraram-se nossos avoengos de pôr esse nome às granjas de maior tráfego pela razão do representarem os grossos cabedais e grandes posses de seus donos. Daí veio a designação no norte aos casais de criação, como no sul aos prédios de lavoura.

O gado de várias espécies, que os primeiros povoadores tinham introduzido na capitania do Ceará, se propagara de um modo prodigioso por todo o sertão, coberto de ricas pastagens.

Sucedera o mesmo que nos pampas do sul: as raças se tornaram silvestres, e manadas de gado amontado, que ainda hoje na província chama-se *barbatão*, vagavam pelos campos e enchiam as matas.

Chegando a notícia desta riqueza às capitanias vizinhas, muitos de seus habitantes, já abastados, vieram estabelecer-se nos sertões do Ceará; e ali fundaram grandes herdades, obtendo as terras por sesmaria.

Nessa ocupação do solo, a cobiça de envolta com o orgulho gerou as lutas acérrimas e encarniçadas que durante o século XVIII assolaram a nascente colônia.

Entre todas, avulta a guerra de extermínio das duas poderosas famílias dos Montes e Feitosas, que se acabou pelo aniquilamento da primeira. Desta bárbara contenda ficou sinistra memória não só na crônica da província, como no escólio de sua topografia.

Com outros sesmeiros, veio de Pernambuco o velho Campelo, que tinha fundado a herdade, e a transmitira por sucessão havia já 20 anos ao filho, o atual capitão-mor.

No tempo da fundação da fazenda ainda o formoso e ameno sertão de Quixeramobim, que os primeiros povoadores haviam denominado *Campo maior* por causa da extensão, achava-se quase inabitado.

Apenas se encontravam alguns ranchos onde se acolhia uma população vagabunda de aventureiros, que percorriam o sertão, vivendo das rapinas e dos recursos que lhes oferecia a fartura da terra.

Só em 1755 fundou-se sob a invocação do Santo Antônio de Pádua a primeira freguesia, a qual mais tarde foi criada vila pela carta régia de 13 de junho de 1789, que a separou do termo de Aracati.

Sob o domínio do atual dono, a fazenda continuou a prosperar e com o volver dos anos adquiriu novas pertenças, com que mais se excedia, não lhe faltando nenhuma das comodidades e recreios que pedia um viver à lei da grandeza.

Tal era a herdade a que chegara o capitão-mor nessa tarde de 10 dezembro de 1764.

Tomava ele do Recife, aonde à volta de cada três anos costumava fazer uma viagem. Desta vez levara a família para mostrar a capital do Pernambuco a D. Flor, que ainda não a tinha visto; pois só para visitar a avó em Russas ou para assistir aos ofícios da semana santa no Icó, havia a donzela alguma rara vez deixado a Oiticica onde nascera.

Ao cabo de sua jornada, já em terras da fazenda, fora o capitão-mor atalhado pelo fogo, que afinal conseguira extinguir com sua gente.

Concluído o serviço, encaminhara-se para a casa e acabava de parar no terreiro, embaixo da oiticica.

Às aclamações com que o acolheu toda a gente da fazenda pressurosa ao seu encontro, respondeu com um aceno repetido da mão esquerda; e apeou-se afinal sem esforço, mas guardada a pausa e medida de que jamais se desairava.

Ali deu audiência de chegada a todas as pessoas, que uma após outra, desde o capelão e o feitor até o último dos escravos, vieram saudá-lo dando-lhe boa-vinda; a cada um escutava com paciência, examinando-lhe as feições para notar a mudança que porventura fizera, e dirigindo-lhe alguma breve pergunta.

Depois que passou o último da turma, volveu o capitão-mor os olhos para o seu feitor.

— Falta um!

— Com licença de Vossa Senhoria, parece-me que estão todos.

— E o Arnaldo?

— Esse não se conta; desde o dia em que o Sr. capitão-mor saiu de jornada, que ele também desapareceu da fazenda.

— Ah! Então é que pediu-nos licença, e nós lha concedemos.

— Com certeza que há de tê-la pedido — acrescentou o Agrela.

Descarregou o capitão-mor no feitor um olhar que o aturdiu:

— Manuel Abreu, chegamos e vimos achar o fogo nas matas da Oiticica a meia légua de nossa casa; e ninguém na fazenda soube, nem acudiu em tempo. Como foi isto, Manuel Abreu?

— Com licença do Sr. capitão-mor, saberá Vossa Senhoria que eu não sei. Ainda não estou em mim com um caso destes!

— Pois amanhã há de estar averiguado quem foi o causador do incêndio, para lhe ser lançado conforme a culpa.

Dirigiu-se o fazendeiro ao pórtico da casa, cujos degraus subiu, para entrar na sala pintada de florões a fresco pelo teto e pelas paredes e guarnecida de móveis de jacarandá forrados de moscóvia com tachas de prata.

Ali estavam ainda D. Genoveva e a filha que se levantaram para recebê-lo.

Então, só então, quando todos os deveres de dono da propriedade estavam cumpridos, consentiu o capitão-mor que afinal pulsasse o seu coração de pai.

Cingindo com o braço o talhe de D. Flor, cerrou-a ao peito; no desusado alvoroço que perpassou-lhe a fisionomia sempre calma e serena, se reconhecia que a alma fora profundamente percussa.

Depois que abraçou a filha, sem arroubos, solene mas prolongadamente, o capitão-mor levou-a para o sofá e sentando-a defronte de si esqueceu-se a fitá-la, como se não a tivesse visto por largo trato e se quisesse recuperar dessa privação de sua imagem.

Este pormenor mostrava o relevo do homem que era o capitão-mor. Formalista severo, adicto às regras e cerimônias, que se esmerava em observar escrupulosamente, imbuído de uma gravidade que tinha por essencial ao decoro de uma pessoa de sua categoria e posição, sujeitava todos os afetos como todos os interesses a essa rigorosa disciplina das maneiras.

Não era, porém, esse modo do Campelo a afetação ridícula de meneios em que se requinta a fatuidade; e sim uma temperança de gesto e de palavra, que se comediam pelo receio de descaírem em vulgaridades.

Nascia tal resguardo do nobre estímulo de manter o estado que lhe havia criado a fortuna. Campelo provinha de sangue limpo, mas plebeu; e almejando um pergaminho de nobreza, que enfim alcançara, ele queria merecê-lo por seus dotes e ser primeiro fidalgo na pessoa, do que no brasão.

Assentava bem esse temperamento do gosto no porte avantajado do capitão-mor e imprimia-lhe ao aspecto muita dignidade.

Sua compleição robusta ostentava-se na plenitude do vigor aos toques dessa moderação inabalável; e a fisionomia cheia, plácida e séria, impunha a quantos lhe falavam um irresistível acatamento.

Enquanto o capitão-mor comprazia-se em contemplar a filha, D. Genoveva referia ao marido o perigo a que havia por milagre escapado a donzela; e no meio da sua narrativa não deixou de insinuar uma doce exprobação à fleuma que o marido conservara quando ela lhe comunicara seus terrores.

— Eu tinha fé em Deus que nos havia de conservar nossa filha, D. Genoveva — respondeu serenamente Campelo.

Já de todo caíra a tarde; e as sombras da noite se desdobravam pelas encostas da serra.

Os viajantes recolheram aos seus aposentos enquanto não chegava a hora do terço de Nossa Senhora, que antes da ceia se devia rezar na capela, em louvor e graça pela chegada dos donos da casa.

A campa tangida vivamente soltava os repiques argentinos, sombreados pela surdina dos longos pios das aves noturnas e dos ulos da brisa nas grotas da serra.

Jó

Retirando-se da sala ao despertar da donzela, Arnaldo saíra fora no pátio.

Aí encontrou ao lado de seu cavalo o baio, que o acompanhara; prendeu este amarrando as rédeas a um dos pilares da varanda, e meteu-se pelo arvoredo para não ser visto da gente da casa.

Ao atravessar por detrás da habitação, lançou de passagem, do alto da eminência, um olhar para o terreiro, e percebeu o que lá se estava passando com a chegada de D. Genoveva.

Bem desejava ficar-se aí, nessa posição, assistindo de longe àquela cena e tomando nela a sua parte, ao menos com os olhos e o pensamento. Mas chamava-o além outro cuidado, que mais o dominava naquele instante.

Quem o observasse nesse momento notaria a expressão de ternura com que seu olhar envolvia a pessoa de Justa, como que acariciando-a.

Era sua mãe, a quem abraçava de longe, enquanto o segredo que o trazia arredado da casa lhe não permitia receber sua bênção.

Nessa ocasião sentiu que lhe puxavam pela aba do gibão; sem nenhuma surpresa voltou-se. Encontrou, como esperava, uma cabra rajada, cujos chifres indicavam ser já bem idosa; levantou-a pelas mãos, e reclinando-se, abraçou-a com efusão. Depois essa carícia afastou o animal e com o gesto impediu que o seguisse.

Deu soga ao cavalo e desceu rápido a encosta rodeando para sair em uma várzea que demorava cerca de meia légua de casa, ao longo de uma das vertentes da serra e cabeceiras do Sitiá.

De um relance d'olhos investigou o descampado. Apeando-se, endireitou a um ponto onde notara vestígios de palhas recentemente queimadas. Era precisamente o que ele buscava; ali tinha começado o fogo que se comunicara ao arvoredo próximo, e depois se propagara pelas matas da fazenda.

Junto às cinzas, havia no chão uns sinais que não eram de pegadas humanas, nem rasto de qualquer animal conhecido. Esteve observando-os o sertanejo por algum tempo, e seguiu-lhes o traço, que ali perto ia perder-se no mato.

Acompanhou Arnaldo por algum tempo aquela pista por entre o arvoredo, apesar do escuro que já aí reinava. Afinal parou descobrindo entre o lastro das folhas secas uma pegada, que não fora de todo apagada.

Reclinou-se então quase de bruços e esteve a estudar os traços indistintos e quase imperceptíveis daquele vestígio deixado por um pé humano, que aí passara de fresco.

A profunda investigação do antiquário que se obstina em decifrar, nas linhas confusas do hieróglifo, o sentido ignoto não exige decerto mais forte contensão do espírito, nem tão poderosa reminiscência.

Entretanto pouco demorou-se no exame o sertanejo, que ergueu-se com a feição de quem acabava de confirmar-se em uma suspeita:

— Não me enganei!

Deliberou então voltar; mas depois de haver gravado na memória a lembrança do sítio, com essa energia de percepção que o hábito da observação dá ao olhar do homem educado nas brenhas para a luta incessante do deserto.

Tornando ao mesmo lugar, o sertanejo contornou a mancha negra que deixara a labareda no chão e que fora como a cabeceira da ígnea torrente, cujo sulco rompia a selva.

Do lado oposto, oculto por uma grande touça de carnaúbas, o massapé fazia um ressalto, formando uma coroa no alagadiço da várzea. Ali crescia, entrelaçado com os estipes das palmeiras, um arvoredo viçoso apesar da estação, e que abrigava sob a rama verdejante uma choça de pegureiro.

O colmo da cabana era de palha da carnaúba, como do tronco eram os esteios e cumieira, e dos talos a porta, aberta nesse momento. O interior constava de um só repartimento com uma emposta de esteira da mesma palha, levantada a meio da choupana.

A um lado via-se um balaio com o feitio de mala e tampa também de palha de carnaúba trançada; fronteiro um catre cujo leito era formado das aspas da palmeira que fornecera todo o material da habitação.

Quando o sertanejo chegou à porta da cabana, estava deitado no catre um homem que pela sua imobilidade parecia dormir. O parecer era de um velho no período da decrepitude.

Os cabelos compridos até se mesclarem com a barba, formavam como um capelo d'alva que lhe cobria todo o busto. Sob este rebuço das cãs, apenas se lhe distinguiam das feições as pálpebras, cerradas naquele momento.

O trajo do ancião compunha-se unicamente de uma túnica estreita de algodão, tinta de preto e cuja teia mal urdida era de grosseiro fio. Os pés tinha-os descalços e cobertos de poeira e cinza.

Arnaldo aproximou-se do catre e apertou a mão do velho:

— Bem-vindo, Arnaldo. Já sabia que estavas de volta — disse o velho sem mover-se.

— Como o soubeste, Jó, se acaba de chegar?

— Não careço de abrir os olhos para ver-te, filho. Desde esta manhã que eu te sinto chegar; ouço os teus passos.

— E quando eu chego, não te ergues daí para dar-me um abraço depois de tão longa ausência! — disse Arnaldo com doce exprobração.

— Também já te abracei, filho, quando entraste, e ainda te tenho dentro d'alma.

O mancebo, habituado a essa linguagem mística, não mostrava a menor estranheza; ao contrário, reclinou para o catre e estreitou o ancião ao peito.

O velho ergueu-se para corresponder à carícia de seu jovem amigo.

— Antes de tudo, Jó, diz-me, se alguma coisa te faltou? — perguntou Arnaldo com solicitude.

— Que pode faltar à fera no meio das brenhas?

— O sossego, Jó; e não ando errado, pois vim encontrar uma cilada, que nos armaram. Mas felizmente cheguei a tempo.

— Deixa que se cumpra a vontade de Deus, filho. Ele proíbe que arrisques a tua mocidade por causa de uma poeira que se está esboroando a cada momento.

— É preciso que abandones por algum tempo a cabana, Jó! — tornou o sertanejo com o tom resoluto.

— Porventura deixo eu nesta cabana a minha sina, para que, abandonando-a, me esconda à cólera celeste, que pesa sobre mim?

— Não é a cólera celeste que te ameaça, é a vingança de um inimigo traiçoeiro que deitou fogo à mata da fazenda, e o fez de maneira que as suspeitas recaem sobre ti.

O velho sacudiu os ombros.

— Eu conheci os sinais de um rasto apagado no lugar onde começou o incêndio; e já sei de quem é esse rasto. Mas na fazenda o ignoram; e não faltará quem lance a culpa ao velho Jó.

— Outras maiores pesam sobre este mísero pecador, filho; e ainda não acabaram de afundar pela terra adentro.

— O capitão-mor é severo, e duro de abrandar.

— Mais dura é a miséria, filho, que já calejou-me a alma. Não se teme da iniquidade dos homens quem se entregou nas mãos de Deus.

— Faz o que te peço, Jó; afasta-te destes sítios ao menos por alguns dias, até esquecer o perigo por que passou a casa com seus moradores.

— Eu sou o peregrino da morte, Arnaldo; quantas vezes já to hei dito! Ando em romaria após ela, que fugiu-me sempre até este momento. E quando enfim me sai ao encontro, posso eu voltar-lhe o rosto e arredar-me para longe? Não o farei de certo; nem tu o exigirás.

— Não o exijo por ti, senão por mim.

— Também por tua causa, não devo demorar-me neste mundo, onde estou roubando-te uma parte dos pensamentos cuidados dessa mocidade, que merece melhor destino. Não vês como tombam na mata os troncos velhos e carcomidos para deixar que remontem-se os jovens e robustos madeiros?

— Não me entendeste, Jó; quando te rogo por amor de mim, é porque se ficares aqui, e da fazenda te vierem buscar, achar-me-ão primeiro.

— Não farás isto.

— Enquanto eu vivo, ninguém te ofenderá, juro-o pelas cinzas de meu pai. Ninguém, ainda que seja o capitão-mor em pessoa!

O mancebo pronunciou estas palavras com uma articulação enérgica; mas logo após súbita emoção lhe ofuscou a voz.

— E tu sabes que o capitão-mor é a sombra de meu pai neste mundo.

O ancião ergueu-se pronto:

— Caminha, Arnaldo; eu te seguirei aonde fores.

— Não sairás assim por teu pé, que deixarias o rumo para te buscarem.

Proferindo estas palavras o mancebo cingiu os rins do velho com os braços e carregou-o aos ombros por um largo trato até dentro da mata e o pousou em uma cepa de gameleira.

Tornou então atrás, cortou uma palma de carnaúba que esgarçou com a faca, e entrou na cabana, onde apagou os rastos que aí tinham deixado seus passos.

Para consegui-lo, sassara a poeira, prurindo sutilmente o chão com os folíolos da palha verde, de modo que a terra parecia intacta de qualquer vestígio e apenas ao de leve frisada pelo sopro da viração.

Concluída a tarefa dentro, saiu fora, andando sempre de costas e expungindo do caminho pelo mesmo processo não somente o rasto que agora ia deixando, como os anteriores.

Chegou assim ao sítio onde ficara o velho, o qual em completa contradição com a sua tenacidade recente, deixava-se conduzir como uma criança dócil e submissa.

Carregou-o outra vez Arnaldo aos ombros, e desta vez levou-o até um bamburral espesso e impenetrável, que embrenhava as fragas alcantiladas de um grupo de penhascos.

Mergulhando por baixo dessa espessura, em um ponto onde mais fechada se mostrava, o sertanejo surdiu ao cabo de algumas braças em uma fenda de rochedo, que formava a boca de uma gruta.

A poucos passos, achou-se em uma cripta aberta na rocha viva, e que recebia a claridade de estreitas fisgas da lapa côncava que lhe servia de abóbada.

O sertanejo triscou fogo e acendeu um rolo de cera amarela guardado numa greta da pedra.

A um canto via-se no chão a cama feita de um couro de boi em cabelo, servindo-lhe de cabeceira a armação dos chifres do mesmo animal presos à caveira.

Da parede granítica da caverna pendia uma canastrinha também de couro de boi em cabelo, como ainda hoje se usam no sertão, e chamam-se bruacas.

— Aí está a cama, e aqui dentro as provisões — disse Arnaldo. — Prometes não sair deste retiro enquanto não passar o perigo, Jó?

— Vai em paz, filho. Estou bem aqui; e como não estaria, se essa é já meia sepultura, que me começa a enterrar em vida? Guarde-te Deus!

Arnaldo não se demorou na gruta senão o tempo necessário para instalar o novo habitante desse eremitério. Uma vez fora, desandou o caminho percorrido, desvanecendo todo o indício de sua passagem até o ponto onde havia deixado o seu cavalo, que o esperava sem nenhuma impaciência, remoendo um abrolho mais novo de mandacaru.

Cavalgou e afastou-se, não deixando após si o mínimo traço de sua ida à choça do velho Jó. Se alguém se lembrasse de rasteá-lo, não descobriria senão que passara a cavalo pela várzea na direção das vertentes.

— Amanhã nos entenderemos, Aleixo Vargas — disse entre si o moço sertanejo.

E buscou no recôndito da floresta a sua malhada favorita. Era esta um jacarandá colossal, cuja copa majestosa bojava sobre a cúpula da selva como a abóbada de um zimbrório.

Ali costumava o sertanejo passar a noite ao relento, conversando com as estrelas, e a alma a correr por esses sertões das nuvens, como durante o dia vagava ele pelos sertões da terra.

É este um dos traços do sertanejo cearense; gosta de dormir ao sereno, em céu aberto, sob essa cúpula de azul marchetado de diamantes, como não a tem nos mais suntuosos palácios.

Aí, no meio da natureza, sem muros ou tetos que se interponham entre ele e o infinito, é como se repousasse no puro regaço da mãe pátria, acariciando pela graça de Deus, que lhe sorri na luz esplêndida dessas cascatas de estrelas.

Arnaldo desaparelhara o animal, que também tratou de buscar a sua guarida. Os arreios e a maca de pelego foram guardados na bifurcação dos galhos do jacarandá, enquanto o viajante encostado ao tronco fazia uma tão rápida como sóbria refeição.

Compunha-se esta de uma naca de carne de vento e alguns punhados de farinha, que trazia no alforje. De postres um pedaço de rapadura, regado com água da borracha.

Era noite cerrada.

A MALHADA

Nos últimos ramos, lá no tope do jacarandá, havia o sertanejo armado a rede, em que se embalava.

Devia de achar-se mais de cem pés acima da terra; e nessa grande altura, suspenso por duas finas cordas de algodão trançado, estava mais tranquilo do que se pousasse no chão, onde o poderiam incomodar a má companhia dos répteis e a visita de alguma fera.

Ali, em seu pavilhão de verdura, grimpado nos ares, não tinha outros vizinhos além de uma juriti, que fabricara o ninho no próximo galho, e acabava de ruflar as asas à sua chegada para dar-lhe a boa noite.

Através do rendilhado da folhagem, como por entre os bambolins de fina escócia de uma recâmera, o sertanejo recostado no punho da rede, que oscilava ao frouxo balanço, descortinava toda a devesa que se estendia das encostas da serra pelos tabuleiros, até onde a vista alcançava.

A meia distância ficavam as casas da fazenda, que ele via de alto como um mapa desenhado na superfície da terra.

Neste momento o pátio interior se iluminava de muitos fachos. Ao clarão que fazia, Arnaldo reclinado para ver melhor, avistou gente a mover-se e divisou o airoso vulto de D. Flor.

Transportava-se o capitão-mor à capela com sua família para assistir ao terço, e todo o povo da fazenda concorria à devoção que nessa noite de chegada tinha uma intenção especial e solenidade maior que de costume.

Cessaram os repiques do sino; o sertanejo, adivinhando que estavam na reza, ajoelhou também num ramo da árvore, e com sincero fervor acompanhou de longe no seu nicho agreste a oração que lá se estava elevando ao Senhor pela boa volta e feliz chegada dos donos da Oiticica.

Começou a ladainha cantada.

O coro religioso, derramando-se pela floresta, impregnava-se dos ruídos e murmúrios da ramagem aflada pela brisa, o que lhe dava um timbre grave e sombroso.

Ainda que não se eximisse de todo ao místico sentimento de que se repassava essa melopeia cristã no seio da profunda solidão, o sentido do mancebo estava especialmente concentrado no esforço de abstrair do coro uma voz, para escutá-la, a ela somente.

Ou porque em verdade sua residência errante e aventureira no deserto lhe houvesse exercido as faculdades ao mais alto grau, dando-lhe admirável força de percepção; ou porque se deixasse enlevar de uma grata ilusão, o certo é que Arnaldo distinguia naquele concerto uníssono uma melodia radiante, de uma límpida suavidade, que entretecia o canto sonoro como fio de ouro urdido em tela de seda.

De princípio o ouvido do sertanejo experimentou a mesma sensação dos olhos quando os fere a luz: houve uma fascinação que não lhe deixava discernir as vozes, mas logo após começou a destacar o timbre mavioso de D. Flor, com tamanho vigor que já não escutava ele senão esse hino celeste, surdo para toda outra cantoria.

Terminou o terço; sumiu-se o clarão dos fachos; naturalmente a família passava à mesa da ceia. Pouco depois apagaram-se os fogos e apenas ficou por algum tempo a lâmpada da casa de jantar, que era costume deixar até de todo concluir-se a tarefa diária.

Enquanto bruxuleou ao longe, no seio das trevas, a luz solitária, Arnaldo esteve embevecido a contemplá-la, como se a trêmula irradiação lhe desenhasse formoso painel.

Era assim todas as noites em que malhava ali, na sua pousada, quando as correrias da vida errática do sertanejo não o levavam pelo mundo sem destino.

Essa luminária, ele a amava como sua estrela. As almas que vivem no campo, ao relento, sob um firmamento cravejado das mais brilhantes constelações, todas têm um astro de sua particular devoção, um amigo no céu com quem se entretêm e conversam nos serões das noites ermas.

Para Arnaldo todas essas meigas virgens do céu lhe eram irmãs; conhecia-as pela cintilação, como se conhece pelos olhos a menina faceira que se embuçou na sua mantilha azul. A cada uma saudava pelo nome, não o que inventaram os sábios, e sim o que lhe dera sua fantasia de filho do deserto.

Mas esquecia-as o ingrato, quando brilhava a outra, a estrela da terra, porque esta lhe falava de D. Flor e seus raios eram como os olhos castos da formosa donzela que vinham misteriosamente, no segredo da noite, afagar-lhe os seios d'alma.

Afinal também apagou-se a luz.

Recostara-se o sertanejo outra vez à rede, quando a ramagem cascalhou perto e os galhos do jacarandá estremeceram abalados por alguma forte percussão.

Arnaldo pôs a cabeça fora da rede, e perscrutando a folhagem descobriu duas tochas acesas no meio das trevas, mas de uma luz baça e sulfúrea.

Os mais intrépidos caçadores do sertão, curtidos para todo o perigo, não se podem eximir de um súbito arrepio, quando lhes chamejam no escuro da mata esses olhos vidrentos cujos lumes gáseos fervilham dentro n'alma.

Há um quer que seja de satânico na pupila da onça, como na de toda a raça felina; e é por essa afinidade que nas antigas lendas o príncipe das trevas aparece mais frequentemente sob a figura de um gato negro, miniatura do tigre.

Daí provém talvez o supersticioso terror que inspira a fosforescência desses olhos ao mais valente sertanejo, o temor ao que jamais pestanejou em face da morte, e nem se abala com o medonho rugido da fera.

Não produziram, porém, igual efeito em Arnaldo as duas tochas que brilhavam entre o negrume da noite, alguns pés abaixo do lugar onde se achava:

— Bem aparecido, camarada — disse o mancebo a gracejar.

A onça espasmou a cauda rebatendo as ancas, e dentre as belfas túmidas escapou-lhe um rosnar manso e crebro como rir de contentamento.

— Sim, senhor, entendo. Quer saber como cheguei? Bom, para o servir, muito obrigado. E o amigo, como lhe foi por cá estes tempos que não nos vimos? A seca tem sido grande, e os garrotes estão pela espinha, não é assim? Paciência, meu rico, aí vem o inverno e com ele reses gordas e carniça à farta. A chuva não tarda; esta manhã vi passar o tesoureiro.

Entanto o tigre continuava a grunhir o seu riso de fera com uns agachos de rafeiro, que lhes espreguiçavam o torso mosqueado.

— E da dona, que novas me dá? — continuou o sertanejo no mesmo desenfado. — Está guardando a casa? E o senhor anda ao monte? Pois boa caça, amigo, e cortejos à sua dama.

Com esta despedida Arnaldo, que se debruçara ao punho da rede para conversar com a onça, recolheu o corpo, disposto a acomodar-se.

Levantou-se, porém, um rumor de garranchos que estalavam. Era a onça que saltara a um galho superior, com ímpetos de galgar o cimo da árvore; mas hesitava, receosa de que os ramos altos e menos válidos se partissem com o peso de seu corpo e o choque do arremesso.

— Nada, camarada, dispenso as suas ternuras por esta noite. Cheguei da viagem e estou cansado. Pode continuar seu passeio. Boa noite.

E o sertanejo, alongando a perna, enxotou a importuna com um pontapé atirado ao tufo da folhagem que ficava por debaixo da rede.

Aquietou-se a onça e o rapaz deitou-se mui sossegado, sem mais importar-se com a presença do terrível hóspede, que lhe estava a uma braça de distância. Este curto espaço, porém, a fera não ousava transpô-lo com receio de precipitar-se.

Os sertanejos escoteiros que ainda agora em jornada na Bahia ou Pernambuco, sem outro companheiro mais do que seu cavalo, percorrem aquelas solidões, também por mim viajadas outrora ainda no alvorecer da existência; esses destemidos roteadores do deserto costumam pernoitar na grimpa das árvores, onde armam a rede e aí ficam ao abrigo das onças que não podem trepar pelos troncos delgados, nem pinchar-se à frágil galhada.

Não somente por esta razão estava Arnaldo seguro de si, mas também pela confiança em sua superioridade, já mais de uma vez provada pela fera. Assim, pois, esqueceu-se dela, para engolfar-se de novo nas cismas que lhe estavam afagando a mente.

Nesse enlevo d'alma, a fantasia arrebata-o com a pujança que ela costuma adquirir nos ermos, em comunicação com o infinito que a envolve e a concebe no seio imenso que se chama a natureza. Compreendem-se os êxtases dos anacoretas nas solidões da Tebaida. Como não se exaltarem ao céu, essas almas tão desprendidas da humanidade, que desparzem nos ares a fragrância de sua flor?

O corpo de Arnaldo estava ali; mas seu pensamento discorria além, e nesse instante revia D. Flor, melhor do que se a tivesse diante dos olhos; pois não lhe embacia a sua límpida visão o deslumbre que a presença da gentil donzela causava-lhe sempre, depois de certa época.

A moça caminhava diante dele com o passo airoso e modulado que era dela e só dela, pois nunca o mancebo vira outra mulher andar assim. Quando ele caçava lá para as bandas da Junça, demorava-se a ver as garças reais passeando pelas margens da lagoa, porque elas tinham o pisar altivo e sereno de D. Flor.

Vagueava a menina pelo campo, arfando-lhe docemente o talhe grácil com a ondulação da marcha; e ele, Arnaldo, a seguia, respirando-a com a aragem que agitava-lhe os folhos do vestido, e que folgava nos crespos dos cabelos castanhos.

Esses cabelos eram os seus enlevos. Quando a menina sentia-se fatigada, reclinava ao ombro dele, que, então criança como ela, a carregava e sentia as tranças macias e perfumadas cobrirem-lhe o rosto acariciando-o como as asas de um rola.

Neste ponto de seu meigo sonho, o mancebo inclinava a fronte sobre uma touça da ramagem e roçava timidamente o rosto pelas folhas, anediando-as com a mão, na cisma de serem as madeixas, que tanto amava. Puerilidades do coração, sempre menino, ainda sob as cãs do ancião.

Se a brisa vinha bafejar-lhe as faces, impregnada da fragância dos campos, ele entreabria os lábios para beber-lhe as emanações, que se afiguravam à sua imaginação o hálito perfumado de D. Flor, ao voltar-se para falar-lhe.

Se a juriti arrulhava no ninho, respondia-lhe Arnaldo docemente, com um quérulo gorjeio. A rola arrufava-se de prazer escutando os ternos requebros que lembravam-lhe a companheira. E ele cuidava-se a conversar com a menina, e a responder-lhe às perguntas curiosas.

Estes sonhos de todas as noites ali passadas ao relento eram talvez recordos, em que sua alma se revivia no passado, e que a esperança entrelaçava de fagueiras ilusões.

No meio dos devaneios que lhe embalavam a mente, o sertanejo adormeceu.

A onça que se agachara entre a ramagem, desenganada da espera, esgueirou-se pelo mato, e foi-se ao faro de alguma novilha desgarrada.

Moirão

Quando buscava o pouso, tinha Arnaldo resolvido um encontro para o dia seguinte.

Vieram depois as namoradas recreações da fantasia, que o absorveram todo e acaletaram-lhe o sono; mas sob esse devaneio velava o propósito do ânimo deliberado, como sob a camada de flores viça a rija vegôntea do arvoredo.

Dormia, pois, o mancebo com aquele sono cativo dos homens de vontade, que se governam ainda mesmo quando sopitados no letargo dos sentidos, tão poderosa é a energia moral nessas organizações.

Arnaldo mais que nenhum homem possuía a admirável faculdade de reger o sono; no remanso do corpo o espírito sabia manter de vigia uma percepção íntima, que o advertia do menor rumor como da mais leve alteração, em torno de si.

A vida do deserto tinha apurado essa lucidez. Tantas vezes obrigado a pernoitar no meio dos perigos de toda a casta, entre as garras da morte que o assaltava sob várias formas, no pulo do jaguar como no bote da cascavel; o sertanejo aprendera essa arte prodigiosa de dormir acordado, quando era preciso.

Podia-se dizer dele que reproduzia o antigo mito grego e tinha o dom especial de repartir-se em dois, para que um velasse, enquanto o outro se entregava ao repouso.

Foi ao primeiro vislumbre da alvorada que o sertanejo determinou acordar para ir em busca do Aleixo Vargas, que provavelmente não era outro senão o sujeito cujo rasto ele havia reconhecido no mato próximo à cabana do velho Jó.

Antes, porém, do momento marcado, despertou o rapaz subitamente, abalado por um ruído estranho, que soara no embastido da folhagem e que, apesar de frágil, repercutira dentro dele como a vibração do grito da araponga no seio da floresta.

Achou-se de todo acordado a tempo ainda de escutar atentamente o mesmo som, duas vezes reproduzido uma após outra, e conhecer-lhe a origem. Acabavam de triscar um fuzil não mui distante e petiscar fogo do isqueiro.

Se alguma dúvida lhe restava, desvanecera-se com o cheiro de fumo, delator da primeira baforada do cachimbo, que se acabava de acender.

— Bom; cá está o meu homem. Já não preciso de ir-lhe ao rasto; tenho-o à mão.

A floresta ainda estava imersa no alto silêncio da modorra: apenas a fresca e sutil aragem que precede o primeiro dilúculo e é como o hálito da alvorada, frolava mansamente as franças das árvores. No azul do céu nenhum palor anunciava o raiar da luz.

Quedou-se o sertanejo com o ouvido atento aos menores rumores que vinham do lado onde pitavam. Nada lhe escapou, nem o roçar do corpo pela casca do pau e os chupos dados ao tubo do cachimbo, nem o grosso ressonar, que pouco depois substituiu aqueles primeiros ruídos.

Da sua escuta deduziu o sertanejo quanto lhe convinha. Ficou sabendo que o cachimbador era o próprio Aleixo Vargas, cujo assoprado pitar ele conhecia tanto como o ronco nasal do dorminhoco. Gizou o ponto da floresta em que se achava o sujeito, e com tal exatidão que lá iria de olhos fechados em linha reta. Finalmente firmou-se na certeza de que tinha seguro o homem, cujo sono espreitava dali mesmo e sem mover-se.

Arnaldo conhecia todas as árvores da floresta, como conhece o vaqueiro todas as reses de sua fazenda, e o marujo as mínimas peças do aparelho de seu navio. Esses habitantes da selva tinham para ele uma feição própria, que os distinguia; chamava-os a cada um por seu nome.

Não admira, pois, que em resultado de sua observação ele dissesse para si:

— Está no angico da grota!

As barras vinham quebrando, como diz o povo, exprimindo com essa imagem as faixas de luz que listram o horizonte ao despontar da aurora, e que parecem as túnicas d'alva a desdobrarem-se pelo firmamento.

O sertanejo adiantou alguns passos pela copa da árvore, a jeito de ver lá na quebrada um casalinho, que aparecia em uma aberta no mato.

Precisamente nesse instante abriu-se a porta do rústico albergue, e saiu ao terreiro Justa, a quem logo cercou um bando de galinhas, frangos e pintos à gana do milho pilado que a roceira vascolejava em uma coité.

Acompanhava-a uma cabra que, deixando a mulher às voltas com a gente do poleiro, foi, como de razão, ali perto dar os bons-dias aos moradores de um chiqueiro, que lhe responderam com um berredo dos mais alegres, no meio de cabriolas de toda espécie.

Demorou-se o rapaz um instante a olhar para a mãe, cujo vulto ele lobrigava ainda indeciso, movendo-se nas labutações caseiras, à luz frouxa do crepúsculo matutino. Uma vez, como a Justa em seu giro se voltasse para o lado da mata, estendeu o filho a mão direita aberta, murmurando com um sorriso:

— A bênção, mãe!

Cumprido o preceito da piedade filial, Arnaldo, que nem um instante perdera de espreitar o vizinho adormecido, pensou que era tempo de realizar o seu intento, e portanto começou um passeio aéreo pela rama das árvores, que se entrelaçava, formando com os galhos um como travejado pavimento, a que servia de dossel a verde copa embastida.

O sertanejo andava tão fácil e seguro por aquele girau como pelo pavês de um sobrado. Muitas vezes, quando menino, correra por ali atrás dos macacos e saguis que o não venciam na agilidade, pois agarrava-os à mão nas grimpas da floresta. Era tanto para admirar-se a rapidez como o jeito e sutileza com que resvalava por entre o chamiço, a ponto que se não ouvia o arfar de uma só folha.

A um tiro de arcabuz estava o sítio que Arnaldo designara com o nome de grota: era o despenhadeiro de um profundo barranco. Os detritos, acumulados pelos enxurros nas covoadas ali formava o terreno, alimentavam as árvores altaneiras cujas vastas copas ensombravam o tremedal.

Entre essas árvores a mais pujante era um angico secular, que lançava as grossas raízes a meio precipício. O formidável tronco, crescendo a princípio obliquamente, na direção da outra rampa do desfiladeiro, como a atravessá-lo, no centro voltava-se a pino e subia verticalmente a grande elevação, onde repartia-se em vários esgalhos confluentes.

De escancha sobre um desses ramos, com as pernas engalfinhadas nos interstícios e o corpo recostado no rústico espaldar formado pelos outros galhos dormia a sono solto um homem ainda moço, de insólita e desconforme robustez.

O toro, tinha-o corpulento, mas de uma mesma grossura desde os ombros até os artelhos, de modo que estando de pé e com as pernas fechadas, parecia um toco de pau cortado na altura de dez palmos do chão. Essa prancha de carne rematava em uma cabeça pequena e redonda, semelhante à maçaneta de um balaústre, e assentava em dois pés enormes que mais pareciam as cunhas de uma escora.

Do seu aspecto, bem como da força de que era dotado, lhe viera a alcunha de Moirão, nome que nas fazendas tem o pião onde se jungem as reses para a ferra. Muitas vezes, jactando-se de sua pujança, aguentara no laço um boi bravo à disparada, sem abalar-se do lugar onde se fincava, nem sequer titubear.

Arnaldo surdira em um ramo superior, a cavaleiro do sujeito, a quem estava agora observando a seu vagar. Comprazia-se o rapaz em admirar a robustez estampada na musculatura dessa organização atlética, que produzia em sua alma uma emoção artística. Para ele, sertanejo, filho do deserto, tão poderosas manifestações da força tinham majestade e beleza épicas.

Entretanto bastava um gesto seu para aniquilar o colosso. Estendesse ele o braço, travasse-lhe do pé e emborcasse-o no precipício, que em um fechar d'olhos estaria o Moirão reduzido a migas, nas arestas dos alcantis.

Arnaldo não demorou seu espírito nesta ideia senão o tempo necessário para a repelir.

Ao cabo de alguns instantes, desprendeu-se o rapaz do silêncio em que se envolvera e donde não transpirava nem o sopro de seu hálito; algumas folhas rumorejavam em torno, e a casca do pau rangeu ao roçar do corpo que sentava-se.

Como não bastasse esse tênue arruído para despertar o madraço, o rapaz quebrou uma haste de cipó. Com a folha que deixara em uma das pontas começou a fazer cócegas nas largas ventas rombas do Moirão, que dava com as mãos às tontas para enxotar a mosca impertinente.

Afinal abriu o dorminhoco as pálpebras, pestanejou com a claridade do dia, esfregou os olhos e ficou pasmado a encarar com o Arnaldo, que se estava rindo, mui lampeiro, ali por cima dele, comodamente sentado em um ramo da árvore.

— Salve-o Deus, Aleixo Vargas — disse o sertanejo em tom jovial. — Que sonata tão regalada, homem! Apostaria que anda tresnoitado, se não soubesse que você em ferrando a dormir é como jiboia quando engoliu veado.

— Hanh!... — bocejou o outro estremunhando. — É você, Arnaldo?

— Acorde de uma vez, amigo!

— Onde estou eu?... Ah! já sei; arranchei-me aqui para madornar um pedaço e pegou de mim uma tal bebedeira de sono que estou que não posso comigo.

— Pelo que mostra não teve lá muita saudade do seu catre da fazenda, Aleixo Vargas, que logo na noite da chegada veio pôr-se de poleiro cá pelas matas!

— Não sabe que despedi-me do Campelo?

— Ainda não encontrei quem me desse tal nova — respondeu Arnaldo, iludindo os termos da pergunta.

— Então você não tornou a casa depois da chegada?

— Depois da chegada do **capitão-mor ainda** lá não fui.

— Pois é como lhe digo, Arnaldo; deixei duma vez o homem, por não poder mais aturá-lo.

— Que lhe fez o capitão-mor, Aleixo Vargas, que tanto o amofinou?

— São contos largos, amigo Arnaldo, que levariam muito tempo, e eu já sinto cá pelo estômago uns repiques de fome que estão chamando ao almoço.

— Guarde lá seu segredo, Aleixo Vargas; e que não lhe coma a língua. Quanto ao almoço descanse. Aqui temos no meu farnel para quebrar o jejum.

— Sempre o conheci precavido, rapaz. Não é à toa a fama que você tem e que eu bem experimentei, quando cheguei a este excomungado sertão.

— Não é tanto assim. Ali está você, Aleixo Vargas, que é uma barra. Não foi debalde que lhe puseram o nome de Moirão.

— Ah! isso cá de pulso, não se fala: que ainda não encontrei homem para mim, nem touro tampouco. Eu dizia, rapaz, era acerca da ligeireza, que, a ser verdade o que se conta, não há por toda esta ribeira quem lhe deite poeira nos olhos.

— De que serve a ligeireza, se não é para fugir? A força é melhor, não lhe parece, Aleixo! — disse o rapaz a sorrir.

— Sem dúvida. A força é tudo neste mundo — disse o Aleixo entufado de sua jactância.

— Também eu penso assim; ainda que todos os dias vê-se um caroço de chumbo deitar ao chão o homem mais valente, e uma broca derrubar o tronco mais grosso.

Moirão levantou os ombros desdenhosamente:

— São casos que acontecem.

Arnaldo foi à sua malhada no jacarandá e tornou com o alforge em que tinha as provisões. Consistiam em carne de vento, farinha e queijo do sertão.

O mancebo foi expedito na refeição e comeu com a rapidez a que o havia acostumado sua vida agreste. O Moirão, porém, almoçou pausadamente, como quem se desempenha de negócio grave; e de vez em quando conversava com uma borracha de vinho que trazia à cinta e era a sua inseparável.

— Não molha a goela, rapaz? Olhe que esta farinha assim à seca é uma bucha capaz de entalar até um jacaré.

— Eu prefiro o vinho cá de minha terra!

Proferindo estas palavras a sorrir, Arnaldo bebeu dois ou três goles d'água numa cabaça onde guardava sua provisão e com isso rematou o almoço.

Aleixo fez uma careta de nojo à cabaça, e para dar tônico ao estômago, que se lhe tinha embrulhado com a vista d'água, escorropichou o odre na garganta.

Dois amigos

Concluíra Moirão sua grave ocupação e acendendo o cachimbo preparava-se a fazer o quilo com igual pachorra.

Recostou-se afinal ao tronco da árvore, soltando uma baforada de fumo que o envolveu como uma nuvem densa.

— Então, Arnaldo, como foi isto por cá, amigo? Seca muita, já se sabe! Olhe, digam vocês o que quiserem, isto não é terra de cristão.

— De cristão é que ela é, Aleixo Vargas; pois ao cristão ensinou o divino mestre a paciência e o trabalho. Para quem não serve a minha terra é para aqueles que não aprendem com ela a ser fortes e corajosos.

— Pois é coisa que se aprenda, morrer de fome e de sede ainda mais?

— Tudo aprende o homem, quando não lhe falta coragem. O cavalo deste sertão de Quixeramobim caminha o dia inteiro, come um ramo de juá, e só bebe água quando encontra a cacimba. Aonde há mais valente campeão?

— Eu cá prefiro andar pelo meu pé, mas em terra capaz, a empoleirar-me no tal bicho que só tem pele e ossos.

Arnaldo não respondeu, e Aleixo continuou a envolver-se em um turbilhão de fumaça que dava-lhe o aspecto de um éolo pintado na tabuleta de alguma taverna clássica.

Depois de breve pausa o sertanejo reatou o fio da conversa.

— Ora, Aleixo, que somos amigos há tanto tempo e nunca experimentei as minhas forças com você.

— Para que isso? — perguntou Moirão com sua habitual fatuidade.

— Bem sei que não posso medir-me com você; mas queria saber até onde chega meu pulso. Talvez não seja lá dos mais fracos e ninguém está mais no caso de julgar do que o barra deste sertão.

A ponta de ironia que acerava o sorriso do mancebo era tão sutil, e o tom afável da palavra a envolvia de modo que

Moirão não podia percebê-la, ainda que fosse dotado de maior perspicácia do que lhe tocara em quinhão.

— Isso lá é verdade. Ainda não encontrei homem que não derrubasse: uns torcem mais, outros menos; porém, no fim de contas, lá vão todos ao chão rebolindo que é um gosto.

— Vamos a ver se eu sou dos que torcem mais — disse Arnaldo com volubilidade.

— Então quer mesmo, rapaz? Chegue cá, e pendure-se a este braço; com as duas mãos, não faz mal.

Moirão arregaçou a manga da camisa, e descobrindo um braço grosso e musculoso como a perna de uma anta, fincou o cotovelo no tronco do angico.

— Queda de braço, não — disse Arnaldo —, há de ser queda de corpo.

— Ah! Você quer tirar lérias comigo, rapaz?

E o latagão derreou-se novamente no tronco do angico, despedindo de si um rolo de fumo tão grosso, que parecia o da chaminé da herdade.

— Suponha você, Aleixo, que em vez de camaradas éramos dois sujeitos que se traziam de olho e que aproveitavam esta ocasião de se descartarem um do outro.

Moirão começou a cantarolar um mote de sua composição:

Quando eu vim de minha terra
Eu era Aleixo pimpão;
Agora fiquei Moirão
Aqui neste pé de serra.

Debalde tentou Arnaldo cativar a atenção do minhoto: ele embrulhava-se lá na sua cantiga; não queria ouvir.

— Bem; já vejo que você não é meu amigo.

— Donde tirou isto? — perguntou Moirão tornando ao sério. — Olhe, rapaz, que eu não sou homem de dar nem tomares, e quando trato um tal de amigo, é deveras. Aqui neste sertão ninguém ainda se benzeu com este nome senão um, que se chama Arnaldo Louredo; e ando por aqui já há uns pares de anos.

— Se fosse amigo verdadeiro de Arnaldo, não lhe recusaria o que ele pede.

— Fale-me neste tom, rapaz, que já o entendo. Então é sério?

— É um favor.

— Pois faço-lhe o gosto.

Aleixo meteu o cachimbo em um esgalho. Apoiado fortemente sobre o grosso ramo da árvore, a qual estremeceu com seu peso, estirou os dois braços, que alongaram-se como os arpéus de um guindaste, para abarcarem o corpo delgado de Arnaldo.

Mas o sertanejo escapou-lhe ao arrocho e galgando os ramos superiores da árvore, suspendeu-se a um deles, trançando os pés. Então deixou-se cair a prumo, agarrou o adversário pelas axilas, e com uma força que não se esperava de seu talhe franzino arrancou o colosso do galho em que se apoiava.

Um instante o rapaz embalançou o corpanzil sobre o precipício, onde parecia que iam ambos despenhar-se. Afinal, receando que o peso enorme lhe rompesse os músculos, escanchou o latagão no ramo do angico.

Moirão segurou-se automaticamente à árvore. Sua fisionomia, de ordinário simplória, tinha nessa conjuntura uma expressão idiota. O êxito da luta o deixara estupefato. Por algum tempo ficou na mesma posição, imóvel e basbaque.

Até que arrancou-se a essa pasmaceira com um arremessão.

— Foi este diabo! — exclamou, batendo com a chanca no tronco do angico. Onde é que já se viu pegar um cristão queda de corpo em cima das árvores? Isto é para bugios ou caboclos, que tanto vale, pois são da mesma raça. No chão era outra coisa, rapaz.

— Experimentemos no chão. Não custa — disse Arnaldo com indiferença.

Desta vez o empenho era de Aleixo que ardia por tomar a desforra da surpresa. Prontamente escorregou pelos galhos e tronco da árvore até o chão. Saltando no meio de uma clareira, calcou os pés no solo com força, e com o corpo rijo como o poste de que tomara o nome, disse:

— Ande agora para cá, rapaz, que há de ver o que é um barra.

Aleixo tinha razão. Em terra firme não havia força de homem que o pudesse abalar, quanto menos tirá-lo do lugar. O mais vigoroso touro do sertão, ele o sustentava sem toscanejar, pela ponta do laço de couro cru.

As largas chancas do colosso pareciam fincadas no chão como as grossas raízes de uma gameleira, e o corpo obeso e direito figurava uma ponta de rochedo, que surdia da terra.

Arnaldo caminhou para o colosso e erguendo os braços entregou-se àquele grilhão vivo.

A fina compleição do talhe foi o que livrou-o de ser logo esmagado no arrocho. Enquanto Moirão, cerrando-o ao peito, buscava estringi-lo como as roscas de uma serpente, o mancebo colava-se ao adversário para atenuar a violenta pressão.

Apenas Aleixo acochou o corpo do outro, suspendeu-o aos ares, como faria com um toro de pita; porém ao mesmo tempo os dois braços do sertanejo esticaram-se para logo se retraírem rapidamente, e os punhos, como dois malhos de ferro brandidos por molas rijas, bateram no crânio do minhoto.

Uma nuvem de sangue cobriu os olhos do colosso que vacilava. Arnaldo amparou-o para que não tombasse e reclinando-o com uma solicitude para estranhar naquela circunstância, deitou-o de supino sobre a relva.

Ao cabo de poucos instantes, Moirão tornou do desmaio, mas para cair no pasmo em que o deixara a primeira luta. Desta vez, porém, estava realmente assombrado. O que lhe acontecera não era coisa desse mundo; andava aí uma influência sobrenatural. Quem o derrubara não fora seu camarada, o Arnaldo, mas a própria pessoa do demo na figura do rapaz. Nem haveria meio de persuadi-lo que ele, Aleixo, fora vencido duas vezes numa queda de corpo, tão expeditamente, e ainda mais por um magriço. Eram artes do Tinhoso.

Quando no abrir dos olhos deu com o sertanejo em pé junto de si, levantou a pesada manopla e atravessou-a pelo rosto com um jeito que parecia arremedar o sinal da cruz.

Arnaldo ergueu o busto do Moirão e encostou-o ao tronco de uma árvore. O colosso ainda aturdido não opôs a menor resistência e se deixou sentar como um marmanjo.

A fisionomia do sertanejo, na qual, desde o encontro com Aleixo, um gesto volúvel e descuidado apagara a natural energia, tomou a expressão grave e resoluta.

— Aleixo Vargas, eu sou seu amigo — disse o mancebo com a palavra breve.

O Moirão abaixou a cabeça.

— Duvida?

— Do Arnaldo não, que livrou-me do dente das tapuias.

O sertanejo não deu atenção à reserva mental do minhoto, que persistia em tomá-lo pelo capeta na figura de rapaz.

— No sertão os homens ou são irmãos ou inimigos. E quantas vezes não tirei eu das garras da onça uma rês sem dono? Não me tem, pois, a menor obrigação, Aleixo Vargas; nem me deve reconhecimento. Mas sempre o conheci, desde que chegou à fazenda, como homem bom e verdadeiro, diferente da maior parte de seus companheiros. Foi isso que me fez seu amigo.

— Obrigado, rapaz! — disse o colosso enternecido.

— E é como seu amigo que vou falar-lhe. Ontem à tarde, quando o capitão-mor chegava à Oiticica, encontrou uma grande queimada no mato do caminho.

Arnaldo fitou o olhar severo no semblante do colosso:

— O fogo, foi você quem o deitou, Aleixo Vargas, por detrás da cabana do Jó, junto ao rasto do velho que vai ser acusado por essa maldade.

— Fui eu mesmo! — respondeu Moirão erguendo-se.

— O capitão-mor e a família podiam estar agora reduzidos a cinzas.

— Se não fosse o danado do vento que empurrou o fogo para a serra e não me deixou cercá-los, eles haviam de ficar bem torradinhos. Então o velho tarugo que tem três dedos de banha!... Que bom torresmo não daria!...

O Moirão, soltando essa pilhéria, esparramou a cara em um riso alvar.

— Não lhe pergunto, Aleixo Vargas, a razão que, do homem bom que você era, fez ontem um malvado. Em tempo dará suas contas a Deus. Mas aviso-lhe, eu, Arnaldo, o sertanejo, que, se descobrir mais seu rasto a uma légua em roda da Oiticica, vou por ele até onde o encontrar. E nessa hora pode encomendar sua alma.

— Como se entende isto? — disse o Moirão fustigado pela ameaça.

— Qualquer outro que tivesse praticado sua façanha já não estaria aqui, porém amarrado por minha mão na polé da fazenda e entregue à justiça do capitão-mor. Um amigo é diferente: não o trairei jamais denunciando-o, e ainda menos abandonando-o ao poder de estranhos. Se ele ofender-me, decidiremos essa questão, entre nós, lealmente.

Aleixo quis falar. Atalhou-o o sertanejo com o gesto vivo:

— Ouça-me. Você é um homem de força e um homem de vontade, Aleixo Vargas. Antes de lhe dar este aviso, quis mostrar-lhe que tinha poder de cumprir minha palavra, porque de dois homens que se estimam e se acham em luta convencidos ambos de que tem razão, o mais fraco deve ceder ao mais forte.

— Visto isto, tem-se você na conta de mais forte? — perguntou Aleixo.

— Não sei o que chama força, Aleixo; para mim força é poder. Mais volumoso do que você é um touro, que o vaqueiro derruba com dois dedos.

— Que venha para cá esse tal vaqueiro duma figa! — exclamou Aleixo abespinhando-se.

Arnaldo deixou passar a refega; e continuou com a voz breve, imperativa, mas calma:

— Se você fosse o mais forte, eu não empregaria a astúcia, como faria contra um estranho ou um inimigo. Embora me custasse, respeitaria sua vontade desde que não podia vencê-lo de frente. O mais forte, porém, sou eu; e proíbo-lhe que de agora em diante se aproxime da Oiticica na distância de uma légua.

O sertanejo erguera a fronte com um assomo de indômita altivez. Nesse momento iluminava-lhe a nobre fisionomia um reflexo dessa majestade que avassala o deserto, e que fulgurava nos olhos do cavaleiro árabe e do guerreiro tupi.

Moirão calou-se um tanto enquanto ruminava as ideias.

— Lá vai, rapaz; escute bem. Que você tem partes com o diabo e ligou-me é coisa que está se vendo; nem lhe vale nada esconder o pé de cabra aí nessa bota esquerda.

Arnaldo sorriu-se da superstição do companheiro:

— Como é que um enguiço de gente podia derrubar um homem desta marca, se não tivesse o diabo no couro? Isto com certeza. Mas hei de arranjar por esta redondeza um bom amuleto que tenha a virtude de fazer espirrar o demo do corpo de qualquer criatura, por mais que ele se lhe meta nas tripas. Depois do estouro, então veremos quem é o dunga.

— Eu também tenho o meu! — disse Arnaldo a sorrir, mostrando o relicário que trazia ao pescoço.

— Ah! é aí que está a mandinga. Pois eu hei de tirar-lhe o feitiço.

— Que mais? — perguntou motejando o sertanejo.

— Agora quanto à camaradagem, isso é caso diverso. Se você carece do braço de um homem ou mesmo da vida para coisa de seu serviço, nem precisava destas partes: não lhe dava senão o que já lhe pertence. Mas o que você pede, Arnaldo, não posso fazer.

O Moirão carregou a manopla ao peito que arfou como o desabe duma montanha e arrancou estas palavras com um surdo estertor, segurando o lóbulo da orelha direita.

— Estou desonrado. Jurei por esta orelha que, se não a vingasse antes de um mês, havia de cortá-la para que não vejam nela minha vergonha. Ah! você não sabe, Arnaldo.

— Sei! — disse o sertanejo pousando a mão no ombro do companheiro com um gesto severo e triste.

— Quem lhe contou?

— Ninguém. Eu vi.

O Moirão escancarou os olhos espantado e benzeu-se outra vez. Não era ele dos mais supersticiosos, porém os modos estranhos do sertanejo naquela manhã despertavam em seu espírito as abusões da época.

Puxão de orelha

Enquanto o Moirão esconjurava o espírito maligno, que via diante de si, na figura do rapaz, Arnaldo recolheu-se um instante.

Depois de curta reflexão tornou ao camarada com uma expressão afetuosa, que disfarçava a severidade do olhar:

— A gratidão?... — repetiu Moirão com surpresa inquiridora.

— Antes de vir para Oiticica, você era agregado do coronel Fragoso na fazenda das Araras. Um dia o velho frenético deu-lhe dois berros; você assuou e respondeu rijo. Acode a gente, e lá ia o meu Aleixo Vargas para a golilha, quando felizmente apareceu o moço, filho do coronel, que o pediu por seu agregado e livrou-o da gargantilha de ferro e do resto. Mas o velho era emperrado e não consentiu que ficasse mais um instante em suas terras o atrevido que levantara a voz diante dele. Foi então que você apareceu na Oiticica sem dizer donde vinha, e entrou no serviço do capitão-mor.

— De quem soube isto, Arnaldo? — perguntou o colono cuja surpresa aumentava.

— Amigo Aleixo, nasci e criei-me nestes gerais: as árvores das serras e das várzeas são minhas irmãs de leite; o que eu não vejo, elas me contam. Sei tudo quanto se passa embaixo deste céu até onde chega o casco de meu campeão.

O sertanejo observou a impressão que deixavam suas palavras no semblante de Moirão, que não opôs a mínima denegação ou dúvida à estranha asseveração. Ao contrário, pareceu afirmar com uma inclinação da cabeça a crença em que estava de achar-se conversando com o diabo em pessoa.

Arnaldo prosseguiu:

— No Recife, oito dias depois de chegado, seguia você pelo aterro dos Afogados, quando tomou-lhe o caminho um luzido cavalheiro. Era o capitão Marcos Fragoso, filho do velho coronel, o mesmo que tinha livrado da golilha a seu antigo acostado. Vinha ele de passar na Rua Nova pela casa do capitão-mor, onde vira ao balcão da janela D. Flor, cuja beleza o cativara. Sabendo que Aleixo era da casa, encomendou-lhe que nessa mesma tarde fosse ao Carmo, onde ele morava, para levar à donzela uma prenda com seus recados de amor.

Os olhos de Moirão, não tendo mais que abrir, começaram a esbugalhar.

— Que podia recusar Aleixo ao homem que o livrara da infâmia e talvez da morte?

— Da infâmia — atalhou Moirão vivamente — que a morte é uma topada: trás-zás e está numa pessoa descansada.

— Quanto era seu, Aleixo Vargas, podia e devia dá-lo ao capitão Marcos Fragoso, se o exigisse; mas não aquilo que não lhe pertencia. Era assoldadado do capitão-mor Campelo; seus serviços pertenciam a ele, e só a ele, que lhe pagava. Não tinha licença de empregar-se às ordens de outro e para faltar com o respeito à filha donzela de seu patrão.

Moirão ficou um momento aturdido com estas palavras e acabou fincando um murro concienciosso no meio da testa.

— Pascácio!

— Foi seu bom coração que o arrastou; mas arrependeu-se a tempo e quis salvá-lo. Você procurou o capitão Fragoso em sua morada e recebeu dele a prenda com o recado. Em chegando à casa faltou-lhe o ânimo; e não se admire que eu o atirasse ao chão, quando uma fraca menina o fazia tremer de maleita, a você, Aleixo, a quem chamam Moirão, e que nunca pestanejou na boca de um bacamarte.

— Isso de mulher, não sei o que tem que dá arrepios na gente.

— Enquanto o capitão-mor se demorou no Recife, por mais que lhe pedisse o Fragoso e que você prometesse, não se animou. Tenho certeza, porque não o perdi de vista. Nunca reparou num grilo que o acompanhava para toda a parte? Era eu.

Proferiu o sertanejo estas palavras com um riso sarcástico, apontando para a árvore, junto da qual se achava o companheiro:

— Ei-lo aí!

Voltando-se, o minhoto deu um salto prodigioso para fugir do grilo, que saltara de seu lado. Uma avantesma, que lhe surgisse ali, diante dos olhos, envolta em sua mortalha e com a competente cara de caveira, não lhe incutiria tão profundo terror.

Um tanto corrido do seu pânico, o Aleixo, vendo o grilo sumir-se entre a folhagem, disse ao sertanejo:

— Acabe de uma vez!

— No meio do caminho apertou-lhe a tentação, e daí veio a mofina que o aflige. Lembre-se, porém, que você a procurou por suas mãos.

— Conte como foi! — disse Moirão, com arrebatamento.

— Já não se recorda? — perguntou Arnaldo estudando-lhe a fisionomia.

— Quero ouvir!

— É melhor esquecer.

— Não: diga o que sabe. Também viu?

— Tudo.

— Pois então repita — disse Moirão com a pertinácia de um mulo.

Os caracteres vingativos, quando sofrem alguma ofensa, em vez de afastarem o pensamento dessa recordação dolorosa, ao contrário revolvem-se nela e saturam-se de fel, como para exacerbar a própria ira e prelibar o prazer da vingança.

Era este o sentimento que dominava Moirão naquela circunstância, animado ainda pelo desejo de verificar as particularidades de um fato que flutuava confusamente em seu espírito.

Arnaldo suspeitou do que movia o minhoto à insistência.

— Vou fazer-lhe a vontade, Aleixo. Foi uma tarde ao escurecer. A família tinha chegado ao rancho; você incumbiu-se de levar o escabelo de apear à D. Flor, e quando ela descia o último degrau, ofereceu-lhe a prenda do capitão Fragoso, dizendo-lhe que a mandava um cavalheiro, seu namorado. É isto?

— Até aí vai direito.

— D. Flor, que segurava as dobras de seu roupão de montar, com a ponta do pé afastou a prenda, e, chamando pelo capitão-mor, disse-lhe vivamente: "Meu pai, este homem faltou-me ao respeito". Então?... O resto não carece.

— Diga, Arnaldo! — bufou o colosso.

— Então o capitão-mor aproximou-se e, segurando-o pela orelha direita, o levantou do chão onde você estava de joelhos, até que o pôs em pé.

— E ma teria arrancado com certeza, se não me erguesse na ponta dos pés. Um insulto como este, Arnaldo, só a morte o apaga. Eu queria tê-lo aqui diante de mim, neste momento, para mostrar-lhe o que é um homem. Dizem que é um brutamonte; pois venha para cá.

Deixou Arnaldo que amainasse a cólera do Moirão.

— Sou seu amigo, Aleixo; já lho disse, e avalio quanto custa a um homem de brio não desafrontar sua honra. Mas eu não consinto que ninguém neste mundo ofenda ao capitão-mor e sua família; portanto, se você não abandonar seu projeto, tenha a certeza de que me há de encontrar pela frente.

— Com você não brigo; isto é decidido. De brincadeira como hoje, sim; mas a valer, não.

— Então desiste?

— De quê?

— Da vingança.

— Isso nunca!

— Neste caso você sabe o que se faz duma árvore que ameaça cair-nos em cima?

— Corta-se.

— É o que eu farei, se não houver outro meio de arredá-lo. O mesmo direito tem você, Aleixo; e como a sorte é vária, se for eu que venha a morrer, desde já lhe perdoo. Afiançou-lhe que, apesar de tudo, havemos de ser amigos no outro mundo como fomos neste.

O mancebo estendeu cordialmente a mão ao companheiro, que a sumiu em sua manopla:

— A estas mãos, Arnaldo, não pode morrer nunca. Minha honra, você não a pode atacar, que é um amigo, e para poupar minha vida não atacarei nunca a daquele que a salvou uma vez.

— Do mesmo modo procederia eu, Aleixo, se fosse de minha vida que se tratasse. Mas é do repouso, da felicidade e da vida dos entes mais queridos que tenho neste mundo; porque o capitão-mor serviu-me de pai, e sua mulher, D. Genoveva, muitas vezes, quando eu era criança, me acalentou ao peito como seu filho.

Moirão enfronhou-se em uma carranca, sinal de profunda cogitação.Afinal, reconhecendo-se incapaz de resolver a terrível colisão, deu segundo murro na testa e arrancou pelo mato fora.

Era este um meio físico de atenuar a dificuldade de sua posição, subtraindo-se por enquanto ao dilema fatal em que se achava colocado entre a honra e a amizade.

O sertanejo, quando o viu desaparecer através da ramada, tomou a mesma direção, seguindo-lhe a pista, mas de longe e a esmo. Certo de não poder perder o rumo e de acompanhá-lo como à sua sombra por entre a espessura do mato, ele demorava-se a examinar a copa das árvores, os rastos dos animais, as moitas de ervas e todos os acidentes do caminho.

O homem da cidade não compreende esse hábito silvestre. Para ele a mata é uma continuação de árvores, mais ou menos espessa, assim como as árvores não passam de uma multidão de folhas verdes. Lá se destaca apenas um tronco secular, ou outro objeto menos comum, como um rio e um penhasco, que excita-lhe a atenção e quebra a monotonia da cena.

Para o sertanejo a floresta é um mundo, e cada árvore um amigo ou um conhecido a quem saúda passando. A seu olhar perspicaz as clareiras, as brenhas, as coroas de mato, distinguem-se melhor do que as praças e ruas com seus letreiros e números.

Arnaldo estivera ausente daqueles sítios algum tempo. Ao passar por eles observava sua fisionomia, tão inteligente e franca para ele, senão mais do que a face do homem; e lia nesse diário aberto da natureza a crônica da floresta. Uma folha, um rasto, um galho partido, um desvio da ramagem, eram a seus olhos vaqueanos os capítulos de uma história ou as efemérides do deserto.

A observação do sertanejo foi interrompida por vago rumor que, apesar de remoto, não lhe escapou. Conhecida a causa, deixou-se ficar onde estava.

Com pouco ouviu-se um vozear de prática animada, e cinco homens, trajados como usava a gente do povo naquele tempo, de braga, véstia e gibão, surdiram do mato. Estavam armados com um arcabuz ao ombro e uma parnaíba à bandoleira.

O da frente era Manuel Abreu, feitor da Oiticica; os outros, serviçais da fazenda.

— Oh! cá está quem sabe do diabo do velho! — exclamou o feitor, dirigindo-se a Arnaldo. — Bem aparecido!

— Quer alguma coisa de mim, Sr. Manuel Abreu? — perguntou o sertanejo.

— O senhor capitão-mor mandou-me procurar o velho Jó, que deitou fogo no mato da fazenda.

— Procure-o — disse Arnaldo laconicamente.

— Não está má a encomenda! Que temos feito desde o romper do dia? Mas o renegado do bruxo abandonou a toca e sumiu-se.

— Cá para mim é trabalho perdido. O velho está nas profundas. Tinha-lhe chegado a hora e ele estourou. O fogo foi pegado pelo enxofre que ele tinha no corpo, o canalha do bruxo.

— Deixe-se dessas histórias de feitiçaria agora, João Coité, que arrepiam os cabelos da gente — ponderou o feitor.

— É mesmo: fica um homem com as pernas bambas, como se tivesse no bucho uma vez de cachaça.

— Uma não terá você, Buriti; mas duas, com certeza.

— Pois é isso, homem. O primeiro trago é que põe a gente banana; o outro conserta.

— Que é que está bolindo ali no mato? Não ouviram gemer?

— Há de ser o caipora — respondeu um mais desabusado.

— Nicácio! Não brinque com estas coisas.

Entretanto Arnaldo seguia adiante sem preocupar-se com os outros. Nesse momento havia parado, com os olhos fitos em uma moita de mimosas, plantas a que o povo dá o nome de *malícia-de-mulher* por descobrir no súbito fechar das folhas de leve tocadas uma semelhança com as esquivanças das meninas sonsas.

O arbusto, exposto aos raios do sol, tinha em geral os folíolos abertos; mas justamente do lado do nascente um olhar atilado notaria certa flacidez dos pecíolos, que todavia não bastava ainda para murchar as ramas.

— Chuva!

Arnaldo proferiu esta palavra, dirigindo-se a Nicácio, que estava ao seu lado; possuído do vivo prazer que a vinda do inverno desperta sempre no homem do sertão, sua alma expandiu-se para dar aos outros as alvíssaras dessa alegria.

— Deus a traga! — disse Nicácio.

— Esta noite! — tornou o mancebo, mostrando ao longe no horizonte um nimbo, tão pequeno, que parecia antes um gavião pairando.

— Por isso eu vi esta manhã uma formiga de asas — acudiu o Buriti.

— Mas então, amigo Arnaldo, que nos diz? Sabe ou não sabe onde está o diabo do velho?

Voltou-se o mancebo com um modo frio:

— Quando o Senhor capitão-mor Campelo mo perguntar, eu lhe responderei.

— Ah! É isto? Pois tenha paciência, que lhe vamos na cola. Não o largo enquanto não me der conta da carcaça do Jó, que a leve o demo logo duma feita.

Arnaldo encolheu os ombros e continuou a andar mui descansado e indiferente por entre as árvores. O feitor e seus acólitos iam-lhe no encalço, quando súbito o perderam de vista. Correram-lhe sus, bateram o mato; mas nem sombra lobrigaram mais do mancebo.

— É à toa! — disse o João Coité. — Se o diabo do surrão velho já o embruxou também.

O ROSÁRIO

Era por formosa manhã de dezembro, a terceira que raiava depois da chegada do fazendeiro à sua casa da Oiticica.

Assomando sobre o capitel da floresta erguida no oriente como o pórtico do deserto, o sol coroado da magnificência tropical dardejava o olhar brilhante e majestoso pela terra, que se toucara de toda a sua louçania para receber no tálamo da criação ao rei da luz.

Na umbria da serra e da espessa mata que a cinge, a fazenda ainda permanece no crepúsculo da alvoroçada, quando já o dia fulgura pelas várzeas e campinas dalém.

Mas ao fluxo da luz, que sobe e a inunda como a corrente de um rio caudal, aquela zona ensombrada vai rapidamente imergindo-se nos esplendores da aurora.

Com a irradiação da manhã derrama-se a aura que anima a solidão. Dessa terra combusta por longo e abrasado estio, já reçumam os viços que anunciam a poderosa expansão de sua fecundidade.

Na noite seguinte à chegada, como previra Arnaldo, tinha caído a primeira chuva. Desde então, com pequenos intervalos, passavam os aguaceiros do Natal que são os repiquetes do inverno.

Embora falhem muitas vezes essas promessas, o sertanejo, como os animais e toda a natureza que o cerca, recebe sempre com intenso prazer as alvíçaras de bom ano.

A primavera do Brasil, desconhecida na maior parte do seu território, cuja natureza nunca em estação alguma do ano despe a verde túnica, só existe nessas regiões, onde a vegetação dorme como nos climas da zona fria. Lá a hibernação do gelo; no sertão a estuação do sol.

A primeira gota-d'água que cai das nuvens é para as várzeas cearenses como o primeiro raio do sol nos vales cobertos de neve: é o beijo de amor trocado entre o céu e a terra, o santo himeneu do verbo criador com a Eva sempre virgem e sempre mãe.

Nunca vi o despertar da natureza depois da hibernação. Não creio, porém, que seja mais encantador e para admirar-se do que a primavera do sertão. Aqui a transição se opera com tal energia que assemelhava-se de certo modo à mutação.

Aquela várzea que ontem ao escurecer afigurava-se aos vossos olhos o leito nu, pulverento e negro de um vasto incêndio, bastou o borraceiro da noite antecedente para cobri-la esta manhã da virescência sutil, que já veste a campina como uma gaze de esmeralda.

Não há em cada uma das raízes do capim seco e triturado mais do que um broto imperceptível; porém rebentam os gomos com tanto luxo e abundância que, à guisa dos tênues liços de uma teia cambiante, formam esse gaio matiz da primavera.

Aquela árvore também que ainda ontem parecia um tronco morto já tem um aspecto vivaz. Pelos gravetos secos pulula a seiva fecunda a borbulhar nos renovos para amanhã desabrochar em rama frondosa.

Que prodígios ostenta a força criadora desta terra depois de sua longa incubação! Dela pode se dizer sem tropo que vê--se rebentar do solo o grelo e crescer, assistindo-se ao trabalho da germinação como a um processo da indústria humana.

Nas abas da serra onde as árvores tinham conservado a verdura, sentia-se passar pela floresta um estremecimento como de prazer. A brisa da manhã enredando-se pela ramagem rociada não mais arranca os murmúrios plangentes da mata crestada. Agora o crepitar das folhas é doce e argentino, como um harpejo sorridente.

Não eram somente as matas, os silvaçais e as várzeas que se arreavam com as primeiras galas do inverno. O espaço, até ali mudo e ermo na limpidez de seu azul diáfano, começava por igual a povoar-se dos pássaros, que durante a seca se refugiam nas serras e emigram para climas amenos.

Já se ouviam grazinar as maracanãs entre os leques sussurrantes da carnaúba e repercutirem os gritos compassados do cancã, saltando pela relva. O primeiro casal de marrecas, naquele instante chegado das margens de Parnaguá, a centenas de léguas, banhava-se nas águas de um alagado produzido pela chuva.

D. Flor, retida em casa no primeiro dia pela fadiga da jornada e no segundo pelos chuvisqueiros que tinham encharcado o terreiro, aproveitou a bonita manhã para rever os sítios da infância depois de longa ausência.

Neste momento desce esquiva e ligeira os degraus da varanda e desaparece por entre o arvoredo do pomar, volvendo um olhar na direção da casa, para certificar-se que não se apercebiam de sua ausência.

Não entrava nesse cuidado da donzela o receio de uma falta. A ingênua altivez de sua índole não a deixaria nunca praticar ato que ela julgasse repreensível, nem recorrer a disfarces para esconder suas intenções.

O que a fizera esgueirar-se pelo quintal não passava de uma fantasia de moça. Quando saía a passear pela fazenda era costume abalar-se meia casa para ter o contentamento e a fortuna de acompanhar a doninha.

Não havia agregada ou escrava que não disputasse a honra de abrir-lhe o caminho, levá-la à sua palhoça, para oferecer-lhe o presente que lá tinha guardado. As mais moças brigavam a quem lhe daria a fruta mais bonita ou lhe descobriria o ninho de beija-flor. Depois vinham as crias que também porfiavam nas cabriolas e algazarras com que festejassem a marcha triunfal.

Em outras ocasiões D. Flor deleitava-se no meio dessa procissão, que lhe formava uma corte de princesa daqueles sítios; nessa manhã desejou passear só, talvez que para estar mais presente nos sítios queridos que ia percorrer, e dos quais andara separada tantos meses.

Trajava a donzela um roupão de sarja, guarnecido de fraldelim pardo, que debuxava a galba palpitante de seu talhe gracioso. A fímbria ao de leve arregaçada por causa da orvalhada, mostrava o pé de menina calçado por um borzeguim preto com o salto escarlate.

Trazia, ainda na mão, uma capelina de soprilho com rocais da mesma fazenda e franjas de alvas rendas de Guimarães. Logo que chegou ao quintal cingiu a cabeça com esse toucado, que abrigava-lhe a cútis mimosa dos raios do sol, moldurando-lhe o rosto gentil, como uma grande magnólia silvestre de cuja corola surgisse sua beleza.

A donzela, deixando o pomar, deu volta ao redor do edifício e foi sair próxima ao casalinho da Justa, para onde se encaminhou.

A sertaneja estava neste momento sentada na soleira da porta; acabava de ordenhar suas cabras. Perto dela via-se um alguidar onde ia deitando a conta de cada uma. As chuvas das últimas noites haviam enchido as tetas, que já dificilmente apojavam com a seca.

Quando a Justa viu a poucos passos sua filha de criação, levantou-se com ímpeto de contentamento e abriu os braços de modo a receber Flor, que lançou-se-lhe ao colo. Para estreitá-la ao peito, a sertaneja, que não tivera tempo de se desvencilhar do tarro seguro na mão esquerda, nem de lavar a mão direita úmida de leite, cruzou os pulsos, afastando-os de modo a não tocar a menina.

Este movimento aproximou da espádua de D. Flor o púcaro no qual a donzela, enquanto deixava-se abraçar, punha os lábios e bebia a rir uns goles de leite. Justa, a quem os brincos da filha querida faziam mais menina que ela, prestou-se à travessura e prolongou-a para gozar da ventura de conservar a moça por mais tempo abraçada.

— Que bom leite, mamãe Justa! E que saudades que eu tinha dele! O de lá é aguado, não se parece com o nosso! De qual é? Da Cambraia?

— Não, meus carinhos, é da Mochincha. A Cambraia está amojada.

Esqueceu tudo quanto tinha que fazer a boa sertaneja, no alvoroço de receber a filha. Não havia no casalinho maior festa, desde a Circuncisão até São Silvestre, do que lhe trazia D. Flor sempre que aí vinha.

A cabana constava de três peças: uma servia de varanda, outra de dormitório, a última era a cozinha. Todas as portas e janelas estavam abertas, de modo que o ar e a luz entravam francamente com a fragrância dos campos. O chão era de massapé, mas tão rijo e varrido que não se via sinal de poeira.

À exceção da cozinha, cada aposento tinha uma rede de algodão muito alva. No dormitório a rede faz as vezes de cama; na varanda faz as vezes de sofá, e é o lugar de honra que o sertanejo, fiel às tradições hospitaleiras do índio, seu antepassado, oferece ao hóspede que Deus lhe envia.

O primeiro cuidado de Justa foi correr ao quarto e tirar da sua mala de couro uma rede também de algodão, porém de ramagens encarnadas, com dois palmos de renda na franja matizada. Imediatamente substituiu a outra por esta, que ela ainda não achava bem chibante para sua filha querida.

— Agora pode sentar-se, meu bem — disse a sertaneja abrindo as dobras.

D. Flor encostou-se à aba da rede, e fincando no chão a ponta do borzeguim, começou a embalar-se, enquanto a ama ia buscar tudo que tinha de melhor em casa para oferecer-lhe:

— Prove deste queijo que está tão fresquinho! É o primeiro deste ano. Agora com as chuvas as cabrinhas sempre deram para um coalho.

Depois do queijo fresco, que ainda estava no chincho, vieram os balaios de biscoito, as rosquinhas de carimã, flores de alfenim, em suma toda a provisão de gulosinas que a sertaneja havia feito à espera de sua filha de criação.

D. Flor beliscou em tudo como uma rola para dar à sua mamãe, de cada coisa que provava, um novo prazer.

— Agora basta, mamãe Justa; não faça de sua filha uma gulosa que é muito feio.

— Ixe!... — respondeu a sertaneja com o seu muxoxo especial. Em D. Flor tudo é bonito.

— Está me deitando a perder.

— Torno a dizer! O que nos outros é feio e não se atura, se meu querubim fizesse, todos haviam de ficar encantados.

— E se eu não lhe quisesse mais bem? Era bonito, diga, mamãe Justa?

— Isto não pode, ainda que queira! — disse a sertaneja sorrindo.

Justa arrastara um estradinho coberto de couro e sentara-se defronte da donzela para conversar. Enquanto falava, levada pelo hábito de sua vida laboriosa, tirara um fuso da cintura, e por distração mais do que para aproveitar o tempo, começara a fiar as pastas de algodão que estavam dentro de uma cabaça suspensa à parede.

D. Flor abandonou a rede, e tirando das mãos de mamãe o fuso, acomodou-se mui sem cerimônia no colo da sertaneja, que já não cuidava em outra coisa senão em ninar o seu querubim.

— Espere, mamãe; deixe-me ver seu rosário — disse D. Flor, desatando o pequeno ramal de contas pretas que a sertaneja trazia ao pescoço.

Deitando-o no regaço de seu roupão, tirou do bolso um pequeno embrulho de tafetá, atado com um torçal de prata. Havia dentro um grande rosário, todo ele de contas de ouro, com os padre-nossos de coral e as coroas de marfim. A cruz era de azeviche com o Cristo de jaspe.

A donzela cingiu o pescoço de sua mamãe com cinco ou seis voltas do rosário e deixou-lhe afinal pender sobre o peito a cruz, que teve o cuidado de colocar de chapa, mostrando a imagem do Redentor.

— Aqui tem! É um rosário completo com duas coroas e mais um mistério. Assim não carece de passar duas vezes, quando rezar sua novena.

Justa não dava sinal de si. Ficara maravilhada com a riqueza e formosura daquele mimo e estava em êxtase, imóvel como uma estátua, receosa de que o seu menor gesto maculasse aquele primor.

Acabando de arranjar o rosário, afastou-se D. Flor para observar o efeito:

— Está uma dona, mamãe!

Foi então que Justa, despertando, correu à menina, e como costumava em seus momentos de efusão, suspendeu-a nos braços, tomando-a ao colo da mesma forma que fizera quando a trazia aos peitos, e afogando-a de beijos e carícias.

No dia seguinte ao da chegada, quando se arrumou a bagagem, tinha-se feito uma distribuição geral de presentes pela gente da fazenda. Cada uma das pessoas que ficaram havia recebido uma peça de vestuário, um traste de uso, ou qualquer outra lembrança. Os homens o receberam da mão do capitão-mor; as mulheres, da mão de D. Genoveva; as moças e meninas, da mão de D. Flor.

Mas a donzela, além daqueles presentes, tinha três especiais, que havia reservado para mais tarde: um era o de Alina, sua companheira de infância, outro era o da sua mãe Justa. Faltava-lhe dar o terceiro.

COMADRE

Flor voltara a embalar-se na rede, e Justa fazia outra vez corrupiar o fuso às castanholas de seus dedos ágeis.

A donzela correu com os olhos toda a casa, como se esperasse a presença de mais alguém; foi ao terreiro da casinha e frustrada em sua esperança, dirigiu-se à ama com uma carinhosa exprobração:

— Que é feito de Arnaldo, mamãe Justa? Há três dias que chegamos e ainda ninguém o viu.

— Arnaldo? Minha filha não sabe? É verdade que eu nem me lembrei de contar-lhe.

— O quê? — perguntou a moça inquieta. — Que lhe aconteceu?

— Nada de mal. Foi que, no mesmo dia da saída do senhor capitão-mor, ele veio despedir-se de mim, que também ia fazer uma viagem.

— Aonde?

— Não disse; mas eu cuido que é para as bandas da Serra Grande, atrás de uns barbatões que o vaqueiro Inácio Góis pediu-lhe para agarrar. Nisso de campear não há quem lhe ganhe. Em todo este sertão não havia vaqueiro como o Sr. Louredo, meu defunto que Deus tem. Pois o filho ainda passa. Minha Flor não se lembra daquele novilho que ele foi pegar lá no fundo do Piauí? Gastou três meses; mas trouxe o mocambeiro amarrado à argola da cilha.

A donzela prestava à ama vaga atenção, distraída por uma ideia que a notícia suscitara em seu espírito. Mas, desprendendo-se dessa cisma interior, tornou à conversa.

— E mamãe não tem medo que lhe aconteça alguma coisa, aí por esses desertos?

A sertaneja abanou a cabeça com um gesto de confiança, e o rosto banhado de um ingênuo orgulho:

— Que lhe há de acontecer?

— Eu sei? algum perigo.

— Está defendido. Enquanto tiver no pescoço o bentinho, não lhe acontece mal.

— Aquele relicário vermelho?

— Ninguém sabe quem deitou — respondeu a sertaneja, afirmando com a cabeça. No mesmo dia de nascido, apareceu com ele e não se viu entrar em casa viva alma, nem a criancinha saiu da minha rede. Só quando eu acordei, ainda assim como sonhando, senti um cheiro de incenso e vi uma alvura que me cegou. Havia de jurar que eram asas de anjo. Quando olhei para o pequenino ele estava rindo-se e a brincar com o relicário, como se já tivesse juízo para entender.

— Nunca me contou isso, mamãe Justa! observou a menina, surpresa.

— Meu homem não gostava que eu falasse nestas coisas, e então ficou no esquecimento o milagre do bentinho. Mas o senhor capitão-mor e a dona sabem tudo.

— Então esse relicário tem a virtude de livrar a pessoa de qualquer risco e desastre?

— De todo o perigo, seja do fogo ou d'água, de ferro ou veneno — respondeu a ama com o tom da mais profunda convicção.

— Esta certeza que você tem, mamãe Justa, é que eu não vejo. Só por que não se sabe donde veio o relicário?

— Pois não está se vendo, meu bem, que foi um anjo que o pôs ao pescocinho da criança, mandado por Nossa Senhora da Penha de França? Porque eu o tinha oferecido à Mãe Santíssima para seu devoto, quando ainda o trazia nas minhas entranhas, e então ela quis protegê-lo. Agora repare que, saindo Arnaldo um menino tão travesso que ninguém podia com ele, nunca lhe aconteceu nada, mesmo nada; nem um arranhão de unha de gato, ou uma queda da goiabeira. Sumia-se um dia inteiro, metia-se no mato, ou andava cercando os magotes para montar nos poldros bravos, e estava mais seguro por lá, do que se eu o guardasse aqui junto de mim, no terreiro. Não se lembra daquela pobre, aí para as bandas de Russas, que enquanto ensaboava uma roupinha, os porcos lhe comeram o filho, mesmo dentro de casa?

— Coitada! Esqueceu-se de fechar a porta.

— Se tivesse proteção do céu podia deixar aberta, ainda que lhe andassem as onças no terreiro. Era o mesmo que se um benzedor lhe fizesse o signo Salomão no batente: ninguém entrava.

— Agora por falar nas travessuras de meu colaço, mamãe Justa, lembrou-me de uma coisa que me sucedeu na viagem.

— Pois conte, meu querubim, que estou mesmo ansiosa de saber como lhe foi por lá pelo Recife, se achou muito bonita a cidade e teve festas e regozijo?

— Depois contarei tudo. Agora é só o que sucedeu na ida.

— Pois sim.

— Estávamos já perto do Recife e tínhamos atravessado um rio chamado das Tabocas, onde se deu uma grande batalha no tempo dos Flamengos.

— Sei; o velho Anselmo sempre falava nessa guerra que também ele andou por lá pelejando.

— Eu ia adiante equipando, quando um cavalo bravio, que andava pela várzea a pastar, correu furioso para brigar com o lazão.

— Jesus! Que perigo!

— Foi apenas o susto. Quando o cavalo se atirou como uma onça para morder o lazão, um homem apareceu não sei donde que o agarrou pelas orelhas e saltou em cima.

— Bravo! Já estou-lhe querendo bem sem o conhecer.

— O cavalo corcoveava pela várzea, que parecia uma cabra; mas o sujeito meteu-lhe as esporas e lá se foram os dois aos trancos, pela várzea fora. Foi então que me lembrei de Arnaldo quando montava em pelo nos poldros bravos, e andava a escaramuçar pelo campo até amansá-los.

— É verdade; era um capetinha. Mas o susto não fez mal à minha filha? — perguntou a ama com terno desvelo, como se falasse de um perigo recente.

— Não, nem disse nada à minha mãe para não afligi-la. O mais curioso, porém, é que o tal sujeito que me livrou dava uns ares com Arnaldo.

— Deveras?

— Eu não lhe vi a cara, porque ele tinha um lenço de rebuço, e também foi um relance, enquanto montava. Mas o corpo, nunca vi coisa mais semelhante.

— Que me está dizendo, meu querubim?

D. Flor fez uma pausa de hesitação, ao cabo da qual fitou os olhos na ama:

— Quem sabe se não era mesmo meu colaço, mamãe Justa?

—Ele? Arnaldo? Que ideia! se andava tão longe, por este sertão adentro! Capaz de fazer o que o outro fez, isso sim; e mais, e muito mais, por meu querubim, que ele é meu filho e criou-se nestes peitos.

— Não podia ser ele! — disse Flor com a voz lenta, e recaindo na cisma anterior.

Porventura seu espírito, recordando o fato e combinando-o com a notícia da ausência que Arnaldo fizera da fazenda, laborava em dúvida, apesar da denegação que lhe escapara dos lábios.

Ouviu-se um manso balar e um piso rijo, mas compassado. Com pouco apareceu na porta que dava para a cozinha uma bonita cabra rajada, das maiores que se criavam naqueles pingues sertões.

Ao avistá-la, Justa estendeu a mão dizendo:

— Ande cá, comadre: venha dizer adeus à sua filha, que você ainda não viu.

A cabra, como se entendesse a sertaneja, caminhou com passo lento e grave qual convinha a uma matrona e veio apoiar a cabeça na espádua a donzela que abraçou e acolheu com meiguices ao lindo animal.

— Adeus, mamãe bebê, como passou? Vamos a saber... Teve saudades de sua filha? Qual! Você é uma ingrata!

D. Flor, que levantava com a mão esquerda a cabeça da cabra para falar-lhe, fez com o índice da mão direita um gesto risonho de ameaça infantil:

— Por que não me foi encontrar no terreiro com sua comadre, quando eu cheguei?

— Estava esperando por Arnaldo — observou a Justa.

— É um faro que ela tem para conhecer aquele filho, que é

uma coisa por maior. Desde transanteontem à tarde, quando minha filha chegou, que ela começou a chamar, a chamar, e não saiu mais lá do cocoruto à espera dele.

— Então a senhora quer mais bem a ele do que a mim? — atalhou a donzela voltando-se para a cabra com uma feição graciosa que debalde pretendia tornar-se em carranca.

— É para pagar o mais que eu lhe quero a você, meu querubim — replicou Justa, rindo-se.

— Não deve ser!

— Mas se é!

Flor dirigiu-se outra vez à mamãe bebé.

— E que notícias me dá de seu querido, dona? Bem mostra que é seu filho; ingrato como a mamãe.

— Ela que apareceu, é que Arnaldo não tarda por aí.

A cabra fitou seus olhos de topázio cheios de inteligência na donzela; volveu a cabeça para fora e afastando-se com o mesmo passo cadente foi colocar-se no meio da varanda, voltada para a porta.

Aí ficou imóvel até que, decorridos instantes, ergueu a pata dianteira e começou com ela a bater no chão, recuando a passo e passo para logo depois avançar e retrair-se de novo. Afinal caminhou direito à porta.

Arnaldo pisava a soleira.

O sertanejo dos dias antecedentes, o filho do deserto, livre e indômito como o cervo das campinas, ficou lá fora. Quem entrou foi um mancebo tímido e acanhado no qual todavia a aparência rústica do trajo e o enleio do gesto não escureciam a nativa beleza do perfil e o molde airoso do talhe.

O filho e a mãe abraçaram-se estreitamente no meio da varanda, onde se encontraram correndo um ao outro. Depois desse desafogo das saudades, Justa voltou ao estradinho levando o filho pela mão até o lugar onde ficara D. Flor.

— Adeus, Arnaldo! — disse a donzela com ingênuo prazer.

O sertanejo parado em face da donzela com os olhos baixos e respondeu em voz submissa:

— Adeus, Flor.

Ou por espontâneo movimento, ou para subtrair-se ao

enleio dessa posição, Arnaldo voltou-se para a cabra que lhe seguira os passos, e estendeu-lhe as mãos. O carinhoso animal pousou nas palmas de seu filho de leite as patas dianteiras, e daí com um salto alcançou-lhe as espáduas.

Ficaram assim os dois abraçados. Arnaldo prolongava de propósito a carícia, perplexo sobre o que devia fazer. Por fim a cabra separou-se e foi sentar-se defronte no seu canto, com os olhos fitos no grupo.

— E a mim não se abraça? — perguntou D. Flor a sorrir.

Arnaldo estremeceu. Vendo-o atônito e mudo, Justa impeliu-o ao de leve pela mão.

— Anda daí, Arnaldo; abraça tua colaça. Estás tonto da viagem?

— Deixe-o; eu vou abraçar mamãe bebé — disse a donzela, zombando do vexame de seu irmão de leite.

— Ora vejam que partes! — insistiu a ama.

Levantando-se passou o braço pela cintura de cada um, obrigando-os ambos a aproximarem-se.

D. Flor pousou timidamente a mão no ombro do rapaz e sua cabeça roçando-lhe o peito ouvia-lhe as rijas e violentas palpitações. Quando desprendeu-se do rápido abraço leve rubor carminou-lhe as níveas faces; mas apagou-se logo no gesto da linda fronte, a qual erguera-se com a expressão altiva e senhoril que era o toque de sua beleza.

Arnaldo não se animara a cingir o talhe da donzela. Se tocara-lhe o corpo, fora impulso da mãe; logo, porém, recuara voltando as costas para esconder a veemente comoção.

Sua fisionomia tinha a lívida rigidez de um espectro. Calcava a mão sobre o peito para comprimir o coração, que saltava-lhe aos ímpetos, como um poldro selvagem. Deu alguns passos para a porta vacilando como um ébrio.

— Onde vais tão cedo, Arnaldo? — perguntou Justa.

Nesse momento soou lá fora, para o lado da várzea, grande estrépito. O gado mugia; os cães latiam furiosos e no meio do alarido destacavam-se vozes humanas a clamar:

— Ecou!... Ecou!... Arriba, gente! Isca, Roldão!... Valente!...

Ao primeiro rumor, Arnaldo assumiu-se vibrando a fronte. Já era outro homem, ou antes, tornara ao que era. Do peito vigoroso rompeu-lhe o brado formidável que nenhum vocábulo traduz, rugido humano com que o sertanejo afirma no deserto o império do rei da criação.

De um ímpeto ganhou a porta e desapareceu.

Alvoroço

O ponto de onde vinha o alarido era a várzea fronteira à casaria da fazenda.

O capitão-mor Campelo saiu fora ao terreiro para conhecer a causa do alvoroço. Agrela o seguia.

Não tardou que se reunissem ao grupo D. Genoveva e D. Flor, que chegara acompanhada por Justa, e curiosa de saber a razão do ímpeto de Arnaldo.

As criadas e escravas acudiam à janela enquanto os fâmulos e agregados corriam ao lugar do acontecimento para melhor verem o que ali estava passando, e sendo possível, tomarem parte na função.

Na várzea já estavam muitos indivíduos, pela maior parte moços ou criados do vaqueiro, que atualmente no sertão designam com o nome de *fábricas*. Fazia largo cerco ao redor de uma coroa de mato, balsa emaranhada que erriçavam os talos espinhosos das carnaúbas.

Armados uns de arcabuzes e clavinotes, outros de parnaíbas e facas do mato, excitavam-se mutuamente a avançar; nenhum contudo se resolvia a ser o primeiro. Não que lhes faltasse a coragem, provada nos azares da vida áspera do sertanejo; mas o perigo desconhecido nunca deixa de infundir um vago assombro que, se não abate o valor, entorpece a resolução. Não são todos que ousam afrontá-lo a sangue-frio.

Até aquele momento ignorava-se o que havia no capoão; e a coisa tomava feição de mistério que nesses tempos supersticiosos dava tema para as mais absurdas visões.

Um dos cães do curral tinha farejado o quer que era no matagal e dera aviso. Logo acudiu toda a matilha, que não cessava de latir, e com ela os rapazes, que a estumavam para investir.

Entretanto a brenha permanecia silenciosa; não se ouvia o menor sussurro e as folhas do arvoredo apenas aflavam com o brando sopro da viração. Esta placidez, que quase devia tranquilizar, era precisamente a causa do terror, porque transmitia ao acidente um aspecto estranho e inexplicável.

— É onça com certeza! — dizia o José Pina.

— Se fosse onça, já tinha espirrado.

— Eu conheço pelo latido do Ferro!

— Para mim, não é senão defunto! — observou o Quinquim da Amância.

— E mais de um.

— Qual defunto! — exclamou o João Coité, que chegava esbofado da corrida.

— Então é o lobisomem!

— Coisa pior! Sou capaz de apostar minha alma em como não é outro senão o velho bruxo!

— É verdade! — exclamaram muitas vozes em roda.

— Vamos a ver, que é o mais certo — observou o Buriti.

— Não é o filho de meu pai que se mete nessa — observou João Coité. — Se fosse gente ou coisa deste mundo, aqui tinham um homem que vale por três, mas como Tinhoso não quero súcias.

Esta profissão de fé arrefeceu o entusiasmo dos companheiros e houve quem suscitasse a ideia de chamar o capelão para atacar o inimigo com as armas da Igreja, e obrigá-lo a sair do mato onde se encafuara.

A esse tempo chegou Arnaldo à várzea. Colhendo na passagem a nova do que havia, enrolou no braço direito o gibão de couro e com a faca desembainhada investiu para o mato, onde penetrou e desapareceu.

Foi um instante de ansiedade para os que ali se achavam. Arrependidos uns de não terem acompanhado o destemido rapaz, outros de não haverem obstado àquela temeridade, aguardavam o desfecho do estranho acidente.

João Coité, convencido de que Arnaldo já estava embruxado pelo velho, preparava-se para algum acontecimento e por causa das dúvidas tinha o polegar à altura da testa pronto para benzer-se.

O Quinquim da Amância, que lembrara-se do lobisomem, fez com a vara de ferrão um grande signo-saimão e saltou dentro, no que o acompanharam todos os rapazes, crentes de que assim ficavam preservados de virarem raposas.

— O que é? O que é? — gritou o Manuel Abreu, que chegava com o resto de sua gente.

Nessa ocasião ramalhou o mato; logo depois abriu-se a folhagem e apareceu Arnaldo puxando pela orelha a um tigre enorme, que o seguia gacheiro e humilde.

O assombro da gente durou até que o sertanejo com o singular rafeito sumiu-se na ponta do mato, que se prendia à floresta e formava como um braço arqueado a cingir a várzea.

Não foi menor a surpresa das pessoas que observavam a cena do alto do terreiro. As mulheres não tiveram ânimo de a acompanhar até o fim, horrorizadas com a ideia de que a fera pudesse de repente lançar-se a Arnaldo ou a qualquer dos outros e estraçalhá-los. D. Flor também sentiu um calafrio que obrigou-a a cerrar as pálpebras; porém tinha império sobre si e alma para admirar os rasgos de coragem.

O que maravilhava a esses homens valentes e habituados às façanhas do sertão não era a coragem de Arnaldo, mas a submissão do tigre.

A luta de um homem só contra o tirano das florestas brasileiras não era novidade: sabiam que o sertanejo afronta a onça e abate-a a seus pés. Se eles não o tinham feito, conheciam ou de fama ou pessoalmente mais de um caçador para quem essa proeza era divertimento.

O tigre brasileiro, apesar de Buffon que o não conheceu, é um animal formidável pela força e pela intrepidez. Há exemplo de penetrar em um rancho ou acampamento, e arrebatar dele um homem, zombando dos tiros com que o perseguem os companheiros da vítima.

Arrasta o cavalo ou boi que matou e faz frente aos caçadores, afastando-se com rapidez não obstante o grande peso da carga. Azara refere o caso de um que levou com o boi morto outro boi vivo, preso à mesma canga.

Toda essa força e braveza cedem à agilidade do homem. Não compreendia, porém, a gente da fazenda o império que o rapaz sertanejo exercia sobre a fera, a ponto de a levar à trela como a um sabujo.

Da mesma forma que o leão, a pantera e todo animal, por mais cruel que seja, o tigre brasileiro pode ser domesticado. Naquela época havia caçador nos sertões que tinham dessas fantasias; embora mais de uma vez fosse obrigado a ir à cola do fugitivo, a quem apertavam saudades da brenha.

Uma coisa, porém, era o tigre manso, e outra mais diversa o tigre bravio, que saíra da mata açulado pela fome e que deixava-se arrastar por Arnaldo, sem opor-lhe a menor resistência, nem dar qualquer sinal de cólera.

Não atinando com a explicação natural do fato, buscava-a aquela gente na superstição. Atribuíam todos à feitiçaria esse poder incompreensível que o sertanejo exercia sobre a fera.

João Coité era de opinião diferente. Para o visionário, aquela onça não era o que mostrava, porém o bruxo velho Jó, que tomara a figura do animal, a fim de não ser conhecido.

— E senão, vejam como veio correndo o outro enguiço de Satanás que ele já enfeitiçou? Aquilo é que sentiu o fartum de enxofre.

Já se tinha dispersado a gente, e recolhidos aos aposentos ou tornados às labutações jornaleiras, os agregados cismavam sobre o caso, que dava tema vasto à tagarelice.

No terreiro, à sombra da oiticica, ainda se achava o capitão-mor Campelo com seu tenente Agrela e o padre Teles, capelão da fazenda.

Já entrado em anos, porém ainda verde e bem disposto, o sacerdote, mais por índole do que por estudo e convicção, dava o exemplo de uma tolerância benévola que todavia estava bem longe da simonia de certos padres desabusados, como então os havia nas colônias, e para os quais a religião era uma indústria, o altar, um balcão.

Praticavam as três pessoas acerca do fato a que tinham assistido, e o capitão-mor, perplexo na opinião que devia formar sobre tão estranho caso, ouvia aos seus dois ajudantes, o do espiritual e o do temporal:

— Tem-se visto sujeitos neste sertão que lidam com as cobras mais assanhadas, como a cascavel e a jararaca, as enrolam ao pescoço ou as trazem no seio sem que lhes façam mal — observava Agrela.

— Eu conheci nos Cariris — aderiu o capelão, afirmando com a cabeça um caboclo que tinha criação delas.

— Esse poder que uns têm sobre as cobras, outros o terão sobre as feras, como acabamos de ver — tornou Agrela.

— Mas esses não são feiticeiros, Agrela? O seu poder não vem de artes ocultas?

— Assim pensa toda a gente, Sr. capitão-mor. Mas para mim tenho que são coisas naturais, ainda que não as sei explicar.

— Que dizeis a isso, padre Teles? — perguntou o fazendeiro voltando-se para o capelão.

— É fora de toda a dúvida que neste caso admirável do qual fomos testemunhas, assim como no das cobras e outros semelhantes, há uma virtude sobrenatural, que não pertence ao mortal, mas lhe foi transmitida por um poder superior.

— Qual poder, padre Teles? O do inferno? — interrogou Campelo.

— O do céu, Sr. capitão-mor. Deus, como ensinam as sagradas escrituras, pode operar o milagre, ou por si diretamente, como fez Jesus ressuscitando o Lazáro e restituindo a vista ao cego, ou por meio dos santos e de suas relíquias. Assim foi que Moisés separou as ondas do Mar Vermelho e Josué fez parar o sol; e também que a túnica de Elias dividiu as águas do Jordão, o sudário de Paulo curou os enfermos, os ossos de Eliseu ressuscitaram os mortos, além de outros inúmeros exemplos.

— Acreditais então que fosse um milagre? — interrogou novamente o capitão-mor.

— Acredito que o Senhor quis salvar o filho da Justa, ou por intercessão do santo da especial devoção da mãe, ou pela virtude de alguma relíquia preciosa que o rapaz traga consigo.

— Ele tem um bentinho! — observou o capitão-mor pensativo; — e o traz desde que nasceu.

— Se a onça conservasse seu natural feroz e carniceiro, com certeza estava perdido o rapaz. E como o modo de salvá-lo era esse de amansar a fera, o que se viu mais de uma vez nos circos romanos, e que o Senhor especialmente usou com Daniel na cova dos leões, não há coisa que nos espante naquela ação que presenciamos, pois infinito é o poder de Deus, e mais estupendos milagres tem operado para manifestar aos mortais sua onipotência.

— Amém! — disse o capitão-mor, que se descobrira respeitosamente, sendo imitado no gesto e na palavra pelo ajudante.

Terminada a prática religiosa, o padre Teles, obtendo vênia, retirou-se ao seu aposento. Permaneceram no terreiro o capitão-mor e Agrela.

Esses dois homens formavam no físico, tanto como no moral, perfeito contraste. De Campelo já se disse que era sujeito robusto e corpulento, de marca superior ao estalão humano. Agrela, franzino e de exígua estatura, parecia ao lado do fazendeiro um espadim à fiveleta de um mata-mouro.

Quanto ao moral, o que tinha o capitão-mor de passado e formalista, pagava-lhe o ajudante em viveza e prontidão. O tempo que o primeiro consumia a tomar uma resolução, bastaria ao outro para realizá-la.

Daí provinha naturalmente a volubilidade e e inconstância do gênio do moço, assim como a tenacidade do velho em sustentar sua resolução, uma vez tomada.

Entretanto por contraprova do anexim, que — *dois gênios iguais não fazem liga,* — fora precisamente o contraste daquelas duas naturezas a solda que as unira a ponto de já não fazerem mais de uma pessoa, embora repartida por dois corpos.

O capitão-mor Gonçalo Pires Campelo, ali presente, não seria o mesmo opulento fazendeiro que era, comandante das ordenanças da freguesia de Santo Antônio de Quixeramobim e o maior potentado daquela redondeza, se arredassem dele o Agrela, seu ajudante.

Equivaleria a amputar-lhe uma faculdade d'alma e a mais ativa. A energia, de que o velho dera tantas provas e que lhe granjeara admiração e rspeito, desapareceria como a rigidez do aço privado de sua têmpera.

Nem podia ser doutra forma, pois essa energia resultava da combinação dos dois caracteres. Com a volubilidade de seu gênio, Agrela tinha em qualquer circunstância um alvitre pronto e o comunicava ao capitão-mor, em cuja vontade lenta, mas robusta, essa lembrança tomava logo a força de uma inabalável resolução.

A mesma transfusão operava-se acerca do pensamento. O capitão-mor, que tinha aliás o senso claro e reto, para não dar-se ao trabalho de meditar, incumbia o seu ajudante dessa ocupação secundária e limitava-se a colher a suma. Não admira, pois, que, apenas retirado o padre Teles, se voltasse o Campelo para o mancebo e lhe perguntasse:

— Que vos parece, Agrela?

— De que, Sr. capitão-mor? Do que disse o padre Teles?

— Sim, homem; estais pelo milagre?

— Minha ideia é, como já disse ao Sr. capitão-mor, que estas coisas não são comuns; mas também não se podem chamar impossíveis. Elas têm uma causa natural, conhecida dos que especulam estes arcanos da natureza.

— Há então uma causa oculta; e essa tanto pode ser milagre como feitiçaria.

— O Sr. capitão-mor há de ter visto muitas vezes, como eu, o passarinho que vai piando meter-se ele mesmo na boca da cascavel.

— É verdade.

— Aí está uma coisa bem natural e de todos os dias que já ninguém estranha. Esse terror que a cobra causa ao passarinho, a ponto de obrigá-lo a entregar-se, eu acredito que um homem forte e valoroso inspire a outro homem, quanto mais a um tigre, a ponto de torná-lo manso e inofensivo. E o Sr. capitão-mor tem em si uma prova desse predomínio.

— Então pensais que em tudo aquilo não houve senão a valentia do rapaz e o medo da onça?

— Assim me parece.

— Acertastes, Agrela; não foi outra coisa.

Nesse instante viu o ajudante a Arnaldo que subia a encosta na direção do terreiro; e indicou-o ao capitão-mor.

Explicação

O sertanejo curvou-se e beijou a mão ao fazendeiro, costume patriarcal já em voga no sertão e que ele praticava por um impulso d'alma, pois habituara-se desde a infância a respeitar no velho Campelo um outro pai, além do que lhe dera a natureza.

Arnaldo e Agrela trocaram fria saudação. Havia entre ambos um afastamento, que já o capitão-mor havia percebido com pesar, pois desejava ligar entre si os dois mancebos, como os trazia unidos em sua afeição.

O ajudante foi arredando-se à feição de retirar-se.

— Onde ides, Agrela? — perguntou Campelo.

— Ali, ao quartel!

— Pois ide! — disse o capitão-mor acenando-lhe com a mão.

O velho sentia que ia cometer uma fraqueza e não queria testemunha.

— Então, qu'é da onça?

— Lá se ficou no mato.

— É de bom acomodar — tornou o capitão-mor a rir.

— Ah! somos conhecidos velhos — respondeu o rapaz no mesmo tom.

— Como então?

— É uma história.

— Pois conta lá.

— Se não tem que contar!... Coisas do mato.

— Vai dizendo.

— Eis o caso. Essa dona e seu companheiro apareceram aqui na vizinhança haverá um ano. Como eu ando sempre a bater por estes matos, parece que os importunava; e então assentaram de acabar-me a casta. Não dava mais um passo, que não andasse no rasto algum dos dois camaradas.

— Não eram maus os pagens!

— Não eram, não; mas a mim é que não me serviam, que sempre foi meu costume andar só, pois é o meio de andar seguro. Então passei a saber dos tais amigos o que pretendiam deste cearense.

— Ah! E que responderam?

— Se eles ignoram as regras da cortesia... No que afinal têm desculpa, pois nunca foram à Corte, nem ao menos ao Recife. Portaram-se como dois vilões. O que eles queriam, bem adivinhava eu; era apanharem-me descuidado e torcerem-me o gasnete. Mas eu transtornei-lhes o plano.

— Vamos a ver a façanha.

— Não foi nenhuma, Sr. capitão-mor; manha sim, houve alguma. Um dia que o macho saiu à carniça mais longe, lá para as bandas do Quixeramobim, aproveitei a ocasião, e fui visitar a moça que tinha ficado na furna deitada com os dois cachorrinhos.

— Entraste na furna, rapaz?

— Pois não havia de fazer as minhas cortesias à dona? Já se sabe, fui no rigor: bem encourado, com o pelego enrolado no braço esquerdo, e a minha faca flamenga à mostra.

— E a cuja como te recebeu?

— Com toda a bizarria, lá isso não se pode negar. Assim que me viu, rangeu os dentes, levantou-se a prumo sobre os quadris, e estendeu a munheca, talvez para dar-me um aperto de mão. Eu, que sou desconfiado, fui metendo-lhe um palmo de ferro entre as costelas, com o que a bicha deu-se por satisfeita.

— Mataste-a?

— Era minha intenção. Mas quando eu ouvi os cachorrinhos a grunhirem como se estivessem chorando, e reparei nos olhos que lhes deitava de longe a onça estendida no chão; lembrei-me que ela era mãe e ia deixar os filhinhos ao desamparo. Então não sei o que se passou cá em mim, que tirei leite da janaúba, curei a ferida e fui buscar água na cacimba para dar-lhe a beber e aos cachorrinhos.

— Bem mostras que és um bom filho, Arnaldo, e nem podia ser de outra sorte com a mãe que Deus te deu. Mas vamos ao resto da história, que está curiosa.

— Mal tinha acabado de agasalhar a dona, aí chega o marido.

— Devias esperar por ele.

— Não digo que não; mas o tal, ou vinha arrenegado da vida, ou era de gênio arrebatado, pois não quis saber de explicação: foi juntando e pinchou-se-me em cima com uma gana de três dias. Espetou-se na ponta da faca; mas não se contentou com uma sangria; foi só à terceira, que emborcou no chão e toca a estrebuchar.

— Estou vendo que também não o mataste, e que não é outra senão a tal e ainda agora.

Arnaldo sorriu, mas a expressão jovial que animou-lhe a fisionomia retocou-se de um laivo melancólico.

— Não sei o que é viverem duas criaturas da mesma vida e unirem-se para sempre; nem o saberei nunca.

— Por que não o hás de saber, Arnaldo? Para que tenho criado em minha casa, como filha, a Alina, senão para dar-te nela uma boa mulher, como tu a mereces? Justa ainda não te disse?

— Morrerei só, como tenho vivido — replicou o mancebo com vivacidade. — Mas isso não impede que eu sinta quanto há de ser triste ver-se uma criatura desamparada do seu companheiro, daquele que a defende e a proteje. Foi o que eu senti, naquela ocasião: os filhos a grunhirem outra vez; a mãe a gemer; ele a arquejar que me cortava o coração; e no meio de tudo uns quebrados de olhos tão ternos que ninguém diria fossem daquela ralé carniceira. Afinal de contas, eis-me feito cirurgião e enfermeiro dos feridos e criador dos cachorrinhos.

— Aí está o segredo.

— Durante um mês, todos os dias era meu divertimento curar os meus enfermos, e levar-lhes água e a comida, sobretudo peixe, de que eles gostam muito, e não faz má dieta.

— E acabaram por ficar amigos?

— Amigos não, camaradas. Eles sabem que eu não os temo, e que também não lhes quero mal; por isso me respeitam. Uma vez, porém, íamos brigando.

— Ah! isso é que estava para perguntar-te: pois sempre tive esse animal na conta do mais traiçoeiro que se cria nas matas, com exceção da cobra.

— No fim da seca passada, um dia que faltou-lhes a carniça e a fome apertou, tiraram-se de seus cuidados e fizeram as contas ao meu Corisco.

— E então?

— Ficaram com a água na boca e as boas lambadas de relho, que meti-lhes no costado.

— Deste-lhes de relho? E eles aguentaram, como um sendeiro, sem respingar nem tugir? Então não admira que se deixem puxar pela orelha, como há pouco.

— Não deixaram de resmungar seu tanto; mas lembraram-se do que lhes tinha acontecido, e preferiram o couro ao ferro, no que mostram bem a casta que são. Desde aí é aquela mansidão que o Sr. capitão-mor viu.

— Ora está a coisa explicada, sem milagres, nem feitiçarias. Ao cabo tudo vem dar nisto: que és um bravo, Arnaldo, valente como as armas!

— Valentia é a do Sr. capitão-mor que enxotou dez homens armados só com um chiqueirador.

O capitão-mor sorriu-se dessa recordação de uma das mais famosas entre suas façanhas; e erguendo-se do banco onde estivera sentado, passeou um momento, enquanto compunha novamente com sua ordinária expressão de gravidade a fisionomia que durante a narrativa do mancebo se havia desarmado.

— Bem: agora saibamos outra coisa. Estivemos ausentes cerca de quatro meses de nossa fazenda da Oiticica pela necessidade de prover a certos negócios na cidade do Recife. Durante nossa ausência consta-nos que Arnaldo abandonara a fazenda; e tornando nós com o favor de Deus à nossa casa no sábado, só hoje ao quarto dia de nossa chegada nos parece. Que quer dizer, Arnaldo?

— Também andei em viagem — respondeu o mancebo concisamente, mas com mostras de respeito.

— Sua obrigação era ficar na Oiticica, donde ninguém se arreda sem nossa licença.

— Uma vez já pedi permissão ao Sr. capitão-mor para dizer-lhe que eu não pertenço ao serviço da fazenda. Não sei lidar com os homens; cada um tem seu gênio: o meu é para viver no mato.

Tornou o Campelo ainda mais fechado:

— Quer dar em bandoleiro, como esses que aí andam ao cosso pelo sertão, acabando o gado das fazendas, à fiúza de matar barbatão, e praticando toda casta de maldades em suas correrias?

Arnaldo ergueu a fronte com um assomo de escândalo contra a injuriosa suspeita.

— O Sr. capitão-mor não pode temer isso de mim. Conhece-me bem.

— Conheço — disse o velho fazendeiro, descansando solenemente a larga mão sobre o ombro do rapaz, a título de reparação da injustiça.

— Vivo de pouco e Deus me dá de sobra. Não careço do alheio, nem o cobiço. Tampouco se ligará com bandoleiros quem não pode acostumar-se à gente de melhor avença. Procuro o sertão, e moro nele para estar só. Mas fique Vossa Senhoria descansado, que se não presto para camarada ou vaqueiro, quando se tratar de o defender e acatar, a si e aos que lhe são caros, pode contar que não tem servidor mais pronto, nem mais devoto. Minha vida lhe pertence, é dispor dela como lhe aprouver.

O capitão-mor se aproximara, e com a voz tocada pela comoção murmurou, enquanto com um movimento rápido da mão direita abarcava ao mancebo o peito esquerdo:

— Pois eu não sei que é de ouro este coração?

Recobrou-se, porém, imediatamente; outra vez formalizado, dirigiu-se a Arnaldo, guardada a gravidade e a distância.

— Agradecemos a sua dedicação, Arnaldo; mas uma fazenda, e ainda mais, rica e importante como a Oiticica, não dispensa um regime que mantenha quantos a ela pertencem na obediência e respeito do dono. Essa regra e disciplina não se guarda sem muito rigor, sobretudo para coibir os maus exemplos, que são motivo de escândalo para os bons e de excitação para os maus.

— Por isso é que torno a pedir ao Sr. capitão-mor que me tenha como estranho à fazenda. Sou um vagabundo que aí anda pelos matos, e que não pede senão que o deixem viver nestes campos onde nasceu.

O capitão-mor prosseguiu sem referir-se às palavras do mancebo.

— Na tarde de nossa chegada, quando Manuel Abreu, nosso feitor, deu-nos parte de sua ausência, Arnaldo, nós dissemos na ocasião que lhe tínhamos concedido a nossa licença. Depois consideramos que tal não houve; deu-se equívoco de nossa parte. Mas não podíamos voltar atrás, sem quebra de nossa palavra; e pois ficou sendo verdade que eu consenti na sua viagem.

Campelo fitou no semblante do rapaz um olhar, que ia sublinhar sua palavra.

— Esta cirscunstância fortuita nos privou de usar da severidade precisa para reprimir a desobediência a nossas ordens; e desta arte poupou-nos um desgosto, pois Arnaldo sabe quanto prezamos o filho daquele que foi nosso vaqueiro e amigo, o bom Louredo, que Deus tenha em sua santa paz.

Arnaldo travou da destra do capitão-mor e beijou-a com fervor, estreitando-a ao seio. Esquivou-se aquele à efusão.

— Esperamos que não aconteçam mais faltas como esta, que nos ponham na dura necessidade de esquecer a afeição que nos merece. Sabe, Arnaldo, que lhe destinamos o lugar que serviu seu pai, de nosso primeiro vaqueiro. Só demoramos a realização desta vontade, enquanto não completava Alina os 18 anos, para que tivesse uma boa caseira, capaz de entender com o serviço da queijaria e o trato das crias. Agora vamos avisar a D. Genoveva para que trate das bodas que se podem fazer pela Páscoa.

O semblante do sertanejo manifestava o íntimo confrangimento d'alma ao ouvir aquelas palavras do capitão-mor. Foi com um tom seco e incisivo que retorquiu:

— O que posso asseverar ao Sr. capitão-mor é que não serei nunca nem vaqueiro de fazenda, nem marido de mulher alguma.

— Há de ser!

— Outro Arnaldo sim; este não!

— Há de ser, e quem o diz é o capitão-mor Gonçalo Pires Campelo — insistiu o velho com a pachorra sonolenta que precedia as formidáveis explosões de sua cólera.

O primeiro impulso de Arnaldo foi desabrir-se contra a resolução que o velho acabava de anunciar com a fórmula solene da vontade inabalável. Mas ele queria e venerava aquele velho com amor de filho. Reservando-se para defender mais tarde e no momento preciso sua liberdade, conteve-se nesta ocasião. Se opusesse à tenacidade do fazendeiro seu caráter indomável, o choque havia de ser terrível.

Embora não esperasse evitar o rompimento, todavia seu desejo era afastá-lo quanto fosse possível, e muito mais naquele momento em que tinha o coração ainda comovido pelas provas de afeição do velho.

Limitou-se o sertanejo a dizer:

— Sabe Deus o que será.

— Com ele o deixo, e rogue-lhe, Arnaldo, que o faça um homem para honrar a memória de seu pai.

Desobediência

O capitão-mor encaminhou-se para a casa. Ao deitar o pé no primeiro degrau do pórtico, voltou-se e gritou ao sertanejo que já descia a encosta:

— Torne cá, Arnaldo.

O mancebo acercou-se outra vez do terreiro.

— Diga-me onde anda o velho Jó, que deitou fogo no mato da fazenda, na tarde de nossa chegada.

Arnaldo teve um sobressalto. A tremenda colisão que ele evitara poucos momentos antes apresentava-se sob outra face.

— Asseguro ao Sr. capitão-mor que não foi o velho Jó quem deitou fogo ao mato.

— Sabemos do contrário.

— Juro se for preciso.

— Não basta um juramento suspeito, pois o velho é seu camarada; são precisas provas que destruam a acusação.

— Quem o acusa? Eu respondo por ele; o Sr. capitão-mor não confia em minha palavra? — disse o mancebo ressentido.

— Sabemos que Arnaldo é pessoa de bem e de verdade; e prestamos a maior fé ao seu depoimento. Mas todas as vozes se unem para lançar ao velho Jó a culpa do fogo; e nós não podemos por uma simples asseveração desprezar tantos testemunhos e dispensar a devassa de um caso de aleivosia que, por sua gravidade demanda punição exemplar, a fim de que se não repita, e ponha em risco as vidas tão preciosas de nossa esposa e filha. Sem falar do desprezo das ordens terminantes que temos dado.

— Aleivosia houve, Sr. capitão-mor, porém não foi Jó quem a cometeu, nem teve parte ou ciência dela.

— Que assim fosse... Ele que se apresente e confie de nossa justiça, que não lhe faltará, como jamais faltou aos que a ela recorreram.

Calou-se Arnaldo. Tinha fé na retidão do capitão-mor; mas também conhecia seus rigores e escrúpulos. Que provas podia exibir contra a suspeita geral corroborada pelo testemunho de todos os embusteiros, de quem era o velho malquisto?

Ele sabia a verdade; mas como comunicá-la a outrem, quando não tinha dela mais documento do que um rasto, àquela hora já apagado? Demais, para desviar de Jó a imputação, era necessário lançá-la a Aleixo Vargas, o autor da maldade.

Campelo observava a perplexidade do sertanejo e, cravando nele os olhos, interrogou:

— Arnaldo, sabe onde está o velho Jó?

— Sei, Sr. capitão-mor — respondeu o mancebo, com a voz firme e sustendo francamente o olhar do velho.

— Vai dizer-nos aonde; ou vai trazê-lo à nossa presença para evitar aparato de prisão e suspeita de fuga.

— Nem uma nem outra coisa posso eu, meu senhor.

— Por que não pode?

— Não sou denunciante, nem esbirro.

— Mas é um rapaz estonteado. Manda-lhe o capitão-mor Gonçalo Pires Campelo...

Arnaldo interrompeu-o.

— Por Deus e por sua filha, a quem o senhor mais quer neste mundo, peço-lhe que me ouça primeiro, Sr. capitão-mor.

Campelo reteve-se e disse:

— Fale, que ouviremos.

— Minha vida lhe pertence, Sr. capitão-mor, já lho disse. Se lhe apraz, pode tirar-ma neste momento, que não levantarei a mão para defendê-la, nem a voz para queixar-me. Essa ordem, porém, que Vossa Senhoria quer dar-me, se meu pai ressuscitasse para mandar-me cumpri-la, eu lhe diria: não! Rogo-lhe, pois, pelo que tem de mais caro, que não exija de mim semelhante sacrifício, para não me colocar na dura necessidade de o recusar.

— Atreve-se a desobedecer-nos? — disse Campelo, contendo a borrasca prestes a desabar.

— Se Vossa Senhoria obrigar-me.

— Pois manda-lhe o capitão-mor Gonçalo Pires Campelo que vá imediatamente buscar o velho Jó e trazê-lo aqui à nossa presença.

O velho proferiu estas palavras com a solenidade de que ele costumava revestir-se nas ocasiões graves, e com o olhar que fazia tremer a vista aos mais valentes.

Arnaldo, em cujo semblante perpassou uma sombra de melancolia, levantou a cabeça e cruzou o olhar sereno com o irado lampejo do velho:

— Ao Sr. capitão-mor Gonçalo Pires Campelo, digo-lhe eu, Arnaldo Louredo, que não!

O fazendeiro estendeu a mão para travar do braço do mancebo; porém este retraiu-se de um salto e colocou-se em distância.

— Como amigo, podia fazer de mim o que bem quisesse. À força, não!

Foi então que a ira terrível do velho fez explosão, estalando como a cratera de um rochedo vulcânico ao arremessar a lava.

— Agrela!

Este brado que ele repetiu três vezes, uma sobre outra, abalou os ares, estremecendo a casa e reboando pelos ecos da montanha.

O ajudante, que já vinha aproximando-se, acudiu, e o terreiro encheu-se de homens d'armas, trabalhadores e escravos, que haviam corrido ao brado do fazendeiro. Todos eles tinham avistado de longe o capitão-mor, que se voltara para chamar o ajudante, e o Arnaldo em pé junto ao banco da oiticica.

— Agarre-me este atrevido! — gritou Campelo ao Agrela, que saía a seu encontro. — Que é de...?

Ao voltar-se o capitão-mor não vira mais Arnaldo e debalde buscou-o com a vista.

— Eu o vi — acudiu Agrela — perto deste banco.

— Onde mete-se então?

— Daqui não saiu, que também nós o enxergámos ali, e ninguém o viu passar — observou Manuel Abreu.

— Procurem-no! — bradou novamente Campelo, em um segundo acesso de cólera.

Arnaldo tinha-se efetivamente sumido, e de uma maneira incompreensível. Visto por todos que haviam primeiro acorrido e que asseguravam ainda tê-lo encontrado no terreiro, desaparecera de repente como uma sombra que se houvesse dissipado.

Entre os que se cansavam na pesquisa estava o João Coité, que disse com um ar triunfante:

— Não querem acabar de convencer-se que o capeta do rapaz é feiticeiro!

Já a esse tempo haviam saído ao terreiro D. Genoveva e a filha, inquietas pela irritação do fazendeiro, cuja causa vieram a saber ali, e muito as penalizou, principalmente pela razão da Justa.

Nenhuma delas, porém, se animava naquele momento a falar ao capitão-mor, que passeava de um para outro lado, pensando no desaparecimento de Arnaldo.

Veio Agrela comunicar a inutilidade da pesquisa.

— Ele não está aqui e também não saiu, porque além de não o ter ninguém visto fugir, não há rasto nem vestígio de sua passagem.

O terceiro acesso e ira foi ainda mais terrível que os outros:

— Pois vão desencová-lo ainda que seja no inferno e tragam-no vivo ou morto. O capitão-mor Gonçalo Pires Campelo não seja dono da Oiticica, nem pise mais a soleira de sua porta, se...

Não acabou o velho de proferir o formidável juramento, que fez tremer quantos o escutavam. D. Flor alçando-se para cingir o pescoço do pai, com a mão mimosa fechou-lhe a boca murmurando-lhe ao ouvido:

— Por sua filha, que bebeu o mesmo leite que ele, não jure, meu pai.

O velho quedou-se um instante, ao cabo do qual, travando a mão de D. Flor, caminhou com ela para a casa. Chegado a um aposento interior onde ninguém o podia ver, desabafou sua ternura pousando-lhe na face um beijo. Depois vieram ao encontro de D. Genoveva, que os chamava para o almoço.

Não tardou que aparecesse a Justa, aflita com o que tinha acontecido e ainda mais com as consequências que daí podiam resultar. Faltando-lhe o ânimo para aparecer naquela ocasião ao capitão-mor, esperou que saíssem da mesa.

— Que foi o que aconteceu, meu Jesus de minha alma? — disse a sertaneja, correndo para D. Flor. Não foi senão castigo, minha filha.

— Castigo de que, mamãe Justa?

— Do pecado da soberba em que eu caí esta manhã, enchendo-me daquele filho e da proteção de Nossa Senhora da Penha de França. Nunca a gente se deve gabar do favor de Deus e dos santos; mas deve-se fazer ainda mais humilde para merecer a sua graça. Foi o que me ensinou o Sr. padre Teles e eu não fiz caso, para agora ser bem castigada.

— Quem pecou por soberba não foi você, Justa, mas seu filho que chegou a desobedecer ao sr. Campelo, coisa que até hoje nunca se tinha visto nesta fazenda — disse D. Genoveva.

— Como isto foi, minha Mãe Santíssima, é que eu ainda não sei! Ele que adora o Sr. capitão-mor, e daria a vida para servi-lo, como é que havia de faltar-lhe com o respeito? Só se foi alguma tentação do Inimigo!

— Ou estouvamento de rapaz, que é o mais certo — tornou D. Genoveva.

— Arnaldo sempre foi de gênio arrebatado — disse D. Flor —, mas são uns ímpetos que passam logo, porque ele tem bom coração.

— E agora, senhora dona, o que vai ser de meu filho, se não me valer com sua intercessão e mais a de meu querubim.

— O Sr. Campelo, você bem sabe, Justa, quando diz uma coisa há de se fazer por força: ninguém o arreda dali. O melhor é você ir ter com seu filho e trazê-lo à presença do meu marido para pedir perdão da desobediência e cumprir com o que ele mandar. Assim conte que não lhe acontece nada, porque ele era muito amigo do defunto Louredo e também de seu pai.

— Pois eu vou fazer o que me diz a senhora dona. Agora onde o acharei, a esse filho de meus pecados?

D. Flor sorriu-se.

— Mande mamãe bebé procurá-lo, que ela dá com ele.

— É mesmo!

Foi-se a Justa. D. Genoveva tornou às lidas da casa, que depois de tão longa ausência reclamava mais que nunca o seu governo, para voltar ao arranjo e ordem em que ela costumava trazê-la.

Flor tinha destinado essa manhã para abrir seus baús e tirar os enfeites e galantarias de que a tinham acumulado, durante a estada no Recife, a ternura de sua mãe e a generosidade do pai.

Para ajudá-la nessa tarefa e gozar do prazer de admirar aquelas bonitas coisas, chamou Alina; e ambas dirigiram-se à direita do edifício, onde ficavam seus aposentos.

Havia de ser então mais de nove horas da manhã. O sol, ainda ardentíssimo apesar dos anúncios do inverno, dardejava no céu do mais puro azul, em cuja imensidade não se descobria nem um esgarço de nuvem ou tênue vapor. Majestosa serenidade do clima tropical, em que aliás se ostenta a pujança dessa natureza em repouso, e se pressente a violência de suas comoções, quando percutida pela tempestade.

Já a alegria e animação que sempre traz a manhã nessa estação ardente, ia-se dissipando; e começava a calma da soalheira, que infunde no sertão indefinível melancolia.

A CAVALHADA

O camarim ricamente alcatifado à moda do tempo era esclarecido por uma janela que abria para o terreiro, e da qual se descortinava ao longe a mata a cingir as faldas da serra.

As duas moças, reunindo as forças e galhofando da própria fraqueza, tinham conseguido, depois de muitas risadas, arrastar para o meio da casa um baú da Índia, coberto de marroquim amarelo e cravejado de tachas de prata.

Aberto o cadeado e virada a tampa, D. Flor sentou-se à frente em um estradinho baixo forrado de veludo, e Alina ajoelhou-se ao lado com os olhos cheios de prazer e curiosidade.

Da mesma idade que a filha do capitão-mor, e também formosa, tinha essa moça o tipo inteiramente diverso. Era loura, de olhos azuis, e corada como uma filha das névoas boreais.

Foi ela talvez um dos primeiros frutos dessa anomalia climatológica do sertão de Quixeramobim, onde, sob as mesmas condições atmosféricas, se observa com frequência e especialmente nas moças, aquela notável aberração do tipo cearense, em tudo mais conforme à influência tropical.

Alina era filha de um parente remoto de D. Genoveva. Ficando órfã em tenra idade, o capitão-mor, a pedido da mulher, a tinha recolhido com a mãe viúva, prometendo educá-la e arranjá-la.

A primeira parte dessa promessa o fazendeiro já a tinha cumprido, repartindo com a órfã a mesma educação que dera à sua filha querida. Quanto ao resto havia quem afirmasse que ele destinava Alina para o Arnaldo, e só esperava que a moça completasse os 18 anos.

D. Flor tirou de dentro do baú galantarias de toda a sorte, das mais finas e custosas que então se vendiam nas lojas e tendas do Recife, onde ainda se mantinham os hábitos de luxo oriental com que as colônias do Brasil ofuscavam a metrópole.

Alina, soltando gritozinhos de prazer, não achava expressões para manifestar sua admiração; com os olhos e a alma cativos do objeto que D. Flor lhe havia passado, deixava-se ficar em êxtase, até que outra louçainha a vinha disputar por sua vez.

Já a tampa do baú estava cheia de estofos que Alina aí fora arrumando, depois de os admirar, quando D. Flor, encontrando uma comprida caixa coberta de primavera a que procurava, ergueu-se com ela.

— E este vestido, Alina? Quero saber o seu gosto.

D. Flor tirara de dentro da caixa uma peça de escarlatim, e desdobrando o lindo estofo de seda, arrugou-o com a mãozinha faceira, e deixou-o cair da cintura como o folho de uma saia.

— Que maravilha, Flor! — exclamou a órfã, cruzando as mãos.

— Quanto mais quando estiver no corpinho gentil de certa pessoa que eu conheço!

— Não é seu? — perguntou Alina pesarosa.

— Em mim não ficaria tão bem como na dona. Quer ver?

D. Flor levou Alina surpresa diante do tremó e aí envolveu-a nas dobras do estofo carmesim.

— É para mim, Flor?

— E para quem mais podia ser, menina? Cuidou então que todo este tempo, no meio de tantas festas, não me tinha lembrado de si, ingrata?

— O bem que você me quer, Flor, eu sei; mas eu é que não mereço estas lindezas.

— Merece meu coração que é maior preciosidade do que todas as galas do mundo — respondeu D. Flor sorrindo-se.

As duas amigas e companheiras de infância abraçaram-se com efusão e encheram-se mutuamente de carícias. Quando acabaram de desafogar sua ternura, a filha do fazendeiro tornou ao baú, deixando a outra ainda em contemplação diante do estofo de seda desdobrado sobre o tremó.

Não era admiração unicamente o que sentia Alina: era quase adoração, inspirada pela linda tela, em cujo brilhante matiz revia porventura naquele instante o resplendor dos sonhos de sua imaginação.

— Está vendo este listão, Alina? — disse D. Flor, voltando-se para mostrar o objeto.
— Como é bonito!
— Fica-me bem?
— Fica uma joia. Com ela você parece uma princesa encantada, Flor.

Alina tinha razão. A faixa de chamalote azul que a moça acabava de passar a tiracolo, prendendo-a ao ombro direito com o broche de ouro, dava ao seu talhe airoso um porte regíneo.

— Já leu? — perguntou D. Flor mostrando com a ponta do dedo as letras bordadas na fita.
— À mais formosa — disse Alina soletrando.

Esse era efetivamente o dístico lavrado a fio de ouro em uma e outra banda da faixa de chamalote.

— Foi uma sorte da cavalhada — disse a moça.
— Conte, Flor.

As duas meninas acomodaram-se nos poiais da janela.

— De todas as festas que vi no Recife, as mais luzidas foram as que se deram em regozijo pela chegada do novo governador D. Antônio de Menezes, Conde de Vila Flor.
— Você viu o Conde, Flor? Que homem é? — perguntou a linda sertaneja, para quem ver um conde era quase ver o rei.
— Um fidalgo de nobre parecer, como meu pai. Fizeram-se muitos folguedos e aparatos em honra sua; nenhum, porém, como a cavalhada. Foi mesmo no largo do Palácio. Armaram uns palanques muitos vistosos com seus toldos de sedas amarelas e carmesins, em redor da teia guarnecida de arcos e galhardetes de todas as cores.
— Como havia de estar chibante!
— Muitas donas, já se sabe, e as filhas todas com suas galas mais ricas...
— Mas a formosura era você, Flor, que enfeitiçou com esses olhos todos os cavalheiros, e até príncipes que lá houvesse.
— Deixe-me contar, menina — observou D. Flor com um gracioso amuo —, senão acabou-se a história.
— Estou ouvindo, princesa.

— Já os palanques estavam apinhados de damas e cavalheiros, quando chegou o conde governador, que deu o sinal para começarem os jogos. Então entraram, cada uma de seu lado, duas quadrilhas adereçadas com roupas muito lindas, uma de verde e amarelo, que era a dos pernambucanos, e outra de encarnado e branco, que era a dos lusitanos. Correram primeiro as lanças; depois jogaram as canas e alcanzias, fazendo várias sortes como costumam.

— Assim não vale, Flor; deve contar tudo como foi.

— Não se lembra você, Alina, das cavalhadas que se deram, faz dois anos, no Icó, por ocasião da festa? Pois foi a mesma coisa, só com a diferença que lá no Recife eram mais ricas, e os cavalheiros tinham outro garbo e gentileza.

— Mas qual das duas quadrilhas ganhou? Você não disse.

— A pernambucana, menina; não tinha que ver. Mas a outra disputou-lhe a palma com muita galhardia, que a todos mereceu grandes louvores. Veio depois o jogo das argolinhas e então os cavalheiros reunidos em uma só banda correram três vezes. Eu recebi um anel que me ofertou na ponta de sua lança um dos vencedores...

— Gentil cavalheiro? — perguntou Alina vivamente.

— Dos mais guapos que lá se apresentaram. Meu pai veio a saber que era o capitão Marcos Fragoso, filho do coronel Fragoso, que foi nosso vizinho.

— O dono da fazenda do Bargado. Mas o filho não mora aí.

— Não; tem outras fazendas para as bandas do Inhamuns; mas parece que vive mais no Recife.

— E a argola que ele ofereceu-lhe foi esta, Flor? — perguntou Alina, mostrando um aro de ouro preso ao atacador de listão.

— Esta? — respondeu a moça faceiramente. — Esta é outra história. Foi um caso que a todos admirou.

— Na cavalhada mesmo?

— Sim; foi a última sorte. Num mastro que estava erguido para esse fim no meio da praça, suspenderam de um fio de seda este argolão de ouro, com as fitas a voar como se fossem galhardetes. Era o prêmio mais invejado por todos os cavalheiros para terem o orgulho de o ofertar à dama de seus pensamentos e por isso também a proeza demandava maior esforço e destreza, pois além de ficar o argolão muito alto, com o tremular das fitas sopradas pelo vento estava em constante agitação.

— E eu já sei quem ganhou! — disse Alina.

— Sabe você mais do que eu, menina.

— Como, então?

— Escute. Os cavalheiros armaram-se de umas lanças finas, muito compridas para poderem chegar ao tope do mastro, e ainda assim era preciso que se erguessem sobre os estribos para alcançar o alvo. Da primeira investida nenhum tocou na argola, nem da segunda; e de ambas ela, muitos dos campeões no ímpeto de mostrar sua proeza, levantaram-se tanto dos arções, que rolaram em terra.

— Coitados! — disse Alina a rir.

— Na terceira investida poucos restavam; e dentre estes, o mais esforçado e brioso era o capitão Marcos Fragoso...

— Eu já esperava!

— Por que, menina?

— Pois não foi ele que primeiro lhe ofereceu a argolinha?

— Que tem isso?

— Tem que o cavalheiro de D. Flor por força que havia de ser o mais brioso e esforçado de quantos lá estavam.

— E se fossem dois os meus cavalheiros?

— Deveras?...

— Foi o que aconteceu. O Marcos Fragoso que ia na frente, com um bote certeiro enfiou o argolão na ponta da lança.

— Bravo!

— Mas ao mesmo tempo outro cavalheiro que vinha contra ele à disparada, também com a lança em riste, enfiava o argolão pelo outro lado, de modo que os dois ferros ficaram atravessados em cruz.

— E esse cavalheiro, quem era?

— Não se soube. Via-se que não era dos campeões, pois estava com trajo de cidade; e além disso tinha a cara amarrada com um lenço que lha cobria toda, deixando apenas a descoberto os olhos, por baixo da aba do chapéu.

— Que bioco!

— Houve quem visse o embuçado sair do meio do povo, pular na teia, apanhar a lança no chão, saltar na sela de um cavalo desmontado que passava, e correr sobre o mastro, onde chegou justo no momento em que o Fragoso ia tirar o argolão, e para lho disputar.

— E o que sucedeu?

— Os dois campeões forcejaram cada um de seu lado para arrancar o argolão, mas não o conseguiram. Foi então que o desconhecido correu sobre o seu contrário e arrebatou-lhe a lança da mão. Todos aplaudiram a façanha, menos o Fragoso que ficou passado no meio da praça, enquanto o vencedor, chegando ao palanque onde eu estava, apresentou-me o argolão na ponta das duas lanças, repetindo: "À mais formosa".

— E você, Flor, o que fez?

— Eu, menina, não sabia o que fizesse de contente e ao mesmo tempo acanhada que fiquei, vendo todos os olhos fitos em mim. Foi minha tia D. Catarina, que recebendo o listão o passou pelo meu ombro, com o que redobraram os aplausos à proeza do desconhecido. E acabou-se a história; que eu não vi mais nada, nem dei por mim desse momento em diante até que tornamos à casa.

— E o desconhecido?

— Ouvi depois que desaparecera assim como viera, de repente, antes que o pudessem descobrir; e não se soube mais dele.

— Mas você não desconfiou quem seria? Pois pelo modo parece que era pessoa conhecida.

— Quem podia ser, menina? E como havia eu de suspeitar?

— Pela voz. Ele não lhe falou?

— Três palavras.

— Pelo jeito do corpo, e modo por que montava a cavalo. Não reparou?

— Naquele instante, entretida como estava com a festa, não me lembrava de mais nada.

Alina calou-se um instante sob a preocupação da ideia que lhe acudira ao espírito, e depois inclinou-se para falar à companheira com a voz submissa e tímida expressão.

— Não se parecia com Arnaldo?

— Quem, Alina? O embuçado?

Alina confirmou com um gesto.

— Que lembrança! — tornou D. Flor com surpresa.

— É porque você não sabe que Arnaldo desapareceu da fazenda no mesmo dia em que o Sr. capitão-mor partiu.

— Sei, que já me contou mamãe Justa. Arnaldo foi à Serra Grande atrás de uns barbatões.

— Isto é o que ele diz.

— Mas, menina, que razão tinha ele para esconder-se?

— Não sei, Flor — respondeu Alina esquivamente.

A filha do capitão-mor não insistiu, e divagando os olhos pela floresta, ficou pensativa, enquanto Alina inclinando a fronte absorvia-se também de seu lado em íntimas reflexões.

O VIZINHO

Um tropel de animais que ressoou perto de casa tirou as duas meninas de sua distração.

Ambas, impelidas por igual movimento de curiosidade, debruçaram-se à janela e retrairem-se tomadas de surpresa pelo que viram.

Luzida quadrilha de cavaleiros acompanhados de seus pagens acabava de parar no terreiro. Eram todos mancebos, bem parecidos e trajados com o apuro e gala que então usavam, ainda mesmo no sertão, as pessoas de grandes posses.

O Agrela, que fora prevenido da aproximação dos forasteiros desde que de longe os tinham avistado, saíra a recebê-los.

— Olhe, Alina, aquele mais alto, que tem a casaca de seda açafroada. Sabe quem é?

— O Fragosos, de quem você falava pouco há?

— Ele mesmo.

— É um galante fidalgo.

Nesse momento o mancebo, avistando as moças, fez com o chapéu profunda saudação a D. Flor, que respondeu confusa e recolhendo-se da janela.

— Que virá ele fazer à Oiticica? — perguntou ingenuamente a filha do fazendeiro à sua camarada.

— Não adivinha, Flor? — disse Alina sorrindo.

— Eu não, menina.

— Di-lo a cantiga:

> *Saudades que me deixaste,*
> *Saudades me levarão.*
> *Aonde foram-se os olhos,*
> *Vai após meu coração.*

D. Flor, ouvindo a copla que Alina cantarolou à meia voz com ar malicioso, correu a ela para fazer-lhe cócegas, e retribuindo-lhe a amiga, desataram ambas a rir da mútua travessura.

Entretanto o capitão-mor Campelo, saindo ao patamar, convidava os hóspedes a entrarem. Adiantou-se o mancebo, que vestia casaca de seda cor de açafrão, e saudou o fazendeiro com estas palavras:

— O capitão Marcos Fragoso, de jornada para sua fazenda do Bargado com estes amigos que lhe fizeram o obséquio de sua companhia, não podia, passando a primeira vez pela Oiticica, faltar à cortesia de saudar o Sr. capitão-mor Gonçalo Pires Campelo, como vizinho, e ainda mais como filho de um velho amigo seu, o coronel Fragoso.

— O capitão Marcos Fragoso e seus amigos serão sempre bem-vindos à nossa casa, e nos darão prazer se quiserem receber o agasalho que lhe oferecemos de boa vontade.

— Era nossa intenção pedi-lo, para refrescar da calma; depois do que seguiremos para o Bargado, onde já deve estar a nossa comitiva, da qual nos separamos há pouco na encruzilhada.

Entrados na sala, o Marcos Fragoso designou ao capitão-mor seus amigos cada um por seu nome e indicações:

— Este amigo é o capitão João Correia, do terço do Recife; estoutro é o licenciado Manuel da Silva Ourém, de Lisboa, que veio visitar e conhecer nossos sertões; aquele é o alferes Daniel Ferro, filho do dono das Flechas nos Inhamuns, ambos meus parentes e vizinhos.

— Estão todos em sua casa — disse o capitão-mor, convidando-os a sentarem-se.

Depois de alguns cumprimentos dos recém-chegados e encarecimentos das excelências, granjeio das terras e boa casaria, o capitão-mor disse, retribuindo a cortesia:

— Vão os senhores ver também a fazenda do Bargado que é das mais belas deste Quixeramobim. No tempo em que ali morava o finado coronel Fragoso, poucos podiam competir com ela; mas depois que ele morreu tem estado ao desamparo. O Sr. capitão Marcos não quis ser nosso vizinho como foi seu pai; os mancebos gostam mais da praça; não há que estranhar.

— Costumo demorar-me no Recife, é certo, Sr. capitão-mor; mas tenho minha casa nas Araras, onde fico mais perto de meus parentes, que são todos de Inhamuns. Meu pai gostava mais do Bargado.

— E tinha razão.

— Não digo o contrário; foi ele de natural reconcentrado e amigo da solidão.

— Isso era. Em tantos anos que tivemos de vizinhança receberíamos dele três visitas, se tantas — observou Campelo.

— Eu que ali me criei nunca vim a Oiticica, porque ele não gostava de trato e comunicações que o tirassem de seus hábitos sertanejos.

— E como consumia o tempo neste deserto? — perguntou o licenciado Ourém.

— Quanto a isto não falta em que ocupar-se um homem ativo — acudiu o Daniel Ferro.

— Basta a labutação da fazenda — acrescentou o capitão Fragoso. — Se não acredita, Ourém, eu o emprazo para Bargado.

Voltando-se depois para o capitão-mor prosseguiu:

— Sabendo do desamparo em que vai a minha fazenda resolvi passar aí o inverno e vim com estes amigos assistir às vaquejadas. Durante a minha estada conto prover o necessário, para tornar o Bargado ao estado próspero em que o deixou meu pai, que não é de razão se perca tão rica herdade.

Na continuação da prática veio a falar-se do Recife e das festas que houve pela chegada do Conde de Vila Flor:

— Nunca mais se descobriu quem foi aquele embuçado que se intrometeu no jogo da argolinha? — perguntou o capitão-mor.

— Oh! Ele terá o cuidado de sumir-se de minha vista, pois sabe quanto lhe sairia cara a graça! — redarguiu Marcos Fragoso com arrogância de voz que mal encobria o vexame produzido pela alusão.

— Aquilo foi uma surpresa vil, acudiu o Ourém em abono do amigo. Se não fosse o imprevisto do ataque, nunca lograria o intruso arrebatar o argolão ao nosso Marcos Fragoso, que é campeão para maiores façanhas.

— Todos nós sabemos que é; mas também que o outro, o embuçado, não lhe fica após disso, não há quem possa duvidar. O mesmo repente do assalto, como ele o praticou, surdindo num relance não se sabe donde, e arremetendo como um raio, não é proeza para qualquer.

Esta observação partiu do alferes Daniel Ferro, que apesar de amigo e parente, não deixava de ter sua ponta de rivalidade com o Marcos Fragoso.

— Todos os dias a estão fazendo nossos vaqueiros, Daniel Ferro, sem que lhe mereçam nota, quanto mais os gabos que lhe dá agora.

— E que pensa, Fragoso, que nossos vaqueiros não seriam homens para medir peças em jogos de destreza aos mais esforçados paladinos de outras eras? Por mim tenho que nunca Roldão, Lançarote, ou algum outro dos doze pares de França, estacou na ponta de sua lança um cavalheiro à disparada com tanta bizarria, como tenho visto topar um touro bravo na ponta da aguilhada.

— Lá isso é verdade — acudiu o João Correia.

— Certo que é; mas não se medem proezas de cavalheiros com agilidades de peões — tornou o Fragoso, e continuou voltando-se para o capitão-mor com ar prazenteiro — O atrevimento do vilão não causou nenhum mal em suma, pois restituiu a prenda à pessoa a quem a destinei desde o princípio da cavalhada; e não foi senão o medo do castigo que o moveu a amparar-se com a boa sombra da Sra. D. Flor, que mais santa guarda não podia dar-lhe sua estrela.

Marcos Fragoso, ao entrar na sala, relanceara disfarçadamente a vista para as portas interiores, com o sentido de surpreender por alguma fresta os olhos curiosos que porventura dali estivessem espreitando.

Havia no fundo da sala, entre as portas do serviço, duas janelas gradeadas como o locutório dos conventos, e de que ainda se encontraram amostras nas casas construídas pela gente abastada até princípios deste século.

Esse crivo miudíssimo, tecido de rótulas delgadas, servia para esclarecer o corredor de passagem, vedando ao olhar curioso do hóspede a vista do interior, mas permitindo às pessoas da casa esmerilhar o que ia pela sala.

Nem é de admirar se encontrasse na morada de nossos antepassados essa semelhança com os conventos, quando o teor da vida íntima tanto se parecia com a regra monástica, e as mulheres tinham no seio da família o mesmo recato das freiras.

Pareceu a Marcos Fragoso que por detrás da primeira das rótulas se haviam condensado umas sombras vagas, as quais, ao proferir ele as últimas palavras, se agitaram para logo dissiparem-se.

Suspeitara o mancebo que uma daquelas sombras era de D. Flor e por isso lhe dirigira com um olhar o galanteio, que afugentou por momentos o vulto curioso.

Não se enganara Marcos Fragoso. Eram efetivamente D. Flor e Alina que tinham vindo espreitar os hóspedes pela rótula, não só trazidas de impulso próprio, como também a recado de D. Genoveva, que as mandara escutar quem eram os forasteiros e qual o motivo os trazia à Oiticica.

Era costume de casa, e não só desta como de todas as grandes fazendas, não deixar partir os hóspedes sem os regalar; e isso usavam os ricaços, não tanto por obséquio e satisfação dos estranhos, como principalmente por ostentação do fausto com que se tratavam.

Não perdiam ocasião de fazer alarde da suntuosa baixela de ouro e prata, de que especialmente se ufanavam, e na qual fundiam tal quantidade de metal precioso que chegaria em nossos tempos para levantar um palácio.

Logo que o capitão-mor saiu a receber com mostras corteses os hóspedes, D. Genoveva ordenou os aprestos necessários para regalo, o qual em poucos instantes, e como por arte mágica, estava servido sobre uma mesa coberta de tão ricas alfaias que lembravam os banquetes de *As mil e uma noites*.

— Chame o Sr. capitão-mor — disse D. Genoveva a um criado.

Este foi à porta da sala, abriu-a de par em par, e disse perfilando-se:

— Está na mesa.

O capitão-mor fez com a cabeça um gesto afirmativo que significava estar ciente, e voltou-se para os hóspedes:

— O Sr. capitão Marcos Fragoso e seus amigos sem dúvida dão-nos o gosto de jantar na Oiticica; mas enquanto não chega a hora, vamos tomar algum refresco.

— Se nos dá licença, ficamos de jantar no Bargado, onde nos esperam — tornou o capitão Fragoso, que não queria abusar da hospitalidade, talvez para melhor usar dela mais tarde.

— Como queiram; não deixarão, porém, nossa casa sem bebermos um copo em honra da visita com que nos obsequiaram.

— Certamente que não faltaremos a tão grato dever.

À mesa não apareceram nem D. Genoveva, nem as duas moças. O capitão-mor unicamente, acompanhado de seu ajudante Agrela e de seu capelão, padre Teles, fez as honras do banquete.

Era meio-dia quando os viajantes despediram-se do capitão-mor Campelo, depois de agradecerem a fidalga hospitalidade que tinham recebido. Montando a cavalo partiram, seguidos pelos pagens.

Quando transpunham o terreiro, ao capitão Fragoso voltou-se de chofre e logrou seu intuito, surpreendendo na janela as duas moças que estavam a espiar a cavalgada. O mancebo inclinou-se, cortejando-as com o chapéu.

Enquanto D. Flor respondia ao cortejo com polido recato, Alina, que se esquivara vergonhosa, avistou de repente entre a ramagem das árvores, o **vulto de Arnaldo,** cujas feições tinham nesse momento sinistra expressão.

O sertanejo, do lugar sobranceiro em que se achava, de pé sobre a carcaça de um velho angico derrubado, fitava o olhar cheio de ameaças no capitão Marcos Fragoso. Quando o raio desse olhar perpassou pela janela, a moça estremeceu de terror, e não pôde conter um débil grito, que rompeu-lhe do seio.

— Que é? — perguntou D. Flor voltando-se.

— Não é nada. Um susto à toa.

— De quê?

— Nem eu sei. Ali no mato...

— Alguma onça, como esta manhã?

— Sim: creio que foi.

Entretanto a cavalgada descia a encosta e desaparecia na volta do caminho.

Arnaldo viu-a passar imóvel, mas abalado por ardente emoção. Depois que perdeu de vista os cavalheiros, aplicou o ouvido aos rumores que ia levantando pelo caminho o tropel dos animais. Sua alma arrastada por uma cadeia misteriosa acompanhava aquele homem que viera perturbar-lhe a existência, e não podia desprender-se do elo a que estava soldada para sempre.

Quando afinal apagou-se o último ruído da cavalgada, Arnaldo vergou a cabeça ao peito e assim permaneceu longo trato, imerso em tristeza profunda e acabrunhado por uma dor imensa, como nunca sentira.

A JURA

Absorto como estava, o sertanejo afastou-se maquinalmente da casa, na direção da serra.

Não tinha consciência do que se passava em torno de si; não via os objetos que o rodeavam, nem ouvia os rumores da solidão; mas guiava-o através da floresta o admirável instinto do filho das brenhas, esse sentido delicadíssimo que vela sempre e adverte ao vaqueano da aproximação do perigo, antes que os outros órgãos possam denunciá-lo.

Apesar de inteiramente alheio a si, o mancebo caminhava com extrema cautela por entre o mato, como quem, receoso da batida ordenada pelo capitão-mor, tratava de escapar-lhe.

Da mesma sorte que os autômatos, obedecendo à pressão da mola que os põe em movimento, executam evoluções regulares, o corpo dos homens de têmpera vigorosa tem a propriedade de reter em si os impulsos da vontade e dirigir-se por essa norma, ainda quando a alma entra em repouso e abandona por assim dizer o invólucro de sua materialidade.

Ao passo que o mancebo vagava por entre a espessura, seu espírito debatia-se no turbilhão de sensações que o assaltara. Debalde tentou destacar uma ideia desse caos e refletir sobre o acontecimento, que lhe subvertera a existência. Como uma folha convolta pelo remoinho de vento, sua mente era arrastada por um tropel de impressões a que não podia subtrair-se.

Foi quando serenou esse primeiro alvoroço, que seu pensamento desprendeu-se, mas ainda confuso e desordenado. Tinha ele parado em frente de um arbusto morto e olhava-o com expressão compassiva.

— Eu era como esse angelim, que nasceu no outro inverno. Quando ele crescia e copava, não sabia que a seca havia de chegar e despi-lo das folhas, matando-lhe a raiz. Como ele, eu não vi a desventura que vinha roubar-me toda a minha alegria!...

Cego que eu fui!... Pensei que este doce engano havia de durar sempre, sempre!...

Ao redor de mim tudo mudava. Os grelos que brotaram quando vim ao mundo, já estão árvores da mata. Os garraios de meu tempo ficaram touros e morreram de velhice. Os poldrinhos com que eu brincava em menino cansaram de campear.

As bezerrinhas do ano em que saí a vaquejar com meu pai tornaram-se novilhas e delas nasceram outras, que produziram todo gado novo.

As ramas do maracujá que rebentam com as primeiras águas cobrem-se de flores; das flores saem os frutos que espalham na terra as sementes e das sementes brotam novas ramas, que por sua vez cobrem-se de flores até que murcham e secam.

Tudo muda. Passam os anos e levam a vida. Mas ela, Flor, eu acreditava que havia de ser sempre a mesma, sempre solitária e sempre donzela, como a lua no céu, como a Virgem em seu altar. Eu a adoraria eternamente assim, no seu resplendor; e não queria outra felicidade senão essa de viver de sua imagem. Nenhum homem a possuiria jamais. Deus não a chamava a si, e a deixava no mundo unicamente para mim.

Um riso amargurado cortou-lhe a meditação.

— E de repente apagou-se o encanto! Flor tem 19 anos. Sua mãe casou-se dessa idade, e há de estar pensando no enxoval da filha. Noivos não faltam. Já apareceu o primeiro, esse capitão Marcos Fragoso. É moço, bem parecido, rico e fidalgo, pode agradar-lhe, e...

Arnaldo estremeceu ante o pensamento que despontava, e arredou o espírito dessa ideia que incutia-lhe horror.

— Já uma vez — prosseguiu ele — tinha-me enganado. Quando brincávamos juntos, cuidava que havíamos de ser meninos toda a vida; que eu poderia sempre carregá-la em meus braços; e ela nunca me veria triste, que não me abraçasse. E um dia ficou moça; e eu, que era seu camarada, não fui mais senão um agregado da fazenda!...

Mas então ninguém veio roubá-la à casa onde nasceu, e a estes campos que nos viram crescer juntos. Eu a via a todas as horas e podia adorá-la de longe, como a santa da minha alma. Agora?... Vai casar-se; um homem será seu marido! E ela deixará de existir para mim! E eu não verei mais o anjo do céu que me consolava?

Arnaldo retraiu-se como quem concentra as forças para soltá-las de arremesso.

— Não! — exclamou ele com um gesto enérgico. — Flor não pertencerá a nenhum homem na terra. Ainda que seja à custa de minha salvação eterna!

Proferida esta surda exclamação, arrojou-se pelo mato e momentos depois surdia na entrada da caverna, para onde quatro dias antes havia transportado o velho Jó.

Sentado em uma saliência do rochedo, com o corpo imóvel e hirto, com as pernas dobradas e estreitamente unidas ao peito, com os cotovelos fincados nos joelhos e a cabeça inserida entre os dois braços, o ancião parecia uma múmia indígena arrancada a seu camucim e ali esquecida.

Entretanto seu espírito andava longe, lá fora da caverna, perscrutando o que se passava. Nenhum rumor soava na floresta, que seu ouvido atento não distinguisse para determinar-lhe a causa e conhecer, se era a queda de um fruto, a passagem de um animal, ou o farfalhar da brisa.

Ele percebera aos primeiros ruídos a aproximação do sertanejo, e o reconhecera antes que penetrasse na caverna. De um relance leu na fisionomia do mancebo, sem que suas pupilas extáticas se movessem nas órbitas.

Arnaldo parou na entrada, com os olhos fitos no velho: seu gesto denunciava uma hesitação rara em tão decidido caráter. Jó esperava que ele falasse.

— Vieste confiar-me um segredo, filho; eu escuto — disse afinal o velho.

— Vim para ver-te, Jó... — respondeu o mancebo, com uma reticência.

— Eu conheço os pensamentos dos homens, como tu, filho, conheces as manhas do gado barbatão. Teu passo era de quem vinha impaciente de chegar; e o motivo que te trazia assim pressuroso está aí dentro, e tu o escondes. Já duas vezes te veio aos lábios.

Não surpreendeu a Arnaldo essa admirável sagacidade a que estava habituado, pois ao velho devia ele em grande parte a perspicácia de que era dotado.

— Queres saber o que me trouxe? Eu te digo.

Arnaldo aproximou-se do velho e pôs-lhe a mão no ombro:

— Tu que viveste longos anos, e conheces todos os segredos dos homens, deves saber também o que eu desejo.

— Fala; tudo quanto a desgraça ensina ao pecador, eu o sei.

— Se um homem quiser roubar-me o bem que me pertence, e que faz toda a minha felicidade, posso matá-lo, sem tornar-me assassino?

O velho Jó ergueu-se de chofre e completamente transfigurado. As cãs erriçaram-se no crânio e os olhos saltaram-lhe das órbitas.

— Por ouro, filho, não derrames nem uma gota de sangue de teu irmão; porque essa gota basta para manchar todo o tesouro e torná-lo maldito.

Travando das mãos do mancebo e conchegando-o a si, o velho prosseguiu:

— Não sabes o que é o ouro, filho? Oh! eu sei, que mo ensinou o demônio da cobiça. É o sangue derramado pelo punhal do sicário, que vai esconder-se nas entranhas da terra e coalhar-se em ouro. Ao calor do corpo, esse coalho derrete-se, e o sangue tinge as mãos do homem. Por isso os alquimistas para fazer ouro ferviam sangue numa caldeira; mas eles não o tinham bastante, porque é preciso muito, muito sangue, para dar um queijo de ouro!...

Jó soltou uma risada alvar e continuou a desarrazoar; mas as palavras rompiam-lhe dos lábios roucas e desconexas, de modo que já não era possível distingui-las, nem compreender-lhes o sentido.

Arnaldo estava afeito a estes acessos, pois não mostrou o menor abalo; e acompanhando os gestos do velho com um olhar de comiseração, esperou que findasse o desordenado e soturno monólogo.

Efetivamente foi Jó serenando e tornou à posição anterior, mas para sossobrar no abismo de recordações, que se abrira nas profundezas de sua alma.

— Jó! — disse Arnaldo com império.

O velho ergueu a cabeça e fitou no mancebo a pupila baça, como um homem que emergiu das trevas.

— Jó! Queres ouvir?

— Fala.

— Não é ouro, nem riquezas, que eu receio perder; é outro bem e mais precioso.

— A tua alma? — perguntou o velho cravando os olhos no mancebo.

— A minha alma, sim.

— Pecaste, filho?

— Não; minha mão está pura, mas duas vezes hoje ela escapou de manchar-se no sangue de meu semelhante. Uma vez foi para defender a vida do capitão-mor; devia ferir?

— Devias, filho. Quem com ferro fere, com ferro será ferido.

— A outra vez foi para defender-me a mim.

— Ameaçaram tua vida?

— Quiseram roubar-me o que mais amo neste mundo.

— Tua mãe?

— Não.

— Uma mulher?

— Sim.

— Os antigos cavalheiros tinham por timbre disputar a dama de seus pensamentos nos torneios e desafios, e o vencedor recebia em prêmio a mão da mais formosa. Esses tempos vão longe; agora não é mais com a espada e a lança que se rendem as donzelas.

— Em meu caso, tu que farias, Jó?

— Já não sou deste mundo.

— Mas outrora? Foste moço um dia: teu coração há de ter amado uma mulher; nesse tempo de tua mocidade, que farias?

— Não me perguntes, filho, que não me lembro mais do que fui: pergunta a teu coração, que é moço e vive; o meu está morto.

— Já perguntei; e ele respondeu-me.
— O que, filho?
— Não te direi, não; nem a mim mesmo eu tenho coragem de repeti-lo.
— Pensa em tua alma, Arnaldo.
— O que é minha alma sem a sua adoração, Jó?

Arnaldo demorou-se na caverna até a tarde, quando despediu-se do velho e ganhou a mata.

A essa hora já os acostados da fazenda que o capitão-mor enviara à sua procura, desenganados de encontrá-lo, ou tinham voltado à casa ou andavam longe a bater o mato. Não obstante, ele aplicou o sentido, para verificar se não havia coisa suspeita.

Percebeu então um rumor cadente que se aproximava como o som rijo e breve da pata de um animal no solo duro. Arnaldo conheceu quem era que o procurava e atinou com o motivo:

— É a mãe que soube e afligiu-se.

Tinha parado à espera. Com pouco surdiu dentre a ramagem a comadre, que chegando perto de seu filho de leite, levantou a pata dianteira para acariciá-lo; depois do que fitando nele os olhos, voltou a cabeça para trás na direção donde viera.

— Já sei — respondeu o rapaz afagando o pescoço da cabra —, foi sua comadre que mandou chamar-me e ai vem. Não é?

Fazendo um aceno ao inteligente animal, Arnaldo foi ao encontro da mãe; esta que vinha perto correu a abraçá-lo, apenas o avistou.

— Jesus! Filho de minha alma! Que foi isto com o Sr. capitão-mor, meu Deus? Uma coisa que nunca, nunca sucedeu, em dias de minha vida, nem de teu pai, havia de suceder agora contigo, por minha desgraça! Tu perdeste o teu bentinho? Não, aqui está. Então foi por que te esqueceste de rezar?

— Quando menos se espera, vêm os dias maus, sem que se ofenda a Deus. Nós vivíamos felizes há tanto tempo, mãe!

Arnaldo proferiu as últimas palavras com a voz comovida, e apoiou a fronte na face da cabreira, que lhe tinha lançado os braços ao pescoço para conchegá-lo a si.

— Graças à Virgem Santíssima, ainda se há de remediar tudo. Tenho fé na minha Senhora da Penha, ela que sempre me tem valido.

Ergueu Arnaldo a cabeça com gesto brusco e arrancou-se dos braços da mãe, para aplicar toda atenção ao estrépito que lhe ferira o ouvido. A mãe sorriu com disfarce.

— Flor? — interrogou o sertanejo em tom submisso.

Justa afirmou com a cabeça.

Desengano

Arnaldo traspassou com o olhar a espessura da folhagem que lhe ocultava a formosura de D. Flor, e instintivamente retraiu-se com o enleio em que sempre o lançava a presença da donzela.

Justa o deteve, segurando-lhe o braço e apontando para dentro do mato.

— Ela falou ao pai. O Sr. capitão-mor, tu bem sabes, não tem ânimo de recusar nada àquela filha, que é a menina de seus olhos. Então prometeu que, se hoje mesmo voltares arrependido à sua presença para suplicar o perdão de tua falta, ele esquecerá tudo.

Arnaldo talhou a mãe com um gesto de enérgica repulsa:

— Não cometi nenhum crime para carecer de perdão, mãe.

Justa denunciou no semblante a estranheza que lhe causavam as palavras do filho:

— Pois não desobedeceste ao Sr. capitão-mor, Arnaldo?

— Para desobedecer-lhe era preciso que ele tivesse o poder de ordenar-me que fosse um vil; mas esse poder, ele não o possui, nem alguém neste mundo. O Sr. capitão-mor exigiu de mim que lhe entregasse Jó, e eu recusei.

— Mas, filho, o Sr. capitão-mor não é o dono da Oiticica? Não é ele quem manda em todo este sertão? Abaixo de El-rei que está lá na sua corte, todos devemos servi-lo e obedecer-lhe.

— Pergunte aos pássaros que andam nos ares, e às feras que vivem nas matas, se conhecem algum senhor além de Deus? Eu sou como eles, mãe.

— Tu és meu filho, Arnaldo. Lembra-te do que foi para teu pai esta casa onde nasceste, e do que ainda é hoje para tua mãe.

— Os benefícios, eu os pagarei sendo preciso com a minha vida; mas essa vida que me deu, mãe, se eu a vivesse sem honra, meu pai lá do céu me retiraria sua bênção.

— Que vai ser de mim, Senhor Deus? — exclamou a sertaneja na maior aflição.

— Sossegue, que nada há de acontecer. Tenho o meu bentinho — continuou Arnaldo a sorrir e tocando no seu relicário — não há mal que me entre, nem feitiço que me enguice. Adeus! De longe mesmo guardarei àqueles a quem eu quero bem, ainda que eles me queiram mal.

— Ouve, Arnaldo! — disse a mãe buscando reter o filho.

— Eu te peço!

— Quando precisar de mim, mande sua comadre chamar-me.

— Não te vás, filho, que te perdes!

Justa enlaçou o colo do filho com os braços e exclamou voltando-se para o mato.

— Flor, ele não me quer ouvir!

As folhas agitaram-se, e instantes depois surgiu da verde espessura, como das cortinas de um dossel, o vulto gracioso de D. Flor, com as faces tocadas de leves rubores.

— Ele não quer ir, minha filha. Nem ao menos consente que eu, sua mãe, lhe peça e rogue. Fecha-me a boca, e logo com o nome do pai. Fale-lhe, Flor! Talvez a você, que sabe dizer as coisas, ele ouça! Eu sou uma pobre sertaneja e não sei senão querer bem a você e a este filho de minha alma.

A donzela aproximou-se do colaço, que a esperava atônito e pálido. Pousando-lhe a mão mimosa no ombro disse, voltando-se para a Justa e dirigindo sua resposta a ambos, mãe e filho.

— Ele vai!

O suave contato desses dedos melindrosos bastou para abater a energia do ousado sertanejo. Ali estava ele agora tímido e submisso, não se atrevendo a balbuciar uma palavra, nem sequer a erguer a vista ao encontro dos olhos altivos que o dominavam.

D. Flor sorriu-se no meigo desvanecimento do poder que ela, frágil menina, exercia sobre essa natureza pujante; mas o assomo de faceirice passou rápido e não perturbou o nobre impulso de seu coração.

— Vim buscá-lo, Arnaldo, para levá-lo à casa — disse ela repassando a voz maviosa de um mago encanto. — Não me acompanha? Ainda não lhe dei a lembrança que trouxe do Recife.

Arnaldo arrancou-se com esforço ao lugar onde estava, e murmurou promovendo o passo:

— Vamos!

Justa bateu palmas de contente.

— Eu logo vi que só você, Flor, era capaz de fazer o milagre!

— Pois eu sou a fada encantada! — disse a moça, fazendo com este gracejo uma alusão aos brincos da infância.

Flor dirigiu-se à casa acompanhada pelos dois. Pouco adiante encontrou Alina com as escravas, que a ficaram esperando, enquanto ela acudia ao chamado da ama.

O olhar doce e melancólico de Alina fitou-se no semblante de Arnaldo, que nem pareceu dar por sua presença. O sertanejo ia completamente alheio de si e preso do condão que o arrastava malgrado seu. Não tinha consciência do que fazia, nem já se lembrava do sacrifício que exigiam de seus brios.

Irresistível devia ser a paixão que submetia assim um caráter indomável e altivo a ponto de rojá-lo na humilhação, ao simples aceno de uma mulher!

Ao sair da mata, Flor avistou ao longe, no terreiro, o capitão-mor, sentado à sombra da oiticica, ao lado de D. Genoveva. Voltando-se para Arnaldo, que a seguia maquinalmente, mostrou-lhe o vulto do fazendeiro.

— Lá está meu pai, que nos espera.

— Chegando diante dele, filho, ajoelha e pede perdão.

— De joelhos?... exclamou com voz surda e profunda o sertanejo, cuja alma entorpecida afinal sublevava-se.

Flor compreendeu a emoção de Arnaldo e quis aplacar-lhe a revolta dos brios.

— Eu ajoelharei também — disse ela com adorável meiguice.

Estas palavras, porém, bem longe de serenarem o ânimo do mancebo, ainda mais o alvoroçaram, confirmando a suspeita de que só com este ato de humildade obteria entrar de novo nas boas graças do capitão-mor.

— Nunca! — bradou ele, retrocedendo.

— Arnaldo! — disse D. Flor.

— Eu lhe peço, Flor, não exija de mim semelhante vergonha. Não posso, é mais forte do que a minha vontade. Se é preciso que eu ajoelhe, aqui estou a seus pés, mas aos pés de um homem, não. Morto que eu estivesse, as minhas curvas não se dobrariam.

— Não é um homem, Arnaldo, é meu pai — respondeu a donzela, erguendo a fronte com altiva inflexão.

— É seu pai, mas não é o meu, embora eu o respeite mais do que um filho.

— Venha, Arnaldo — insistiu a donzela, fitando o olhar imperioso.

A alma do mancebo fascinada por este olhar debatia-se numa cruel perplexidade. Flor travou-lhe o pulso e levou-o sem resistência.

Quando, porém, a donzela subindo a encosta, assomou no terreiro, e que o vulto do capitão-mor destacou-se em frente, revestido de sua habitual solenidade, ouviu-se um grito sinistro como o que solta o gavião ao desabar da procela.

Arnaldo, no momento em que Flor largava-lhe o pulso para ir ao encontro do pai, de um salto arrojara-se para trás e desapareceu na mata próxima, antes que as pessoas presentes a esta cena voltassem a si da surpresa.

O capitão-mor, que se preparava para receber o rapaz e conceder-lhe finalmente o perdão já obtido pela ternura da filha, ergueu-se arrebatado pela cólera. Ao seu brado formidável acudiu Agrela com a escolta, e desta vez dirigidos pelo capitão-mor em pessoa, deram nova batida na mata à busca de Arnaldo.

Justa acreditou que desta vez o filho estava irremediavelmente perdido, e a própria D. Flor, apesar do império que tinha sobre a vontade do pai, não se julgava com forças para obter novamente o perdão de seu colaço.

Entretanto Arnaldo já ia longe. Muito antes que a gente da fazenda penetrasse na floresta, alcançara o lugar onde na véspera o tinha deixado Moirão, quando tão bruscamente dele se despedira.

Imitando o canto da seriema, o que era um sinal dado a seu cavalo para que o seguisse, o sertanejo, aproveitando a frouxa luz da tarde, foi no rasto do Aleixo, que aliás não tomara a menor cautela para disfarçá-lo.

Ao cabo de um estirão de caminho parou e observando pelo céu a direção do rasto, disse consigo:

— Não há que ver, está no Bargado. Eu o sabia. Corisco!

O inteligente animal acudiu ao chamado do senhor, que o montou mesmo em pelo, e instantes depois corria pelo cerrado, como se trilhasse uma vargem aberta e descampada.

É um dos traços admiráveis da vida do sertanejo, essa corrida veloz através das brenhas; e ainda mais quando é o vaqueiro a campear uma rês bravia. Nada o retém; onde passou o mocambeiro lá vai-lhe no encalço o cavalo e com ele o homem que parece incorporado ao animal, como um centauro.

A casa da fazenda do Bargado ficava no meio duma chapada. De muito longe Arnaldo avistou os fogos que brilhavam no seio das trevas, pois já era noite fechada.

Chegando a um lanço de clavina, apeou-se o mancebo e deu senha ao cavalo para avançar no mesmo rumo. O Corisco, prático nessas empresas, agachado por entre o arvoredo, aproximou-se até dar rebate aos cães da fazenda, que partiram em matilha a acuá-lo.

No meio dos latidos, e dos gritos do vaqueiro a estumar os cães, ouviu-se uma voz cheia que dizia:

— José Bernardo, amigo, não maltrate a menina!

— Com certeza é a suçuarana — observou outra fala.

— Se fôssemos conversar com a rapariga. Topam?

— Depois da ceia, Aleixo Vargas!

Antes de ouvir o nome do Moirão, já Arnaldo o tinha reconhecido pela voz, o que não lhe causou surpresa, antes confirmara a sua conjetura.

Quando o Corisco recuando afastou a matilha para longe, o sertanejo que já havia tomado o lado oposto, acercou-se da casa com a cautela necessária para não ser pressentido. Era fácil empresa, pois o arvoredo prolongava-se até perto do terreiro.

Da sala principal, que abria para a varanda, escapava-se o rumor de falas alegres e de risos festivos, intermeados com o tinir dos pratos e o triscar dos copos.

Pela janela do oitão pôde Arnaldo observar de longe o interior.

O capitão Marcos Fragoso banqueteava-se com seus hóspedes. As viandas já em parte consumidas indicavam que a ceia estava a terminar; e efetivamente os pajens não tardaram em servir o *dessert*, no qual entre os figos, passas e nozes do reino trazidas do Recife com a bagagem, figuravam grandes terrinas de coalhada e os requeijões, frutos das primeiras águas.

Corria a prática viva e animada entre os quatro mancebos, que ao acompanhamento dos copos trocavam os remoques ou rebatiam-nos com a réplica pronta e chistosa. Jovens e amigos, esses corações, que não cuidavam de refolhar-se uns para os outros, estavam revendo-se nos semblantes e gestos com a franca expansão, natural aos convivas de uma mesa lauta, reunidos em alegre companhia e excitados pelas copiosas libações de vinhos generosos.

Se Arnaldo conhecesse a cidade como conhecia o deserto e seus habitantes; se estivesse habituado a observar a fisionomia do homem com a perspicácia do olhar que penetrava a mais basta espessura e investigava o semblante, o gesto, o porte da floresta; com certeza adivinharia o que falavam entre si os quatro mancebos.

Mas, embora supeitasse do assunto do colóquio, não podia atinar com o rumo que este levava, nem portanto saber o que devia esperar. Mortificava-o isso; pois fora precisamente para desde logo desenganar-se que ele tentara essa empresa, e custava-lhe tornar sem haver alcançado seu intento.

Não podia aproximar-se mais do edifício, por causa do clarão de um fogo que estendia pelo terreiro além uma faixa de luz.

Junto desse fogo estavam sentados sobre couros o vaqueiro e outra gente da fazenda, com Aleixo Vargas, todos ocupados em despachar os largos tassalhos de carne, os quais iam cortando à vontade da carcaça de uma vitela, ainda enfiada na estaca de braúna que lhe servia de enorme espeto, e estendida por cima do brasido que a estava acabando de assar.

A rês fora morta à chegada do dono da fazenda. Uma banda, tinham-na cortado para cozinhar; a outra, aí estava de espetada. Dela haviam tirado o lombo para a ceia dos fidalgos; e do resto pretendiam os acostados dar conta naquela mesma noite, o que sem dúvida conseguiriam com a formidável colaboração de Aleixo Vargas.

Nesse momento os cães, sentindo novamente rumor no mato, investiram a latir.

— Que é lá isso? — gritou o vaqueiro erguendo-se. — Temos novidade?

— É a bicha que volta.

— Pois então? Não há de cear também? Deixa a outra, amigo José Bernardo.

A súcia levantara-se para seguir o vaqueiro ao outro lado, curiosa de saber o que havia. Desse breve instante aproveitou-se Arnaldo para atravessar o terreiro e coser-se à varanda.

Pôde então escutar o resto da conversa.

— Simule quantas razões lhe aprouver, primo Fragoso, é debalde: não me convence de que o mais chibante casquilho do Recife se lembrasse de vir a este sertão ferrar bezerros e comer coalhada escorrida, que aliás não é mau petisco.

— Eu estou com o Ourém — disse o capitão João Correia; não lhe acho muito jeito de fazendeiro, cá ao nosso amigo.

— Bom caçador de boi é ele — observou o Daniel Ferro. — Quando está nos Inhamuns seu divertimento é atirar no gado barbatão.

— E ande lá que não há de ser má caçada.

— Excelente! — afirmou Fragoso.

— Mas então, Ourém, que feitiço é este que traz o nosso amigo encantado por estas paragens?

Marcos Fragoso preveniu a réplica:

— Já que tamanho empenho fazem em conhecer a verdadeira tenção desta jornada, não a ocultarei por mais tempo, nem é de razão; pois a quem primeiro comunicaria resolução de tanta monta do que a amigos de minha maior estimação?

O mancebo reteve a palavra um instante, como para observar a surpresa que suas palavras iam causar nos companheiros e prosseguiu sorrindo:

— Um desses próximos dias far-me-eis a graça de me acompanhar à Oiticica, onde irei pedir ao capitão-mor Campelo a mão de sua filha, a formosa D. Flor.

Esta comunicação foi recebida com bravos pelos companheiros.

— À gentil noiva! — exclamou Ourém enchendo os copos.

— E à ventura de tão acertado himeneu!

Foi heroico o esforço que fez Arnaldo para conter-se ao ouvir o nome de D. Flor de envolta com tais efusões. Reagindo ao violento impulso que o arrojava contra aqueles homens, arrancou-se dali, e afastou-se precipitadamente.

De longe, voltou-se.

Na sala, à claridade das lâmpadas, destacava-se o vulto elegante de Marcos Fragoso, que se erguera da mesa.

O sertanejo murmurou:

— Roga a Deus que te livre desta tentação.

Ao cair da tarde

Os borraceiros do Natal tinham continuado a cair por volta da madrugada; e o sertão de Quixeramobim, o mais formoso de todo o dilatado vale da Ibipiaba, vestia-se cada manhã de novas galas ainda mais brilhantes do que as da véspera.

A terra, que adormecia com o fechar da noite, já não era a mesma que despertava ao raiar do sol. Como se a houvesse tocado o condão de uma fada, ela transformava-se por encanto: e mostrava-se tão louçã e donosa que parecia ter desabrochado naquele instante, como uma flor do seio da criação.

Aí via-se realizada a graciosa lenda árabe dos jardins encantados, surgindo dentre os ermos e sáfaros areais à invocação de um nume benéfico. A gentil feiticeira dos nossos sertões é a linfa, que, descendo do céu nos orvalhos da noite e nas chuvas copiosas do inverno, semeia os campos de todas as maravilhas da vegetação.

Era por tarde.

O capitão-mor Campelo estava, como de costume, sentado em uma cadeira de alto espaldar, forrada de couro e colocada no largo patamar, que se prolongava de um e outro lado pelo alicerce, como um passeio.

O fazendeiro, terminado o jantar que naquele tempo era ao meio-dia, fazia regularmente a sesta até passar a força do sol, como ainda hoje se usa pelo sertão. Depois do que vinha sentar-se ali, no pórtico da casa, onde já se achava a sua cadeira senhorial, trazida por um pajem.

Abrigado pela sombra do edifício que ia cair sobre o terreiro, entendia com os negócios da herdade e provia a tudo quanto dependia de suas ordens. Se era preciso, montava a cavalo, e transportava-se ao lugar onde se fazia necessária sua presença, quaquer fosse a distância, e devesse embora voltar alta noite ou pela madrugada.

Em tudo isto, porém, não se afastava uma linha daquela gravidade metódica e pausada, que formava a compostura de sua pessoa e que ele julgava um dever imprescindível de sua importância e riqueza.

Nessa tarde, logo ao sentar-se, despediu o capitão-mor o pajem para chamar a toda pressa o Inácio Góis, que servia-lhe de vaqueiro da fazenda desde a morte do Louredo, pai de Arnaldo, o qual tivera por muitos anos esse emprego.

Chegou o Inácio Góis quando o fazendeiro acabava de dar ordens a Manuel Abreu, o feitor.

— Que notícias nos traz da novilha, Inácio Góis? — perguntou-lhe o capitão-mor de chofre.

— Qual, Sr. capitão-mor, a Bonina da senhora doninha? — disse o Inácio Góis, embaraçado.

— A Bonina, sim; desde ontem que desapareceu e até agora ainda não deu conta dela. Que vaqueiro é um, Inácio Góis, que não sabe por onde lhe anda o gado?

— É uma coisa que não se explica mesmo, Sr. capitão-mor. Já bati todo este matão, e nem sinal de novilha. Nunca se viu uma coisa assim. Faz a gente imaginar!...

— Não tem que imaginar, Inácio Góis; se amanhã cedo a Bonina não estiver no curral, ficamos sabendo que nosso vaqueiro só presta para curar bicheiras.

O Inácio Góis abaixou a cabeça e retirou-se humilhado em seus brios de vaqueiro pelo remoque do fazendeiro. Outros, mais graduados e mais atrevidos do que ele, não ousavam afrontar o senho do mandão de Quixeramobim.

D. Flor tinha assomado ao lume da porta, ainda a tempo de ouvir estas palavras.

— Não te aflijas — disse o fazendeiro voltando-se para a filha —, que a Bonina há de aparecer até amanhã.

— Se Arnaldo estivesse aqui, já ele a teria descoberto — replicou a menina, com um ligeiro enfado.

O capitão-mor ficara impassível, como se não ouvisse as palavras da filha e entre elas o nome de Arnaldo, cuja revolta provocara por vezes nos últimos dias as explosões de sua cólera.

Um fenômeno singular se havia operado no espírito do dono da Oiticica. A mesma estranheza do fato inaudito de uma desobediência formal a suas ordens, atuando em sentido inverso, desvanecera a primeira e violenta impressão produzida pelo acidente.

Essa anomalia explica-se mui facilmente; era uma reação. Passada a comoção, o capitão-mor tornara ao seu natural, e na soberba do mando absoluto, nada mais natural do que abstrair-se da recordação importuna, a ponto de ter por impossível o acontecimento.

Assim, nos dias anteriores evitara toda a alusão ao caso inexplicável; e quando agora a filha pronunciara o nome de Arnaldo, ele já se tinha por tal modo imbuído da incredulidade, que o ouvira sem abalo.

D. Flor admirou-se dessa indiferença, a qual era para surpreender após o formidável arrebatamento que três dias antes excitara no velho a última evasão do sertanejo. O límpido olhar da donzela buscou no semblante paterno a significação daquele gesto, e não achou ali senão a calma e serena expressão da força em repouso.

O capitão-mor erguera-se um instante, e observava além na várzea, que dilatava-se em volta da encosta, alguma coisa que lhe excitara a atenção.

Desceu então a donzela ao terreiro e foi sentar-se nos bancos à sombra da oiticica, onde a acompanhou Alina, enquanto D. Genoveva tomava o seu lugar em uma cadeira rasa ao lado do marido.

O Agrela, que desde o aparecimento do fazendeiro na porta, aproximara-se como de costume para estar às ordens, conversava com o padre Teles, a alguma distância, recostado ao socalco do alicerce.

Assim completou-se o painel de família que ordinariamente, fazendo bom tempo e não sobrevindo incidentes, observava-se no terreiro da fazenda da Oiticica, à primeira hora da tarde, logo depois da sesta, quando o sol ainda forte não permitia o passeio aos vários pontos da herdade.

D. Flor parecia triste. A expressão já séria de seu formoso perfil estava nessa ocasião ainda mais nítida e correta. Era sempre assim. Quando a alma assumia-se em profundo recolhimento, as gentis feições, que ela animava em sua expansão, apresentavam uns tons puríssimos, como se fossem cinzeladas no mais fino jaspe.

Desde a véspera desaparecera do curral a Bonina, uma novilha de alvura deslumbrante, que entre outras o capitão-mor escolhera por sua beleza para dar à filha, e desta recebera o nome de uma flor predileta.

Este sumiço e ainda mais a circunstância de não encontrar-se o rasto da rês, o que fazia presumir a morte da mesma, eram sem dúvida a causa da tristeza da donzela; mas essa perda não bastaria para preocupar-lhe o espírito com tanta insistência.

D. Flor tinha bom coração; e sem dúvida alguma distribuía a sua afeição com os brutinhos, seus companheiros de solidão. Como em geral todas as moças, ela gostava de cercar-se desses confidentes discretos e alegres sócios de travessura.

Tinha amizade ao seu cavalo; gostava de ver e afagar os bezerrinhos e novilhas seus preferidos; fazia saltar as cabrinhas e erguerem-se direitas sobre os pés até a altura de seu rosto, para receberem uma carícia; queria bem às suas graúnas e sabiás; gostava de garrular com o seu periquito.

Mas as efusões de ternura, em que se derrama o coração afetuoso de outras moças, que fazem de um passarinho um idílio e de uma corça um romance, é o que não tinha D. Flor, não fria, mas esquiva e comedida na manifestação de seus sentimentos.

Seu pai inspirava-lhe profunda veneração, e sua mãe extremos de amor; entretanto esse afeto sincero, capaz da maior dedicação, apenas denunciava-se adorar por esses entes queridos.

Acaso pressentia ela que não podia dar-lhes maior júbilo e felicidade do que essa de confiar-se ao seu amor? Talvez; mas era sobretudo efeito de índole. Sua alma delicada e altiva tinha um recato natural, que a resguardava, e impedia de abrir o íntimo seio aos olhos, ainda mesmo dos que mais queria.

D. Flor afligira-se quando soube do desaparecimento da novilha; mas essa mágoa já se teria desvanecido, se não encontrasse alimento.

Quando um pesar qualquer nos aflige e, desprendendo o espírito das impressões exteriores, obriga-o ao recolho, muitas reminiscências e pensamentos sopitados na memória adormecida surgem aos olhos d'alma então voltados para o íntimo.

Assim aconteceu à donzela. O fato ainda recente da revolta de Arnaldo foi o primeiro que despertou em seu espírito e absorveu-lhe as cismas.

O sertanejo era seu colaço e camarada de meninice. Embora depois de certa época suas existências, a princípio unidas pela intimidade infantil, se tivessem apartado na adolescência, que as chamava cada uma ao seu diverso destino, todavia ela ainda conservava ao seu companheiro a amizade que lhe consagrara em criança. Demais, bastariam para incomodá-la a aflição que essa desavença causava à Justa, sua mãe de leite, a quem ela muito queria, e a desconfiança do desgosto que seu pai sentira com a ingratidão do filho do Louredo, criado por ele, e tão estimado sempre.

Destas mágoas recentes, o espírito da donzela remontando insensivelmente aos acontecimentos anteriores, recordou a visita de Marcos Fragoso com seus amigos à Oiticica; e daí enleou-se pelas reminiscências ainda vivas de sua viagem ao Recife e das festas que lá assistira.

Então, já desvanecida a surpresa que essas novidades deviam causar-lhe, a ela filha do sertão, acudiram-lhe à mente ideias envoltas e ignotas, que sua imaginação cândida não sabia formular, e lhas apresentava apenas em vago esboço.

Muitas daquelas donzelas, e das mais formosas, que haviam concorrido às festas, tinham seus cavalheiros que se nesses jogos as tomavam para rainhas de suas façanhas e gentilezas, antes e fora daí lhes rendiam o culto de seu afeto e viviam cativos de sua beleza. De algumas soubera que já eram noivas, e de outras que não tardariam a ser pedidas.

Teria ela, Flor, também algum dia o seu cavalheiro, que fizesse proezas para merecer-lhe um olhar? Possuiria o belo parecer e outras prendas do Marcos Fragoso? Ou o excederia no garbo da pessoa e gentileza das ações?

Depois imaginava que esse cavalheiro, ainda seu desconhecido, chegava à Oiticica; ela o via falando na sala com seu pai; era elegante, vestido a primor, e de uma nobreza de gesto como só a podiam ter os reis; mas não lhe via o rosto.

Então seu pai a chamava; as palavras que lhe dizia e o mais que se passava, nunca o adivinhou seu espírito, que neste momento perdia-se em um tropel de confusos pensamentos, enquanto leve rubor acendia-lhe a nívea tez.

Alina também estava triste; mas as suas próprias mágoas a preocupavam menos do que a melancolia cismadora de sua companheira. A órfã, ao contrário da filha do capitão-mor, tinha uma dessas naturezas que não sabem viver em si e para si, mas carecem de transportar-se para outras, em que se difundam, e de quem recebam o estímulo que não encontram no próprio âmago.

Ao inverso das parasitas, que absorvem a seiva estranha e nutrem-se dela, estas naturezas pródigas transmitem a sua substância. São como as flores privadas de estigma, que só viçam para comunicar o seu pólen ao seio das outras, e como estas não dão fruto na própria árvore, também elas não sabem sentir senão as alegrias e as tristezas dos seres a quem amam.

Alina chegando ao terreiro ainda vira o Inácio Góis e perguntou a D. Flor:

— Que disse o vaqueiro, Flor?

— Nada — respondeu concisamente a outra.

— Então não há esperança?

D. Flor respondeu com a cabeça, fazendo gesto negativo.

— Coitada da Bonina! — murmurou a órfã.

E mais pesarosa da perda da novilha do que a própria dona, levou a mão aos olhos para esmagar as lágrimas que borbulhavam; e ficou-se a olhar para a companheira, buscando adivinhar-lhe os tristes pensamentos para repassar-se deles.

Logo que as duas meninas se haviam sentado nos bancos da oiticica, o Agrela que as vira de esguelha dirigirem-se para aquele ponto, achou jeito e tornar ambulatória a sua prática, e principiou a percorrer o terreiro ao lado do capelão.

Sua direção aparente era o muro ensosso, espécie de barbacã, levantado em volta do terreiro. Tinha ele, porém, uma linha objetiva, que seu olhar indicava a cada instante fitando-se rápido, mas veemente, no formoso semblante de Alina.

Por isso a cada volta a linha declinava, formando um zigue-zague, que não tardava cortar em uma de suas projeções a área coberta pela copa frondosa da oiticica. Padre Teles, que talvez por indícios anteriores percebera a estratégia do ajudante, prestava-se de boa vontade à manobra; mas com disfarce para não acanhar o rapaz.

Foi mais adiante a complacência do capelão, pois ao passarem junto dos bancos, deu-se por fatigado, e sentou-se indicando ao companheiro o lugar, que ficava-lhe à direita entre ele e a moça.

— Aqui — disse, travando familiarmente do Agrela pelo braço —, vamos descansar um tanto.

O mancebo ao sentar-se roçou de leve e sem querer a saia de Alina que, distraída e voltada para Flor, não se apercebera da aproximação dos dois passeadores. Sentindo o frolido de suas roupas, a moça acudiu surpresa para retrair-se com um movimento mais assustado e evasivo do que exigia a circunstância.

Compreendeu Agrela a significação dessa repulsa e ergueu-se de pronto:

— Não foi minha a culpa, mas do Sr. capelão — disse ele com um azedume, que debalde buscou diluir no tom galhofeiro.

— Tem lugar! — murmurou Alina.

Com estas palavras a moça erguera os olhos; e fitou-os no semblante de Agrela com um gesto tão meigo e compassivo que parecia exprobrar a si mesma de o ter magoado.

— Esse lugar é de outro, eu sabia — respondeu o mancebo com a mesma acrimônia.

Alina corou, curvando a fronte como para subtrair-se ao olhar que penetrava-lhe os seios d'alma.

Padre Teles tinha-se aproximado de D. Flor a pretexto de a consolar da perda de sua novilha favorita, mas talvez para deixar em liberdade o ajudante de quem era camarada e cujos amores desejava favorecer.

Aproveitando o ensejo, Agrela dirigiu ainda algumas palavras rápidas à moça.

— Essa melancolia é pela ausência dele? Não se aflija! Tenho ordem de descobri-lo, vivo ou morto.

— Arnaldo? — balbuciou Alina.

— Sim, Arnaldo. A ordem, eu a cumprirei em sua intenção. Não me agradece? — concluiu o mancebo com ironia.

A moça não pôde falar, mas exprimiu seu pensamento por um gesto eloquente, cerrando ao seio as mãos enlaçadas para a prece.

Nessa ocasião voltava o padre Teles, e Agrela apartou-se com ele do grupo das duas moças.

O ABOIAR

O sol transmontara.

As sombras das colinas do poente desdobravam-se pelos campos e várzeas e cobriam a rechã desse candor da tarde, que em vez da alegria da alva matutina tem o desmaio, a languidez e a melancolia da luz que expira.

Por aquelas devesas já envoltas no umbroso manto, só destacam-se as copas das árvores altaneiras ainda imergidas nos fogos do arrebol, e que de longe parecem as chamas de um incêndio rompendo aqui e ali do seio da mata.

O gado espalhado pelas várzeas solta os profundos e longos mugidos com que se despede do sol, e que propagam-se pelo ermo, como os carpidos da natureza ao sepultar-se nas trevas.

Respondem as vacas nos currais, e os bezerros misturam seus berros descompassados com os balidos das ovelhas e borregos, também já recolhidos ao aprisco.

Lá das matas reboa o surdo estridor em que se condensam os cantos de todos os pássaros e o grito de todos os animais, para formar a grande voz da floresta, que exala-se, sobretudo nessa hora, abafada e sombria das espessas abóbadas de verdura.

No meio, porém, desse concerto e do borborinho que ainda levantava a labutação diária, atravessava o espaço uma nota dorida, plangente, ressumbro de saudade infinda. Se a alma da solidão se fizesse mulher, ela não tiraria de seu mavioso seio um suspiro tão melancólico e tocante como o arrulho da juriti ao cair da noite.

Nessa hora a lida jornaleira das fazendas torna-se mais pressurosa, como para aproveitar os últimos instantes do dia.

Os lenhadores voltavam do mato carregados de feixes, enquanto os companheiros conduziam à bolandeira cestos de mandioca, ainda da plantação do ano anterior, para a desmancharem em farinha durante o serão.

As mulheres livres ou escravas, umas pilavam milho para fazer o xerém; outras andavam nos poleiros guardando a criação para livrá-la das raposas; e os moleques as ajudavam na tarefa, batendo o matapasto, ou dando cerco às frangas desgarradas.

As cozinheiras, encaminhando-se para a fronte a fim de lavar ali na água corrente a louça de mesa e fogão, assim como as caçarolas, cruzavam-se em caminho com as lavadeiras que já se recolhiam com as trouxas de roupa na cabeça.

Nos currais tirava-se o leite, acomodavam-se os bezerros, e cuidava-se de outros serviços próprios das vaquejadas, que já tinham começado com a entrada do inverno, porém só mais tarde deviam fazer-se com a costumada atividade.

Era a este, de todos o mais nobre dos labores rurais, que o capitão-mor costumava assistir regularmente, para o que todas as tardes à hora da sombra transportava-se ele do seu posto no patamar da casa, e vinha com a família sentar-se defronte do curral na mesma poltrona, que o pajem levara após si.

D. Genoveva entendia mais particularmente com o leite, o qual ali mesmo distribuía; uma parte entregava-se às doceiras incumbidas dos bolos e massas; outra repartia pelas crias, e o resto era levado à queijaria. Isto quando não tinha chegado ainda a força do inverno, porque nesse tempo havia tal abundância, que enchiam-se todas as vasilhas e até os coches onde os cães do vaqueiro iam beber.

O narrador desta singela história teve em sua infância ocasião de ver na fazenda da *Quixaba*, próxima à serra do Araripe, esse aluvião de leite, na máxima parte desaproveitado pelo atraso da indústria, e que podia constituir um importante comércio para a província.

Enquanto a mulher ocupava-se com esses misteres caseiros, o capitão-mor percorria os currais, tomando contas aos vaqueiros, mandando apartar os novilhos que era costume reservar para bois de serviço; indicando a rês que se devia matar para o gasto da casa; e assistindo a esfolar e esquartejar, no que se comprazia com a perícia dos carniceiros.

No tempo da ferra, tratava de apurar os garrotes apanhados na safra do ano anterior, escolhendo os da propriedade para deixar o dízimo do vaqueiro, segundo as condições do trato, que ainda são atualmente as mesmas em voga no sertão da província.

Com estes e outros serviços das vaquejadas deleitava-se o capitão-mor, que achava nessa vida ativa e agitada as emoções das lides e façanhas guerreiras, para que o atraía sua índole.

Mais de uma vez, quando algum touro bravo resistia aos moços do vaqueiro e acuado pelos cães no meio da várzea, bramia escarvando o chão, aceso em fúria, com os olhos em sangue, o velho capitão-mor sentindo repontarem-lhe uns ímpetos de juventude, vestia o gibão de couro e as perneiras, montava no seu ruço, e empunhando a vara de ferrão na esquerda, arremetia contra o animal, topava-o no meio da carreira, e o trazia ao curral pela ponta do laço.

Naquela tarde, não se entreteve o fazendeiro, como em outras, com a inspeção do gado; pois recolheu-se mais cedo que de costume; e sua fisionomia, que só nos raros, mas terríveis transportes de ira, perdia a calma e apática serenidade, mostrava nessa ocasião sintomas visíveis de descontentamento.

Caminhava o capitão-mor com o passo grave e pausado, medido pela cadência de sua alta bengala de carnaúba, rematada em um castão de ouro lavrado, o qual tocava-lhe pelos ombros. Sua contrariedade denunciava-se, para quem lhe conhecia a solenidade do gesto, na frequência com que ele consertava o chapéu armado, como se lho incomodasse.

D. Genoveva ia ao lado do fazendeiro e embora não escapassem à sua solicitude estes sinais de impaciência, todavia não pensava em interrogá-lo diretamente e esperava que ele se decidisse a comunicar-lhe seu pensamento. O extremoso amor da boa senhora não se animava a infringir o respeito e submissão que tinha pelo marido.

D. Flor e Alina tinham passado adiante e já iam longe, apesar da sujeição a que obrigavam seu pé leve e ágil para acompanhar a marcha lenta do capitão-mor. Atrás, mas em distância conveniente para não escutar a conversa dos donos da fazenda, seguia o ajudante.

O capitão-mor consertou ainda uma vez o chapéu armado, e retendo o passo, disse para a mulher:

— Não temos vaqueiro, D. Genoveva!

Depois do que, avançando o passo retido, continuou sua marcha para a casa. D. Genoveva, que esperara a continuação da confidência, animou-se então a perguntar:

— E o Inácio Góis?

— O Inácio Góis é um cangueiro; e mal pode consigo. Não viu o que sucedeu com a Bonina? Se lhe tivesse ido logo no rasto, como era sua obrigação, a novilha não havia de sumir-se. Mas ele nem conhece o gado de sua entrega! Pergunta-se-lhe por uma vaca, e o homem não faz senão encher as ventas de tabaco!

Contrariado e prevenido por causa do desparecimento da novilha que dera de mimo a D. Flor, o capitão-mor achara o vaqueiro em faltas que ainda mais o indispuseram.

— Desde que tivemos a desgraça de perder o Louredo, que o nosso gado anda à mercê de Deus, D. Genoveva. É tempo de pôr cobro a isso. O Inácio Góis nunca prestou nem mesmo para vaqueiro duma fazenda, quanto mais para nosso vaqueiro geral com o governo de todas as fazendas. Esse lugar, nós os guardamos para o Arnaldo, que já está em idade de servi-lo; portanto, senhora, cuide com toda a presteza no enxoval da Alina, para casá-la quanto antes com o rapaz. É o que havemos resolvido.

O fazendeiro tinha parado para dizer estas palavras à mulher, cuja surpresa pintou-se-lhe no semblante.

— O Arnaldo? Mas ele não fugiu, Sr. Campelo? — interrogou a dona, suspeitando que o marido tivesse esquecido aquela circunstância.

O velho voltou-se com ênfase para a mulher e disse-lhe, fincando rijo no chão a ponteira de ouro de sua bengala:

— Há de aparecer e há de casar, que assim o determinamos, D. Genoveva.

D. Genoveva calou-se, e por algum tempo seguiu o marido silenciosamente; mas levado pelo fio das ideias, seu espírito passara a outro assunto, pois de repente voltou-se para perguntar ao marido:

— E Flor?

O capitão-mor refletiu antes de responder:

— Já temos pensado no seu futuro, D. Genoveva — disse o capitão-mor.

— Ela está com 19 anos.

— Até os 20 não é tarde.

— Mas o noivo?

— Eis a dificuldade. Lembramo-nos primeiro de nosso sobrinho, Leandro Barbalho, de Pajeú de Flores. Agora com a vinda do Marcos Fragoso ao Bargado, estamos em dúvida, qual nos convenha melhor.

— O Marcos Fragoso, Sr. Campelo, o filho do coronel? Acha que Flor pode casar com ele?

— Se formos a esperar que apareça um mancebo com dotes para merecer a nossa filha, D. Genoveva, ela não casará nunca, pois onde está esse? Nem que vamos a Lisboa procurá-lo na melhor fidalguia do reino, acharemos um marido como nós o queríamos para Flor. Assim que temos de escolher entre o que há; e o Marcos Fragoso é dos poucos; as maldades do pai, ele não as herdou, com o grosso cabedal de sua casa.

— Diziam tanta coisa desse moço no Recife! — observou D. Genoveva abaixando os olhos com o recato calmo de uma senhora.

— Rapaziadas que passam; quando for marido de Flor, ele não se atreverá a faltar-nos ao respeito; pois sabe que não lhe perdoaríamos o menor descomedimento.

— O Leandro sempre é parente.

— Mas não é tão abastado como o Marcos Fragoso; e não tem o seu porte fidalgo — respondeu o capitão-mor, que era homem das formas.

Lá no campanário da capela, acabava de soar a primeira badalada do toque de ave-maria. O som argentino da sineta vibrando nos ares foi repercutir ao longe no borborinho da floresta, de envolta com o mugir do gado e os rumores da herdade.

O capitão-mor parou, e descobrindo-se, pôs o joelho em terra para fazer sua oração mental. As pessoas de sua família o imitaram; e por toda a extensão da fazenda, a faina jornaleira interrompeu-se um momento. O carregador arreara o seu fardo; o trabalhador cessara o serviço; e todos de joelhos, com as mãos postas, rezaram a singela oração da tarde.

Ainda retiniam as últimas badaladas das trindades, quando longe, pela várzea além, começaram a ressoar as modulações afetuosas e tocantes de uma voz que vinha aboiando.

Quem nunca ouviu essa ária rude, improvisada pelos nossos vaqueiros do sertão, não imagina o encanto que produzem os seus harpejos maviosos, quando se derramam pela solidão, ao pôr do sol, nessa hora mística do crepúsculo, em que o eco tem vibrações crebras e profundas.

Não se distinguem palavras na canção do boiadeiro; nem ele as articula, pois fala ao seu gado, com essa outra linguagem do coração, que enternece os animais e os cativa. Arrebatado pela inspiração, o bardo sertanejo fere as cordas mais afetuosas de sua alma, e vai soltando às auras da tarde em estrofes ignotas o seu hino agreste.

A voz que aboiava naquele momento tinha um timbre forte e viril, que não perdia nunca, nem mesmo nas inflexões mais ternas e saudosas. Ainda quando sua melodia se repassava de suavíssimos enlevos, sentia-se a percussão íntima de uma alma pujante, que brandia às comoções do amor, como o bronze ferido pelo malho.

O gado dos currais, que já se tinha acomodado e ruminava deitado, levantando-se para responder ao canto do aboiador, mugia não ruidosamente como pouco antes, mas quebrando a voz, em um tom comovido, para saudar o amigo.

Alina estremecera, escutando os sons vibrantes da canção: e seu olhar vago, volvendo em torno cruzou-se além com o olhar de Agrela, que de longe a fitava. Nesse relance chocaram-se as almas de ambos. À muda interrogação da moça, o ajudante respondera afirmando; e à súplica instante que seguiu-se, opôs um pálido sorriso, cuja ironia tinha um travo amargo e triste.

Transida de susto por esse sorriso, a moça inclinou-se para sua companheira e murmurou-lhe ao ouvido:

— Arnaldo!

— Aonde? — perguntou Flor distraída.
— Não ouve?
D. Flor aplicou o ouvido. Também ela conhecia os módulos frementes daquela voz, que enchia o deserto.
— E agora? — continuou Alina palpitante. — Se ele vem?... O Sr. capitão-mor!...
— Meu pai o castigará, Alina; e será um benefício para ele, que está se perdendo. Arnaldo já não é criança; carece emendar-se.

Alina retraiu-se como uma sensitiva. Esperava achar proteção em D. Flor; e a severidade da donzela, que bem revelava neste incidente a contrariedade de seu humor, a desanimou.

Nas outras pessoas o aboiar, que se aproximava cada vez mais, não causara a menor impressão, como coisa muito comum no sertão. Apenas alguns dos agregados e vaqueiros lembraram-se que era esse o modo de cantar de Arnaldo; e viram que antes deles já o gado havia reconhecido o filho de seu antigo vaqueiro.

De repente uns gritos no curral chamaram para ali a atenção. Voltou-se o capitão-mor, e inquiriu do Agrela com o olhar a causa do rumor.

— É a Bonina que apareceu — disse o ajudante, apontando para a novilha parada junto à cerca.

O capitão-mor para ali encaminhou-se tão satisfeito que alterou a sua habitual circunspecção. D. Flor, porém, tinha-se adiantado com Alina e já abraçava a ingrata, quando o pai aproximou-se.

Indagou o fazendeiro do caso; e Inácio Góis, insinuando-se como o descobridor da Bonina, começara uma história em que se derramaria sua habitual loquela, quando D. Flor o atalhou:

— Ali está quem a trouxe, meu pai!

O capitão-mor ergueu os olhos na direção indicada pela filha, e viu parado a pequena distância Arnaldo montado no cardão. O mancebo tirou o chapéu e ficou imóvel.

O ânimo de quantos assistiam a esta cena estava suspenso no pressentimento de um novo e terrível assomo de cólera da parte do fazendeiro. Entretanto o mancebo aguardava tranquilamente o choque, embora o olhar e atitude indicassem a resolução em que estava de não ceder.

A fisionomia do capitão-mor conservava sua habitual seriedade. A surpresa que a animara um instante cedera à concentração da vontade sempre morosa e tolhida, quando não a arrebatava a paixão.

Tendo demorado por algum tempo o olhar no semblante do mancebo, retirou-o afinal para volvê-lo na direção do Agrela. Este, porém, que previra o movimento, simulou uma distração a propósito e esquivou-se à consulta.

Então o capitão-mor revestiu-se de toda a solenidade de aparato e estendeu majestosamente a mão para Arnaldo, o qual apeando-se pronto veio beijá-la comovido.

— Vá tomar a benção à sua mãe — disse o fazendeiro paternalmente.

Depois que a filha satisfez-se de acariciar a ingrata Bonina, o capitão-mor, passando a título de recomendação um novo capelo no Inácio Góis, tornou à casa acompanhado pela família.

D. Flor dirigiu-se pressurosa a seu camarim; e tomando ali um objeto que procurava, saiu com Alina em busca do casalinho da Justa.

Era noite já. O crescente da lua que surgia no horizonte azul esparzia sobre a terra uma claridade tênue e indecisa que flutuava na atmosfera como gaze finíssima, tecida de fios de prata.

Além, no terreiro dos agregados, trilavam os sons cristalinos da viola, a ralhar no meio do susurro da conversa. Mais longe, em frente às casas dos vaqueiros, a gente de curral fazia o serão ao relento, deitada sobre os couros, que serviam de esteiras.

Uma voz cheia cantava com sentimento as primeiras estâncias do "Boi Espácio", trova de algum bardo sertanejo daquele tempo, já então muito propalada por toda a ribeira do São Francisco, e ainda há poucos anos tão popular nos sertões do Ceará.

Vinde cá meu Boi Espácio,
Meu boi preto caraúna;
Por seres das pontas liso,
Sempre vos deitei a unha.

Criou-se o meu Boi Espácio
No sertão das Aroeiras;
Comia nos Cipoais,
Malhava nas capoeiras.

Foi este meu Boi Espácio
Um boi corredor de fama;
Tanto corria no duro,
Como na varge de lama.

Nunca temeu a vaqueiro,
Nem a vara de ferrão;
Temeu a José de Castro
Montado em seu alazão.

Os tons doces e melancólicos da cantiga sertaneja infundiram um enlevo de saudade, sobretudo naquela hora plácida da noite.

Entrando no casalinho, Flor e Alina encontraram-se com Justa, que, avisada pelo rumor das vozes, acudia a recebê-las. Ao clarão do fogo aceso na cozinha próxima avistaram um vulto, que ambas reconheceram, apesar de quase desvanecido na sombra do canto escuro.

Fora um nobre impulso do coração que ali trouxera D. Flor naquele instante. Não tendo pouco antes agradecido a Arnaldo o serviço que este lhe prestara, vinha mostrar à ama o seu contentamento e acompanhá-la na alegria que devia sentir vendo restituídas ao filho as boas graças do dono da Oiticica.

Em caminho, porém, a efusão deste sentimento se acalmara, e de todo aplacou-se ao entrar na choupana. Abraçou com meiguice sua mãe de leite, e entregou-lhe o objeto que trazia na mão: uma bolsa de teia de prata como se usava naquela época.

— Esta bolsa, mamãe Justa, é que eu trouxe do Recife para Arnaldo. Tinha feito tenção de não lha dar mais, por causa da desobediência que ele praticou, sobretudo depois de enganar-me, fugindo de minha companhia. Mas como ele achou a Bonina e voltou arrependido, eu quero perdoar-lhe, como meu pai. Aqui a tem; entregue-a da minha parte, como mimo que lhe faço.

— Obrigada, minha Flor! Como ele vai ficar contente!...

O vulto surgiu da sombra. Era Arnaldo, o qual, aproximando-se de Justa, tirou-lhe das mãos a bolsa e foi arremessá-la ao fogo.

— Pague aos seus criados — disse ele com a voz áspera.

— Arnaldo! — exclamou Justa escandalizada.

D. Flor erguera a altiva fronte, e com um gesto de plácida dignidade atalhou a ama:

— Fez bem: ele não merecia uma lembrança minha.

E retirou-se.

Segunda parte

A saída

Raiava uma formosa madrugada.

Os primeiros vislumbres desmaiavam no céu o azul denso das noites dos trópicos; e para as bandas do nascente já estampavam-se os toques diáfanos e cintilantes da safira.

A frescura deliciosa das manhãs serenas do sertão no tempo do inverno derramava-se pela terra, como se a luz celeste que despontava trouxesse da mansão etérea um eflúvio de bem-aventurança.

A Oiticica, assim como em geral as vivendas campestres, despertava sempre aos primeiros anúncios do dia; e a labutação jornaleira começava ali ainda com o escuro. Nesse dia, porém, madrugara mais que de costume.

Quando o sino da capela bateu as matinas, e segundo uma usança militar observada nesta e em outras fazendas, com os rufos do tambor e os clangores da trombeta soou o toque da alvorada, já havia na herdade rumor e agitação, especialmente para o lado da cavalariça.

A luz das bugias e candeias do interior avermelhava os vidros das janelas; e por esses painéis esclarecidos passavam as sombras das pessoas que moviam-se pressurosas dentro da vasta habitação.

Pouco depois ouviu-se no terreiro tropel de animais de sela, que os pajens para ali conduziam à destra. Ao clarão dos archotes, podia-se distinguir o vulto do Agrela e dos homens da escolta.

Abriu-se a porta principal da casa, e apareceu no patamar o capitão-mor com a família. As senhoras montaram rapidamente, servindo-lhes de escabelo o degrau da escada, e a comitiva partiu à marcha batida.

Os cavalos aspiram ruidosamente as emanações do campo, e soltam os breves e alegres nitridos, que são o riso de contentamento do brioso animal. Ao estrépito do passo cadenciado, os passarinhos, adormecidos ainda, espertam assustados e batem as asas num voo brusco.

Adiante vão Flor e Alina: seguem-se D. Genoveva com o capitão-mor e logo após o padre Teles, e o Agrela à frente de uma escolta menor da que sempre acompanhava o fazendeiro em suas jornadas.

Ao chegarem à várzea, saiu-lhes ao encontro Arnaldo, que também incorporou-se à comitiva, tomando lugar à esquerda do Agrela, depois de saudar ao fazendeiro e família.

Já o crepúsculo da manhã começava a bruxulear as formas indecisas das árvores, que todavia ainda flutuavam pela várzea como visões noturnas embuçadas em alvos crepes.

D. Genoveva e as moças, vestidas de amazonas, com seus roupões de fino droguete guarnecido de alamares, trajavam com o mesmo, senão maior, luxo e primor das fidalgas de Lisboa; pois naquele tempo era sobretudo nas casas dos opulentos fazendeiros do interior que se encontravam o fausto e os regalos da vida.

O capitão-mor ia, como a Agrela e Arnnaldo, vestido à sertaneja, todo de couro, da cabeça aos pés; e empunhava como eles, à guisa de lança, uma aguilhada, que chamam hoje vara de ferrão, e cujo conto apoiava no peito do pé. Trazia também preso ao arção da sela o laço de relho trançado.

O trajo do fazendeiro distinguia-se dos outros pela riqueza. Era de uma camurça finíssima, preparada de pele de veado, e toda ela bordada de lavores e debuxos elegantes. A véstia, o gibão e as luvas tinham os botões de ouro cinzelado; e eram do mesmo metal e do mesmo gosto, o broche que prendia a aba revirada do chapéu, e as fivelas dos calções ou perneiras.

A aguilhada também fazia diferença das outras. A haste cuidadosamente polida, tinha o lustre de um verniz escarlate usado pelos índios. O conto era de prata, como a ponteira, onde engastava o ferrão.

Todavia Arnaldo não trocaria por esta a sua vara de craúba, que ele com a ponta da faca havia nas horas de repouso coberto de toscos desenhos, onde talvez escrevera a história de sua vida. Cada uma daquelas miniaturas era uma cena do grande drama do deserto.

Nesse dia o moço sertanejo tinha juntado às suas armas habituais, que eram a faca de ponta e a larga catana, um par de pistolas que levava à cinta por dentro do gibão, e o bacamarte que herdara do pai. Sua fisionomia revelava atenção múltipla e intensa; enquanto o seu olhar rápido perscrutava os arredores, seu ouvido atento colhia o menor rumor da floresta.

Havia naquela época entre os abastados criadores da província essa bizarria de se vestirem de couro à sertaneja, e associarem-se assim por mero recreio às lidas dos vaqueiros, cujo ofício desta arte enobreciam. Nisso não faziam senão imitar os castelões e fidalgos da Europa que também se trajavam de monteiros, à moda rústica, para ir à caça.

O sertão do norte oferecia então aos ricos fazendeiros uma ocupação idêntica à das correrias de lobos e outros animais daninhos, em que se empregava a atividade dos nobres no reino. Eram as vaquejadas do gado barbatão, que se reproduzia com espantosa fecundidade, por aqueles ubérrimos campos ainda despovoados.

Durante a seca as boiadas refugiavam-se nas serras, e escondiam-se pelas lapas e grotas, onde passavam os rigores da estação ardente, que abrasa a rechã. Com a volta do inverno, logo que as vargens cobrem-se dos verdes riços de panasco e mimoso, saía o gado silvestre das bibocas onde buscara abrigo, e derramava-se pelos sertões.

Antes da grande seca de 1793, foi tal a abundância do gado selvagem em todo o sertão do norte que, segundo o testemunho de Arruda Câmara, entrava nas obrigações do vaqueiro a tarefa de extingui-lo, para não desencaminhar as boiadas mansas, que andavam soltas pelos pastos.

O primeiro mês, deixavam-no tranquilo a refazer-se e engordar. Nem era preciso mais, tão forte é a seiva desses pastos, saturados do sal que ali deixaram as águas do oceano, quando cobriram toda a vastíssima região. Ao cabo daquele tempo, entravam as correrias dos fazendeiros, e também a dos vagabundos que viviam nômades pelo sertão.

Era a uma dessas montearias ou vaquejadas que naquela madrugada saía o capitão-mor, e a presença de sua família indicava ainda um traço de semelhança entre os nossos costumes sertanejos daquela época e as tradições da nobreza europeia. Como as castelãs de além-mar, as nossas gentis fazendeiras tomavam parte nesses jogos fidalgos, e animavam com sua graça o ardor e os brios dos campeões.

Quem observasse naquele instante as damas que faziam esquipar seus ginetes à frente da comitiva, notaria sem dúvida o contraste da afoiteza e galhardia que mostravam em seu gesto, com o recato e meiguice do trato familiar e íntimo. Nas destemidas cavaleiras que afrontavam sorrindo os tropeços do caminho, e saltavam por cima de um tronco derribado ou de barrancos e atoleiros, não reconhecera decerto D. Genoveva, a modesta e laboriosa caseira, e as duas meninas tão mimosas.

São assim as filhas do sertão: eu ainda as conheci de tempos bem próximos àqueles; suas tradições recentes ainda embalaram o meu berço. Esposas carinhosas e submissas, filhas meigas e tímidas, no interior da casa e no seio da família, quando era preciso davam exemplo de uma bravura e arrojo que subiam ao heroísmo.

A ideia da montaria tinha partido do dono do Bargado, o capitão Marcos Fragoso, que por uma carta mui cortês mandara convidar o seu poderoso vizinho e a família.

O primeiro impulso do capitão-mor foi recusar o convite. Com a ideia que ele fazia de sua importância e da posição que tinha naquele sertão sujeito à sua vontade onipotente, pareceu-lhe que derrogaria aceitando favores de outrem.

A generosidade era um direito seu; ele a dispensava quando lhe aprouvesse, mas não a recebia. Como os antigos reis, esse potentado não reconhecia igual dentro de seus domínios; todos os moradores, pobres ou ricos, de Quixeramobim, ele os considerava como seus vassalos.

Com muito jeito conseguiu D. Genoveva persuadir o marido da conveniência de fazer uma exceção daquela vez, a fim de que ela e sua filha melhor conhecessem o Marcos Fragoso, antes de ajustar-se o casamento. Campelo consentiu afinal; mas recomendou à mulher que observasse bem os aprestos do convívio, a fim de excedê-los em um festim para o qual se propunha a convidar o vizinho e seus hóspedes.

Do outro lado da várzea, ao entrar no tabuleiro, havia à borda do caminho um casebre de emboço coberto de palha. Ao avistar essa habitação isolada, o capitão-mor, que investigava com olhar de dono os lugares por onde ia passando, observou-se atento.

— Agrela! — disse estacando o ruço e apontando para o teto da casa.

O ajudante seguindo a direção indicada aproximou-se da cabana e examinou o topo da carnaúba que servia de cumieira:

— Cortada de fresco? — perguntou Campelo.

— Não há uma semana — respondeu o ajudante.

— Traga já o atrevido à nossa presença, Agrela.

O ajudante imediatamente deu ordem à gente da escolta, e foi descobrir o dono do casebre numa rocinha de mandioca, a poucas braças de distância. O homem vinha assustado.

— Como te chamas? — perguntou o fazendeiro.

— José Venâncio, para respeitar e servir ao Sr. capitão-mor.

— José Venâncio, quem te deu licença de cortar aquela carnaúba?

— Saberá o Sr. capitão-mor que eu não corte nas terras de Oiticica, mas lá na várzea do Milhar.

— A ordem que demos, José Venâncio, é de não cortar carnaúba, em qualquer parte deste sertão.

— Eu não sabia, sr. capitão-mor; pois não seria capaz de desobedecer a Vossa Senhoria. Era preciso que estivesse doido.

— Acha que ele não sabia, Agrela? — perguntou o Campelo a seu ajudante.

— O José Venâncio veio morar para estas bandas há pouco tempo e tem-se portado bem. Entendeu mal a ordem; mas não obrou com malícia.

— Por esta vez, e atendendo à informação do nosso ajudante, ficas perdoado; mas não caias noutra, José Venâncio.

— Juro, Sr. capitão-mor!

— A carnaúba é um presente do céu: é ela que na seca dá sombra ao gado, e conserva a frescura da terra. Quem corta uma carnaúba ofende a Deus, Nosso Senhor; e nós não podemos deixar sem castigo tão feio pecado. Vai em paz, José Venâncio.

O matuto curvou de leve o joelho, fazendo submissa reverência ao capitão-mor, que prosseguiu no meio de sua comitiva.

Durante essa curta demora ocorreu um incidente no grupo das senhoras. D. Flor, que havia parado perto de uma touceira de carnaúba, descobriu a umbela de uma trepadeira, aberta naquele instante e aproximou-se para colhê-la; mas não pôde alcançar o pâmpano que ficava muito alto e entrelaçado com os talos da palmeira.

— Ajuda-me, Alina!
— Você vai ferir-se, Flor! — exclamou a companheira.
— Medrosa! — tornou a donzela, cedendo de seu intento.

A orvalhada da noite, de que estavam cobertas as folhas, a tinha borrifado. Ficara encantadora assim, com os cabelos salpicados de aljôfares. De longe ainda lançou à flor os olhos cobiçosos, e insensivelmente volveu-os na direção de Arnaldo, com insistência.

O sertanejo, que de parte acompanhava os movimentos de Flor, surpreendido por seu olhar, ergueu a cabeça com um gesto de revolta. A donzela voltou-se com uma dignidade fria e desdenhosa para um homem da escolta.

— Apanhe aquela flor, Xavier.

Antes que os outros ouvissem a ordem já Arnaldo arremessara o cavalo à touça de carnaúbas, e colhia a flor que veio apresentar à donzela.

— Obrigada! — disse-lhe ela, e deu a flor a Alina.

A posição de Arnaldo na fazenda tinha-se modificado de certo modo desde a tarde do aparecimento da Bonina, quinze dias antes. É isso que explicava sua presença ali, naquele momento, reunido à comitiva.

O capitão-mor no dia seguinte o tinha declarado vaqueiro geral de suas fazendas; e todos o consideravam como tal, e o tratavam nessa conformidade, exceto ele próprio, que fazia suas reservas.

O rasgo do fazendeiro naquela tarde, se a todos admirou, a ele o comovera profundamente. Depois de sua desobediência, só uma graça especial podia mover o ânimo do capitão-mor em seu favor.

O Campelo não era cruel, como outros muitos potentados do sertão; mas o seu rigor em manter o respeito à sua autoridade tornara-se proverbial. Nesse ponto mostrava-se inflexível.

Referiam-se como exemplo casos de indivíduos a quem ele mandara buscar aos confins do Piauí e às matas da Bahia, onde se haviam refugiado, para castigá-los do desacato cometido contra sua pessoa, passando pela frente da Oiticica sem tirar o chapéu, ou pronunciando o seu nome sem a devida reverência do tratamento e título.

Eram faltas estas que ele não perdoava, nem esquecia. Embora decorressem anos, em tendo notícia do culpado, despachava uma escolta para prendê-lo, onde quer que estivesse. Satisfeito, porém, o seu orgulho, aplacava-se de todo a ira; assim a maior parte das vezes o castigo não passava de um ato de submissão e quando muito de uma prova expiatória. Obrigava o atrevido a pedir-lhe perdão de joelhos, ou mandava amarrá-lo ao moirão por um dia inteiro.

Arnaldo, que sabia destes fatos e conhecia a severidade do capitão-mor, julgava-se banido da Oiticica para sempre; pois não lhe consentia o seu gênio fazer contrição da culpa e pedir perdão da desobediência. Mas essa índole altiva que nenhuma consideração, nem mesmo o amor de D. Flor conseguia dobrar, não resistiu ao rasgo de generosidade do velho.

O caráter de Arnaldo tinha este traço especial. Zeloso de sua independência, e de extrema suscetibilidade nesse ponto, a menor aspereza, qualquer gesto imperativo, bastava para revoltar-lhe os brios e torná-lo arrogante, como acontecera na mesma noite do aparecimento da Bonina, quando ofendido pela repreensão de D. Flor, lançara ao fogo o mimo da donzela.

Por outro lado também o coração indomável era de cera para os sentimentos afetuosos. Uma demonstração de amizade, um afago, obteria dele sacrifícios a que nenhum poder humano teria forças de o compelir jamais.

Por isso, depois do que acontecera, não teve ânimo de contrariar de novo e tão proximamente o desejo do capitão-mor. Prestou-se a desempenhar por algum tempo o emprego de vaqueiro, do qual o afastavam os seus instintos de liberdade, os hábitos de sua vida nômade, e mais que tudo uma repugnância invencível de servir a qualquer homem por obrigação e salário.

O vaqueiro não entra na classe dos servidores estipendiados; é quase um sócio, interessado nos frutos da propriedade confiada à sua diligência e guarda. Esta circunstância levou Arnaldo a condescender por enquanto com a vontade do capitão-mor. Fosse outro emprego, que apesar da disposição de seu ânimo, não o aceitaria por uma hora.

É de presumir que mais tarde se revele a causa oculta desta repugnância do sertanejo. Talvez a inspire o mesmo sentimento, que, em todas as ocasiões e ainda mais durante o passeio, o conservava arredio da comitiva, como uma pessoa estranha à família.

— Onde ficou o capitão Fragoso de esperar-nos, D. Genoveva? — perguntou o capitão-mor à mulher.

— Na marizeira.

— Ouviu, Agrela? — disse o fazendeiro, voltando-se de leve para falar ao ajudante por cima do ombro.

— Ouvi, Sr. capitão-mor. É daqui a meia légua.

A MONTEARIA

Tinha nascido o sol.

Aos primeiros raios que partiam do Oriente e se desdobravam pela terra como uma vaga de luz, a natureza, rorejante dos orvalhos da noite, expandiu-se em toda a sua pompa tropical.

A cavalgada atravessa agora uma zona, onde o sertão ainda inculto ostenta a riqueza de sua vária formação geológica.

De um lado, para o norte, os tabuleiros com uma vegetação pitoresca e original, que forma grupos ou ramalhetes de arbustos, semeados pelo branco areal e divididos por um interminável meandro.

Do outro lado, o campo coberto de matas, no meio das quais destacam-se as clareiras, tapeteadas de verde grama e fechadas por cúpulas frondosas, como rústicos e graciosos camarins.

Além a várzea, levemente ondulada como um regaço, e coberta de grandes lagoas formadas pelas águas das chuvas recentes.

Do seio desse dilúvio, surge uma criação vigorosa e esplêndida, que parece virgem ainda, tal é a seiva que exubera da terra e rompe de toda a parte nos abrolhos e renovos.

Ali são as carnaúbas que flutuam sobre as águas, como elegantes colunas, carregadas de festões de trepadeiras, donde pendem flores de todas as cores e aves de brilhante plumagem.

Mais longe as touceiras de cardos entrelaçam suas hastes crivadas de espinhos e ornadas de lindos frutos escarlates, que atraem um enxame de colibris. Aí dentro da selva espessa, fez a nambu seu ninho, onde piam os pintinhos implumes.

Era então força do inverno.

Por toda esta vasta região, na qual um mês antes fora difícil encontrar uma gota-d'água a não ser no fundo de alguma cacimba, rolam as torrentes impetuosas de rios caudais formados em uma noite.

A terra combusta, onde não se descobria nem mesmo uma raiz seca de capim, vestia-se de bastas messes de mimoso, que a viração da manhã anediava como a crina de um corcel. E eram já tão altas as relvas do pasto que, inclinando-se, descobriam as reses ali ocultas.

A vegetação incubada por muito tempo desenvolvia-se com tamanho arrojo que mais parecia uma explosão; sentiam-se os ímpetos da terra a abrolhar essa prodigiosa variedade de plantas que se disputavam o solo, e acumulavam-se umas sobre outras.

Eram como cascatas de verdura a despenharem-se pelos vargedos, confundidas num turbilhão de folhas e flores, e sossobrando não só a terra como as águas que a inundavam.

A superfície de cada uma dessas grandes lagoas efêmeras, produzidas pelo inverno, tornara-se um solo fecundo, onde mil plantas palustres erguiam seus pâmpanos formando uma floresta aquática.

Os cavalos em bandos e os magotes de éguas, soltos pela várzea, nitriam alegremente ao avistar a comitiva, e a seguiam por algum tempo rifando de prazer, enquanto os poldrinhos curveteavam travessos à cola das mães.

Ao tropel dos animais surdiam das touceiras de panasco os novilhos e garrotes mansos, que deitavam a correr pelo campo; mas o gado mocambeiro esgueirava-se pelas moitas, e escondia-se manhoso à vista dos vaqueiros.

Não era somente na terra, mas também no espaço que a vida sopitada durante a maior parte do ano, jorrava agora com uma energia admirável.

Havia festas nos ares: a festa suntuosa da natureza. No meio da orquestra concertada pelos cantos dos sabiás, das graúnas e das patativas, retiniam os clamores das maracanãs, os estrídulos das arapongas, e os gritos dos tiés e das araras.

Agora era um bando de jandaias que atravessava o espaço grasnando e ralhando, em demanda de outra carnaúba onde pousar. Passava depois a trinar uma multidão de galos de campina, à cata do milhal; ou um enxame de xexéus que pousava em um jatobá seco, e cobrindo-lhe os galhos mortos e nus de folhas, formava uma copa artificial com a sua luzida plumagem negra marchetada de ouro e púrpura.

As jaçanãs esvoaçavam por cima das lagoas e pousavam entre os juncos. Os currupiões brincavam nos galhos da cajazeira; e a industriosa colônia dos sofrês construia os seus ninhos em forma de bolsas penduradas pelos ramos da árvore hospitaleira.

Nada, porém, mais gracioso e alegre do que os periquitos verdes, de bico branco, e tamanhos de um beija-flor, que adejam em bandos de cem e mais, chilreando, como uns garotinhos, que são, dos ares.

Na cor parecem esmeraldas a voar; e no mimo e gentileza figuram os silfos desses campos, que tomassem aquela forma delicada para esconderem-se ao seio das magnólias silvestres.

A essa hora em que o capitão-mor com sua família seguia pelos tabuleiros em busca das margens do rio Quixeramobim, outra cavalgada, que partira de ponto diverso, caminhava na mesma direção, e no passo em que ia, com pouco devia cortar o rumo da primeira.

Compunha-se esta segunda do capitão Marcos Fragoso e seus hóspedes e parentes. Também eles vinham encourados; mas a vara de ferrão, a tinham dado aos pagens para carregá-la, como outrora com as lanças usavam os cavalheiros de tratamento.

O dono do Bargado trazia consigo uma grande porção de vaqueiros sob as ordens de José Bernardo, seu vaqueiro principal. Essa récua de sertanejos com os pajens formavam-lhe uma comitiva respeitável, que sem nenhuma aparência de escolta, era mais numerosa do que a do capitão-mor.

Vinham logo após a comitiva uns comboieiros, tocando animais de carga. As canastras suspensas às albardas, que ainda se usavam então em vez das cangalhas, continham os aprestos necessários para o lauto almoço, depois da montearia.

João Correia e Daniel Ferro seguiam adiante divertindo-se com os macaquinhos vermelhos, que saltavam pelos ramos a fazer-lhes caretas, ou que suspendiam-se pela cauda soltando uma surriada de mofa.

Ourém, que ia ao lado de Fragoso, quebrou afinal o silêncio com estas palavras, que pareciam completar reflexões anteriores:

— E para quando fica a nossa ida à Oiticica, primo Fragoso? Aquela que nos anunciou na mesma noite de nossa chegada? Não me parece já tão firme em sua resolução, e não sei se lhe diga, que acho-lhe pouco jeito para casado.

— Também a mim parecia isso impossível — respondeu Fragoso a rir. — Mas depois que vi D. Flor, o impossível é viver longe dela; e desde que não há outro meio...

— Mas então que espera?

— Tenho pensado, primo. Este Campelo é de uma desmarcada soberba. Ele andou outrora em competências com meu pai; e teria acabado seu inimigo, se a morte não o livrasse do homem que podia fazer-lhe frente neste sertão.

— Receia que lhe recuse a mão da filha?

— É muito capaz. Não reparou que até agora ainda não veio dar-me a boa-vinda, que é de rigor entre vizinhos? Contentou-se em mandar-me o seu guarda-costa ou ajudante, como o chama; e isso apesar da hospitalidade que fomos pedir-lhe ao passar por sua fazenda.

— Talvez por isso entendesse que estava dispensado de vir pessoalmente, pois já nos havia mostrado o seu agasalho.

— Não; é pura sobranceira, que usa com a gente deste sertão. Julga-se acima de todos. Eu já o sabia por informações e acabei de certificar-me. Se não fosse a formosura e prendas da filha, que me cativaram, já teria rompido. O meu vaqueiro, pensa o primo, que me obedece? A cada ordem que lhe dou, sai-se com este mote: "O Sr. capitão-mor proibiu". Depois de nossa chegada, recomendei-lhe que abrisse a represa da várzea, para que as chuvas não alagassem o caminho, como o primo tem visto, que é um brejal. Que me havia de responder o José Bernardo? "Rasgar a represa, patrão? A que o Sr. capitão-mor mandou fazer, ele mesmo, o ano passado? Do que Nossa Senhora me livre e guarde. Era preciso que eu tivesse perdido o juízo". Ordenei-lhe então que se entendesse de minha parte com o capitão-mor; e este sabe o que lhe disse? "Seu patrão que me fale, ele mesmo". Veja o que podem em mim os olhos de D. Flor.

— Tudo isto, primo Fragoso, é razão para abreviar esse negócio e decidi-lo quanto antes. Em sabendo suas intenções, o homem há de mudar.

— Compreende, primo Ourém, que se tal acontecesse, era uma afronta que eu, Marcos Fragoso, não sofro de ninguém, por mais poderoso que ele se julgue. Também tenho orgulho; e na minha família a paciência não é virtude de raça. Ainda ninguém ofendeu um Fragoso, que não recebesse o castigo.

— Neste caso tornemos ao Recife.

— Está assim tão apressado?

— Confesso que não tenho nenhuma curiosidade ver posto em auto cá no sertão o rapto das Sabinas — disse Ourém motejando.

Este remoque excitou alguma surpresa em Fragoso, que fitou o semblante de seu primo com desconfiança. Não se apercebeu disto o Ourém, cujas palavras não tinham oculto sentido.

— Estou que não chegaremos a tal extremidade — replicou Fragoso no mesmo tom de gracejo. Apesar de toda a sua arrogância, o capitão-mor Campelo não há de ser tão difícil de contentar.

— Para mim é fora de dúvida. Onde irá ele achar melhor aliança?

— Em todo o caso eu estou prevenido.

— Faz bem. É o meio de enganar a esperança.

— E de impedir que se malogre — acrescentou Fragoso vivamente.

— Não diga tanto.

— Pois eu afirmo.

Desta vez foi Ourém que fitou o olhar no rosto do primo para ler aí a explicação de suas palavras. O sorriso de Fragoso ainda mais o embaraçou.

— O primo tem algum propósito?

— Não perguntou quando íamos à Oiticica? Pois já estamos em caminho.

— Ah! Então esta montearia?... Que ela era em honra de Diana caçadora, eu sabia; mas não suspeitava que teríamos um eclipse da lua, logo pela manhã. Assim Endimião prepara-se a arrebatar do céu a deusa?

— Pretendo entender-me com o capitão-mor na volta; conforme o que ele resolver, amanhã estaremos em sua fazenda, para fazer-lhe o pedido com as cerimônias do costume e que ele não dispensa; ou iremos caminho do Recife.

— Desta alternativa é que eu não tenho receio. Havemos de tornar ao Recife, mas depois das bodas.

— Quem sabe? Podem fazer-se lá — observou Fragoso com o mesmo sorriso malicioso que já uma vez excitara o reparo de Ourém.

— Também é verdade, sem que haja necessidade de me estar o primo Fragoso a falar por alusão e com palavras encobertas.

— Pois quer mais claro, primo Ourém?

— O rapto das Sabinas de que falei há pouco efetuou-se no meio de uma festa. Lembra-se?

— Muito pouco. Fui mau estudante de latim e já não sei por onde anda o meu Eutrópio.

— Os romanos convidaram os seus vizinhos para assistirem a uns jogos marciais; no meio do espetáculo os surpreenderam, e tomaram-lhes as filhas.

— A que vem agora a história romana neste sertão? Não me dirá?

— Olhe; as suas meias palavras seriam capazes de fazer-me desconfiar que esta montearia tinha o mesmo fim.

— E que lhe parecia o alvitre?

— Muito romano, primo, e bem vê, que eu, na minha qualidade de togado, sou pelos meios conciliadores, *cedant arma togae*, como disse o velho Túlio.

— Não tenha susto. Tudo se há de fazer em boa e santa paz, eu o espero. Demais o capitão-mor não é homem com quem se arrisquem tais surpresas, pois anda sempre com boa escolta.

— No que acho que obra como varão prudente — tornou Ourém, aproveitando o ensejo para uma citação de Camões, que era seu poeta favorito:

Eu nunca louvarei
O capitão que diz, eu não cuidei.

Tinham os dois chegado à beira de uma coroa de mato, onde já os esperavam Daniel Ferro e João Correia, parados ao pé de uma marizeira colossal.

Era ali o ponto designado para o encontro com o capitão-mor.

Ao cabo de breve espera, ouviram o tropel dos animais; e os cavaleiros correram pressurosos a saudar as senhoras que já apareciam por entre o arvoredo do tabuleiro.

Depois de trocadas as mais corteses saudações, seguiram juntas as duas cavalgadas.

— Temos uma excelente manhã para a nossa montearia, Sr. capitão-mor — disse Marcos Fragoso.

— Excelente, em verdade — respondeu Campelo, circulando com o olhar os horizontes, como quem ainda não se apercebera do tempo que fazia.

Arnaldo, apesar de preparado para o encontro, não pôde conter o movimento de repulsão que arrancou-lhe a chegada de Marcos Fragoso. Como, porém, estava afastado, ninguém reparou no seu gesto, nem percebeu o olhar com que ele marcava o destruidor de sua felicidade.

Desde então, o sertanejo, que já se mostrava esquivo, afastou-se ainda mais e, a pretexto de não estorvar o caminho aos outros, desviou-se para o lado e seguiu por dentro do mato.

Um só instante, porém, não tirava os olhos de Marcos Fragoso. Atento ao seu menor gesto, cogitava entretanto consigo no que podia ocorrer nesse passeio, cujas consequências ele ia conjeturando.

Como bem se presume, o sertanejo desde a noite em que ouvira a conversa do Fragoso e seus amigos na varanda da casa do Bargado, não perdeu mais de vista o homem a quem ele considerava seu maior inimigo.

Nessa observação o auxiliava muito o velho Jó, que nos longos anos vividos no deserto adquirira a sagacidade de um índio.

Depois da volta de Arnaldo à fazenda, o capitão-mor nunca mais falou do velho, nem aludiu ao fogo da capoeira.

Era fato que parecia não ter existido para ele. E como não fosse crível que o capitão-mor deixasse ficar sem punição um caso tão grave, a gente da fazenda teve como certa a morte do solitário. Havia quem afirmasse que ele fora devorado pelas chamas, pois ainda lhe encontrara um resto dos ossos queimados. O João Coité, porém, protestava, jurando por todos os santos, que Jó andava ao redor da casa em figura de lobisomem, e que ele já o tinha encontrado uma vez.

Livre, pois, o velho das perseguições que sofria, consentiu Arnaldo que ele deixasse furtivamente a gruta onde o abrigara, para ocultar-se nas vizinhanças do Bargado e trazê-lo ao corrente do que ali se passava.

O Marcos Fragoso não deu mais um passo que o sertanejo não soubesse; seguia-o como sua sombra, e por mais de uma vez o vira aproximar-se da Oiticica na esperança de fazer-se encontrado com D. Flor.

Foi assim que ele descobriu a Bonina, e atinou com a razão do sumiço inexplicável da novilha, cujos rasto o Inácio Góis e a sua gente não puderam descobrir.

Tinha sido uma proeza do Aleixo Vargas, que laçara a novilha no pasto e a levara aos ombros até o curral da fazenda do Bargado. O Marcos Fragoso aplaudira a lembrança; e preparou-se para no dia seguinte conduzir ele mesmo a fugitiva, toda enfeitada de nastros de fitas, e restituí-la à sua gentil senhora.

A porteira do curral, porém, amanheceu aberta; e não houve mais notícia do animal. Os cães de vigia não tinham latido durante a noite para dar sinal, de modo que não se compreendia como se dera a fuga. O Moirão persignou-se; e assentou para si que ali andavam artes de Arnaldo ou bruxarias, o que vinha a dar no mesmo.

Quando, pois, três dias antes chegara à Oiticica o convite do capitão Marcos Fragoso para uma montearia, Arnaldo adivinhou que o mancebo desejava, antes de pedir a mão de D. Flor, mostrar ainda uma vez à donzela sua bizarria e captar-lhe a admiração.

Nessa mesma noite, porém, observou ele uma circunstância que o pôs de sobreaviso.

Tinha chegado à fazenda do Bargado na véspera um bando de gente armada; vinha dos Inhamuns, donde com certeza a fora chamar um próprio, que o Arnaldo vira partir oito dias antes.

Além disso notou o sertanejo nessa e nas seguintes noites uma arrumação e movimento d'armas de toda a casta, que mesmo para aqueles tempos de falta de segurança, eram desusados, e indicavam preparativos de alguma expedição.

Na véspera tornara ele já noite alta à sua rede na copa do jacarandá, bem convencido de que o Fragoso tramava alguma coisa; e essa convicção ainda o dominava naquele momento.

Também não lhe escapou a quantidade de vaqueiros e pagens que formavam a comitiva do dono do Bargado; entretanto não era isso que mais o inquietava; porém o receio de um perigo vago e indefinido, que ele sentia agitar-se em torno de si, mas que não podia apreender.

O DOURADO

A cavalgada chegara a uma ligeira eminência donde se dominava toda a planura em torno.

Era daí que melhor podia-se apreciar o aspecto dessa natureza múltipla, que se desdobrava desde a baixa até as serras de Santa Maria, Santa Catarina e do Estêvão, agrupadas ao norte, e da serra do Azul, que aparecia mais longe para as bandas do Aracati.

Nos tabuleiros um bando de emas apostavam carreira com os veados campeiros; as raposas davam caça às zabelês; e o tamanduá passeava gravemente hasteando o longo penacho de sua cauda à guisa de bandeira.

Pelas margens das lagoas os jaburus caminham lentos e taciturnos ou miram-se imóveis nas águas. As garças carmeiam com o bico a alva plumagem; e o maranhão dorme ainda, em pé no meio do brejo, com a cabeça metida embaixo da asa e uma das pernas encolhida.

Além aparecia ao longe um mar doce. Era o Quixeramobim, que pejado com as chuvas do inverno, transbordara do leito submergindo toda a zona adjacente. No meio desse oceano boiava uma coroa de terra, que a torrente impetuosa arrancara da margem, e que deslizava como uma ilha flutuante.

Uma vaca surpreendida naquela nesga do solo continuava a pastar muito tranquila o capim viçoso, e às vezes fitava admirada a margem, que ia fugindo rapidamente à sua vista.

A várzea estava coalhada de gado, que no comprido pelo e no aspecto arisco mostrava ser barbatão. Os touros, erguendo a cabeça por cima das franças do panasco, lançavam à comitiva um olhar inquieto.

— É boi como terra! — exclamou o Daniel Ferro com o seu falar sertanejo.

— Nem por isso — observou Ourém. Pela notícia, esperava outra coisa. Ali haverá quando muito umas cem cabeças.

— Esse é o que está no limpo, a descoberto; e o outro? — acudiu Agrela.
— Aonde?
— Por dentro do capim. Repare quando dá o vento!
Depois de uma breve pausa, para descanso dos animais, os cavaleiros preparavam-se para começar a montearia.

Como se tratava principalmente de campear os touros bravos por divertimento, o vaqueiro do Bargado com seus rapazes, deu cerco à várzea, tangendo o gado para o limpo, a fim de escolherem os cavaleiros os touros que deviam correr apostados entre si, como era costume nessa caçada original.

Estava o capitão-mor e seus companheiros de observação, quando viram à desfilada o José Bernardo.

— Lá está o Dourado, Sr. capitão — gritou ele de longe, mas velando a voz como receoso de ser ouvido além.

— Pois seja bem-vindo, o Dourado; ainda que eu não tenho a fortuna de o conhecer, ao tal senhor — disse o Marcos Fragoso galanteando.

— Pois não o conhece? — acudiu o capitão-mor. — É verdade que desde menino saiu do Quixeramobim, onde nasceu e criou-se; senão havia de ter notícia dele.

— É então algum façanhudo? — tornou o mancebo no mesmo tom.

— Tem fama por todo este sertão — respondeu gravemente o capitão-mor.

— E a fama já chegou aos Inhamuns — acrescentou Daniel Ferro.

— Pode ser; nunca ouvi falar dele.

— Porque há três anos que o primo Fragoso lá não vai; o Recife enfeitiçou-o.

— Mas em suma, senhores — atalhou o Ourém curioso — quem é esse ilustre e famoso Dourado, do qual, já que o nosso Camões não teve dele notícia, farei eu

Que se espalhe e se cante no universo,
Se tão sublime preço cabe em verso.

O capitão-mor voltou-se para o padre Teles, que pelo jeito acumulava ao cargo de capelão o de cronista:

— Padre Teles, conte aos senhores a história do Dourado.
— O Dourado é um boi... — ia começando padre Teles.
— Um boi? — atalhou o Ourém, desconcertado.
— Eu também pensei que era algum valentão — observou o João Correia, que partilhara da surpresa.
— E eu tinha por certo que era o rei daquele célebre encantado, de que tanto se fala, e que debalde procuraram os descobridores, inclusive o nosso Pero Coelho. Mas talvez que o El-Dourado virasse boi! — tornou Ourém.
— Boi, sim! — afirmou o capitão-mor por sua vez admirado da estranheza do licenciado. — Então que pensavam os senhores? É um boi destemido e que tem zombado dos melhores vaqueiros deste sertão. Há sete anos que ele apareceu, e até hoje ainda não houve quem se gabasse de pôr a mão no Dourado.

O capitão-mor falou com ufania, como se as proezas do animal se contassem entre os brasões de sua fidalguia sertaneja. Nisso mostrava bem que era cearense da gema.

— Nem o Louredo, nosso vaqueiro, pai do Arnaldo... Onde está ele?

O fazendeiro voltara-se para procurar com a vista ao rapaz; mas não o encontrou.

— Nem o Louredo, que foi o mais afamado campeador de todo este sertão, pôde com o Dourado; e não foi por falta de vontade, que uma vez andou-lhe uma semana inteira na pista. Mas também tal medo tomou-lhe o boi, que levou um sumiço grande... Há bem quatro anos que não se tinha notícia dele. Não é isso, padre Teles?

— Há de fazer pela Páscoa, Sr. capitão-mor — respondeu o reverendo.

— Já vejo que o Dourado é um herói, um touro de Maraton, que ainda não encontrou o seu Teseu.

— Todavia não é para comparar-se com o Rabicho da Geralda! — observou o Daniel Ferro.

— Temos outro barão assinalado? — acudiu o Ourém.

— Deste, já eu tinha notícia. Há uma antiga de vaqueiros — acudiu João Correia.

— Ainda esta noite os rapazes a cantaram lá no Bargado — tornou Daniel Ferro, que entoou a primeira quadra da trova.

> *Eu fui o liso Rabicho*
> *Boi de fama conhecido*
> *Nunca houve neste mundo*
> *Outro boi tão destemido.*

Padre Teles, que fora atalhado na sua crônica do Dourado, aproveitou o ensejo para introduzir também a sua quadra:

> *Minha fama era tão grande*
> *Que enchia todo o sertão;*
> *Vinham de longe vaqueiros*
> *Pra me botarem no chão.*

— Já vejo que este foi uma espécie de Minotauro, pois tinha de homem a fala — observou o Ourém, que ria-se daqueles entusiasmos sertanejos.

O capitão-mor ordenou silêncio com um gesto para opor a seguinte contestação:

— O Rabicho da Geralda, Sr. Daniel Ferro, foi sem dúvida um corredor de fama. Nós ainda conhecemos o José Lopes, vaqueiro da viúva, que nos contou as proezas de seu boi. Mas nosso parecer é que não chegava ao Dourado.

— Veja o Sr. capitão-mor que o Rabicho zombou dos melhores catingueiros de todos estes sertões, até do Inácio Gomes que ainda hoje tem nome na ribeira do São Francisco.

— Não era nada à vista do Louredo, nosso vaqueiro; pode acreditar, que é a verdade.

— O Rabicho andou onze anos fugido, sem que se tivesse notícia dele; e o Dourado, como o Sr. capitão-mor mesmo disse, só há sete anos é que apareceu.

— Onze anos? — interrogou o fazendeiro.

— A cantiga diz:

> *Onze anos eu andei*
> *Pelas caatingas fugido;*
> *Minha senhora Geralda*
> *Já me tinha por perdido.*

O argumento tirado da cantiga, embaraçou o capitão-mor, que voltou-se para o ajudante:

— Que lhe parece, Agrela?

O ajudante acudiu pronto.

— É certo, Sr. alferes, que o Dourado, como disse muito bem o Sr. capitão-mor, só há sete anos apareceu; mas ninguém sabe quantos anos andou sumido pelas serras, sem que se soubesse dele. Ora, sendo um boi ainda novo, como atestam quantos o conhecem, não é muito que viva ainda uns vinte anos e mais.

— Então que diz a isto? — perguntou o capitão-mor, triunfante com a argumentação de seu ajudante. — Vinte anos para onze!...

— Ainda não me rendo — tornou o Daniel Ferro. — Se o Dourado pode durar ainda vinte anos, o que não nego, o Rabicho com certeza chegaria aos trinta, se não viesse aquela seca tão grande. Foi preciso ela para acabar com aquele boi.

O capitão-mor, outra vez embaraçado, volveu o olhar ao ajudante que não demorou a réplica.

— Aí está a diferença. O Rabicho acabou com a seca, e o Dourado escapou dela, como escapará de todas as outras por maiores que sejam.

— Está vendo? — concluiu o fazendeiro peremptoriamente. — Pode jurar em nossa palavra, Sr. Daniel Ferro. Nunca houve boi como o Dourado; quem lho diz é o capitão-mor Gonçalo Pires Campelo; se alguém disser o contrário, mentiu.

Em vista desta afirmação categórica, o Daniel Ferro hesitou na réplica; pois o argumento do sofístico ajudante não o convencera. Mas era teimoso, e em risco de incorrer no desagrado do potentado, ia sustentar a sua opinião, quando felizmente ocorreu uma circunstância, que pôs têrmo ao incidente.

Era tempo. O Agrela previra o efeito que a insistência do Daniel Ferro ia produzir no capitão-mor, cuja vontade imperiosa não sofria a mínima contrariedade e estava acostumada a ser, não somente obedecida como lei, mas aceita como ponto de fé.

Receando, pois, que a partida de prazer tão aprazivelmente começada, fosse interrompida por um desagradável conflito, o ajudante aproveitou-se do primeiro pretexto para desviar da disputa a atenção do potentado:

— Lá está o Dourado! — exclamou com grande alardo, apontando para a várzea. — Senhores, o Dourado!...

O capitão-mor adiantou-se para ver o famoso corredor. D. Genoveva e as moças aproximaram-se com viva curiosidade. Marcos Fragoso, Ourém e o capelão que falavam com as senhoras justamente acerca do herói, acompanharam o seu movimento.

Agrela tinha apontado a esmo para um boi, cuja cor pudesse até certo ponto desculpar o engano. Mas o acaso incumbira-se de tornar certo o seu dito; pois precisamente naquela ocasião, o rei dos pastos de Quixeramobim, assomava no descampado.

Era um boi alto e esguio. Seu pelo isabel na cor, longo, fino e sedoso, brilhava aos raios do sol com uns reflexos luzentes, que justificavam o nome dado pelos vaqueiros ao lindo touro. Em vez das largas patas e grossos artelhos dos animais de trabalho, ele tinha as pernas delgadas e o jarrete nervoso dos grandes corredores.

Os chifres não se abriam para diante em vasta curva, mas ao contrário erguiam-se quase retos na fronte como dardos agudos e à semelhança da armação do veado. Esta particularidade indicava que o barbatão não se criara nas várzeas, mas que desde garrote se acostumara a bater as brenhas mais espessas e a atravessar os bamburrais emaranhados.

Azara refere ter visto no Paraguai muitos exemplares desta espécie de chifres verticais e direitos, a que ali dão o nome de *chivos*.

O Dourado trazido pelos fábricas de José Bernardo, havia parado no meio da várzea. Em sua atitude garbosa, reconhecia-se a altivez do touro bravio, filho indômito do sertão, nascido e criado à lei da natureza. Tinha ele a majestade selvagem das feras, que percorrem livres o deserto e não reconhecem o despotismo do homem.

Com o pescoço curvo e a fronte alçada, o touro lançava aos cavaleiros um olhar de desafio, batendo o costado com a ponta da cauda arqueada, e escarvando o chão de leve com a unha direita. Um burburinho surdo ressoava no vasto peito, que sublevava-se para soltar o mugido.

Todavia não se notava neste aspecto a sanha terrível do touro sanguinário, que arroja-se ao combate cego de furor, e dilacera a vítima com as pontas aceradas, ou vai cair aos pés do inimigo exausto pelos ímpetos violentos.

O Dourado tinha a coragem calma; ele conhecia o homem, e estava habituado a afrontá-lo. No olhar com que observava os cavaleiros, descobria-se unida à segurança do corredor, que não teme ser vencido, a sagacidade do boi manhoso e experiente que calcula o perigo, e sabe acautelar-se.

— Então é aquele o vitelo de ouro, reverendo? — disse Ourém, voltando-se para o capelão. *Vitulus conflatilis!*

— Neste caso, senhor licenciado — replicou padre Teles —, é preciso seguir o exemplo de Moisés, que o queimou, reduziu a pó, dissolveu em água e o deu a beber aos filhos de Israel; *combussit et contrivit usque ad pulvere, quem sparsit in aquam et dedit in eo potum filiis Israel.* Êxodo, cap. 32, versete 20.

— Em o nosso caso não acha, reverendo padre Teles, que bastaria assá-lo para o almoço?

— É o que eu estava pensando, Sr. licenciado; e creio que o consumiríamos melhor assim ou numa boa açorda do que pelo processo de Moisés.

Enquanto o licenciado e o capelão faziam estes gastos de erudição bíblica, as outras pessoas trocavam suas observações acerca do Dourado.

D. Flor também contemplara o animal com satisfação, pois tinha seu instinto de sertaneja, filha daqueles campos e neles criada. Além disso possuía o sentimento do belo, e sabia admirá-lo em todas as suas formas.

— O Dourado há de ter o meu ferro! — exclamou com um arzinho de princesa que lhe assentava às maravilhas.

— Se levar algum, com certeza não será outro senão o seu, Flor — disse o capitão-mor.

A donzela, soltando a exclamação a que o pai acabava de responder, insensivelmente volvera o olhar e encontrou Arnaldo que pouco antes se aproximara do grupo. Ao torvo e sombrio aspecto do mancebo, e talvez à lembrança do que acontecera com a flor, desviou a vista rapidamente.

— Então, senhores, vamos ao Dourado? — disse o capitão Marcos Fragoso.

— Ao Dourado! — exclamou Daniel Ferro.

— É à toa, só para correr — ponderou o capitão-mor.

— O Dourado, não há quem lhe deite a unha; dos que estão aqui, não desfazendo em ninguém, só vejo o Arnaldo, nosso vaqueiro, filho do Louredo, mas quando tiver a experiência do pai.

— Não conheço — disse Marcos Fragoso desdenhosamente.

O capitão-mor acenou para Arnaldo.

— Vem cá, rapaz. Aqui está: basta olhar, para ver o filho de quem é.

Os dois mancebos trocaram um olhar rápido. Fragoso adivinhou que tinha em Arnaldo um inimigo. Arnaldo conheceu que fora compreendido: e isso causou-lhe íntima satisfação. Na sua lealdade, estimava que o adversário estivesse prevenido de seu ódio, para que não lhe imputasse uma perfídia. Essa primeira advertência, ele pretendia dá-la, ainda mais fraca, logo que chegasse o momento de executar a sua resolução.

— Que dizes, Arnaldo? És capaz de tirar o feitiço ao Dourado?

— Não sei, Sr. capitão-mor; ainda não lhe dei uma corrida: por isso não posso avaliar. Mas até hoje não encontrei boi que deitasse poeira no Corisco — disse o sertanejo singelamente e alisando a clina do cardão.

— Pois afianço-lhes eu, senhores, que o Dourado vai dar a sua última carreira — exclamou Marcos Fragoso, brandindo a vara de ferrão com galhardia. Terei a honra de oferecer-lhes ao almoço uma costela de herói.

— Eu prefiro o lombo — disse o capelão.

— O principal é outro, porém, continuou o mancebo exaltando-se. Entre os mimos de noivado que tenho de oferecer breve à formosa das formosas, figura um par de sandálias mouriscas de veludo, cravejadas de pérolas; e aqui neste momento, diante destas damas, do Sr. capitão-mor e de quantos me ouvem, os quais todos tomo por testemunhas, faço votos de tirar as solas das sandálias do couro do Dourado, com a minha própria mão!

— Não é mal lembrado — observou Ourém. — Naturalmente foi de algum boi corredor como este que o gigante fez as suas botas de sete léguas, e as fadas tiraram os seus chapins. Os coturnos de Mercúrio deviam ser do mesmo couro.

Marcos Fragoso, referindo-se ao mimo de noivado, que destinava à formosa das formosas, dirigiu o olhar tão claramente a D. Flor que todos compreenderam a alusão, exceto a donzela, que ainda estava distraída a ver o barbatão, e o capitão-mor, que não atendendo ao gesto expressivo deu às palavras do dono do Bargado outro e mui diferente sentido.

Entendeu ele que Marcos Fragoso já tinha ajustado casamento com outra moça. Este fato o contrariou; mas por isso mesmo, bem longe de demovê-lo do projeto de casar o mancebo com D. Flor, mais o afirmou nessa resolução. O seu orgulho não sofria que o homem por ele escolhido para marido de sua filha fosse capaz de recusar tão grande honra e favor, e preferir outra aliança ainda mesmo quando já estivera tratada.

Outro sentimento, porém, e tão forte como este, reagiu no fazendeiro. Foi o desgosto pela jactância do Marcos Fragoso, dando como certa a sua vitória sobre o barbatão. O senhor de Quixeramobim sentia-se profundamente ofendido com essa presunção, que de algum modo o amesquinhava na pessoa daquele boi, que era como que uma glória dos seus vastos domínios, e cuja fama fazia de algum modo parte de sua importância.

— Ora! ora!... — exclamou o capitão-mor com um grosso riso de mofa. — Eu me obrigo a assar no dedo a carne que o senhor tirar do Dourado; mas também, se não pegar o barbatão, o que é certo, há de ter paciência que lhe mande um mamote para tirar a sola das tais chinelas. Está ouvindo?

— Topo, Sr. capitão-mor — retorquiu Fragoso, picado ao vivo pela zombaria do fazendeiro — e juro-lhe que hei de fazer hoje melhor montearia do que pensa Vossa Senhoria.

Arnaldo, cuja atenção estava alerta, notou a inflexão particular com que o mancebo proferira as últimas palavras, e surpreendeu-lhe o olhar irônico lançado ao capitão-mor.

Também Agrela tinha observado este pormenor; mas o atribuíra a leve ressentimento causado pelo motejo do fazendeiro.

Não se imagina o esforço que desde o encontro das duas cavalgadas fazia Arnaldo para não precipitar-se contra Fragoso, quando este aproximava-se de D. Flor e lhe dirigia os seus redimentos corteses ou fitava nela os olhos namorados.

Nunca ele tinha sofrido as dores, que então o trespassavam, nem pensara que homem as pudesse curtir.

O SORUBIM

As vaquejadas do gado bravio, ou montearias como ainda as chamavam à moda portuguesa e clássica, pouca diferença tinham quanto ao modo das que se fazem ainda agora no sertão, durante o inverno e depois.

Naquele tempo é certo que o gado barbatão multiplicava-se com prodigiosa rapidez; e os vastos campos incultos, bem como as florestas ainda virgens, ofereciam às manadas selvagens refúgios impenetráveis.

Daí provinham essas famosas correrias tão celebradas nas cantigas sertanejas, e nas quais os vaqueiros gastavam semanas e meses à caça de um boi mocambeiro, que eles perseguiam com uma tenacidade incansável, menos pelo interesse, do que por satisfação de seus brios de campeador.

Não era porém uma vaquejada de campeiros essa, para a qual o capitão Marcos Fragoso tinha convidado o senhor da Oiticica e sua família. Tratava-se de uma verdadeira montearia, ou caçada à moda europeia, com a diferença de serem as armas trajes venatórios substituídos pelos petrechos do vaqueiro.

O José Bernardo, portanto, havia espalhado sua gente de modo a fazer com o seio do rio o cerco da várzea, tomando as saídas por onde o gado podia evadir-se. Esse cordão vivo supria os muros das coitadas e fechava um vasto âmbito, no qual os cavaleiros podiam correr um ou mais touros e gozar assim das emoções da caça!

Tomadas estas disposições, correu o vaqueiro do Bargado a prevenir seu patrão de que podiam dar começo ao divertimento.

— Então, senhores?... O campo está seguro, diz o meu vaqueiro — exclamou Fragoso.

— Pronto! — acudiu Daniel Ferro, que ardia por mostrar a valentia dos filhos de Inhamuns.

— O Sr. capitão-mor dará o sinal — tornou Fragoso, com um gesto de deferência.

O velho Campelo afirmou-se na sela, e sobraçando à direita a vara de ferrão, soltou o brado estridente do vaqueiro ao disparar, voz que traduz-se aproximadamente por esta interjeição:

— Ecou!...

Ao grito do capitão-mor, outros reboaram; e os seis cavaleiros arremessaram-se da ladeira abaixo no encalço do Dourado.

O touro barbatão respondera ao grito dos vaqueiros com um mugido manhoso e afastara-se à meia carreira, como para poupar as suas forças ou medir as do inimigo. De vez em quando voltava a cabeça para ver o avanço que levavam os cavaleiros.

As senhoras ficaram na eminência, guardadas pela escolta e acompanhadas do padre Teles, que viu com um suspiro afastarem-se os outros e lembrou-se com saudades dos tempos em que na ribeira do Choró ele campeava os garrotes e novilhos barbatões, montando em pelo no primeiro cavalo que apanhava dos magotes soltos pelo campo.

Padre Teles tinha um tanto da polpa desses padres sertanejos, de que houve tão grande cópia até 1840; sacerdotes por ofício, eles envergavam a batina como uma couraça; e lá se iam pelo interior à cata de aventuras. O capitão-mor, porém, era formalista e não admitia costumes profanos em seu capelão.

Também D. Genoveva, se não fosse o recato de seu sexo, de que o marido não a dispensava, ainda mais em presença de estranhos, tomaria parte na montearia, para que se julgava com ânimo e disposição. Era ela destemida cavaleira; e decerto desempenhar-se-ia melhor da empresa do que o Ourém e o Correia, moradores da cidade, e não afeitos a esses exercícios dos nossos campos.

— Vamos nós também divertir-nos, Flor — disse a dona, lançando o cavalo avante.

— Anda, Alina! — exclamou a donzela, seguindo a mãe.

Padre Teles, a pretexto de acompanhar as senhoras, lá se foi também com elas a campear as novilhas que pastavam ali perto. Apesar de não ser esse gado barbatão como o outro, todavia não era de todo manso, e às vezes a rês perseguida voltava-se para atirar uma marrada, que as destras cavaleiras evitavam no meio de risada e folgares.

Mais tímida, Alina deixara-se ficar na colina; e depois de alguma hesitação aproximou-se de Arnaldo, o qual ainda imóvel no mesmo lugar, seguia de longe a corrida com um olhar ávido e sôfrego.

— Não foi campear, Arnaldo? — disse a moça à meia voz.
— Não, Alina! — respondeu o sertanejo concisamente, sem tirar os olhos da várzea.
— Eu sei a razão! — tornou a órfã com uma reticência misteriosa.

Arnaldo olhou-a de través para surpreender-lhe no rosto o pensamento.

— Foi para ficar perto de mim. Não acertei? — disse Alina com um sorriso de melancólica faceirice.

Arnaldo fechou-se e retorquiu em tom breve e esquivo:
— Não gosto destas caçadas. Campear é no largo, onde o boi acha mundo para fugir; e não fechá-lo como num curral para ter o gosto de o matar depois de cansado. Um vaqueiro não sofre isto. Aqui está a razão por que fiquei, Alina.

— Ah! eu sabia que não era por mim; disse-o brincando. A Sra. D. Genoveva não me chama sua noiva, Arnaldo? É para zombar de mim!

Alina proferiu esta frase com o mesmo tom de faceira melancolia, e tão queixoso, que Arnaldo sentiu-se comovido.

— Não é de você, Alina, que zombam; mas de mim. Eu não sou vaqueiro; sou um filho dos matos, que não sabe entrar numa casa e viver nela. Minhas companheiras são as estrelas do céu que me visitam à noite na malhada; e a juruti que fez seu ninho na mesma árvore em que durmo. Seu noivo deve ser outro. Eu lhe darei um que a mereça.

— Já tenho — disse Alina.
— Qual? — perguntou Arnaldo surpreso.
— Não é da terra, não. Está lá perto das estrelas, suas companheiras: é o céu.

Arnaldo não atendeu à resposta da moça. Um acidente que ocorrera ali perto, na falda da colina, acabava de surpreendê-lo.

D. Genoveva e a filha continuavam a perseguir as reses que lhes ficavam próximas, e padre Teles, um tanto emancipado com a ausência do capitão-mor, acompanhando-as nesse folguedo, empunhava um ramo de cauaçu que ele quebrara para fazer as vezes de aguilhada.

D. Flor tinha nessa manhã um pequeno chale escarlate de garça de seda que lhe servia de gravata, e cujas pontas flutuavam-lhe sobre o peito do vestido de montar. Lembrando-se que a cor vermelha tem a propriedade de enfurecer os touros, os quais supondo ver o sangue, tornam-se ferozes, a temerária donzela desatou a faixa, e começou a agitá-la como uma bandeirola para irritar as reses e gozar do prazer de afrontar o perigo e escapar-lhe.

Entretanto um boi surubim, que estava escondido nas balsas de um alagado, surdiu fora, e lançou de longe para a moça, que não o via, um olhar traiçoeiro. Era um animal corpulento, de marca prodigiosa, como raros exemplares se encontram no sertão, hoje que as nossas raças domésticas estão decaídas daquele vigor primitivo que tomaram ao influxo e contato do novo mundo.

De repente o barbatão, levado por seus instintos perversos, e também assanhado pelo chale escarlate que a moça imprudentemente agitava, abaixou a cabeça armada de chifres enormes, e arremeteu, bufando um surdo bramido.

D. Flor estava de costas, e não o viu. Ao vivo aceno de sua mãe assustada, voltou-se sorrindo e só então conheceu o perigo que a ameaçava. O touro vinha-lhe sobre com a violência de uma tromba. Corajosa como era, não se atemorizou a donzela; mas tomada de surpresa como fora, tinha hesitado um instante e tanto bastou para frustrar a sua calma e destreza. Quando o baio, obedecendo ao sofreio que o empinou, já rodava sobre os pés para saltar e pôr-se fora do alcance do touro, este chegava como a bala de um canhão.

Então um urro medonho encheu o espaço abafando o grito de aflição, que ao mesmo tempo escapara dos lábios de D. Genoveva e de Alina.

Arnaldo, advertido pelo primeiro mugido do touro, volvera o olhar para o ponto, e vira a fera já no meio da carreira com que investia para a moça. Alina ouviu um arranco. Era o sertanejo que passava por diante dela, como um turbilhão.

D. Flor, que se considerava já ferida pelas pontas do touro, admirou-se de estar ainda montada no baio, o qual se arrojara ao lado; e de achar-se incólume, sem outro dano além de um leve rasgão de sua roupa de montar. Voltando o rosto para o lugar, compreendeu então a donzela o que se passara.

Arnaldo, ao arrancar, tinha sacado o laço do arção da sela onde o trazia preso, e rolando-o acima da cabeça, o arremessara com a mão segura do vaqueiro, que nunca errou o boi à disparada. Apanhado pelos chifres, o sorubim estacara; e no repelão que dera para safar-se, havia furado a fralda do roupão de D. Flor.

Esbarrado em seu ímpeto, o touro, soltando o urro medonho que ribombou até o fundo da floresta, redobrara de furor. Rodando para fazer frente ao adversário, escorou-se no laço, a cavar o chão com as unhas, e a amolar as pontas na terra. Quando acabou de visar bem o alvo, partiu como um tiro de morteiro.

Arnaldo deitara-se sobre o arção, alongando a vara de ferrão pela cabeça fora do cavalo e apoiando o cabo na coxa, forrada não só pela perneira, como pelo gibão de couro. Assim em guarda correu ele sobre o touro e topou-o no meio da carreira.

O aguilhão afiado cravara-se no meio da testa do touro, que recuou trespassado pela dor. Com o ímpeto a vara tinha vergado como um arco prestes a romper-se; e o cavalo foi repelido a três passos para trás. Mas o sertanejo não se abalara da sela.

Ourém, que observou de longe a cena, repetia ao João Correia estes versos de Camões:

> *Qual o touro cioso que se ensaia*
> *Para a erma peleja, os cornos tenta*
> *No tronco de um carvalho ou alta faia.*
> *E o ar ferindo, as forças experimenta.*

Recolhendo a vara, Arnaldo dera liberdade ao cardão, que reatou a desfilada um instante suspensa pelo tope, e passou ao lado do sorubim, o qual também de seu lado prosseguia na investida.

Chegados ao extremo da corrida, ambos, o touro e o cavalo, voltaram-se rapidamente; pararam um instante, o touro a fazer pontaria, o cavalo a esperá-la, e partiram ambos como da primeira vez para novamente esbarrarem-se a meio da carreira.

Assim divertiu-se o sertanejo em excitar a sanha do touro furioso, e topá-lo na ponta da vara de ferrão. Depois de ter brincado com ele, como um gato com o ratinho, a quem deixa fugir por negaça e para ter o prazer de o filar outra vez, o rapaz, em vez de recebê-lo na ponta do aguilhão, desviou o cavalo do ímpeto, e alongando-se com o animal, torceu-lhe a cauda entre dois dedos e com um jeito especial a que no sertão chamam *mucica*.

O possante animal tombou por terra, como se uma clava o abatesse. Sem apear-se o sertanejo retirou o laço, e com uma rapidez de maravilhar deu um talho no rejeito das mãos, com o que peou completamente o animal, e tornou-o inofensivo.

Terminada esta operação, que não consumira com a luta precedente mais de minutos, Arnaldo veio postar-se no mesmo lugar que anteriormente ocupava na chapada da colina, e donde continuou a observar a corrida que os cavaleiros davam no Dourado.

No momento em que o capitão-mor partira com os outros campeadores, Arnaldo não se influíra. Como dissera a Alina, ele não gostava daquelas correrias em que os homens assaltavam insidiosamente os touros, tomando-lhes os passos por onde poderiam evadir-se. Parecia-lhe isso pouco generoso. Um bom campeador já tinha demais a rapidez de seu cavalo para pedir ainda auxílio de outros vaqueiros.

Todavia ficara de observação, porque se o Marcos Fragoso se mostrasse capaz de pegar o Dourado, ele propunha-se a arrebatar-lhe a satisfação desse triunfo como já fizera uma vez; e consigo mesmo tinha jurado que as solas daquelas chinelas de que falara o namorado capitão, se este chegasse a cortá-las, teriam feito a última proeza de sua vida.

Tornando agora a seu ponto de observação, continuou a acompanhar a corrida; mas já então excitado pelo assalto do sorubim, dava combate a si para permanecer ali imóvel, quando lá estava um boi famoso a desafiar os seus brios de campeador.

Entretanto a corrida prosseguia com vários acidentes no meio do alarido dos cavaleiros, e do estrépito com que a gente postada pela várzea afugentava o gado acossado que buscava escapar-se do circo.

Logo no princípio o Ourém e o João Correia mostraram que não basta envergar uma roupa de couro para tornar-se vaqueiro. Não eram maus cavaleiros de cidade; mas coisa mui diversa é correr em um campo alagado e coberto de mato, onde de repente falta o solo ao cavalo, e o espaço ao homem.

Daniel Ferro, este desempenhara galhardamente as barbas dos vaqueiros de Inhamuns; e o Campelo apesar de sua corpulência não lhe ficava atrás. Quanto ao Agrela, sabia que sua obrigação era ir ao pé do capitão-mor, e assim o acompanharia ao inferno.

O melhor cavaleiro, porém, aquele que ia na frente e com muito avanço, era o Marcos Fragoso. Além de ágil e consumado na arte da equitação, como nas outras próprias dos mancebos nobres de seu tempo, ele montava um soberbo cavalo dos Cratius, e corria atrás de um troféu para o seu amor. Nem o cavalo, nem ele, careciam de um aguilhão, pois eram briosos ambos; mas o primeiro sentia o roçar da espora, e o segundo passava no remoque do capitão-mor e do desgosto que sofreria, se não cumprisse o voto feito a D. Flor.

Quando Arnaldo voltara à colina, Fragoso acreditava que o Dourado não lhe podia escapar. O boi corria frouxamente; e mal guardava entre ele e o cavaleiro a distância de cem passos. Metia-se nas moitas que encontrava pelo caminho, como para descansar um momento, e dava todas as mostras de fatigado.

Era um boi astuto e manhoso, o Dourado. Ele sabia que estava cercado, e embora não tivesse perdido a esperança de escapar-se, contudo receava encontrar por diante homens armados de varas que lhe embargassem o passo. Assim tinha por mais prudente cansar primeiro os cavalos e para isso fingia-se ele estafado, a fim de exercitar os campeadores a apertar a carreira na esperança de o pegar.

Entretanto, D. Flor aproximara-se de Arnaldo. A donzela, como sua mãe, não tinha agradecido ao mancebo o ato de destreza com que lhe salvara a vida. Era isso um fato natural, e que não lhes granjeara nenhuma gratidão; ambas conheciam a dedicação do filho da Justa, e recebiam dele essas provas de amizade, como as receberiam de um parente, de uma criatura sua.

A donzela, porém, lembrou-se que Arnaldo conservava um ressentimento dela, desde a noite do mimo, em que talvez fora injusta; e aproximou-se para com uma palavra meiga e afetuosa aplacar seu ânimo suscetível e ríspido.

Mas no momento em que chegava a seu lado, Arnaldo, arrancando o cardão em um salto, disparava pela colina abaixo, soltando esse brado pujante, que o sertanejo aprendeu do índio, seu antepassado.

Esse brado é como o rugido do rei do deserto; ele tem a fereza do bramir do tigre, e a vibração do rugir do leão; mas quando repercute na solidão sente-se que há nessa voz uma alma que domina a imensidade.

Que sentimento impelira assim o sertanejo? Fora o receio de que o Fragoso triunfasse, ou o desejo de subtrair-se ao agradecimento de D. Flor?

Talvez um e outro motivo.

A CARREIRA

Quando o Dourado ouviu o brado de Arnaldo, conheceu que tinha homem em campo; e abrindo então a carreira, em dois corcovos deixou o Fragoso a uma grande distância.

O mancebo perdera a esperança de agarrar o boi; e atribuindo a derrota ao grito que espantara o animal, irritou-se contra o autor dessa picardia, que no primeiro momento suspeitou provir de seu primo Daniel Ferro.

Logo, porém, reconheceu o engano. Um cavaleiro passou por ele à desfilada; e apesar da velocidade da carreira pôde ver o rosto de Arnaldo, que o ódio lhe gravara na memória.

Desde então o Marcos Fragoso continuou a correr, mas já não era atrás do Dourado, e sim atrás do sertanejo, contra quem se arrojou com todo o ímpeto das cóleras, que o seu afeto por D. Flor o tinha obrigado a recalcar durante os últimos dias, e que afinal faziam explosão.

Voltando o rosto, viu Arnaldo na fisionomia e no gesto do capitão a expressão de seu rancor, e respondeu-lhe com um sorriso de desprezo.

— Não fujas, cobarde! — exclamou Fragoso.

— Havemos de encontrar-nos.

— É agora, neste momento, que eu vou castigar a tua insolência.

— Havemos de encontrar-nos, Sr. capitão; mas quando eu quiser, e for de minha vontade. Antes disso não conheço o senhor; e os seus gritos são como os berros destes novilhos, que ainda não sabem urrar.

O sertanejo, que refreara um tanto a corrida do cardão para lançar estas palavras, de novo desfechou atrás do Dourado, o qual devorava o espaço.

O capitão-mor, Daniel Ferro e Agrela, que já vinham atrasados, com a chegada do Arnaldo perderam a esperança, não só de agarrar o boi, no que não pensavam mais, como de seguir-lhe a pista. Resolveram, portanto, parar em um alto, para acompanharem com a vista a corrida.

O mesmo faziam na colina D. Genoveva, Flor, Alina, e o padre Teles, com João Correia e Ourém, que tiveram por mais prudente trocar o papel de atores daquela campanha sertaneja pelo de espectadores.

O último não perdeu ensejo de encaixar a sua citação de *Os Lusíadas*. Quando chegavam à falda da colina gritou ele para o companheiro:

> *Olá, Veloso amigo, aquele outeiro*
> *É melhor de descer que de subir.*

O capitão-mor estava de não caber em si, com a satisfação e contentamento de que o enchera o Arnaldo. Desassombrado do receio de que o Fragoso, um rapaz lá de Inhamuns e de mais e mais gamenho da cidade, agarrasse o corredor de maior fama do Quixeramobim e levasse as lampas aos campeiros daquele sertão, o dono da Oiticica já contava como certa a proeza de seu vaqueiro; e entusiasmava-se de antemão como esse triunfo, que lhe pertencia, pois ele o alcançava na pessoa de uma criatura sua, que era como o seu braço.

Era uma corrida vertiginosa aquela. Os olhos não podiam acompanhá-la sem turbarem-se; porque boi e cavaleiro fugiam instantaneamente à vista que os fitava.

O capitão-mor bradava com uma voz de canhão:

— Assim, Arnaldo! Aguenta, rapaz!

O Daniel Ferro entusiasmado também com a valentia do boi e o arrojo do campeador, gritava:

— Ecou! Ecou!... Arriba, vaqueiro!

Agrela assistia à luta em silêncio, mas agitado por vários sentimentos. Invejava a façanha de Arnaldo e volvia um olhar melancólico para o sítio onde estava Alina; mas se brotou em seu coração alguma vaga esperança de ver frustrado o esforço do sertanejo, logo a sufocou a sincera admiração que inspiravam-lhe a força e a destreza.

Em D. Flor e sua mãe repercutiam as emoções do capitão-mor, com quem essas duas almas se identificavam sempre, sobretudo nos impulsos generosos. Alina estremecia de susto e comunicava seus terrores ao padre Teles, que não a ouvia. Quanto a Ourém e João Correia, assistiam consigo se o rapaz não estaria em algum acesso de loucura furiosa.

Que fazia então o capitão Marcos Fragoso? Tinham-no visto pouco antes correndo com Arnaldo atrás do barbatão; logo depois desaparecera; e ninguém nesse momento deu por sua falta.

Havia à beira da várzea e já no tabuleiro um alto e esgalhado barbatimão que estendia rasteiros os grossos ramos encarquilhados, formando uma sebe viva. O Dourado vivamente acossado, meteu-se naquele embastido e o atravessou agachado; contava ele que o vaqueiro esbarrando com tapume, e não achando passagem, o rodeasse perdendo assim muito terreno.

Enganou-se, porém. O Corisco, intrépido campeão, e sabedor de todas as manhas do gado mocambeiro, furou a ramada sem hesitar, guiado pela experiência, de que onde passava o corpo mais grosso do boi devia passar ele e seu cavaleiro.

Na disparada em que ia, Arnaldo viu os galhos rasteiros da árvore, prolongados horizontalmente na altura do peito do cardão. Este coleou-se como uma serpente e resvalou quase de rastos. O sertanejo, porém, já não tinha tempo de estender-se ao comprido e coser-se ao flanco do animal. Então de um salto galgou o ramo, e uma braça além foi cair na sela, para de novo pular segundo e terceiro ramo, que sucediam-se ao primeiro.

De longe e especialmente do lugar onde estava o capitão--mor, o que se viu foi o cavalo submergir-se na folhagem e o cavaleiro, desprendendo-se da sela, voar por cima daquele monte de ramas, para reunirem-se afinal e prosseguirem na desfilada.

A voz do Campelo retumbou pelo espaço:

— Bravo, Arnaldo!

Daniel Ferro, eletrizado pela proeza, começou a cantar como um possesso a quadra do Rabicho da Geralda, que celebra um passo:

> *Tinha adiante um pau caído*
> *Na descida de um riacho;*
> *O cabra saltou por cima,*
> *O ruço passou por baixo.*

Os ecos da cantiga chegaram a Arnaldo, que achou graça na lembrança do Ferro, e também por sua vez repetiu o palavreado do Inácio Gomes, quando corria atrás do Rabicho:

> *Corra, corra, camarada,*
> *Puxe bem pela memória;*
> *Quando eu vim de minha terra*
> *Não foi pra contar história.*

Pelo caso do barbatimão acabara o Dourado de conhecer que vaqueiro tinha ele à cola; e entendendo que o negócio era sério, tratou de pôr-se no seguro.

Endireitou então para uma ponta da várzea, em que a corrente das águas tinha desde eras remotas cavado um profundo barranco, por onde no tempo das chuvas torrenciais borbotavam para o rio. Uma vegetação exuberante, nutrida pelo humo que a enxurrada ali depositava, cobria esse tremedal de sarmentos viçosos e lindos festões de flores.

Estendido sobre essa cúpula de verdura, um grosso tejuaçu aquecia-se ainda sonolento aos raios do sol matutino, e abria os olhos preguiçosos para ver a causa do alvoroço que ia pela várzea naquela manhã.

A gente do José Bernardo não julgara necessário guardar esse ponto, que estava já de si defendido pelo desfiladeiro onde nunca pensaram que o boi se arriscasse por mais afoito que fosse. Ainda não conheciam o Dourado.

Os olhares que seguiam com atenção essa corrida cheia de peripécias tiveram um deslumbramento. O boi primeiro, depois o cavalo com o vaqueiro, submergiram-se de repente naquele espesso balseiro. Retroou um grande baque. Todo esse turbilhão de homem e animais acabava de despenhar-se do barranco abaixo.

Houve um instante de ansiedade. Aqueles ânimos acostumados a essas correrias temerárias e curtidos para todos os perigos sentiram uma vaga inquietação. Estaria Arnaldo naquele instante dilacerado pelos estrepes sobre que talvez o arremessara a queda desastrada?

Ouviu-se o grito de terror, que soltara Alina, e a exclamação das senhoras. D. Genoveva dissera:

— Meu Deus!

Flor invocara a intercessão daquele que para ela tudo podia na terra.

— Meu pai!

O capitão-mor, escutando de longe a voz da filha, voltou-se para dirigir-lhe um gesto tranquilizador.

Do lugar onde estava com os outros companheiros, viram-se além, na estreita nesga de campo que ficava depois do despenhadeiro, passar umas sombras que sumiram-se na mata. E agora ouvia-se um estrépito bem conhecido dos sertanejos; era como uma descarga de fuzilaria que reboava na floresta. O estalar dos ramos despedaçados pela corrida veloz de um animal possante, como o boi, o cavalo, a anta e o veado, produz essa ilusão, que aumenta com a repercussão profunda e sonora da espessura.

O capitão-mor reconheceu que o Dourado corria na mata; e a velocidade de sua fuga indicava muito claramente que ia perseguido. Portanto nada acontecera ao intrépido vaqueiro; pois ele acossava o boi com o mesmo ardor, e já lhe estava no encalço, como se calculava pelo breve espaço que mediava entre uma e outra crepitação.

Efetivamente Arnaldo rompia a mata naquele instante como um raio, de que dera o nome ao seu cavalo; e para usar da frase sertaneja levava o Dourado de tropelão. Ganhando sempre avanço, à medida que estendia-se a carreira e apesar de todas as manhas do boi, já achava-se apenas na distância de uns dez passos, o que todavia, se nada vale no campo onde o vaqueiro pode manejar o laço, é muito no mato fechado.

Essa corrida cega pelo mato fechado é das façanhas do sertanejo a mais admirável. Nem a destreza dos árabes e dos citas, os mais famosos cavaleiros do velho mundo; nem a ligeireza dos guaicurus e dos gaúchos, seus discípulos, são para comparar-se com a prodigiosa agilidade do vaqueiro cearense.

Aqueles manejam os seus corcéis no descampado das estepes, dos pampas e das savanas; nenhum estorvo surge-lhes avante para tolher-lhes o passo; eles desfraldam a corrida pelo espaço livre, como o alcião que transpõe os mares.

O vaqueiro cearense, porém, corre pelas brenhas sombrias, que formam um inextricável labirinto de troncos e ramos tecidos por mil atilhos de cipós, mais fortes do que uma corda de cânhamo, e crivados de espinhos. Ele não vê o solo que tem debaixo dos pés, e que a todo o momento pode afundar-se em um tremedal ou erriçar-se em um abrolho.

Falta-lhe o espaço para mover-se. Às vezes o intervalo entre dois troncos, ou a aberta dos galhos, é tão estreita que não podem passar, nem o seu cavalo, nem ele, separados, quanto mais juntos. Mas é preciso que passem, e sem demora. Passam; mas para encontrar adiante outro obstáculo e vencê-lo.

Não se compreende esse milagre de destreza senão pela perfeita identificação que se opera entre o cavalo e o cavaleiro. Unidos pelo mesmo ardente estímulo, eles permutam entre si suas melhores faculdades. O homem apropria-se pelo hábito dos instintos do animal; e o animal recebe um influxo da inteligência do homem, a quem associou-se como seu companheiro e amigo.

O pundonor do vaqueiro, que julga desdouro para si voltar sem o boi que afrontou-lhe as barbas, o campeão o compreende e o sente; essa corrida é também para ele um ponto de honra; e por isso não carece o seu ardor de ser estimulado.

Esses dois entes assim intimamente ligados no mesmo intuito, formando como o centauro antigo um só monstro de duas cabeças, separam-se quando é mister para tornarem-se pequenos e passarem onde não caberiam juntos. Cada um cuida de si unicamente, certo de que o outro basta-se; mas ambos aproveitam da observação do companheiro, e reúnem seus esforços no momento oportuno.

É assim que explica-se a rápida percepção que chega a ponto de parecer impossível, e a prontidão ainda mais prodigiosa do movimento com que o cavalo e o cavaleiro se esquivam aos embates, e sulcam por entre as vagas revoltas do oceano.

Já iam muito pela mata a dentro, quando o Dourado tentando um esforço para escapar, meteu-se imprudentemente por um bamburral quase impenetrável. Ele bem vira que essa brenha era urdida de grossas enrediças de japecanga, capazes de arrastar o mais grosso madeiro, de tão fortes que são. Mas se pudesse romper, estaria salvo; porque o vaqueiro não conseguiria abrir caminho sem o auxílio da faca.

Ficou, porém, enleado no labirinto; e quando fazia os maiores esforços para despedaçar aquelas cadeias com as patas e os chifres, chegou Arnaldo ao pé do bamburral. Logo percebeu o sertanejo que o boi estava emaranhado; e que ele facilmente podia ali agarrá-lo.

Mas o moço sertanejo entendeu que não era generoso, nem mesmo leal, aproveitar-se daquele acidente para pegar o boi que ele queria vencer por seu esforço e valentia, e não pelo acaso. Assim parou à espera que o touro se desvencilhasse dos cipós.

— Não dou em homem deitado, camarada. Safe-se da embrulhada em que se meteu, meu Dourado, e tome campo; que daqui deste arção, ninguém o tira. Digo-lhe eu, Arnaldo Louredo, que nunca menti a homem, quanto mais a boi.

Isto dizia o sertanejo a rir, e o Corisco parecia entendê-lo, pois olhava o Dourado com um certo ar de mofa e soltava uns relinchos mui alegres, que se diriam estrídulas gragalhadas.

A estes relinchos do Corisco responderam a alguma distância outros cavalos, mas com a voz abafada. Arnaldo aplicou o ouvido para bem distinguir aqueles sons e marcar a direção e lugar presumível donde vinham.

Entretanto o Dourado conseguira desembaraçar-se da meada de enrediças, e astutamente espreitava a ocasião de espirrar daquele refúgio, de modo a ganhar parte do avanço que perdera.

Arnaldo não teve tempo de demorar-se na escuta. O boi arrancara de novo e ele seguia-lhe o trilho, certo de que já não lhe escapava. Com efeito, ao cabo de um estirão de carreira impetuosa, o destemido vaqueiro alcançou o barbatão e pôs-lhe a mão sobre a cauda; mas não quis derrubá-lo. Ele tratava o Dourado com a gentileza que os cavaleiros usavam outrora no combate; a derruba era uma afronta que não infligiria a um corredor de fama como aquele.

Emparelhou o sertanejo seu cavalo com o boi, e passando o braço pelo pescoço deste, continuaram assim a corrida por algum tempo ainda. Afinal o boi parou; conheceu que fugia debalde: já tinha na cabeça o laço que o vaqueiro lhe passara rapidamente.

Arnaldo, prendendo a ponta do laço ao arção da sela, tirou o boi para o limpo, a fim de orientar-se e ver o rumo em que ficava a colina escolhida para ponto de parada da comitiva. Surpreendeu-o a impassibilidade do Dourado, que permanecia grave e taciturno.

Estava o sertanejo muito acostumado a ver a força moral do homem dominar não só o boi, como outras feras mais bravias, a ponto de abater-lhes de todo a resistência. Mas ainda não tivera exemplo daquela indiferença. O barbatão não parecia o touro que pouco antes corcoveava pelo mato, e sim um carreiro tardo e pesado.

Isso o levou a examinar o boi para verificar se ficara ferido ou estropeado da carreira, como acontece frequentemente. O Dourado estava são; mas triste e abatido. Grossa lágrima, porventura arrancada por alguma vergôntea que lhe ofendera a pupila, corria da pálpebra.

O sertanejo é supersticioso. A solidão, quando não a acompanha a ciência, inspira sempre este feiticismo. Vivendo no seio da grande alma da criação, que ele sente palpitar em cada objeto, tudo quanto o cerca, animal ou coisa, parece ao homem do campo encerrar um espírito, que ali expia talvez uma falta, ou espera uma ressurreição.

Arnaldo acreditou que o Dourado chorava. O famoso corredor, que há sete anos desafiava os mais destemidos vaqueiros, carpia-se, porque afinal fora vencido, e ia ser reduzido, ele, touro livre e brioso, a um boi de curral, ou talvez a um cangueiro.

O sertanejo ficou pensativo. Aquele boi que ele tinha ao arção da sela era o seu triunfo como vaqueiro, pois quando ele o apresentasse, todos o proclamariam o primeiro campeador, e sua fama correria o sertão.

Aquele boi era mais ainda; era o prazer que D. Flor ia ter vendo o valente barbatão marcado com seu ferro; era a humilhação de Marcos Fragoso, cujas bravatas o tinham irritado, a ele Arnaldo; era finalmente a satisfação do velho capitão-mor, que se encheria de orgulho com a proeza do seu vaqueiro.

Entretanto quando o mancebo ergueu a cabeça, o movimento de generosa simpatia e fraternidade que despertara em sua alma a tristeza do boi vencido, tinha alcançado dele um sacrifício heroico. Resolvera soltar o Dourado.

Nenhum outro homem, dominado por tão veemente paixão, seria capaz desse ato. Mas o amor de Arnaldo vivia de abnegação; e eram esses os seus júbilos. O pensamento de elevar-se até D. Flor, não o tinha; e se ela, a altiva donzela, descesse até ele, talvez que todo o encanto daquela adoração se dissipasse.

Apeou-se e tirou um ferro de marcar, da maleta de couro, que trazia à garupa, e a que no sertão dá-se o nome de maca.

Todo o bom vaqueiro tem seu tanto de ferreiro quanto basta para fazer um aguilhão, para arranjar as letras com que marca as reses de sua obrigação e as de sua sorte, para dar têmpera à faca de ponta, e até mesmo para consertar a espingarda.

Arnaldo, havia anos, fabricara na forja da Oiticica um ferro que representava uma pequena flor de quatro pétalas atravessada por um F. O feitio era mais apurado e de menores dimensões do que os ferros geralmente usados no sertão.

Essa flor, que tinha por estame uma inicial, significava o emblema da mulher a quem idolatrava. Seu timbre, sua glória, era gravá-lo no gado, como em todos os animais bravios, que seu braço robusto domava. Assim os submetia ao domínio e jugo da soberana de seu coração.

Por toda a parte, nas rochas, como nos troncos seculares, ele tinha esculpido este símbolo de sua adoração. Como os descobridores de novas terras erigiam um padrão, ou fincavam um marco para tomar posse dessas paragens em nome de seu rei, ele, Arnaldo, na sua ingênua dedicação, pensava que, daquela sorte, avassalava o deserto a D. Flor, e afirmava o seu império sobre toda a criação.

O moço sertanejo bateu o isqueiro e acendeu fogo num toro carcomido, que lhe serviu de braseiro para quentar o ferro; e enquanto esperava, dirigiu-se ao boi nestes termos e com um modo afável.

— Fique descansado, camarada, que não o envergonharei levando-o à ponta de laço para mostrá-lo a toda aquela gente! Não, ninguém há de rir-se de sua desgraça. Você é um boi valente e destemido; vou dar-lhe a liberdade. Quero que viva muitos anos, senhor de si, zombando de todos os vaqueiros do mundo, para um dia, quando morrer de velhice, contar que só temeu a um homem, e esse foi Arnaldo Louredo.

O sertanejo parou para observar o boi, como se esperasse mostra de o ter ele entendido, e continuou:

— Mas o ferro da sua senhora, que também é a minha, tenha paciência, meu Dourado, esse há de levar; que é o sinal de o ter rendido o meu braço. Ser dela, não é ser escravo; mas servir a Deus, que a fez um anjo. Eu também trago o seu ferro aqui, no peito. Olhe, meu Dourado.

O mancebo abriu a camisa, e mostrou ao boi o emblema que ele havia picado na pele, sobre o seio esquerdo, por meio do processo bem conhecido da inoculação de uma matéria colorante na epiderme. O debuxo de Arnaldo fora estresido com o suco do coipuna, que dá uma bela tinta escarlate, com que os índios outrora e atualmente os sertanejos tingem suas redes de algodão.

Depois de ter assim falado ao animal, como a um homem que o entendesse, o sertanejo tomou o cabo de ferro que já estava em brasa, e marcou o Dourado sobre a pá esquerda.

— Agora, camarada, pertence a D. Flor, e portanto, quem o ofender tem de haver-se comigo, Arnaldo Louredo. Tem entendido?... Pode voltar aos seus pastos; quando eu quiser, sei onde achá-lo. Já lhe conheço o rasto.

O Dourado dirigiu-se com o passo moroso para o mato; chegado à beira, voltou a cabeça para olhar o sertanejo, soltou um mugido saudoso e desapareceu.

Arnaldo acreditou que o boi tinha-lhe dito um afetuoso adeus.

E o narrador deste conto sertanejo não se anima a afirmar que ele se iludisse em sua ingênua superstição.

OS BILROS

Quando Arnaldo, correndo atrás do Dourado, respondeu com palavras de desprezo ao desafio do Fragoso, este já irado teve tal acesso de cólera que produziu-lhe uma vertigem. A impossibilidade de punir imediatamente a insolência do vaqueiro deu causa a essa congestão de ódio. Por momentos esteve sem acordo, como alucinado; mas recobrou-se breve. Se tivesse na mão uma arma de fogo qualquer, pistola ou clavina, com certeza a houvera disparado contra Arnaldo; mas privado como estava de qualquer meio de saciar a sua vingança, e vendo o sertanejo afastar-se cada vez mais na velocidade de sua carreira, ele descarregou a sua raiva sobre o cavalo.

Ferido ao vivo pelos acicates, e ao mesmo tempo sofreado pela rédea, o árdego animal começou a corcovear, e foi aos trancos atirar-se em um atoleiro que a passagem constante do gado tinha cavado no meio de umas touceiras de carnaúbas.

Já fatigado da carreira, ali ficou a patinhar na lama, o que ainda mais exasperou o cavaleiro. Saltando na ilha que formava uma das touceiras, o Fragoso apanhou os talos da palmeira e com eles esbordoou o animal. Este, pungido pela dor, conseguiu galgar o atoleiro e fugiu; a fúria do moço capitão voltou-se contra as plantas, e ele continuou a fustigar os cardos, os crauatás e os troncos da carnaúba.

Quando parou de extenuado, as luvas de camurça de veado estavam dilaceradas, e as mãos finas e macias vertiam sangue. Então escoado por essa exerção física o primeiro ímpeto de cólera, a razão, se ainda não reassumiu o seu império, pôde sofrear a índole violenta.

Concentrou-se e refletiu.

Marcos Fragoso era de ânimo generoso, ornado de prendas de cavalheiro; mas tinha o gênio arrebatado e irascível. Além disso, apesar do atrito da cidade e polimento da vida praceira que levava no Recife, era ainda sertanejo da gema; sertanejo por descendência, por nascimento e por criação.

Os sertanejos ricos daquele tempo era todos de orgulho desmedido. Habitando um extenso país, de população muito escassa ainda, e composta na maior parte de moradores pobres ou de vagabundos de toda a casta, o estímulo da defesa e a importância de sua posição bastariam para gerar neles o instinto do mando, se já não o tivessem da natureza.

Para segurança da propriedade e também da vida, tinham necessidade de submeter à sua influência essa plebe altanada ou aventureira que os cercava, e de manter no seio dela o respeito e até mesmo o temor. Assim constituiam-se pelo direito da força uns senhores feudais, porventura mais absolutos do que esses outros de Europa, suscitados na média idade por causas idênticas. Traziam séquitos numerosos de valentões; e entretinham a soldo bandos armados, que em certas ocasiões tomavam proporções de pequenos exércitos.

Estes barões sertanejos só nominalmente rendiam preito e homenagem ao rei de Portugal, seu senhor suserano, cuja autoridade não penetrava no interior senão pelo intermédio deles próprios. Quando a carta régia ou a provisão do governador levava-lhes títulos e patentes, eles a acatavam; mas se tratava-se de coisa que lhes fosse desagradável não passava de papel sujo.

Não davam conta de suas ações senão a Deus; e essa mesma era uma conta de grão-capitão, como diz o anexim, por tal modo arranjada com o auxílio do capelão devidamente peitado, que a consciência do católico ficava sempre lograda. Exerciam soberanamente o direito de vida e de morte, *jus vitae et naecis*, sobre seus vassalos, os quais eram todos quantos podia abranger o seu braço forte na imensidade daquele sertão. Eram os únicos justiceiros em seus domínios, e procediam de plano, sumarissimamente, sem apelo nem agravo, em qualquer das três ordens, a baixa, média, e a alta justiça. Não careciam para isso de tribunais, nem de ministros e juízes; sua vontade era ao mesmo tempo a lei e a sentença; bastava o executor.

Tais potentados, nados e crescidos no gozo e prática de um despotismo sem freio, acostumados a ver todas as cabeças curvarem-se ao seu aceno, e a receberem as demonstrações de um acatamento timorato, que passava de vassalagem e chegava à superstição, não podiam, como bem se compreende, viver em paz senão isolados e tão distantes, que a arrogância de um não afrontasse o outro.

Quando por acaso se encontravam na mesma zona, o choque era infalível e medonho. Ainda hoje está viva no sertão a lembrança das horríveis carnificinas, consequências das lutas acirradas dos Montes e Feitosas, mais tarde dos Ferros e Aços. O rancor sanguinário das dissenções políticas de 1817 e 1824 foi resquício dessas rivalidades e ódios de família, que mais breves não cederam contudo na crueza e animosidade às dos Guelfos e Gibelinos.

O capitão Marcos Fragoso, ainda moço, arredado havia anos do interior e limado pela vida da cidade, não estava no caso de um desses potentados do sertão, e não podia julgar-se com direito e força de entrar em competência com o capitão-mor Gonçalo Pires Campelo, cujo nome era temido desde o Exu até os confins do Piauí.

Assim, quando arrastado pela paixão que nele acendera a formosura de D. Flor, deixara o Recife e viera ao Quixeramobim, sob o pretexto de visitar sua fazenda do Bargado, mas com o fim único de aproximar-se da donzela, dispôs-se o moço capitão a render a sua homenagem ao senhor daquele sertão, a quem já considerava como sogro. Acreditava, porém, que essa homenagem fosse acolhida de um modo obsequioso e retribuída por uma deferência a que se julgava com título.

Falhou a sua conjetura. O capitão-mor lhe dera em sua casa o mais cortês e suntuoso agasalho; porque nisso não tivera em mente obsequiá-lo e sim fazer ostentação de sua opulência. Desde, porém, que ele, Fragoso, transpusera o limiar e deixara de ser hóspede da Oiticica, o senhor de Quixeramobim não o considerou mais senão como um vizinho que lhe devia todas as honras e bajulações, passando a tratá-lo nessa conformidade.

Se não ocorresse ao capitão-mor a ideia de aproveitar o mancebo para dar à sua filha querida um noivo sofrível, certamente que nem o mandaria visitar por seu ajudante, nem o deixaria passar tranquilo no Bargado, cerca de um mês; já lhe houvera suscitado algum conflito para ter ensejo de obrigá-lo a um ato formal de submissão.

Esta sobranceria picou ao vivo o Marcos Fragoso; e se não fosse tão veemente e irresistível a sedução dos encantos de D. Flor, já seu orgulho se teria revoltado contra aquele soberbo desdém. O receio de perder a dama de seus afetos e tornar impossível a aliança que sonhava, pôde tanto nele, que o conteve.

Depois de realizada a sua ambição e de alcançada a posse da noiva, então ele se despicaria desse procedimento, obrigando o sogro a tratá-lo de igual a igual; e fazendo-lhe sentir que a honra dessa aliança, não a recebia ele, capitão Marcos Fragoso, filho do coronel do mesmo nome de seu competidor lhe sucedera na importância e tornara-se o potentado de Quixeramobim.

Quando cogitava nestas coisas, e recordava as rivalidades que outrora começavam já a levantar os dois vizinhos um contra o outro, acudiu-lhe a ideia de uma recusa da parte do capitão-mor; e se a princípio sua altivez repeliu a possibilidade do fato, refletindo, pareceu-lhe muito próprio o capitão-mor aproveitar-se da oportunidade para abater na pessoa dele o nome e a memória do coronel Fragoso, calcando depois de morto aquele a quem em vida não pudera igualar.

Várias razões haviam de pesar no ânimo do dono da Oiticica para aceitar a sua aliança: o grosso cabedal que ainda possuia ele, Fragoso; a vantagem de ter por vizinho na rica fazenda do Bargado um parente próximo, o que lhe assegurava o tranquilo domínio de todo o Quixeramobim; e finalmente as prendas e mancebo e cavaleiro, que muito valiam para noivo de uma filha mimosa e bem querida.

— Tudo isto, porém — pensava ele — o capitão-mor é homem para desprezar em troca de uma satisfação de seu destemperado orgulho. Portanto cumpre-me tomar as devidas precauções. Tenho suportado e continuarei a suportar suas arrogâncias, por amor da filha; mas albardar todas essas grosserias e ainda por cima a afronta de uma recusa, saindo da empresa, além de insultado, escarnecido?... Não; de outra livrem-me os anjos, que desta me saberei guardar.

Efetivamente o capitão já tinha o seu plano feito; tratou de realizá-lo.

Mandou chamar de sua fazenda das *Araras*, nos Inhamuns, o seu cabo de bandeira, Luiz Onofre, com ordem de trazer-lhe uma boa escolta de gente decidida. O bandeirista havia chegado à marcha forçada três dias antes, conduzindo trinta cabras, dispostos a tudo para ganharem a prometida paga e gozarem do prazer de matar e esfolar.

Essa gente arranchou-se na caserna que o Bargado, como todas as grandes fazendas de então, possuia para aquartelamento dos acostados. Explicou-se a chegada de modo a não despertar suspeita: era a escolta que devia acompanhar o moço capitão à sua fazenda das Araras.

No mesmo dia teve Fragoso uma longa conferência com o Onofre; e saíram ambos a percorrer os arredores. Na volta escreveu o dono do Bargado a carta convidando seu vizinho, o dono da Oiticica, e a família para a montearia.

Na conferência fora combinado, depois do estudo do terreno, que Onofre se postaria de emboscada com sua escolta no lugar conhecido por Baús, em caminho da várzea do Quixeramobim.

Na volta da montearia, o Fragoso obteria sob qualquer pretexto uma audiência do capitão-mor e lhe faria o seu pedido, desculpando-se do lugar, com as razões que levaria preparadas. Se a resposta fosse favorável, estava tudo resolvido pelo melhor; no caso de uma negativa, o Onofre receberia o aviso por um sinal convencionado. Então ao passar D. Flor, que pelas cautelas tomadas se acharia separada do resto da comitiva e sobretudo da escolta, o bandeirista arrebataria a donzela e partiria com ela para o Bargado, seguido por Marcos Fragoso.

A intenção do Fragoso era casar-se imediatamente com D. Flor, para o que já tinha no Bargado um padre que mandara vir de Inhamuns com a escolta e que só ali chegara na noite antecedente, por ter-se demorado em caminho com umas desobrigas que pingaram sempre umas pratinhas.

Assim, quando o capitão-mor Gonçalo Pires Campelo dispunha-se a, em qualquer dia, mandar recado ao dono do

Bargado e anunciar-lhe o alvitre que tomara de casá-lo com sua filha, Marcos Fragoso preparava-se para raptar a donzela que já lhe estava àquela hora destinada.

Nessa resolução partira ele para a montearia, e bem o demonstrara na conversa com seu primo Ourém.

Todavia absteve-se de comunicar-lhe o plano, e buscou desvanecer suspeitas suscitadas por suas alusões e ambiguidades. Além de não saber que pensaria o outro do projeto, não contava com a sua calma e dissimulação para guardar o segredo e não aventar desconfianças.

Fora nestas disposições que sobreviera o incidente de Arnaldo. O seu gênio impetuoso, por muitos dias sofreado, prorrompera naquela explosão de ira, em que vazou todas as cóleras e irritações acumuladas desde a sua vinda a Quixeramobim.

Mas deixamo-lo na touceira junto das carnaúbas, concentrado e a refletir.

O resultado dessas reflexões foi o que se devia esperar de um homem tão violentamente apaixonado como ele. Em poucas horas ia decidir da sorte de seu amor; de uma ou de outra forma, D. Flor lhe pertencia.

Devia por um arrebatamento imprudente comprometer sua felicidade, e frustrar a ocasião que nunca mais se apresentaria? Seria uma insensatez.

Chamou pois a si toda a energia da vontade, para impor a seu temperamento a calma precisa: compôs o traje, cujo desarranjo podia denunciar a perturbação interior do espírito e cuidou em reunir-se aos companheiros.

Seu cavalo andava ali perto na várzea, aparando as pontas do capim mimoso; foi-lhe fácil apanhá-lo.

A pequena distância andada, avistou os outros vaqueiros que por prazer andavam a montear o gado barbatão. Encaminhou-se para aquele ponto.

Veio-lhe ao encontro o Ourém.

— Ora ressuscitou o primo Fragoso! Já pensávamos que o *El-dourado* tinha-lhe pegado o encanto e que andava por aí também, não em figura de touro, apesar de que Júpiter não se desonrou de o ser para carregar às costas a bela Europa; mas na figura de um daqueles gentis amorinhos que andam a beijar as flores. E como a flor das flores ainda não encontrou um bem atrevido para beliscar-lhes as faces, era bem presumível que o primo, à semelhança do Cisne de Leda, se disfarçasse no passarinho.

— Pois aqui me tem no meu próprio original de carne e osso, primo Ourém; e como destas corridas de touros não se tira outro proveito senão uma fome de caçador, vou saber em que altura anda o almoço, pois já passam das horas.

— Não serei eu que o demore nessa pia intenção; pois se o primo com o coração cheio sente as badaladas do estômago, imagine o que será de mim, que já me sinto todo um vácuo.

O Fragoso continuou o seu caminho. Ao passar por uma árvore viu os luzidos festões de uma trepadeira que descia dos galhos em bambolins de verde folhagem, recamada das mais belas flores purpúreas, quais pingentes de rubis.

O moço capitão colheu um ramalhete dessas lindas flores que no sertão chamam bilros; e dirigiu-se para a colina onde estavam as senhoras. O capitão-mor que o viu passar, gritou-lhe de longe com a sua voz de trovão, fazendo ribombar desapiedadamente aquele seu grosso riso de mofa:

— Então, Sr. capitão Fragoso, que novas dá-nos do Dourado? Já esfolou o boi de fama, e traz aí as solas das chinelas? Olhe que o prometido é devido. Quando quiser, o mamote está à sua disposição.

Apesar do ânimo resoluto em que vinha, careceu o Fragoso de muito domínio sobre si, para recalcar a violência de seu despeito e responder com ar prazenteiro:

— A nova que trago, Sr. capitão-mor, é que não nasci para o ofício de vaqueiro, mas para o ter ao meu serviço. Foi isto que me ensinou o Dourado; e achando eu que tinha muita razão, deixei-o ir descansado e prometi-lhe mandar o José Bernardo entender-se com ele.

— Não é preciso, o boi não tarda aí. O Arnaldo já o derrubou com certeza — retorquiu o capitão-mor.

— Melhor; fez sua obrigação.

Marcos Fragoso aproximou-se então de D. Genoveva:

— Quando corria, lembrei-me que em vez de dar caça a um boi magro e fujão, empregaria melhor o meu tempo colhendo estas lindas flores para a senhora D. Genoveva e sua formosa filha, de quem são irmãs, pois também são flores, porém mais meninas e menos encantadoras. Dá-me licença que lhe ofereça, a ela, D. Flor e à sua gentil companheira?

O galanteio era bem torneado para o tempo, e foi expresso com um apuro de maneiras, que já não se usa agora, e ainda mais naqueles sertões de gente franca e rude.

— Agradeço por mim e por elas — disse D. Genoveva, distribuindo as flores pelas duas moças.

— São muito lindas — observou D. Flor ao mancebo. — Chamam-se bilros.

— Ah! não sabia — acudiu Fragoso —, serão de fadas, pois que outros dedos podem tanger bilros tão graciosos e delicados, que nem os de coral os excedem?

Convidou então Marcos Fragoso as senhoras a se apearem para recolherem-se do sol, na tenda já armada ali perto.

A VOLTA

Na ourela da mata, à sombra de umas grandes sicupiras copadas de flores roxas, tinham os criados do capitão Marcos Fragoso arvorado um toldo de damasco amarelo, sobre estacas vestidas com o mesmo estofo de cor azul, formando assim um vistoso e elegante pavilhão.

Ali já estava armada a mesa, a qual, feita de improviso com quatro forquilhas e ramos, ocultava esse aspecto rústico sob as telas de seda que a fraldavam até o chão. Sobre a alvíssima toalha do melhor linho de damasco, ostentavam-se com profusão as várias peças de uma riquíssima copa de ouro, prata, cristal e porcelana da Índia, que ofereciam ao regalo dos olhos, como do paladar, os vinhos mais estimados e as mais saborosas das iguarias da época.

As canastras em que tinham vindo todos esses objetos, reunidas umas às outras de ambos os lados da mesa e fraldadas igualmente de telas de seda escarlate, formavam dois sofás ou divãs para assento dos convidados.

O chão fora tapeçado com uma grande alcatifa mourisca, na qual se viam estampadas as figuras das huris e dos guerreiros bem-aventurados, trançando no paraíso as mais graciosas danças orientais, ou trocando entre si ardentes carícias.

Felizmente para a tranquilidade do banquete, as estampas da tapeçaria ficavam quase de todo ocultas pela mesa e assentos; pois do contrário o capitão-mor, apercebendo-se de semelhante desvergonhamento, não o suportaria decerto; e nós já sabemos a força de pressão do seu orgulho, quando ofendido.

As damas que tinham-se recolhido ao pavilhão por convite de Fragoso, já estavam sentadas no sofá; e só esperavam para se porem à mesa, a chegada do capitão-mor e dos outros companheiros, que aproveitavam o tempo a montear as reses bravas.

A vitela que forneceu a carne para o banquete fora lançada pelo próprio capitão-mor e sangrada pelo Daniel Ferro. O João Correia tinha feito também a sua proeza. Correndo atrás de um boiote, foi sobre ele com tal fúria, que, focinhando o seu cavalo no chão, achou-se ele montado no novilho; este espantado com a carga deitou a correr para o mato como um desesperado. O primeiro ramo baixo atirou ao chão com a carga.

O capitão-mor, apeando-se, contou à mulher a façanha do recifense.

— Aqui está o Sr. capitão João Correia, que levou as lampas a todos, D. Genoveva. Montou num boiote, e largou-se a correr para o mato com tanta fúria que furou pela terra a dentro.

— Então divertiu-se muito? — perguntou D. Genoveva ao capitão para arredar a lembrança do seu revés.

— A vaquejada é um belo passatempo, sem dúvida; mas eu prefiro a caça a tiro.

— Então já não é vaquejada; é matança como usam os que precisam da carne para comer — disse o Daniel Ferro.

Pajens do reino, vestidos de garridas librés à moda do tempo, com longas casacas de abas largas, calções e meias brancas, vieram apresentar às damas e convidados ricas bacias de prata dourada, para lavarem as mãos, entornando água de jarros do mesmo lavor e metal.

Ao ombro esquerdo traziam eles alvas toalhas do mais fino esguião lavradas de labirinto com guarnições de renda, trabalhos estes em que as filhas do Aracati já primavam naquele tempo, e que lhes valeu a reputação das mais mimosas rendeiras de todo o norte.

Depois que o capitão-mor e sua família enxugaram as mãos, o Marcos Fragoso, fazendo as honras do banquete com a apurada cortesia, conduziu à mesa seus convidados colocando-os nos lugares a cada um destinados conforme o grau de cerimônia e importância.

Ao capitão-mor coube a cabeceira; as damas com o capelão ocuparam um lado; e o outro lado ficou para Ourém, Daniel Ferro, João Correia e o Agrela; Marcos Fragoso sentou-se no topo.

Eram mais de oito horas. Para a época e o lugar tardara o almoço; mas fora preciso dar tempo à montearia, mais agradável com a fresca da manhã. Além de que os tarros de leite fresco, mugido do peito das vacas ali mesmo no pasto, haviam confortado os estômagos. Todavia o apetite foi o que se devia esperar depois de três horas de equitação e dos exercícios ativíssimos da vaquejada.

O sol já estava alto; mas seus fogos eram moderados pela aragem fagueira que durante os meses do inverno reina no sertão.

Aquela festa cortesã, arreada com todos os primores do luxo, tinha ali no seio do deserto um encanto especial e novo que perderia, se, em vez da floresta, a cingissem as paredes do mais suntuoso palácio. As telas de veludo e seda, desfraldadas por entre o verde estofo da folhagem; a competência do cristal, do ouro e da prata com as flores e os frutos dos mais finos matizes e de mil formas caprichosas; a antítese da arte no seu esplendor com a natureza em sua virgindade primitiva: era de enlevar.

O banquete foi demorado. A princípio correu quase silencioso; os caçadores tratavam de aplacar os rebates do apetite, que apesar do anexim não cedia ao do pescado, na fome como na sede.

Durante essa primeira parte do almoço, alguns pajens tocavam charamelas, gaitas e outros instrumentos que formavam então as bandas de música marcial.

Mais tarde levantou-se a conversação na qual tomou parte ativa Marcos Fragoso.

Não perdeu o moço capitão vez de insinuar a D. Flor alusões e finezas encobertas que todos entendiam, menos a donzela, cuja índole não se prestava a tais ambiguidades, e o capitão-mor, para o qual a mitologia em que os namorados de então se forneciam de galanteios, era um latim rebarbativo.

Já estava a terminar o almoço, quando Arnaldo, que tornava da corrida, ouviu de longe os brindes que se trocavam entre os convidados. Aproximou-se cautelosamente por dentro do mato. O seu nobre semblante, que tinha habitualmente a expressão viva e atenta, que é própria do sertanejo, nesse momento apresentava uma alerta ainda mais pronta e vigilante.

Por entre as árvores descobriu ele as cavalgaduras, que pastavam à soga em uma clareira coberta de relva e sombreada pela mata. Perto do baio de D. Flor, estava um rapaz de 20 anos, que pelo tipo das feições e pela cor baça do rosto combinada com os cabelos negros e lustrosos, mostrava pertencer à raça boêmia, da qual nesse tempo e até época bem recente, vagavam pelo sertão bandos que viviam de enliços e rapinas.

O escritor desta páginas ainda tem viva a lembrança dessas partidas de ciganos, que muitas se arrancharam no sítio onde nasceu, e cuja derrota era assinalada pelo desaparecimento das aves e criação e animais domésticos, especialmente cavalos, quando não havia a lamentar o furto de crianças, de que faziam particular indústria.

O rapaz que Arnaldo vira era um cigano desgarrado, como havia alguns por exceção; e estava a fazer ao baio uns afagos e carícias, tão cacheiros que para exprimi-los adotou a língua o seu próprio nome. O povo rude chamava a isso enfeitiçar o cavalo; e acreditava que o animal assim enliçado fugia do dono para seguir o ladino.

O sertanejo parou um instante a observar o cigano, e seguiu adiante.

O capitão-mor, pela posição em que estava, foi quem primeiro o avistou, e de longe, ainda gritou:

— Sempre escapou-te, o Dourado, rapaz? Aquilo é um boi danado e manhoso como nunca se viu. Mas não te desconsoles. Outra vez com certeza lhe deitas a unha. Ele ficou te conhecendo desta primeira corrida que lhe deste, e já sabe o filho e quem és. Teu pai, o Louredo, nosso vaqueiro, e o primeiro campeador de todo este Quixeramobim, o que quer dizer de todos os sertões do mundo, levou uma semana atrás desse boi desaforado.

Ao terminar desta fala, já Arnaldo achava-se perto da mesa. Marcos Fragoso, apesar de haver-se convencido da necessidade de suportar com uma altiva impassibilidade a presença do vaqueiro que o havia insultado, custou a conter-se, e como o banquete havia terminado apartou-se com o primo Ourém para não precipitar-se.

— Portanto — concluiu o capitão-mor, erguendo-se da mesa e caminhando para o sertanejo — não tens de que te envergonhar, rapaz! Aprendeste as manhas do boi; qualquer dia destes consegues pegá-lo.

— Eu já o peguei, Sr. capitão-mor — disse Arnaldo sem alterar-se.

— Que dizes? Pegaste o Dourado, rapaz? — perguntou o fazendeiro na maior surpresa.

— À unha, Sr. capitão-mor.

— Bravo, Arnaldo! Onde está o maganão? Trouxeste-o à ponta de laço, ou deixaste-o amarrado ao pau, que não é boi para matar-se aquele?

— Tive pena dele, e solteio-o — respondeu Arnaldo com emoção.

— É boa! — exclamou João Correia. — Pena de um demônio em figura de boi!

— Que ternuras de vaqueiro! — acrescentou Daniel Ferro.

— Soltei o Dourado, Sr. capitão-mor; porém antes marquei-o com o ferro de D. Flor, como ela tinha-me ordenado — concluiu Arnaldo, sem dar ouvido às observações impertinentes.

O capitão-mor exultou:

— Flor, já sabe? O Dourado está com o seu ferro. Não pediu?

— Eu sabia que ele tinha de ser meu, e que Arnaldo é que o havia de amansar — respondeu a donzela sorrindo.

— Mas que prova temos nós disso? — volveu Daniel Ferro.

— De quê? — perguntou o sertanejo.

— De ter pegado o boi e ferrado.

Arnaldo olhou-o com surpresa:

— A minha palavra — respondeu.

Já soava o riso dos dois hóspedes do Fragoso quando o capitão-mor o atalhou:

— A tua palavra, Arnaldo, que nós seguramos com a nossa. O que disse o nosso vaqueiro é a verdade, e somos nós, o capitão-mor Gonçalo Pires Campelo, que o afirmamos. Se há quem duvide... — terminou com uma reticência cheia de ameaças, correndo os olhos em roda.

— Quem é capaz de duvidar da honrada palavra de Vossa Senhoria? — acudiu o João Correia. — Desde que o Sr. capitão-mor abona, está acabado.

O Daniel Ferro foi prudente apenas, e afastou-se.

— Mas então, como foi o caso, Arnaldo? Conta-me tudo, quero saber. Pegaste-o mesmo à unha?

Arnaldo referiu singelamente ao capitão-mor os pormenores da corrida, sem omitir nem mesmo suas conjeturas acerca da tristeza do boi, e da piedade que excitara nele a lágrima do corredor. O capitão-mor ouviu atentamente, inquirindo de cada circunstância, e aprovou o procedimento de seu vaqueiro.

— Fizeste bem; não se deve informar um boi valente, é melhor matá-lo.

Enquanto relatava ao capitão-mor a corrida, não cessou Arnaldo de observar o Marcos Fragoso, e viu a conferência que ele teve com o Ourém.

— É agora na volta, primo Ourém, que pretendo falar ao capitão-mor sobre o assunto que sabe; e decidir este casamento, de que depende o meu sossego, pois quis o fado que eu não possa viver sem D. Flor. Espero que me ajudará.

— Disponha de mim, primo; infelizmente não posso pôr à sua disposição:

Para servi-vos braço às armas feito,
Para cantar-vos mente à musa dada.

— Guarde o braço; quanto à musa basta que ela entretenha as damas e os outros, enquanto me entendo com o capitão-mor.

— Conte comigo.

— Obrigado. Se a resposta for favorável, conhecerá pela demora e por meu semblante; se for contrária, há de ouvir-se o toque de charamelas; é o sinal para afastar-se logo do caminho e tomar direito pelo mato, onde nos reuniremos.

— Sem despedir-me do capitão-mor?

— A conferência há de acabar um tanto azedada; pelo que julgo mais prudente não a prolongar com despedidas.

— Lá isso é verdade.

— Previna o primo ao João Correia, que eu vou avisar ao Daniel Ferro.

Instantes depois anunciou-se a partida. Vieram os cavalos, e Arnaldo trouxe pelo freio o baio, que apresentou a D. Flor; mas não deu tempo à moça de falar-lhe. Quando depois de ter montado ia a donzela dirigir-lhe a palavra, tinha ele desaparecido.

Tornou a comitiva pelo mesmo caminho.

A cerca de meia légua da marizeira, onde as duas comitivas se haviam juntado, Marcos Fragoso, que seguia de par com o capitão-mor entretendo-o com uma conversa banal acerca de fazendas de gado e outros assuntos do sertão, fez uma pequena pausa, e mudou de tom.

As senhoras e os outros cavaleiros iam muito adiante escaramuçando e já não apareciam; o Agrela vinha atrás com a escolta. Tinha, pois, o Fragoso liberdade para encetar o delicado assunto:

— Agora, Sr. capitão-mor, peço-lhe vênia para tratar de um ponto que me toca mais que nenhum outro — disse Fragoso —, e releve Vossa Senhoria, se o faço nesta ocasião imprópria, mas como talvez saia amanhã para Inhamuns, não quis adiar.

— Visto que está de partida e o caso é urgente, não nos negaremos a ouvi-lo aqui, sr. capitão Marcos Fragoso, ainda que o direito era em nossa casa.

— Bem o reconheço; mas a bondade de Vossa Senhoria supre esta minha falta.

— De que se trata então?

— O muito e estremecido afeto que sinto por sua filha, D. Flor, e que eu acredito ser por ela retribuído, obriga-me a pedir sua mão a Vossa Senhoria, que decidirá, como pai que é, de nossa mútua felicidade.

Passada a surpresa, o capitão-mor respondeu com severidade:

— Nossa filha, Sr. capitão Marcos Fragoso, não podia pensar em homem algum sem licença de seu pai. Fique sabendo.

— Talvez me iluda; e nesse caso dela virá a minha desventura. Mas Vossa Senhoria, que decide?

— O senhor não falou esta mesma manhã de uma noiva, com quem já parecia justo e contratado? A propósito do Dourado e daquelas formosas chinelas que ainda não tem solado?

— Ah! — exclamou Fragoso sorrindo. — Essa noiva de que eu falei, é precisamente aquela que lhe acabo de pedir, e que espero alcançar da sua generosidade.

— Visto isso, já contava como certo o seu casamento? — retorquiu o capitão-mor, rugando o sobrolho.

— Tinha a esperança, que ainda conservo, de que Vossa Senhoria não me recusará a mão de D. Flor — tornou Marcos Fragoso.

O Campelo calou-se.

— Que resolve, senhor capitão-mor?

— Eu pensarei.

— Já anunciei a Vossa Senhoria que parto amanhã, e careço de uma resposta para terminar agora mesmo esta minha pretensão de uma ou de outra forma.

O capitão-mor solenizou-se:

— O que lhe podemos dizer, Sr. Marcos Fragoso, é que apressou-se em pedir nossa filha e pensar que ela estivesse à sua espera ou de outro qualquer.

— Será porventura alguma princesa? — atalhou Fragoso, já não dominando o despeito.

— É nossa filha, a filha do capitão-mor Gonçalo Pires Campelo. Está ouvindo? Nós podíamos, se nos aprouvesse, escolher entre outros o Sr. Marcos Fragoso para casá-lo com D. Flor; mas não admitimos que pretenda casá-la consigo.

— Quer isso dizer que seriam o senhor e ela quem me dariam a honra de admitir-me na sua família, em falta e coisa melhor, e por uma espécie de promoção ao posto de marido?

— É justamente isto — tornou o capitão-mor.

Fragoso calou-se. Com um movimento expressivo tirou o chapéu e conservou-o algum tempo na mão. Soou então no mato o canto estridente da saracura; e com pouca demora outro igual respondeu-lhe a cerca de cinquenta braças para diante.

Então o moço capitão voltou-se com arrogância para o Campelo:

— Sr. capitão-mor, o assunto é muito sério. Pese bem a sua resolução.

— O capitão-mor Campelo só tem uma palavra. Disse não; é não.

— Pois saiba Vossa Senhoria que eu, Marcos Fragoso, também só tenho uma vontade e irrevogável. Jurei que sua filha seria minha mulher e, com o favor de Deus, ela há de sê-lo.

O moço capitão fez com o chapéu um cortejo ao Campelo; e voltando à direita meteu-se pelo mato seguido de toda a sua comitiva, inclusive os pagens que ticavam as charamelas.

O capitão-mor ficou um instante perplexo:

— Que disse ele? — perguntou para o ajudante. — Jurou que minha filha há de pertencer-lhe com o favor de Deus? Irá fazer alguma novena, Agrela?

— Ou alguma penitência, Sr. capitão-mor.

A atenção do capitão-mor voltou-se para um grande tropel de cavalos que soara pela frente. Curioso de saber por si mesmo a causa dessa arrancada, apressou o passo do ruço pedrês.

Emboscada

Oculto nas vizinhanças do Bargado, Jó espiava a casa da fazenda e seus arredores.

O velho tinha a astúcia de um índio e talvez a adquirira no trato com os indígenas durante a robustez da idade e a aumentara com a experiência de sua vida quase selvagem.

Achou ele na mata uma grossa casca de pereiro, já despegada do tronco morto, e vestiu-a como um estojo que o escondia desde a cabeça até os pés, deixando-lhe ver por entre as rachas do córtice. Este aparelho, que ele completou com as ramas verdes da árvore, permitia-lhe transportar-se de um ponto para outro, sem que o percebessem. Era uma moita ambulante.

Arnaldo recomendara especialmente ao velho que observasse os movimentos de Luiz Onofre e da sua bandeira; pois suspeitava da vinda dessa gente, embora fosse tão natural que o Fragoso, tendo de atravessar o sertão de Inhamuns ainda infestado de índios bravos, se munisse de uma escolta maior do que trouxera do Recife.

Jó notou na véspera da montearia que Luiz Onofre saíra do Bargado com o Moirão e mais um camarada que levava um grande surrão ou alforge de couro, e só tornou à casa por tarde. Ao passar, o bandeirista dizia a um dos acólitos:

— Esta madrugada, quando o galo cantar a segunda vez, todos a cavalo. Ouviu, Corrimboque?

— Não tem dúvida, Sr. Onofre.

— E até lá, moita.

Concluiu o velho que de alguma expedição se tratava para a madrugada seguinte; e não era a montearia, pois havia recomendação de segredo. Quando Arnaldo veio à noite, ele comunicou-lhe o que sabia.

— É uma emboscada — disse o velho.

— A quem? — perguntou Arnaldo.

— Ao Campelo. O capitão-mor é soberbo; ofendeu ao moço, este vinga-se.

— Mas ele pretende a filha por esposa?

— Então é que o pai a recusou.

— Ainda não — afirmou Arnaldo.

Foi combinado entre ambos um plano. Arnaldo tinha de acompanhar o capitão-mor. Jó seguiria o Onofre para saber o fim da expedição. No caso de verificarem-se as suspeitas, daria sinal a Arnaldo pela percussão da terra.

Era por isso que durante o trajeto Arnaldo tinha o ouvido alerta.

A princípio inclinou-se ao alvitre de prevenir o Campelo; porém receou que o tomassem por visionário, ou que fosse ele o motor de algum injusto desabrimento do capitão-mor contra o Fragoso. Seu pundonor repelia essa ideia de chamar em auxílio de seu ódio o poder do dono da Oiticica; ele, Arnaldo, não carecia de ninguém mais, senão de si, para combater seu inimigo.

Não obstante, quando viu a pequena escolta com que saiu o capitão-mor, cerrou-se-lhe a alma e quis falar. Mas dominou-o ainda o mesmo receio.

— Em todo o caso, para salvar D. Flor, basta o Corisco! — pensou consigo, anediando a longa crina do cardão que rinchava.

À hora aprazada a bandeira estava montada e partiu do Bargado, saindo os cavaleiros de casa a um e um para não fazer tropel. Atrás do último foi Jó escanchado em um poldro que o Arnaldo lhe deixara para esse fim.

Luiz Onofre era um produto desse cruzamento de raças a que se deu o nome de coriboca. Assim como a sua tez representava a fusão das três cores, a alva, a vermelha e a negra, da mesma sorte o seu caráter compunha-se dos três elementos correspondentes àquelas variedades. Tinha a avidez do branco, a astúcia do índio, e a submissão do negro.

O Fragoso não podia achar melhor instrumento para seu projeto; e até, segundo rezava a crônica de Inhamuns, não seria esse dos primeiros furtos ou raptos de moça que o Onofre fizesse por conta do patrão, o qual tinha fama de grande corredor de aventuras.

Ao primeiro alvorecer chegou o bandeirista com sua gente ao ponto designado. Depois que prenderam os cavalos e ataram-lhes o focinho com embornais para impedi-los de rinchar, seguiram todos o cabo, que os levou para dentro do cerrado.

— Corrimboque!

— Pronto!

— Você fica no mundéu lá do outro lado para cortar a corda; e o Raimundo do lado de cá. Raimundo!

— Rente!

— Chegue cá! Está vendo este angico vergado ao chão? Pois assim que me ouvir gritar *ai*, é cortar a corda, senão corto-lhe eu as orelhas. Está entendido?

— Não quero destas graças comigo, Sr. Onofre.

— Cá o amigo Aleixo Moirão, não precisa que lhe diga; fica ao pé do pau...

— E lá vai a trabuzana! — acrescentou o Moirão, fazendo gesto de quem mete as mãos para empurrar.

— Quando for tempo! — advertiu o Onofre. Onde está o Beiju?

— Às ordens!

— Lembra-se bem do canto da saracura? Do José Cigano?... Vamos a ver lá isso!

O Beiju soltou um guincho que imitava perfeitamente o canto da saracura, e que estrugiu longe pela mata a dentro.

— Está direito. Quem falta agora? Rosinha!

— Que tem com ela? — perguntou uma trêfega rapariga adiantando-se.

— Já sabe, moça. Quando o cavalo da dama passar, é de um pulo escancharar-se na garupa e segurar bem a dita, e tapar-lhe a boca para não gritar.

— Fica ao meu cuidado.

— Bem; tudo está corrente. Agora, moita; vamos esperar que passe a comitiva, para cuidarmos cá da pessoinha. Quem piar, tem contas comigo. Toca a deitar. Corrimboque, vá ver se os cavalos estão com os focinhos bem apertados pelos embornais, e leve-os para bem longe.

Restabeleceu-se de todo o silêncio; e os emboscados permaneceram coisa de meia hora em completa mudez até que ouviu-se ao longe o tropel dos animais. Eram as duas comitivas já reunidas, que se aproximavam, e passando por diante do esconderijo, afastaram-se rapidamente.

— Agora temos umas três horas por diante. Podemos quebrar o jejum. Amigo Moirão, mande buscar os alforges, e sobretudo as borrachas que devem estar bem apoiadas, pois foi esta a ordem do Sr. Marcos Fragoso, nosso capitão e o mais chibante fidalgo de todo este Pernambuco.

— Alto lá, que o capitão é cá do Ceará, nascido em Inhamuns, na fazenda das Araras, onde morava o defunto coronel, antes de vir para o Bargado — disse Raimundo, acudindo pela terra natal.

— Cá para mim que sou de Pajeú de Flores, tudo é Pernambuco, Raimundo, quer tu queiras, que não!

— Pois eu, se não estivesse aqui no serviço do senhor capitão, lhe contaria uma história...

— Cabra mofino!

— Mas chegando no Bargado, há de ver de que pau é a canoa.

— É de pau que precisa ser descascado, Raimundo, e quero eu ter este gosto.

Muito a propósito voltaram Moirão e Corrimboque, trazendo os alforges cheios de comidas e os odres retesados de vinho português e de cachaça da terra. Essa vista aplacou a resinga do Onofre com o seu bandeirista.

Estendeu-se um couro no chão e os camaradas trataram de baldear o conteúdo dos alforges e odres para as vasilhas dos estômagos. Esses descendentes dos caboclos seguem a mesma regra daqueles: não guardar comida, nem fome, para o dia de amanhã. Assim não carregam a primeira, nem desperdiçam a segunda.

A comezaina corria no meio das pilhérias e galhofas dos bandoleiros.

— O tal Sr. Fragosinho não cochila, gente! — disse o Beiju. Lá no Inhamuns quanta diabinha bonita havia foi direitinho para o jiqui. Agora vai meter-se em filha de capitão-mor!...

— Que tem lá isso? — perguntou com tom arrebatado a Rosinha, que estava de lado sentada em um galho seco e almoçava laranjas e paçoca em uma cuia. Por ter pai de farda vermelha, não é mais bonita do que as outras.

— De que certa faceira de meu conhecimento, não é; isso juro eu, menina.

Rosinha sorriu mostrando dois rocais de pérolas, finos dentes orientais. Tinha ela todo o busto e uma parte do rosto envolto por um mantéu escarlate, que lhe servia de capuz; mas o que se entrevia e o que se adivinhava da fisionomia como do talhe, denunciava encantos de fascinar.

Eram, além daquele sorriso perlado, uns olhos negros e aveludados que cintilavam sob o capuz como estrelas em noite procelosa, uma cintura de vespa, e um pé arqueado que aparecia por baixo da orla da vasquinha parda.

— Raimundo, homem, passa para cá a mandureba! Olha o diabo, como escorropichou!

— Não sei que tem este vinho, hoje! — observou Moirão, enxugando a boca do sorvo. Acho-lhe assim um travo como de engaço! Não sentem?

— Deixe ver!

— Eu já lhe tinha sentido.

— Há de ser da borracha.

— E não é só o vermelho; a branca também tem o mesmo gosto.

— Mas vão escorregando; que dizem? Ainda nenhum se engasgou que eu visse.

— Então, Rosinha, não tomas um trago também?

— Para beber à sua saúde, Sr. Onofre.

— Pois vá lá. À nossa, feiticeira!

— André, dá um pulo lá embaixo, homem, e tira as mochilas dos cavalos, para que almocem também! Vão correr mais do que você, que já forrou a tripa, cabra velho.

A essa recomendação do Corrimboque levantou-se o André e dirigiu-se ao lugar designado com o seu alforge de couro cheio de carne e farinha.

Terminada a comezaina, o Onofre passou nova revista à sua gente, designando a cada um seu posto e insistindo nas primeiras recomendações.

O lugar escolhido para a emboscada não podia ser mais azado. Era uma brenha, defendida ao sul por um serrote íngreme. O caminho passava entre duas rochas a que pela forma convexa tinham dado o nome de Baús. À direita ficava o alcantil; à esquerda o bamburral que terminava logo adiante em um vasto alagado. Para tornar impossível aos cavaleiros o trânsito pela espessura, o Onofre havia levantado no meato uma perfeita estacada entre a rocha e o pântano.

Assim a comitiva na volta não tinha outra passagem senão a estrada; e, trancada esta, seria obrigada a fazer um longo rodeio, ou a retardar a sua marcha por algumas horas enquanto abria caminho. Desta circunstância, tirara o Onofre todo o partido para a cilada.

Tecera o bandeirista uma grade de relho e a atravessara diante dos dois penhascos, amarrando as pontas em árvores novas, de um e outro lado. Vergara depois essas árvores como costumam fazer os caçadores nas armadilhas; e a teia ficou estendida no chão coberta de terra e folhas secas.

Por artes do cigano incumbido de enfeitiçar o baio, conta Onofre que a filha do capitão-mor será a primeira a passar pelos Baús. Apenas ela se ache do outro lado, que o Corrimboque e o Raimundo cortarão as cordas das árvores; e estas voltando à posição natural, levantarão consigo a grade que deve fechar a estrada.

Então, separada a moça da comitiva, ainda que tenham passado com ela algumas pessoas, é fácil ao bandeirista consumar o rapto. A Rosinha saltará na garupa do baio; com uma das mãos tapará a boca de D. Flor para impedi-la de gritar e com a outra a estreitará ao peito, enquanto o Onofre bem montado, tomando o baio pela brida, disparará com ele e a donzela.

Para reforçar a grade de couro, preparou Onofre outra barreira. É uma ramalhuda braúna, já serrada pelo topo e que a um empurrão do Aleixo Vargas cairá sobre o caminho, trancando-o com uma sebe viva e emaranhada.

Enquanto o capitão-mor e sua gente esbarrarem nessa embrechada, o Onofre tem tempo de pôr-se a salvo com a donzela e recolher-se ao Bargado.

Antes de concluir o novo exame da emboscada, sentiu o bandeirista a língua trôpega:

— Diabo deste vinho do reino!... Não sei que mistura lhe deitaram!... Querem ver que pôs-me, meio lá, meio cá? Eu me entendo é com o patrício!

— Não é, Sr. Onofre. Este vinho tinha alguma coisa com certeza. Também eu estou com as pernas bambas, de uns sorvos que dei na borracha. Pois a minha conta no Minho era meio quartilho ao almoço.

Reparou o Onofre que toda a sua gente já andava estirada, uns pelo chão juncado de folhas secas, outros pelos galhos rasteiros, a curtir a carraspana.

— Olhem esta corja de bêbados! Como roncam!... E mais é que vou fazer o mesmo! Não posso comigo! O tal sumo de uva não me toa!... Corrimboque, fique de espreita e acorde-nos, quando chegar... quando for... você sabe...

Não concluiu Onofre. O torpor que lhe invadira o corpo sopitou-o completamente, e nem lhe deu tempo de escolher o lugar onde acomodar-se. O corrimboque, se ainda o ouviu, não pôde responder-lhe de pesada que tinha a língua; e o Moirão já mugia como um touro.

Nessa ocasião os cavalos começaram a rinchar sentindo talvez a aproximação de algum animal da mesma espécie.

A única pessoa que resistiu ao súbito letargo foi Rosinha, decerto por ter bebido apenas uns goles do vinho. A rapariga vendo toda aquela gente sopitada em profunda modorra, assustou-se, tanto mais quanto também sentia desfalecimento.

Não foi longa, porém, essa perturbação; passada ela, conservou-se alerta a fim de acordar os companheiros ao primeiro sobressalto.

Ergueu-se então dentre um monte de folhas secas a alta e magra estatura de Jó. Investigando com rápido olhar a cena, o velho esgueirou-se com a sutileza de uma sombra por entre a folhagem e foi surdir a uma distância de cem braças.

Ali, segurando um grosso madeiro, começou a bater na terra com o movimento compassado de um pilão.

Às primeiras pancadas, Rosinha sobressaltou-se e tratou de acordar Onofre; mas o bandeirista não deu acordo de si e os companheiros ainda menos. Quando a rapariga já não sabia o que fizesse, cessou o estrépito que ela atribuiu à corrida de algum boi.

Entretanto Arnaldo acabava de soltar o Dourado, e lembrando-se dos rinchos que ouvira, e que denunciavam a presença de cavalos bridados, tomou esse rumo, suspeitando que a bandeira do Onofre andasse por aqueles sítios.

Nisso percebeu uma como vibração que saía da terra e reconheceu imediatamente o sinal de Jó, que tinha aprendido dos índios a comunicar-se por aquele meio seguro através de grandes distâncias.

Instantes depois o moço sertanejo encontrava-se com o velho, que o levou ao lugar da emboscada.

— Estão dormindo?

— Beberam tingui.

O velho referiu então rapidamente a Arnaldo o que fizera.

Enquanto os bandeiristas agachados no mato espiavam a passagem da comitiva, Jó fora aos alforges, tirara um caneco, enchera-o de aguardente em um dos odres; e esmagando entre os dedos ramas de tingui, macerou-as depois dentro do espírito. Quando lhe pareceu que a tintura estava bastante forte, dividiu a aguardente pelas duas borrachas e teve o cuidado de as sacolejar.

Sabendo que a gente da escolta fora tinguijada pelo velho, Arnaldo estremeceu:

— Envenenados? Todos?...

— Tontos apenas. Deixa-os dormir descansados, e daqui a uma hora acordarão um tanto moídos e nada mais.

— E a rapariga?

— Bebeu pouco.

— É preciso amarrá-la a ela e aos outros por segurança.

Jó apoderou-se de Rosinha, embrulhando-lhe a cabeça na mantilha. Arnaldo foi à várzea, matou um boi e o esfolou com a rapidez e destreza que tem neste, como em todos os misteres de seu ofício, o vaqueiro cearense.

O couro foi imediatamente cortado em correias, com que o sertanejo peou de pés e mãos a toda a escolta, inclusive a Rosinha, passando em seguida, ele e Jó, a amordaçá-los pelo mesmo sistema.

Na ocasião em que ligava os pulsos do Moirão, Arnaldo traçou-lhe com a ponta da faca uma cruz nas costas da mão direita, e tão ferrado estava no sono o minhoto que não sentiu o gume do ferro cortar-lhe a epiderme.

REPREENSÃO

Depois de combinar com Jó o que lhes restava a fazer, Arnaldo deixou o velho no lugar da emboscada e voltou ao sítio onde havia ficado a comitiva.

Ali chegou, como vimos, ao terminar o almoço e contou ao capitão-mor a pega do Dourado.

Quando, na ocasião de montarem os convidados para a volta, ele apresentou o baio a D. Flor, já tinha destruído completamente o efeito das artes do cigano. Desapareceu nessa ocasião; mas para acompanhar por dentro do mato a comitiva e observar melhor o jogo do Fragoso.

Viu o sinal dado. O cigano que também oculto no mato espreitava aquele sinal, soltou o canto da saracura e disparou a correr, passando perto de D. Flor.

O baio não o seguiu como ele esperava; mas seguiu-o Arnaldo que breve o alcançou e, derribando-o da sela, puxou-o para dentro da espessura, onde o deixou peado como os companheiros.

O sertanejo imitou então o canto da saracura, enquanto Jó espantava os cavalos emboscados, que partiram à desfilada na direção do Bargado.

Marcos Fragoso, ouvindo a senha convencionada e o tropel dos animais, acreditou que D. Flor estava em seu poder, e despediu-se arrogantemente do capitão-mor, dando aviso aos companheiros para que o seguissem.

Entretanto D. Flor e Alina transpunham o lugar da emboscada sem o menor acidente, e D. Genoveva moderava a marcha de seu cavalo para reunir-se ao marido e saber dele a razão da repentina partida do Ourém e seus companheiros.

Ao passar por diante de Arnaldo oculto na espessura, D. Flor perguntava a Alina.

— Onde estão suas flores, menina?

— Que flores, Flor? — retorquiu a moça, brincando com a palavra.

— As que nos trouxe o Marcos Fragoso.

— Deixei-as ficar — respondeu Alina com indiferença.

— Pois das minhas fiz um adereço! Olhe! — disse a gentil donzela, apontando para os pingentes escarlates que lhe ornavam o colo e os cabelos. — Não parecem rubis?

— São muito galantes; mas eu prefiro esta que você me deu — tornou Alina sorrindo e mostrando a umbela que Arnaldo colhera, e que ela trazia ao seio.

D. Flor ficou séria e fustigou o baio, que partiu a galope.

O capitão-mor havia alcançado D. Genoveva; e referia-lhe agora quanto se passara com o Marcos Fragoso, desde o pedido que este lhe fizera da mão de D. Flor, até à recusa formal e terminante que recebera.

D. Genoveva, quando pela primeira vez, quinze dias antes, conversara com o capitão-mor acerca desse particular, mostrara-se inclinada ao sobrinho Leandro Barbalho, e até dera a entender que não tinha em bom conceito ao Marcos Fragoso.

Desde, porém, que o capitão-mor decidira-se por este, ela como fiel esposa, habituada a identificar-se completamente com a vontade do marido, passou a considerar Marcos Fragoso já como o noivo de sua querida Flor.

O mais ardente desejo da boa mãe era ver a filha casada, embora quando pensava nisso estremecesse com a ideia de uma separação por mais breve que fosse. A esse respeito, porém, tranquilizava-a o capitão-mor, que estava resolvido a impor ao futuro genro a condição de viver debaixo do mesmo teto.

O desfecho da pretensão do Marcos Fragoso devia, pois, entristecer a D. Genoveva, que viu adiado o casamento por ela tão ardentemente desejado. A boa senhora não compreendia o motivo que tivera o capitão-mor para recusar um genro que ele mesmo, de sua própria inspiração, havia escolhido entre outros e preferido a todos.

Mas ela acatava as decisões do marido, e não tinha o costume de discuti-las, pois depositava a maior confiança na prudência, como no amor, daquele a quem havia unido o seu destino.

A pergunta que fez não teve outro fim senão saber do motivo que determinara a deliberação do marido para melhor compenetrar-se dela.

— Por que foi então que o despachou, Sr. Campelo?

— Porque atreveu-se a pedir D. Flor.

— Não é costume?

— Nossa filha, D. Genoveva, não é para ser pedida, como qualquer moça aí do mundo. Não foi para isso que nós a criamos. Eu tinha-me lembrado desse Fragoso, mas ele adiantou-se e com tamanha arrogância, que já se julgava noivo.

Passava de meio-dia, quando o capitão-mor chegou com sua família à Oiticica.

D. Flor dirigira o cavalo para baixo da árvore a fim de apear-se na sombra. Arnaldo a seguira, e saltando em terra, ofereceu-lhe o ombro como um escabelo.

A donzela estava então encantadora. A agitação do passeio e os raios do sol tingiam-lhe as faces de uns laivos de púrpura, os olhos tinham um brilho vivo, e as lindas flores escarlates entrelaçadas em suas negras e bastas madeixas, formavam-lhe um toucado gracioso. Dir-se-ia que não eram flores, mas os sorrisos feiticeiros de seus lábios de carmim, que lhe serviam de joias para a fronte e de broche para o seio do roupão.

Arnaldo, vendo aquelas flores que ainda mais formosa tornavam a donzela, sentiu o coração traspassado.

— Tire estas flores! — disse ele, ajoelhado junto ao estribo e com a voz suplicante.

— Por quê? — perguntou a donzela admirada.

— Têm veneno! — balbuciou o sertanejo.

— Deveras! — tornou D. Flor com um riso de mofa.

Arnaldo ergueu-se de um ímpeto, e antes que pudesse dominar o violento impulso de sua alma, arrancara da cabeça e do seio da donzela as flores, que arrojou ao chão, e esmagou com a ponta da bota, como se fossem um réptil venenoso.

D. Flor, que já apeava-se, foi tomada de uma surpresa dolorosa; e pasma com aquela audácia, racaiu sobre a sela. No primeiro assomo de sua indignação não se lembrou quem estava diante dela e não viu ali senão um homem que tivera a insolência de tocá-la.

A haste do chicotinho, brandida por sua mão irritada, vibrou no ar; mas a donzela tivera tempo de dominar esse ímpeto de cólera. Retraiu-se em uma altiva dignidade.

— Arnaldo!

O sertanejo permanecia imóvel, e sofreu em silêncio, impassível, mas resoluto, a repreensão que provocara.

— Não esqueça o seu lugar, Arnaldo — continuou D. Flor com severidade. — A ternura que tenho à sua mãe não fará que eu suporte estas liberdades. A culpa é minha, bem o vejo. Se não lhe desse confianças, tratando-o ainda como camarada de infância, não se atreveria a faltar-me ao respeito. Lembre-se, porém, que já não é um menino malcriado; e sobretudo que eu sou uma senhora.

— Minha senhora?... — disse Arnaldo, carregando nessa interrogação com acerba ironia.

— Sua senhora, não — tornou D. Flor com um tom glacial –; não o sou; mas também, apesar de nos termos criado juntos, não sou sua igual.

Arnaldo ajoelhou-se de novo como para oferecer a espádua à moça; e disse-lhe provocando-a com o olhar.

— Se a ofendi, castigue-me; não tem na mão um chicote?

— Não, e arrependo-me de meu primeiro movimento. Mas, se outra vez esquecer-se do respeito que me deve, Arnaldo, eu me queixarei a meu pai, para que ele o corrija.

Ditas estas palavras no mesmo tom severo e altivo, a donzela acabou de abater o sertanejo com um olhar de rainha e afastou-se, encaminhando o animal para a casa. Pouco adiante saltou da sela, e foi reunir-se à mãe, que também acabava de apear-se.

Esta cena passou-se rapidamente, com um aparte ao movimento geral da desmonta. Entretidos consigo, os outros não perceberam a súbita ação de Arnaldo ao arrancar as flores, e o incidente que sobreveio.

Erguera-se o moço sertanejo com arrogância ao ouvir o nome do capitão-mor com que o ameaçou D. Flor, e acompanhou a donzela com um olhar de desafio, até que ela entrou em casa.

Então Arnaldo saltando de novo no sela, meteu as esporas no Corisco e disparou da ladeira abaixo.

Correu direito ao Bargado; ia resolvido a desafiar o Marcos Fragoso, matá-lo para vingar nele a humilhação que acabava de sofrer, e depois deixar-se matar para assim punir-se do crime de haver ofendido o melindre de D. Flor.

A fazenda do Bargado estava deserta, e Arnaldo apenas ali encontrou a família de um vaqueiro inválido, que ficara para guardar a casa. Disse-lhe a mulher que o capitão Marcos Fragoso tinha partido uma hora antes para Inhamuns levando toda a sua comitiva e mais o José Bernardo com a gente da fazenda.

Desconfiou Arnaldo dessa partida precipitada, e receou que ela escondesse algum novo embuste. Desde que um perigo ameaçava a tranquilidade da família a quem se devotara e a segurança de D. Flor, o sertanejo esquecia-se de si, para só ocupar-se com a defesa dos entes que estremecia.

Seu primeiro cuidado foi dirigir-se ao lugar da emboscada. Já não havia ali viva alma; todos os bandeiristas haviam desaparecido; mas ainda viam-se pelo chão as peias de relho, cortadas a ferro.

Eis o que sucedera.

Marcos Fragoso ao despedir-se do capitão-mor, tomara à direita, e reunido diante ao Ourém e mais companheiros, ganhara o atalho, que rodeando o alagado devia pô-los a caminho do Bargado. Ele conhecia perfeitamente esse desvio, por tê-lo percorrido na véspera com Onofre.

Esperava o moço capitão alcançar pouco além dos Baús o Onofre e a escolta, que ele acreditava conduzirem D. Flor, conforme suas recomendações e o plano anteriormente combinado. Tudo correra como se esperava; e já ouvia-se a pequena distância o tropel da cavalhada.

Na desfilada em que iam, não era possível travar conversa; mas Ourém pôde trocar este curto diálogo.

— Que é isto, primo Fragoso? Refrega de castelhanos?

— É a princesa que levamos.

— Ah! bem me queria parecer!... Pois vamos lá como D. Gaiferos:

Finca esporas no cavalo
Que o sangue lhe faz saltar;

Ei-lo que corre, ei-lo que voa,
Ninguém o pôde alcançar.

E ferrando por sua vez os acicates no cavalo, Ourém lá se foi no encalço do primo.

Afinal, quando saíram da mata para o descampado, pôde Marcos Fragoso avistar a cavalhada que ia-lhes na dianteira cerca de cem braças. Não foi pequena a sua surpresa e dos companheiros notando nos animais selados e arreados a completa ausência de cavaleiros.

Pensou Fragoso que os animais tivessem arrancado por surpresa, deixando Onofre e a escolta desmontados. Enquanto o José Bernardo dava cerco aos cavalos, voltou ele sôfrego ao sítio da emboscada, esperando chegar ainda a tempo de tomar D. Flor ao arção e fugir com ela.

Diante dos bandeiristas estirados no chão, e atados de pés, mãos e queixos, ele entendeu que tinha sido burlado pelo capitão-mor; e isto o encheu de furor.

Onofre e seus companheiros já tinham tornado a si do torpor, que produzira a infusão do tingui; mas estavam bambos, e sobretudo corridos de vergonha por terem caído no laço, eles que o vinham armar. É o que chamam virar-se o feitiço contra o feiticeiro.

Nenhum deles sabia explicar a esparrela em que fora apanhado. Apenas à lembrança ainda atordoada de alguns acudiu aquele travo especial do vinho e da aguardente, donde tiravam uma suspeita ainda obscura. O Moirão, porém, que sentira arderem-lhe as costas da mão, e logo que lhe cortaram as correias vira a cruz traçada pelo Arnaldo, benzeu-se e adivinhou que ali andavam artes do rapaz.

— Não tem que ver — murmurou. — Se ele anda de pauta como Tinhoso.

A única pessoa que podia referir os pormenores da tramoia era a Rosinha, que não ficara completamente sopitada com o tingui. Mas Jó tivera o cuidado não só de atá-la de pés, mãos e queixos, como Arnaldo fez aos outros, mas de embrulhar a cabeça de modo a tapar-lhe os olhos.

Assim nada tinha visto, e o que ouvira, pouco adiantava: era o canto da saracura, o arranco da cavalhada e o tropel da comitiva que passava tranquilamente pelo caminho.

Marcos Fragoso ficou tão exasperado com o êxito da emboscada, que proibiu aos seus vaqueiros cortarem as correias dos pulsos e artelhos dos bandeiristas, e intimou-lhes esta ordem cruel:

— Surrem-me já esta corja de biltres, para ensiná-los a não serem basbaques! Deixarem-se agarrar como preás no fojo!

O Daniel Ferro, que era mais vezeiro nessas empresas e sabia que no sertão ninguém, ainda o mais esperto, se livrava de tais embrechadas, fez uma observação prudente e assisada.

O capitão-mor zombara do Onofre, peando-o a ele e a seus companheiros, como a um magote de bestas; mas quem assegurava que não passasse a demonstrações mais enérgicas? Podia resolver-se da afronta que este lhe fizera tentando roubar D. Flor.

Nesse caso de um ataque súbito, careciam de gente brava e destemida. Não seria com esses homens, irritados por um castigo injusto e infamante, que poderiam contar para resistir ao braço forte do capitão-mor, o qual fazia tremer ao mais valente.

Ourém e João Correia apoiaram as razões de Daniel Ferro; e Marcos Fragoso cedeu.

— Podemos seguir, Sr. capitão? — perguntou José Bernardo depois de cortar as correias que peavam os bandeiristas.

— Daqui para Inhamuns! — disse o Marcos Fragoso, voltando-se para os companheiros. — Não ponho os pés no Bargado senão depois de tirar a minha desforra.

Despachou o capitão ao José Bernardo para seguir do Bargado com a bagagem; e ele partiu dali com os companheiros e a escolta em direitura à sua fazenda das Araras, situada à margem do rio das Flores.

Arnaldo examinava o sítio e estudava o rasto da comitiva, quando apareceu-lhe Jó, que o esperava, contando que ele voltasse ali. O velho enterrado nas rumas de folharada, tinha assistido à cena anterior; e narrou-a fielmente ao sertanejo.

— Partiu para Inhamuns — concluiu ele. — Mas volta breve; e com maior bando de gente armada.

— Cá me achará — disse o sertanejo simplesmente, como se ele, só, bastasse para derrotar o bando dos inimigos.

Deixou Arnaldo ao velho na gruta e seguiu para a casa. Perto do tombador avistou o Nicácio, que descia a cavalo, de maca e rede na garupa, alforges no arção e todos os petrechos do sertanejo em viagem.

— Até a volta, amigo Arnaldo. Quer alguma coisa para o Ouricuri?

— Está de viagem, Nicácio?

— Vou levar uma carta do Sr. capitão-mor ao sobrinho Leandro Barbalho. E o negócio é de aperto, que vou aforçurado. Deu-me quatro dias para a ida e outros tantos para a volta. Até lá.

— Boa viagem, Nicácio!

— Se puder de vez em quando dar um pulo lá pelo roçado...

— Fique descansado.

— É favor! — gritou o viajante, que já desaparecia ao longe de galope.

Arnaldo continuou para a casa. Aquela súbita partida do Nicácio, e a carta que levava, o deixaram preocupado. Tinha um pressentimento que novo perigo ameaçava a sua felicidade, e quando ainda o primeiro não estava dissipado.

Aproximando-se oculto pelo arvoredo, viu de longe D. Flor recostada à sua janela.

Era já sobretarde. A sombra que vestia esse lado do edifício concorria talvez para tornar ainda mais merencória a expressão da donzela. Seus olhos límpidos passavam por entre a folhagem rendilhada de uma aroeira e iam imergir-se no azul do céu, onde estampava-se o disco prateado da lua. Ali ficavam imóveis, fixos, como dois raios do astro meigo e saudoso da noite, que se estivessem embebendo em seu seio e enchendo da luz do céu.

O coração de Arnaldo confrangeu-se. Fora ele quem perturbara a serena placidez daquela fronte angélica; fora ele o autor daquela tristeza.

Saltou em terra, ajoelhou-se humildemente, e de mãos postas, com todo o fervor do crente quando ora à divindade, pediu perdão a D. Flor da mágoa que lhe causara. Teve ímpetos de punir-se ali mesmo diante da donzela, do atrevimento com que lhe ofendera o pudor e o altivo melindre.

Chegou a levar a mão ao punho da faca; mas lembrou-se que sua vida era precisa naquela ocasião em que novos e talvez mais sérios perigos ameaçavam a casa da Oiticica.

A INFÂNCIA

Entrando no seu camarim, depois da repreensão que dera a Arnaldo, D. Flor precipitadamente voltara-se para fechar a porta e impedir a entrada da escrava que vinha prestar-lhe os seus serviços e ajudá-la a mudar de traje.

Caminhando até o meio do aposento, a donzela parou; e recolheu-se atônita do que se passava em si. De repente o seio tímido estalou em um soluço; e dois rocais de lágrimas aljofraram-lhe as faces.

Por que chorava?

Foi a interrogação que dirigiu à sua consciência, confusa e perturbada com aquele pranto súbito. A severidade que usara com Arnaldo, ela a devia ter; não se arrependia da exprobração que fizera ao seu colaço, antes parecia-lhe mostrar maior rigor.

Naquele instante, esquecendo a amizade que desde a infância tinha ao filho de sua ama, a donzela odiava-o sinceramente; e não podia perdoar ao vaqueiro o atrevimento de dar-lhe uma ordem e o insulto de tocá-la, a ela D. Flor, a quem seu próprio pai, o capitão-mor Campelo, respeitava como uma santa.

Assomava-lhe ainda na mente a imagem do insolente, com a fisionomia revolta, e os olhos chamejantes; ela não o vira erguer a mão audaz, tão rápido fora o movimento; mas sentira-lhe o contato nos cabelos, e o leve perpassar pelos alamares que fechavam o corpete de seu roupão de montar.

Ainda a vertigem que a tomara naquele momento anuviava-lhe a vista ao recordar-se do incidente; e insensivelmente brandia o chicotinho, arrependida de não ter castigado aquela vilania.

Mas se a revolta de sua altivez a impelira a esse ato de energia, por outro lado os instintos nobres e delicados de sua alma tinham-lhe advertido que não devia descer até corrigir com sua própria mão a grosseria de um quase fâmulo da casa.

A donzela permaneceu algum tempo imóvel no meio do aposento, completamente absorta. A pouco e pouco a figura sinistra do vaqueiro que a havia desacatado, foi-se desvanecendo, como se as lágrimas lhe delissem as tintas, e da névoa que fez-se na memória da donzela, surgiu o vulto de um menino de sete anos, vestido com um gibão de couro, que lhe servia de opa.

Este menino era Arnaldo; e o gibão pertencia ao pai, o vaqueiro Louredo, que o deixara de usar por já estar muito velho e surrado, a ponto de andar a rir-se pelos muitos rasgões que tinha nas costas.

O menino, sôfrego por ter um vestuário de vaqueiro, enfronhara-se naquele fardão; e ficara tão cheio de si que não se trocaria por um rei, embora dos rasgões do couro lhe saíssem as tiras de uma camisa de chita, que a mãe lhe cosera oito dias antes, e que ele já havia reduzido a trapos.

D. Flor, tornada também em sua fantasia à idade feliz da inocência, olhava com espanto para aquele pirralho, que ela via a cada instante praticar as maiores estrepolias, e cometer temeridades que a todos enchiam de susto.

Arnao, como o chamavam os pais nesse tempo, não estava um instante quieto: se não andava já empenhado em uma travessura, com certeza buscava o pretexto para ela. Seus folguedos, porém, eram sempre coisas impróprias de seu tamanho, e que muitos com o dobro de sua idade não se animariam a empreender.

Um macaco trepava aos últimos ramos de uma árvore, e de lá deixava-se cair, segurando-se pela cauda. Arnaldo assentava de pular como ele de ramo em ramo, e despencava-se do alto. A mãe o metia em panos de sal, e dava-lhe a beber um cozimento de angico; no dia seguinte já ele estava ruminando outra.

Ora metia-se a parar a bolandeira tangida com força, e rodava pelos ares; ora quando a mãe o mandava apanhar gravetos, carregava às costas um grosso toro de sábia, que o atirava ao chão em risco de esmagá-lo; em outra ocasião era o bode em que ele montava, e lá se ia pelos precipícios e desfiladeiros a divertir-se dos sustos da Justa.

Ninguém podia com ele. A mãe com seus ralhos não conseguia senão afligir-se; e se passava o capeta ao cipó, então é que ele endemoniava-se. O capitão-mor não olhava para essas coisas; e o Louredo, conservando uma impossibilidade que nunca se desmentia, bem longe de proibir ao filho essas estrepolias, ao contrário o acoroçoava, deixando-o fazer quanto queria.

Trouxeram uma tarde um cavalo bravo para que o Louredo o amansasse, pois não havia melhor campeador naquela redondeza. O vaqueiro, conhecendo que o bicho era manhoso, tratou de amaciá-lo antes de saltar-lhe em cima.

— Eu quero montar! — gritou Arnaldo.

— Estás doido, menino? — dizia a Justa, apoderando-se dele por segurança.

— Tu não podes com ele, Arnaldo! — disse o pai.

— Ora, se posso!

— Pois monta; aí está.

O menino pulou no cavalo, que desencabrestou-se com ele aos corcovos. Afinal, depois de uma luta que não sustentariam tão bizarramente destros cavaleiros, o animal conseguiu lançá-lo fora, e atirou-o de cambalhota pelos ares.

— Aí está o que você queria, Sr. Louredo! — gritou a Justa que não cessara de rezar.

— O menino tem sua sina, mulher — respondeu Louredo mui descansado. — Se ele escapar das façanhas em que se mete, é porque Deus o protege e quer fazer dele um homem; se não escapar, é melhor que Nosso Senhor o leve para o céu, enquanto não sabe o que é este mundo.

Outra vez foi um novilho bravo, a que se tinha de torar os chifres. Arnaldo teimou em segurá-lo. O pai desatou o laço do moirão e entregou a ponta ao filho, dizendo-lhe com a voz pachorrenta:

— Toma lá; mas se tu me largas o novilho e o deixas fugir, meto-te o relho, cabrinha, tão duro como um osso.

Arnaldo segurou a ponta do laço, enleou-a no pulso para não escorregar, e disse ao pai com o maior topete:

— Largue!

O novilho arrancou pelo campo afora, e o Arnaldo lá foi com ele aos trambolhões. Por fim o menino revirou de todo no chão; e o barbatão levou-o de rasto. Aos gritos de Justa, que vira a cena de longe, adiantou-se o Louredo para livrar o filho dos apertos.

— Vaqueiro, não se meta! Não foi este o ajuste! — gritou Arnaldo para o pai!

O endiabrado menino, que se atirara ao chão de propósito para aumentar a resistência com o peso do corpo, conseguira afinal fazer fincapé nas raízes do capim e parar o novilho já cansado. Quando Arnaldo conheceu que o tinha seguro, gritou ao pai:

— Pode torar; que o bicho daqui não sai.

Arnaldo tinha muita vontade de dar um tiro com o bacamarte do pai. Atualmente não se conhece, e talvez já não se fabrique essa espécie de arma, tão estimada outrora no interior e tão proeminente nas lutas fratricidas que ensanguentaram por vezes o interior do Brasil.

O bacamarte simbolizava até bem pouco tempo ainda a *ultima ratio*, o direito da força; era como na Europa o canhão, de que tinha com pouca diferença a configuração, pela grossura do cano muito semelhante ao colo de uma peça de artilharia. Havia-os de boca de sino, que despediam uma chuva de balas e metralhas.

Compreende-se a força que era precisa para suportar o recuo de uma arma destas ao disparar, e o perigo a que se exporia Arnaldo fazendo fogo com o bacamarte do pai, que era dos mais formidáveis.

Um dia em que a Justa não estava em casa, insistindo o menino, o Louredo carregou o bacamarte à meia carga e entregou-o ao filho. Este sem pestanejar, com uma temeridade de criança, apontou para o ar e puxou o gatilho.

Soou o tiro e o menino revirou de cambalhota, arrojado pelo coice da arma, que por pouco não lhe desarticulou a clavícula. A Justa que chegou deitando a alma pela boca, tomou o filho nos braços, pôs-lhe umas talas om emplastros, e começou nessa mesma noite uma novena a Nossa Senhora.

No dia seguinte Arnaldo estava de pé; mas andou uma semana de braço na tipoia.

Indo o Louredo para a serra com a mulher e o filho, encontrou o rio cheio. A força d'água era medonha e formava uma torrente impetuosa. O vaqueiro resolveu esperar que passasse a maior correnteza, para atravessar a nado.

Arnaldo, porém, teimou que havia de passar logo. A Justa pôs as mãos na cabeça. O vaqueiro voltou-se para o menino com o mesmo tom sossegado de costume:

— Eu não me atrevo. Se tens topete para tanto, cabrinha, vai com Deus, que eu não te esbarro.

A Justa vendo que o marido não se opunha a semelhante loucura, agarrou-se ao filho; mas este escapou-lhe, e sacando fora a roupa de que fez uma trouxa, pediu ao pai que a atirasse da outra banda; e meteu-se intrepidamente pelo rio adentro.

A um terço do leito, onde começava o teso da corrente, o menino desapareceu. O rio o enrolara nas suas ondas revoltas, arrebatando-o como uma das folhas que giravam no torvelim de suas águas.

Justa, que ficara de joelhos à beira do rio e não cessara de rezar o terço invocando Nossa Senhora da Penha e todos os Santos de sua devoção, correu soltando um grito de horror. Metida n'água até o seio, com os braços inteiriçados no vão intento de agarrar o filho, cuja cabeça ainda surgia de longe, por entre os borbotões da corrente, a mísera mãe enlouquecia de dor, e lançava ao marido as maiores imprecações.

O Louredo a ouvia taciturno e sombrio. Quando o vulto do menino sumiu-se na volta do rio, acreditou que afinal Deus lhe havia levado o único filho que lhe concedera. Apesar de seu rude fatalismo, que o fazia considerar a morte do menino como o livramento de futura desgraça, pagou neste momento o tributo à natureza, e com os olhos rasos de lágrimas ajoelhou-se ao lado da mulher.

Estava aquele infeliz casal sucumbido pela perda do único filho, quando o foi surpreender uma voz bem conhecida, que vinha da outra banda do rio.

— Ande com isso, pai. Venha a minha trouxa!

— Arnaldo!... — bradou Justa. — É ele mesmo!... Minha Nossa Senhora da Penha, fostes vós que o ressuscitastes!

— Ainda estás vivo, rapaz! Como foi isto?

— Ora o rio está mesmo desembestado, e pegou uma queda de corpo comigo, que foi uma história... Qual de cima, qual debaixo; e já queria passar-me a perna, quando encontrei um toro de mulungu, e agora vereis. Montado no meu cavalo de pau fiz a todas.

Arnaldo tomara pé muito para baixo e viera pela beira do rio até ali. O pai jogou-lhe a ponta do laço, que ele amarrou em um tronco, e serviu de espia ao banguê ou balsa de couro, em que o vaqueiro transportou-se para o outro lado com a Justa.

— Descanse, mulher, que este menino não morre. Ele tem a sua sina — dizia Louredo, atravessando o rio.

Não era o vaqueiro homem frio e indolente; ao contrário, muitas vezes tinha seus arrebatamentos. Aquela pachorra e sossego, só a mostrava em relação ao filho, e parecia mais produzida por uma firme resolução do que por temperamento ou tibieza de afeto.

Muitas das proezas de Arnaldo, D. Flor as vira do colo de Justa onde conchegava-se de medo; e ainda lembrava-se dos sustos da boa sertaneja, e do quanto ficava ela atarantada, não sabendo como dividir-se entre a sua filha de criação e o fruto de seu seio.

A menina, que tinha cinco anos então, apossara-se despoticamente daquele regaço e dele tinha expelido o seu legítimo dono. Se Arnaldo, com ciúmes, vinha alguma vez encolher-se ao cós da mãe e insinuava a cabeça por baixo do braço para aninhar-se, a menina, percebendo-o, corria a expulsá-lo dali.

Ela não consentia nem que o pobre do Arnaldo se enrolasse na fralda da saia materna. Não satisfeita com o colo em que se entonava como em um trono, deserdava o colaço de todos os carinhos.

Justa, que fazia todas as vontades a Flor, obrigava o filho a afastar-se, mas às escondidas o pagava da ternura de que então o privavam os ciúmes da menina. Arnaldo obedecia à mãe para não amofiná-la; mas na primeira ocasião, às vezes no momento mesmo de arredar-se, vingava-se da colaça ferrrando-lhe um beliscão de raiva.

Gritava a menina com a dor. Justa ficava furiosa. Agarrava um cipó e, dando uma corrida no capeta que escapulia pelo resto do dia, cuidava logo de pôr um emplastrinho de polvilho com leite de peito, para desmanchar a marca do beliscão na pele acetinada de Flor.

Daí nascera uma zanga constante entre os dois colaços, com o que a ama muito afligia-se. Em apanhando a menina de jeito, Arnaldo não deixava de fazer-lhe alguma pirraça. Umas vezes era a resina do visgueiro, que ele trazia escondida para grudar os anelados cabelos castanhos da menina e fazer deles uma maçaroca. Outras vezes passava-lhe um laço de embira e amarrava-a à goiabeira; ou trazia do mato uma folha de urtiga para esfregar-lhe no braço, e um lagarto para pregar-lhe um susto.

Acudia Justa aos gritos da menina, e o Arnaldo ia ao cipó. Tantas eram as capetices que não havia murta nem ateira ao redor da casa, de que ele não conhecesse as vergônteas, tão bem como as frutas.

Entretanto, apesar dessa briga constante, por uma singularidade que ninguém explicava, se Flor em vez de falar a Arnaldo em tom de mando, ao contrário pedia-lhe com meiguice alguma coisa, o menino seria capaz de fazer-se em migalhas para satisfazer-lhe o desejo por mais caprichoso que fosse.

Provinha isso da índole original dessa criança, na qual um coração terno e exuberante aliava-se a uma altivez estranha em sua posição, e mais ainda em sua idade. Parecia um príncipe maltrapilho, esse pirralho do sertão, que não tolerava uma sujeição nem mesmo à vontade do pai.

Pela doçura obtinham tudo de sua generosidade sem limites. Desde, porém, que se lhe fazia uma exigência, sua suscetibilidade revoltava-se contra a ordem, e ele resistia com a tenacidade de um carneiro amuado, quando não reagia com o ímpeto de um garrote bravo.

Flor, com instinto de menina, o qual tem já muito do tato feminino, breve apercebeu-se da influência que seu meigo sorriso e sua branda súplica exerciam no ânimo do colaço. Também a altivez nela era nativa; e já naquele tempo sentia o prazer especial da dominação. Habituou-se, pois, a esse doce império, que em breve transformou os dois teimosos nos melhores camaradas.

É certo que lá vinham ainda de vez em quando uns choques entre a menina caprichosa e o rapazinho arisco; mas dissipavam-se logo essas nuvens, e Flor reassumia o despotismo de sua garridice afetuosa.

Justa descobrira enfim o meio infalível de impedir as estrepolias do filho, contra as quais nada valiam seus rogos e lamentaços. Bastava que Flor chamasse Arnaldo com a mãozinha ou com a voz maviosa para que o menino esquecesse a mais gostosa travessura.

Estas recordações sucediam-se no espírito de D. Flor e a absorviam tanto, que ao dar cobro de si achou-se no poial da janela, onde não tinha lembrança de se haver sentado.

Vieram chamá-la para o jantar; mas ela, escudeira infatigável, protestou cansaço, para de novo mergulhar-se nestas cismas, que a consolavam do desacato do sertanejo.

Adolescência

O sol descambava.

D. Flor abriu as gelosias da janela e divagou os olhos pela floresta, que arreava-se então de toda a sua pompa vernal com a estação das águas.

Naquele extenso painel de verdura, cada árvore debuxava-se com uma forma e um matiz diverso. Viam-se todos os moldes da arquitetura desde a coluna e a pirâmide até a cúpula e o zimbório. O pincel do mais fino colorista não imitaria a gradação daquela admirável palheta desde o verde negro do jacarandá até o verde gaio do espinheiro.

Próximo à casa havia uma árvore seca, mas a exuberância da seiva, não consentindo que no seio da esplêndida transfiguração hibernal se destacasse um indício de ruína e perecimento, cobrira aquele esqueleto de um manto de púrpura, tecido com as flores de uma bignônia.

Um passarinho saltava do galho superior da árvore a outro mais baixo; e com esse voo compassado e alterno imitava perfeitamente o movimento da laçadeira, donde lhe veio o nome de *rendeira*, com que o designaram os povoadores.

D. Flor, acompanhando o gracioso afã do passarinho, distraiu-se outra vez, e foi de novo levada por misterioso fio às cenas da infância.

Quem sua imaginação via já não era o menino mal trajado e roto, com a cara coberta de poeira, os cabelos cheios de carrapichos, e as mãos sujas de sangue. Agora aparecia um rapazinho de 15 anos, rude como sertanejo que era, mas trazendo com certo garbo nativo as vestes de couro de veado, que seu pai lhe tinha feito.

Arnaldo estava então na adolescência. Já ajudava o pai a campear; mas desde aquele tempo manifestara-se sua repugnância para todo o serviço obrigatório, feito por ordem e conta de outro. Tinha ele paixão pela vida de vaqueiro, e passava dias e semanas no campo fazendo voluntariamente o trabalho de dois bons ajudantes, e entregando-se com entusiasmo a todos os exercícios daquele mister laborioso. Se, porém, lhe determinavam tarefa, desaparecia e ganhava o mato, onde se divertia a caçar.

Dois meninos tinham aumentado a sociedade infantil da Oiticica. Eram Alina, que ficara órfã pouco tempo antes, e fora com sua mãe recolhida por D. Genoveva, e Jaime Falcão, um sobrinho do capitão-mor, e também órfão, o qual esteve quatro anos na fazenda, até os 15 anos, em que foi para Lisboa viver na companhia do avô.

Esse Jaime, apesar de mais velho que Arnaldo, lhe ficava muito inferior na força, destreza, coragem e em todos os dotes físicos. Nos folguedos a cada instante revelava-se esta desigualdade que contrariava o vencido, e acabou por gerar um despeito concentrado.

Arnaldo não se ofendia com o afastamento, nem com as picardias de Jaime. Tomara-lhe amizade; e procurava todas as ocasiões de agradar-lhe. Até evitava mostrar a sua agilidade para não desgostar o companheiro. Tudo quanto possuia o vaqueirinho, fruta, pássaro, caça, era de Jaime, salvo se D. Flor o desejava, porque essa era a senhora de todos.

Jaime, porém, se era invejoso, tinha o brio e a dignidade de seu ressentimento. Embora fosse muita a cobiça por alguma novidade que Arnaldo trazia do mato, não a pedia, e oferecida, recusava-a. Era D. Flor que então acabava a briga: fazendo seu o objeto, o dava ao primo, que daquela mãozinha mimosa não se animava a rejeitá-lo.

Alina, mais moça do que os outros, e de gênio sossegado, não tinha ainda naquela sociedade infantil uma fisionomia própria, a não ser a sua risonha e afetuosa brandura. Só em um ponto sua vontade pronunciava-se: era quando os companheiros voltavam-se contra Arnaldo, porque então ela tomava seu partido e abraçava-se com ele, e chorava para enternecer os outros.

D. Flor reviu em sua imaginação aquele rancho de quatro crianças, os folguedos em que se entretinha, as zangas que às vezes o perturbava, para logo depois se desfazerem em novas festas e travessuras.

Então os quadros mais salientes desse viver jovial se desenharam em sua memória como painéis ainda vivos.

Uma parda, que fora ama de D. Genoveva, era a incumbida de acompanhar Flor e Alina quando estas saíam a passeio pelos arredores da fazenda. Já quebrada pela idade e também pelos achaques, a velha Filipa cansava logo e deixava-se ficar sentada ao pé de um algodoeiro, cujos capulhos ia cardando para entretaer o tempo.

Se D. Flor queria continuar, a velha que não sabia resistir ao rogo da feiticeira menina, dava o seu consentimento:

— Está bom: podem ir meus netinhos, mas, olhem lá, bem sossegados; e há de ser por aqui pertinho. Cuidado com o capeta do Arnao, que aquilo não é gente. Cruzes!... O Jaime, este é bom menino; sai ao pai, coitadinho, o defunto Sr. Lourenço Falcão, rapaz do meu tempo, que ainda me conheceu moça, quando eu era uma rapariga sacudida, que hoje não presto mais; estou uma velha coroca. Deus tenha sua alma, que foi um homem bom, mesmo pela palavra; só tinha que não podia ver cabeção de cacundê que não ficasse logo como pipoca na frigideira! Eu que o diga! Ai! ai! tempo!

Os meninos não ouviam senão as primeiras frases desta ladainha, o que não impedia a velha de a continuar até o fim; e era tal às vezes, que durava até a volta do rancho. Da recomendação faziam o mesmo caso; e seguiam Arnaldo que era o seu guia constante, aonde este os queria levar.

Uma tarde chegaram a um aberto, onde crescia uma touceira de catolezeiros, ainda novos. Um boi mal-encarado rodeava as palmeiras, e empinando-se conseguia alcançar os cachos com a boca e colher os frutos, de que o gado é mui guloso.

Flor, vendo as pinhas de coquinhos amarelos, cobiçou-os, e pediu os catolés. Arnaldo encaminhou-se à touceira. O boi, sentindo-lhe os passos, lançou-lhe de esguelha um olhar de ameaça, que não o atemorizou, mas tornou-o cauteloso. Dando volta e aproximando-se sutilmente, pôde o rapazinho apanhar uma porção de cocos, derrubados pelo animal.

Alina achou-os deliciosos; a filha do capitão-mor rejeitou-os desdenhosamente.

— Eu quero o cacho! — disse ela terminantemente.
— Pois vá querendo — respondeu-lhe Arnaldo resoluto.
— Ele está com medo do boi! — disse Jaime triunfante.
— Arnaldo não tem medo de nada! — acudiu Alina.

Flor, porém, que desejava ardentemente o acho de catolés, empregou o meio que ela sabia infalível para render Arnaldo. Pousando-lhe a mãozinha mimosa no ombro, disse-lhe com meiguice de rola:

— Tire um cacho pra mim, sim, Arnaldo? Tire que eu lhe quero muito bem.

— Pois então ponha-se no poleiro, que o boi é manhoso.

Arnaldo levantou as duas meninas e deitou-as de sobrado nos ramos das árvores; o Jaime deixou-se ficar no chão, mas, por segurança, junto ao pé do pau.

Quando o boi percebeu que Arnaldo ia direito aos catolezeiros, voltou-se raivoso; o rapazinho atirou um galho seco ao animal, que investiu furioso. As meninas gritavam estremecendo aos urros medonhos; e Jaime já estava de palanque para ver correr aquele touro.

Arnaldo esperou o boi a pé firme; seus companheiros, vendo o animal cair sobre ele, julgaram-no esmagado. Mas o intrépido vaqueirinho segurou os chifres da fera e saltou-lhe no cachaço.

Abalou-se o touro, e lá foi pelo campo aos corcovos, fazendo esforços desesperados para arrojar de si o rapazinho, que divertia-se com essa fúria vã. Afinal correu o boi para os catolezeiros e começou a esfregar o lombo no tronco das palmeiras, como um meio de arrancar o fardo das costas.

Logrou-o, porém, o menino, que erguendo-se em pé sobre a alcatra, alcançou o cacho de catolés e cortou-o. Depois do que, saltando em terra, veio apresentar a Flor a sua conquista, tão gloriosa como a dos pomos de ouro das hespérides.

Flor ainda estava pálida do susto que sofrera, e agradecendo a Arnaldo com a voz trêmula, distribuiu os cocos pelos companheiros.

— E você, Flor? — perguntou Arnaldo.
— Eu não devo comê-los, por meu castigo.

E lançando um olhar cheio de desejos ao cacho de

cocos, afastou-se sem prová-los, apesar das instâncias dos camaradas.

Outra vez foi à margem do Sitiá.

Era no meio do inverno; o rio com a cheia tinha uma torrente caudalosa e rolava com fragor medonho. O rancho aproximou-se receoso, parecendo-lhe que essa torrente empolada ia saltar de seu leito e arrebatá-lo.

Da outra banda um maracujazeiro dessa espécie delicada que ali chamam suspiro, prendendo-se aos galhos das árvores, formava entre lindas grinaldas de flores, um mimoso colar de seus lindos frutos dourados e fragrantes.

— Que bonitos maracujás! — exclamou D. Flor. — Quem me quisesse bem, não me deixava aguar com a vista deles.

— Não sou eu, disse Jaime.

— E você, Arnaldo?

— Mas ele morre! — exclamou Alina.

— Ora, que medos!

Arnaldo já não estava ali; tinha-se metido no mato para tirar a roupa, amarrando a camisa à cintura como uma tanga, e acabava de arrojar-se à corrente. Ele já conhecia esse rio, e tinha lutado com ele, quando mais criança.

O menino nadava com pausa, poupando suas forças e investigando com olhar rápido a veia do rio. Se algum madeiro enorme, arrancado pela cheia, vinha remoinhando pela água abaixo, ele mergulhava para escapar ao embate que o esmagaria. A travessia foi longa; e durante ela Flor e Alina ajoelhadas e de mãos postas rezavam pela salvação do camarada.

Quando Arnaldo alcançou terra e colheu os maracujás, que enrolou ao pescoço, elas sossegaram um pouco; mas preparando-se o rapazinho para voltar, recomeçaram os gritos; tanto uma, como a outra, suplicava-lhe que esperasse até passar a maior correnteza.

Arnaldo não lhes deu ouvidos e tornou afoitamente pelo mesmo caminho. Ao receber as frutas que ele trazia-lhe, Flor tinha o rosto perlado de lágrimas, e sorria-se da alegria de ver salvo o camarada. Dos maracujás ninguém comeu; ela os guardou como joias até que secaram de todo.

Nessa noite Flor pediu à mãe um cordão de ouro para o pescoço de Nossa Senhora, a quem o havia prometido.

O cumprimento dessa promessa deu causa a um novo e singular capricho da menina. Reparou ela que a Virgem da capela pisava a cabeça de um dragão, em cuja figura a tradição católica simbolizava o inimigo. Aquela circunstância ficou-lhe gravada, trabalhou-lhe no espírito e afinal deu de si. Um dia Flor lembrou-se de pisar a cabeça de uma cobra.

Os outros riram-se; mas Arnaldo achou aquilo muito natural.

No outro dia, quando saíam a passeio, o filho da Justa levou o rancho a um oitizeiro, onde mostrou-lhes a curiosidade que ali tinha guardada. Era uma cascavel amarrada pelo pescoço ao pé da árvore, e furiosa por escapar-se.

Jaime avistando a cobra quis matá-la, pelo que Arnaldo ia brigando com ele. Alina deitou a correr e Flor, apesar de corajosa, ficou um tanto passada.

— Não tenha medo; arranquei-lhe todos os dentes.

Dizendo o que, Arnaldo agarrou a serpente pelo pescoço, abriu-lhe a boca ensanguentada, e meteu nesta os dedos. Animada com isso, D. Flor aproximou-se, e segurando Arnaldo a cauda da cascavel para que não se enrolasse na perna da menina, satisfez esta o seu capricho, e calcou com o tacão de seu lindo borzeguim a cabeça do monstro.

Arnaldo cuidou nesse momento que via a Nossa Senhora da capela, porém ainda mais bonita do que estava na imagem.

Se o vaqueirinho tinha por devoção fazer todas as vontades de Flor, com risco de sua vida e até de seu pundonor, pelo castigo a que muitas vezes expunha-se, em troca não consentia que ninguém o privasse desse contentamento.

Foi essa a causa das brigas que teve com Jaime. Tudo suportava ele do outro com paciência; a convicção que tinha de sua vantagem, o tornava calmo e condescendente. Quando, porém, tratava-se de Flor, não havia ninguém mais teimoso e irritadiço.

Eis a prova.

Flor desejou uns ovos de anum que são, como todos sabem, muito lindos pelo azul celeste da cor, e muito cobiçados pelas crianças. Nessa tarde a menina estava amuada com Arnaldo; e talvez mesmo para fazer-lhe pirraça pediu a Jaime que fosse tirar um ninho feito em um tabocal.

Jaime apressou-se em satisfazer o pedido da prima:

— Não vai — disse Arnaldo.
— Por quê? — perguntou Jaime.
— Porque eu não quero.
— Ora!
— Há de ir! — disse Flor.
— Eu lhe mostrarei.
— Não vá, Jaime! — acudiu Alina suplicando e já com voz chorosa.
— Eu lá faço caso deste bezerro bravo! — exclamou Jaime com arrogância.

Arnaldo se postara diante da touceira de taquaras, para impedir o outro de passar. Jaime investiu por três vezes e de todas o vaqueirinho agarrou-o pela cintura e arremessou-o longe no chão.

Ainda quis voltar ao ataque; mas Flor o reteve. A menina estava muito irritada contra o seu colaço.

— Deixe, Jaime; chegando em casa eu mandarei tirar os ovos do ninho pelo Moirão. Quero ver, se isto pode com ele.

O *isto* foi pronunciado com um soberano desdém do lábio mimoso, que distendeu-se para indicar o filho da Justa.

— Este ninho, se o quiser, há de pedir-me a mim — disse Arnaldo.

— Não peço.
— Pois então fica sem ele.
— Vou pedir a meu pai.
— Não tenha este trabalho.

De um salto Arnaldo ganhou o tabocal e voltou com o ninho cheio de ovos, pois os anuns andam em bandos, em tal regime comunista, que até os filhos são promíscuos.

— Está vendo? — disse Arnaldo mostrando o ninho.

Foi tão forte a tentação de Flor à vista dos lindos ovos, azuis como turquesas, que a menina esteve por pouco a ceder de sua tenção; mas venceu o capricho. Ela voltou desdenhosamente as costas.

Arnaldo atirou o ninho ao chão e esmagou os ovos com o pé. Alina soltou um gritozinho de dor, lembrando-se dos passarinhos que ali se estavam gerando e das mãezinhas deles.

Flor levantou os ombros com desprezo.

— Há muitos ninhos de anuns — disse ela.

— Eu vou tirá-los todos, e quebrar os ovos, como fiz com este. Juro que você não há de ter nenhum.

Com este pensamento desapareceu.

Quando o rancho dos meninos chegava à casa, apareceu-lhe Arnaldo, com uma coleção de ninhos de anuns.

— Está vendo? — disse a Flor, fazendo menção de arrojar os ovos ao chão.

A menina não resistiu mais; a contrariedade de seu desejo, ela a dominaria; mas foi vencida pela pena que lhe inspiravam as vítimas inocentes de seu capricho e da impiedade de Arnaldo.

— Dê-me, Arnaldo! — disse estendendo a mão.

O rapaz entregou-lhos todos, esquecido já da pirraça da menina.

Flor, porém, não lhe perdoou facilmente esse triunfo. Se desde aí não pediu mais a Jaime coisa alguma, também por muito tempo evitou de manifestar o menor dos seus desejos a Arnaldo.

ANHAMUM

Ao tempo destas cenas de infância, que reviviam agora na memória de D. Flor, o sertão de Quixeramobim era infestado pelas correrias de uma valente nação indígena, que se fizera temida desde os Cratiús até o Jaguaribe.

Era a nação Jucá. Seu nome, que em tupi significa *matar*, indicava a sanha com que exterminava os inimigos. Os primeiros povoadores a tinham expelido do Inhamuns, onde vivia à margem do rio que ainda conserva seu nome.

Depois de renhidos combates, os Jucás refugiaram-se nos Cratiús, de onde refazendo as perdas sofridas e aproveitando a experiência anterior, se lançaram de novo na ribeira do Jaguaribe, assolando as fazendas e povoados.

Não se tinham animado ainda a assaltar a Oiticica, onde o capitão-mor estava pronto a recebê-los; mas seus insultos eram constantes. Não se passava semana em que não matassem algum agregado da fazenda, ou não queimassem plantações.

Resolveu o capitão-mor Campelo castigar esse gentio feroz; e saiu a manteá-lo com uma numerosa bandeira, em que lhe servia de ajudante o Louredo, pai de Arnaldo, que era vaqueano de todo aquele sertão.

Com tal astúcia manobrou o vaqueiro que os Jucás, apanhados de surpresa, foram completamente destroçados, ficando prisioneiro seu chefe, o terrível Anahmum, nome que na língua indígena significa *irmão do diabo*.

Desamparado pelos seus, o formidável guerreiro defendeu-se como um tigre, e só rendeu-se quando o número dos inimigos cresceu a ponto de submergi-lo. Então mandou o capitão-mor amarrá-lo de pés e mãos e conduzi-lo à Oiticica, onde foi metido no calabouço.

Arnaldo não fez parte da bandeira; o Louredo não o quis levar consigo, e ele submeteu-se à vontade paterna. Assistira, porém, a todo o combate como simples curioso; e viu o denodo do valente Anhamum, que lhe ganhou a admiração e a simpatia.

O rapaz tinha lá para si que os índios não faziam senão defender a sua independência e a posse das terras que lhes pertencia por herança, e de que os forasteiros os iam expulsando. Fora esta a razão por que não se empenhara em combatê-los.

Quando ao voltar à Oiticica ouviu dizer aos bandeiristas que o chefe dos Jucás estava no calabouço e ia ser supliciado no dia seguinte com estrépito, para exemplo e escarmento do gentio, Arnaldo revoltou-se e protestou a si mesmo salvar Anhamum.

A intenção do capitão-mor fora efetivamente em princípio fazer do suplício do selvagem um espetáculo de incutir o terror, convocando para assistir a ele todos os moradores conjuntamente com dois outros índios prisioneiros, que levariam aos seus a notícia das torturas infligidas ao chefe.

Mudou, porém, de ideia o Campelo, e resolveu meter Anhamum em uma gaiola de ferro, como se faz com os tigres, e enviá-lo a Lisboa com um procurador, que de sua parte oferecesse a El-rei essa preciosa curiosidade do sertão, ornado de todos os seus petrechos bélicos e insígnias de chefe.

O calabouço da fazenda ficava na extremidade do quartel. Era um poço ou cisterna coberta por alçapão feito de pranchas de pau-ferro, que três homens robustos levantavam com esforço por meio de dois moitões onde passavam as correntes.

Foi aí que atiraram Anhamum. Ao conduzi-lo, Moirão, que era o cabo da escolta, querendo obrigar o selvagem a deixar o passo grave e consertado para andar mais ligeiro, travou do penacho de plumas de canindé que o chefe trazia à cabeça pregado com resina de almécega, e puxou-o para diante.

Anhamum deitou-lhe um olhar terrível e não deu mais um passo. Foi preciso arrancá-lo dali, e carregá-lo até o calabouço, onde o lançaram.

Descido o alçapão, o Aleixo Vargas deitou-se por cima dizendo:

— Se tu és irmão do diabo, caboclo mofino, pede a ele que te tire daqui.

Fechou-se a noite. Arnaldo desde a tarde trabalhava na empresa em que se empenhara.

Tinha ele meses antes descoberto no sopé da colina em que estava construída a casaria da herdade, um profundo socavão, formado pelo enxurro das águas. A primeira vez que rompendo a balsa, descobriu essa cova, deu-lhe curiosidade de conhecê-la e penetrou dentro.

Era uma galeria subterrânea, que subia em ladeira até as grossas raízes de uma árvore secular, entre as quais ficava uma pequena abóbada esclarecida por um óculo superior. Reconheceu Arnaldo naquela árvore a oiticica do terreiro e compreendeu como se havia formado o corredor subterrâneo.

Um dos três estipes em que se dividira desde a raiz o tronco da árvore secular, brocado pelo cupim, ficara reduzido ao córtice, que entretanto ainda absorvia bastante seiva para nutrir os ramos superiores. As chuvas enchiam esse grosso tubo que fazia o efeito de uma calha ou bica, e ia despejar no seio da terra a sua corrente. A erosão das águas, buscando uma saída, havia minado o solo e formado a galeria, pela qual só agachado podia um homem passar.

Lembrou-se Arnaldo que a meio do corredor ouvira o eco de vozeria que lhe pareceu dos acostados e bandeiristas; do que induziu que estava embaixo do quartel. Foi essa lembrança que o levou naquela tarde a examinar de novo a galeria e estudar a sua direção.

Verificou sua primeira suspeita. O corredor passava por baixo do quartel e ao lado do calabouço. Cavando uns palmos à sua esquerda, deu com a muralha da cisterna, e sem mais demora começou a arrancar a argamassa com a ponta da faca e a tirar os tijolos.

À meia-noite estava concluído o seu trabalho e feita a brecha. Mal tirara o último tijolo sentiu um sopro nas faces e o contato de uma mão forte, como a garra de uma onça. Anhamum ouvira o rumor, percebera a natureza do trabalho, e, sem compreender a quem devia a salvação, esperou-a.

Arnaldo conduziu o selvagem fora da caverna sem trocar uma palavra, ali apontou-lhe a floresta, pronunciando uma palavra tupi:

— *Taigoara!*

O rapazinho não sabia a língua dos selvagens; mas retivera algumas palavras e uma delas era essa, que significa *livre*.

O selvagem, com um dente de seu colar de guerra, sarjou a pele, fazendo uma marca simbólica por cima do peito esquerdo, e afastou-se proferindo uma palavra cujo sentido Arnaldo ignorava.

— *Coapara.*

Só depois veio a saber o rapaz que esse vocábulo traduzia-se em português por camarada, mas queria dizer tanto como amigo dedicado.

No dia seguinte, Flor apareceu triste, com pena do selvagem que supunha condenado a morrer. Arnaldo, para desvanecer essa mágoa, contou em segredo à menina que ele tinha livrado o chefe dos Jucás da prisão.

Poucas horas depois descobriu-se a evasão que deixou tonto por muitos dias ao nosso amigo Moirão. Desde então deu ele por provado que Anhamum era de fato irmão do diabo; do que duvidara até ali por não lhe constar que Satanás, o verdadeiro, fosse caboclo.

Não se explicava a evasão do selvagem. O alçapão não fora aberto; Aleixo Vargas dormira em cima; a cisterna estava intacta; somente notou-se que a argamassa de um lado estava fresca; mas atribui-se à umidade.

O capitão-mor estava no auge da sua ira sempre formidável, e embora repelisse a ideia de atrever-se alguém a auxiliar a fuga do selvagem, protestava, se tal coisa houvesse acontecido, condenar o criminoso a ser enterrado vivo.

No meio das indagações que fazia o potentado, apareceu D. Flor, que, ouvindo falar do acontecimento, exclamou:

— Eu sei quem foi!

— Quem deu escápula ao gentio? — perguntou o capitão-mor.

— Sim, meu pai. Foi Arnaldo.

O capitão-mor, ouvindo esse nome, voltou-se com um senho terrível para o rapazinho também ali presente:

— É verdade! — disse o filho do Louredo tranquilamente.
Flor não medira o alcance de suas palavras. Maravilhada com o heroísmo de seu camarada, cuidou que os outros o admiravam como ela, e quis restituir a glória da proeza a seu desconhecido autor.

O capitão-mor desprendera o seu grosso e pesado riso.

— Então foste tu, pirralho?... Ora já viram!

— Não foi ele não, meu pai! — acudiu Flor, que havia caído em si. — Eu estava brincando!

— Que não foi ele, bem o sei, e ainda bem, que essa graça lhe custaria a pele e os ossos.

Fora o prodigioso da empresa que salvara Arnaldo. Se para um homem forte já a consideravam desmarcada, como acreditar que a praticasse um menino?

Arnaldo não dirigiu a Flor a menor exprobração. Foi a menina que, desvanecido o susto, aproximou-se dele para dizer-lhe em segredo:

— Você ia morrendo por minha causa, Arnaldo.

O rapazinho fitou nela os olhos.

— E por quem hei de eu morrer, Flor?

A menina corou e esteve todo esse dia preocupada.

Por essa época morreu o Louredo. Tinha ele feito uma pequena ausência na fazenda; na volta deitou-se como de costume em sua rede, embrulhou-se nela e no dia seguinte acharam-no morto.

Arnaldo sofreu profundamente com este golpe. Todos os sentimentos desse menino tinham a pujança e energia de sua organização, o amor como o ódio, a ternura como a ira, eram nele paixões violentas, veradeiras irrupções d'alma.

Pouco depois completou Flor 14 anos; e desde então um impulso natural começou a separá-la da companhia e intimidade em que até ali vivera com Jaime e Arnaldo. O instinto feminino que desenvolvia-se com a adolescência inspirava-lhe o recato. Já não se animava a passear só pelo mato com o primo ou o colaço, nem consentia que eles a suspendessem nos braços, como faziam outrora.

Não pensava ela que houvesse algum mal nesses folguedos a que se entregava dantes com tanto prazer; mas agora causavam-lhe uma perturbação, que de certo modo ofendia a sua altivez nativa. Por isso esquivava-se às excursões e passeios, demorando-se mais ao lado de sua mãe, para fazer-lhe companhia.

Alina, que tinha gênio mais romanesco, inventava aventuras caseiras, para substituir as travessuras campestres.

Na novela ou auto da loura menina, Flor vinha a ser princesa ou rainha, cuja formosura enchia o mundo com sua fama, e cuja mão era pretendida por todos os príncipes cristãos. O mais belo, e também o mais bravo desses campeões, era o príncipe por excelência, representado na pessoa do sobrinho do capitão-mor.

Ora, a princesa tinha sua dama, assim como o príncipe devia ter seu pajem. Esses dois papéis tocavam a ela Alina e a Arnaldo, parecendo-lhe de razão que os criados fiéis se reunissem como acontecia nos romances pelo mesmo sentimento que prendia os amos, de modo que em vez de um houvesse dois casamentos. Este desfecho, porém, a autora não o divulgava, deixando que o fio dos acontecimentos o inspirasse.

Tal era o quadro da novela imaginada por Alina. Teve, porém, de sofrer duas alterações. Flor não admitiu Jaime como pretendente à sua mão e assinou-lhe o papel de príncipe irmão. Quanto a Arnaldo era um pajem sempre ausente, em recados, e que só figurava na imaginação da órfã. O vaqueirinho ignorava completamente o romance de Alina, e vindo a sabê-lo, é de crer que não tolerasse o papel subalterno que lhe haviam distribuído, além de comprazer-lhe mais a solidão da floresta do que o terreiro de casa.

Era aos domingos que se faziam as representações da novela, sempre dirigidas por Alina. Em uma dessas condescendeu Flor com os rogos da companheira, e consentiu figurar de noiva. Improvisou-se então um oratório; arvorou-se uma rapariguinha em padre, vestindo-se-lhe uma saia preta atada ao pescoço, e começou a cerimônia.

Apresentou-se D. Jaime, como campeão vencedor em um torneio imaginário; exaltou suas proezas e a formosura de D. Flor. Depois do que, oferecendo o braço à princesa, avançaram os dois com passo de procissão. Alina, como dama da princesa, carregava a cauda de seu manto real; seguiam-se uma guarda de honra composta de uns seis meninos montados em cavalos de talos de carnaúbas, armados com espadas de taquara, e um bando de crianças de todas as cores e tamanhos, crias da fazenda, endomingados especialmente para essa festa. No coice vinha a velha Filipa fazendo mil visagens.

O préstito devia dar duas voltas ao terreiro para dirigir-se ao altar. Ao começar a segunda, apareceu Arnaldo, que trazia um casal de jaçanãs para Flor. Dando com a procissão parou surpreso, e compreendeu logo a natureza do brinquedo, que os outros aliás trataram logo de explicar.

Esteve o menino uns instantes perplexo; de repente saltou sobre Jaime, separou-o de Flor, atirou com ele no chão arrancando-lhe as fitas de que vinha enfeitado; correu depois ao altar que deixou em destroço; e sumiu-se.

Passou fora oito dias.

Foi dessa vez que, vagando pelo campo do lado do Riacho do Sangue, encontrou atirado ao chão um homem nos últimos arrancos.

Arnaldo perguntou-lhe o que tinha:

— Sede! — respondeu o morimbundo com a voz extinta.

Cortou o menino uma haste de mandacaru, e tirando os espinhos, espremeu-a na boca do desconhecido, para aplacar o maior ardor, enquanto ia à busca de uma cacimba, pois era pela seca e os rios já tinham desaparecido.

Reparou então o menino que o velho tinha as mãos atadas às costas:

— Quem o amarrou?

— Eu mesmo.

Ao gesto de espanto de Arnaldo, acrescentou:

— Eu queria morrer. Mas é horrível!...

Resolvido a deixar-se morrer, o velho armara um laço, cruzara os pulsos nas costas, e metendo-os na corda, fizera disparar o nó que lhe atara as mãos.

Assim, ainda quando quisesse buscar água para matar a sede, não poderia. Condenara-se à mais atroz das mortes, e já tinha sofrido terrível suplício quando o menino o encontrou.

Arnaldo salvou o infeliz e o persuadiu a acompanhá-lo. Jó, pois era ele, sentira desde logo uma atração irresistível para esse menino; sua existência, que nada já prendia à terra, achara ali um elo misterioso. Deixou-se conduzir e governar por aquela criança.

O vaqueirinho levou Jó à casa materna. A Justa agasalhou o velho, enquanto o filho construía para seu amigo a cabana da várzea. Nunca soube-se na Oiticica donde viera esse desconhecido; dele apenas se obteve esta informação vaga:

— Eu tinha uma cabana no Frade; os malditos puseram-lhe fogo para queimar-me vivo.

Jó serviu de mestre a Arnaldo. Sentado à soleira da cabana, durante as noites esplêndidas do sertão, o velho deixava que o pensamento divagasse pela intensidade do céu e da terra, e vazava no espírito ávido do sertanejo todos os tesouros de sua experiência.

Arnaldo tinha partilhado das lições que o padre capelão dava a Flor, Alina e Jaime; mas sabidas as primeiras letras, o haviam tirado da escola, visto que um vaqueiro não carecia de mais instrução, e essa mesma já era luxo para muitos que se contentavam em saber contar pelos riscos de carvão.

Foi de Jó que recebeu o menino conhecimentos irregulares, sem método e ligação, porém muito superiores aos que se encontravam no sertão por aquele tempo em pessoas do povo. Entre muitas coisas, ensinou-lhe o velho a língua tupi, na qual era versado.

Suspeitava Arnaldo que havia na existência do velho um doloroso mistério; mas respeitava-o, e essa reserva foi talvez uma das causas da grande afeição que inspirou ao infeliz ancião.

A VIÚVA

Tornando à fazenda depois de oito dias de ausência, Arnaldo andava arisco e sem ânimo de aproximar-se de Flor.

Receava-se do ressentimento que a menina devia conservar contra ele por causa do desbarato a que reduzira a festa e o altar do casamento. Assim andava por longe, espiando às ocultas a formosura de sua santa, e matando as saudades que tinha curtido naqueles últimos dias.

A primeira vez que ousou chegar-se para os companheiros, Flor atirou-lhe desdenhosamente estas palavras:

— Bicho do mato!

— Onde andou você todo este tempo, Arnaldo? — perguntou Alina queixosa.

— Ainda você pergunta? Esteve com os seus companheiros, dele, os caitetus. Isto não sabe viver entre gente.

Arnaldo não respondeu. O que Flor dizia era a verdade; ele nascera para habitar no seio das florestas; era sertanejo da gema.

Jaime pouco mais demorou-se na fazenda. O capitão-mor aproveitou a partida de um parente seu do Aracati para enviá-lo a Lisboa, onde o esperava o avô.

De novo espalhou-se o terror pelos campos de Quixeramobim. Anhamum, o feroz chefe dos Jucás, voltara à frente de quinhentos arcos, e desta vez para assaltar a Oiticica e tirar a desforra.

Logo divulgou-se a notícia, o capitão-mor preparou-se para receber os selvagens, os quais não se fizeram esperar. Uma noite chegaram eles à margem do Sitiá e anunciaram-se pela sua formidável pocema de guerra. No dia seguinte as casas da fazenda estavam cercadas.

Por muitos dias não fizeram os selvagens a menor demonstração hostil; sentia-se que eles estavam perto, mas não se mostravam a descoberto. Esperavam ocasião azada para investir, ou queriam obrigar os sitiados a uma sortida.

Nisto deu-se por falta de duas pessoas na fazenda: Arnaldo e Aleixo Vargas. A crença geral foi que tinham ambos caído nas mãos dos Jucás e já todos lamentavam a sua perda. Flor derramou lágrimas sentidas e copiosas por seu colaço e a pedido dela o capitão-mor ordenou uma sortida com o fim de livrar os dois prisioneiros, se ainda o fossem, e já não estivessem mortos.

Eis o que havia acontecido.

Arnaldo espiava o acampamento selvagem, à espreita de uma ocasião para encontrar-se com Anhamum. O rapaz tinha seu plano. Nisto Moirão levado pela curiosidade, afastou-se da casa mais do que devia, e foi empolgado pelos índios, que o levaram à ocara.

Viu Arnaldo que o Moirão estava perdido, e arrastado por um impulso de seu coração generoso, cuidou em salvá-lo. Os Jucás, entretidos com o prisioneiro, não sentiram que eram seguidos às ocultas. Assim conseguiu chegar o vaqueirinho à ocara, onde logo acudiu Anhamum, avisado pelos brados de seus guerreiros.

Saltou-lhe Arnaldo em face, e apontando para o peito esquerdo do chefe, repetiu a palavra que este pronunciara seis meses antes, na noite de sua evasão.

— *Coapara*!

Anhamum dirigiu ao rapaz um floreio de seu arco, saudação devida a um guerreiro ilustre; e depois uniu-se a ele, costa com costa, para significar-lhe a união em que estavam, o que era o mais estreito abraço da amizade.

Seguiu-se depois o diálogo da hospitalidade.

— Tu vieste?

— Vim.

— Sê bem-vindo ao campo de Anhamum, a quem salvaste.

A esse tempo já os índios tinham despido o Moirão e distribuído as várias peças do seu vestuário que foram imediatamente reduzidas a tiras para servirem de faixas e cintas guerreiras.

Arnaldo exigiu de Anhamum duas coisas: primeiro, que ele não levantaria seu arco nunca mais contra os donos da Oiticica; segundo, a entrega do Aleixo Vargas. Anhamum preferia que o seu camarada lhe pedisse uma orelha, um olho, ou metade de seu sangue; mas não podia recusar nada ao seu salvador.

Nesse mesmo dia o chefe dos Jucás levantou a taba e Arnaldo voltou à Oiticica conduzindo o Vargas. O que ele não levou foi a roupa deste, e o nosso amigo Moirão para fazer uma entrada decente teve de embrulhar-se em folhas de banana, o que deu-lhe ares de uma enorme moqueca.

Depois destes acontecimentos, Arnaldo, por mais de uma vez, foi à taba dos Jucás, levantada à margem do rio a que eles deram o nome; e sua amizade com Anhamum estreitara-se ainda mais, com os mimos de armas que lhe fizera.

O chefe dos Jucás dera-lhe uma seta de seu arco, em penhor de aliança.

— Quando careceres do braço de Anhamum, envia-lhe esta seta que ele correrá a defender-te.

De dia em dia as relações entre os dois colaços foram afrouxando, à medida que Flor tornava-se moça. A juventude que prendia mais a donzela à sala, por outro lado, arrojava mais o sertanejo para o deserto.

Flor só o via de longe em longe; tratava-o, porém, com um modo afetuoso e muitas vezes, quando a ausência prolongava-se, ela o recebia com alguma demonstração mais expansiva, como sucedeu na sua volta do Recife.

Eram estas as recordações que a donzela ainda repassava na memória, recostada à janela, no momento em que arnaldo a avistou. Depois vieram as reminiscências dos últimos tempos até aquela tarde, em que o sertanejo excedera-se a ponto de forçá-la quase a um ato violento.

Tornando a si desta longa interrogação do passado, a donzela aterrou-se ante uma ideia que surgiu-lhe de chofre. Essa afeição que tinha a Arnaldo seria mais do que a simples amizade de uma irmã de criação por seu companheiro de infância?

Não. Ela, a filha do capitão-mor Campelo, não podia ver em um vaqueiro outra coisa senão um agregado da fazenda, ao qual dispensava um quinhão da estima protetora, que repartia com seus bons servidores, como a Justa, a Filipa e outros.

Daí em diante cumpria-lhe manter a distância que a separava do seu colaço, para que este não a esquecesse outra vez, e de um modo tão grosseiro. Sentiu que havia de custar-lhe bastante envolver Arnaldo, a quem sempre distinguira com sua afabilidade, no mesmo trato frio e imperativo que usava com a gente da fazenda. Mas assim era preciso, e assim havia de ser.

Nunca a sua proteção faltaria a Arnaldo. Todos os sacrifícios ela os faria, sendo necessário, para poupar-lhe um desgosto, e auxiliá-lo nos trabalhos da vida. O que vedava-lhe o seu decoro era a confiança e familiaridade, em que até ali havia consentido com tamanha imprudência.

A resolução da donzela e o esforço que lhe tinha custado refletiam-se em sua fisionomia severa e altiva, quando ao toque de ave-maria, ela saiu ao terreiro e foi beijar a mão dos pais.

Arnaldo a seguira com os olhos cheios d'alma. A donzela, ao voltar-se, avistara-o; mas desviou dele a vista, sem a menor perturbação ou sobressalto, com uma indiferença plácida e fria, que traspassou o coração do sertanejo.

Adivinhou que Flor acabava de separar-se dele para sempre.

Depois de Trindades, D. Genoveva chamou a filha e levou-a à presença do capitão-mor, que esperava sentado no canapé.

— D. Flor, minha filha, a senhora chegou à idade de tomar estado; e nossa obrigação era procurar-lhe um marido, digno por suas prendas de merecer aquela a quem mais prezamos no mundo. Lembramo-nos de seu primo Leandro Barbalho, do Ouricuri, filho do falecido Cosme Barbalho, homem de prol, a quem o filho não desmentiu nas obras:

— Aceito; meu pai; basta ser de sua escolha, para que eu o tenha no melhor conceito.

Campelo comunicou à filha que nesse mesmo dia despachara um portador com carta ao Leandro Barbalho, o qual breve estaria na Oiticica, e agradando a D. Flor, como era de esperar, se trataria logo das bodas.

O que não disse o capitão-mor foi o motivo de tamanha pressa. Não lhe saía da lembrança o dito de Fragoso; e receoso de que pela intercessão de algum santo, ou por artes ocultas, conseguisse o despeitado mancebo abrandar-lhe o ânimo, pensou que o melhor esconjuro contra esse malefício era casar quanto antes a filha.

D. Flor, que outrora assustava-se com a ideia do casamento, aceitou-a nessa ocasião com um modo pressuroso que não lhe era habitual. Porventura entrevia ela na sua aliança conjugal um apoio para a resolução que tomara, e da qual ainda receava desviar-se?

À noite, pouco antes do toque de recolher, chegaram à Oiticica dois viajantes: uma dama que trajava de luto ajoelhou-se aos pés do potentado.

— Sou uma desventurada, que vem pedir ao Sr. capitão-mor Campelo, como pai dos pobres e a Providência destes sertões, agasalho e proteção contra seus perseguidores.

— Agasalho terá, que a ninguém se nega na Oiticica; proteção, a darei se a merecer; mas primeiro diga para o que a pede, mulher!

— É tarde, e eu não quero pagar com incômodo da família a hospitalidade que Vossa Senhoria me concede. Se o Sr. capitão-mor dá licença, eu deixarei para amanhã relatar-lhe minhas desgraças.

— Amanhã a ouviremos.

D. Genoveva já tinha dado ordem para preparar-se um aposento, no qual foi ela própria, com Flor, instalar a dama, que lhes captara as simpatias, não só por sua desventura, como por seu modo, ao mesmo tempo digno e modesto.

Quando a desconhecida ergueu o crepe que a velava de dó, sua beleza deslumbrante produziu nas duas damas um movimento de ingênua admiração. Não se recordavam de ter visto semblante tão formoso. Flor era aos olhos da mãe o tipo da graça e da gentileza; mas não tinha a fascinação que derramavam os olhos negros e aveludados da desconhecida.

Soube então D. Genoveva que sua hóspede chamava-se Águeda, e era viúva. Como, porém, com a lembrança recente de seu infortúnio desatasse em pranto, a fazendeira depois de a consolar, retirou-se para não perturbar-lhe o repouso de que devia carecer.

No outro dia, logo pela manhã, veio Águeda à presença do capitão-mor, trazida por D. Genoveva, a qual a animava com a esperança de obter a proteção que viera solicitar do dono da Oiticica.

— Diga o seu agravo, mulher, e conte que lhe faremos justiça, determinou o capitão-mor com a gravidade de um desembargador daquele tempo, que os de hoje são mais gaiteiros.

— Com a justiça infalível do Sr. capitão-mor conto eu, que a sua fama corre todo este sertão, e não há quem não a conheça e louve e respeite, pois nunca faltou ao pobre e desvalido; e assim não abandonará esta mísera viúva, que vivia afortunada e na abastança, mas agora aqui está a seus pés, desgraçada, sem marido, sem abrigo, na maior penúria, e tudo por quê? Só porque na sua casa venerava-se acima de tudo o nome do capitão-mor Gonçalo Pires Campelo.

— Que diz, mulher? — exclamou o dono da Oiticica com um estremeção que fez estalar a poltrona.

— É a verdade, sr. capitão-mor. Vossa Senhoria talvez não se lembre de meu marido, o Tomaz Nogueira?

— O Tomaz Nogueira? — repetiu o capitão-mor, interrogando a memória.

— Da Barbalha — acrescentou a viúva.

O fazendeiro consultou com o olhar a D. Genoveva, ao capelão e ao ajudante, que eram os três arquivos ou canhenhos dos fastos de sua vida; mas nenhum recordava-se do nome pronunciado pela viúva.

— Meu marido conheceu o Sr. capitão-mor Campelo no Icó, de vista, que de fama já o conhecia desde pequeno; e tal era a veneração que tinha por Vossa Senhoria que muitas vezes me dizia: "Olha, Águeda, se não fosse minha mãe estar já tão velhinha e não querer por coisa alguma sair da Barbalha, com certeza mudava-me para o Quixeramobim só para ter o gosto de servir ao capitão-mor Campelo. Aquilo é que é homem! El-rei escreve a ele todos os anos com muitas partes para agradá-lo, porque tem medo que o capitão-mor não tome para si todo o sertão, com esta capitania do Ceará e mais a de Pernambuco. Que isto é só ele querer. El-rei bem sabe". E era uma vontade tão grande que estava sempre a repetir.

— Tenho uma lembrança de seu marido, mulher — disse o capitão-mor. Parece-me que o vi no Icó, numa festa.

— É isso mesmo!

O Campelo não se recordava de tal Nogueira; mas entendeu que não podia ser alheio a um homem, que tinha por sua pessoa aquele profundo acatamento.

— Que aconteceu então a seu marido?

— Apareceu na Barbalha este ano um tal Proença que foi toda a nossa desgraça.

— Um conhecido por Vareja? — perguntou Campelo.

— O próprio. Esse homem não sei por que tinha raiva do Sr. capitão-mor, e então foi meu marido quem pagou; porque um dia apresentou-se em nossa casa com três cabras, e intimou ao Sr. Nogueira que pusesse a boca em Vossa Senhoria, e o chamasse já e já de... Não me atrevo a dizer.

— Há de atrever-se, mulher, que lhe ordenamos nós. Chamasse de quê?

A viúva fez um esforço:

— De sapo cururu.

O capitão-mor que já a custo sofreava a cólera, saltou como uma explosão:

— Agrela, mande já sem demora encilhar os cavalos, que eu não durmo enquanto não ensinar o cabra! Vá aprontar a minha maca, D. Genoveva. Não ouve, senhora?

Enquanto a mulher e o ajudante saíam a cumprir suas ordens, o capitão-mor cruzava o terreiro a largos passos, sôfrego de montar a cavalo. Amainando a refega da ira, caminhou para a viúva, que ficara imóvel no mesmo lugar:

— E seu marido que fez, mulher?

— Nogueira? Não tinha que saber. Disse e repetiu que o Sr. capitão-mor era o primeiro homem do mundo e a Providência desta terra, pelo que o havia de louvar sempre. Foi então que o malvado gritou: "Pois eu faço tanto caso dele como de um surrão velho, e toma lá a prova". Matou meu marido, deitou fogo na casa...

Os soluços e lamentações da viúva eram abafados pela voz do capitão-mor, que retumbava:

— Meu bacamarte, D. Genoveva! Onde estão estes cavalos? Pegou no sono, Agrela? Anda com estas botas, negro do inferno?

Esse Vareja era um sujeito de Russas. Tendo uma vez dito que o Campelo não era capitão-mor às direitas, por isso que o Quixeramobim ainda não subira a vila; e sabendo disso o potentado, mandou-o chamar, com o que tal medo tomou, que desapareceu, e não houve mais novas dele.

Por aqui se avaliará da gana que devia ter o capitão-mor, de agarrá-lo para pagar-se do novo e do velho.

D. Genoveva, apesar de habituada a estas sortidas, afligira-se com aquela partida tão precipitada. A ausência do Campelo naquela ocasião a assustava: nem ela sabia por qual motivo. Entretanto não se animando a opor-se diretamente à resolução do marido, incumbiu a D. Flor dessa difícil missão.

A donzela exercia no ânimo do pai decidida influência, e isso provinha do dom que ela tinha de identificar-se com a sua vontade, de modo que cedendo-lhe, pensava o capitão-mor que cedia a si mesmo.

D. Flor não usou de nenhuma das razões em que a mãe insistira; não empregou argumento de família. Abundou no sentimento do pai; mas confessou-lhe que admirava-se de sua partida.

— Por quê?

— É dar muita importância a um vilão. Basta que mande buscá-lo por uma escolta. Que não dirão quando souberem que o capitão-mor Campelo abalou-se de sua fazenda para prender um bandoleiro?

— Pois mandarei o Agrela.

— Isto sim.

Nesta conformidade, deu o capitão-mor suas ordens; e o ajudante preparou-se para sair naquela mesma hora com uma escolta de cinquenta homens.

Arnaldo chegava nesse momento, e a primeira vez que viu Águeda, experimentou uma sensação estranha, que se poderia chamar de acerba admiração. A esplêndida beleza dessa mulher, que o arrebatava a seu pesar, fazia-lhe mal, como se o fulgor que dela irradiava lhe queimasse a alma.

Quando o sertanejo soube da próxima partida do Agrela, ficou preocupado. Podia o ajudante demorar-se na expedição, e nesse tempo voltar o Fragoso de Inhamuns.

Antes de meio-dia partiu a escolta. Já ia na várzea, quando saiu-lhe ao encontro Arnaldo, que aproximou do cavalo de Agrela o seu.

— Preciso falar-lhe, Sr. ajudante.

— Da parte do Sr. capitão-mor? — perguntou Agrela secamente.

— Da minha.

— Que negócio pode haver entre nós? — tornou o ajudante surpreso.

— O serviço dos donos da Oiticica — respondeu Arnaldo com o tom firme.

Agrela inclinou a cabeça com um sinal adesivo e demorou o cavalo, acenando à escolta que passasse adiante. Quando se acharam sós, voltou-se para o sertanejo.

— O que há?

— O Sr. Agrela não me gosta; não sei a razão, nem a pergunto. Eu por mim não lhe quero mal, e espero que ainda havemos de ser amigos.

O ajudante comoveu-se com essa linguagem singela e nobre:

— Estimarei que assim aconteça.

— Mas não se trata de nós agora. A Oiticica vai ser atacada.

— Por quem? — perguntou o ajudante surpreso.

— Pelo Marcos Fragoso.

— Como sabe?

— Sei; é quanto basta.

— Já avisou ao Sr. capitão-mor?

— Não; e nem o avisarei.

— Por quê?

— Talvez me engane. Demais, esse Fragoso é meu inimigo, e não posso denunciá-lo.

Agrela era homem para compreender semelhante suscetibilidade.

— Que devo eu fazer então? — perguntou ao sertanejo.

— Voltar quanto antes.

— Conte comigo.

Os dois mancebos despediram-se. Eram duas almas nobres que sentiam-se atraídas pela estima recíproca; mas os acontecimentos as tinham separado, lançado entre elas um germe de desconfiança.

Apartando-se do ajudante, Arnaldo esteve algum tempo a refletir, e encaminhou-se para a gruta.

— Um de nós deve partir.
— Para onde? — perguntou Jó.
— Para a taba dos Jucás.
— Dá-me a seta.

A TRAMA

Três dias tinham decorrido depois da partida de Agrela para a Barbalha.

Águeda insinuara-se por tal modo na afeição de D. Flor que esta não a deixava, nem fartava-se de sua conversação agradável e sedutora. Alina tinha ciúmes dessa preferência e afastava-se queixosa e arrufada. Assim passavam as duas a maior parte do dia a sós.

De seu lado também Arnaldo observava com inquietação e desgosto essa intimidade de D. Flor com a viúva.

A beleza de Águeda continuava a produzir no mancebo a mesma acre sensação: ele não podia perdoar a esta mulher o encanto e sedução com que à primeira vista ofuscava a lindeza de D. Flor.

Quando as contemplava juntas, ele reconhecia que a formosura da donzela era uma flor do céu, pura e imaculada, respirando a fragância de sua alma angélica. O brilho dos grandes olhos pardos tinha a limpidez do rútilo das estrelas; o sorriso dos lábios de nácar abria-se como um doce arrebol da manhã; e as faces acetinavam-se como as nuvens brancas ao de leve rosadas pelo crepúsculo da tarde.

Mas no semblante, e no talhe da viúva, ressumbrava um fulgor vivo e intenso, que deslumbrava. Essa mulher não tinha a suprema correção e delicadeza de traços que distinguia o perfil de D. Flor; não possuía a elegância casta, graciosa e senhoril que vestia a donzela de uma gentileza de rainha; porém sua beleza exercia sobre os sentidos uma poderosa fascinação.

Essa influência, que ele sofria a seu pesar, o irritava contra aquela mulher; e às vezes admirando-a, vinham-lhe ímpetos de aniquilar os encantos, que, se não a tornavam mais formosa do que D. Flor, davam-lhe provocações que esta não tinha.

Não era esta, porém, a preocupação única de Arnaldo acerca de Águeda.

O repentino aparecimento dessa mulher no mesmo dia da emboscada; a história por ela contada, e que dera em resultado a partida de Agrela com boa parte da bandeira do capitão-mor; a súbita retirada de Marcos Fragoso, para Inhamuns, levando até a gente do Bargado; estas circunstâncias coincidindo e ligando-se em seu espírito suscitavam desconfianças.

Ele receiava um plano e cogitava qual podia ser para frustá-lo. Todas as manhãs percorria uma grande área em volta da Oiticica para explorar o terreno; mas não descobria o menor rasto suspeito, ou qualquer vestígio da passagem de pessoas estranhas à fazenda.

Jó fazia a mesma investigação mais longe, na direção de Inhamuns, para dar aviso da aproximação de Marcos Fragoso, quando este voltasse; e assim, enquanto o capitão-mor permanecia na habitual tranquilidade, Arnaldo velava na segurança dessa família, a que havia dedicado toda a sua existência.

A convite e instâncias de Águeda, D. Flor saía com ela a passeio pelos arredores da casa, quando quebrava de toda a força do sol. Depois de algumas voltas iam sentar-se à sombra de uma gameleira, que ficava no princípio da mata. Havia ali um tronco derrubado, que servia-lhes de banco.

Aí passavam o tempo em conversa. Águeda tinha sempre uma larga provisão de contos e novidades para atrair a atenção de D. Flor, que, educada no retiro da fazenda, sentia a natural curiosidade de conhecer o mundo.

Arnaldo desde o primeiro dia acompanhou esses passeios, oculto no mato e atento às práticas das duas moças. Nada colheu que justificasse seus receios; mas notou que a viúva também de seu lado estava alerta, pois a cada instante volvia de súbito e disfarçadamente olhos ávidos em torno, como para surpreender alguém que porventura a estivesse espreitando por entre a folhagem.

E não ficou nisso. Por mais de uma vez, quando D. Flor, que ia na frente, adiantava-se, a viúva demorando o passo voltava-se e, com a voz submissa e velada, chamava-o por seu nome.

— Arnaldo!... Arnaldo!...

Esta circunstância deixou atônito o sertanejo. De onde o conhecia esta mulher? Que lhe queria para chamá-lo? Como pudera ela descobrir a sua presença, que passaria despercebida para olhos vaqueanos?

Se Arnaldo não se perturbasse com a vista dessa mulher e a surpresa que lhe acabava de causar, decerto que não lhe escaparia uma circunstância importante. Quando Águeda proferia seu nome, nem sempre volvia o rosto para o lado onde ele efetivamente se achava, sinal de que não o via, e apenas pressentia a sua proximidade.

Um dia quis o sertanejo esclarecer esse mistério; e quando Águeda o chamou como de costume, ele saiu do mato e apresentou-se. Ao rumor de seus passos, D. Flor, que ia adiante, voltava-se, e avistando-o afastou-se, com a mesma esquiva indiferença, que não deixara de mostrar-lhe desde o dia da vaquejada.

Ficando só em presença de Águeda, o sertanejo perguntou-lhe:

— Que me quer?

— Agora não. Esta noite, depois de recolher. Estarei à janela.

Proferidas estas palavras em voz rápida, Águeda lançou ao sertanejo um olhar provocador e correu a reunir-se com D. Flor.

Arnaldo cada vez mais surpreendido com o procedimento da desconhecida, ficou algum tempo a cogitar sobre o estranho emprazamento que recebera. A ideia de uma entrevista amorosa nem de longe passou pela mente do sertanejo; sua conjetura foi que a moça carecia de seus serviços, e talvez de seu auxílio para algum fim oculto.

Desde então resolveu acudir ao emprazamento, na esperança de penetrar o mistério da vinda dessa mulher à Oiticica.

Tudo estava tranquilo na fazenda, não havia o menor indício de perigo, e não obstante, o sertanejo não podia eximir-se a uma vaga inquietação, que o trazia em constante desassossego. À semelhança de certas plantas que ressentem-se logo de qualquer alteração ainda remota da temperatura, da mesma forma ele como que respirava uma ameaça na atmosfera.

Um pressentimento lhe advertia que o mal, se ele existia, estava oculto no formoso semblante daquela moça, que de repente aparecera na Oiticica e aí se introduzira de um modo singular.

Não enganava a Arnaldo o seu fiel coração. Nesse momento, com efeito, a felicidade do capitão-mor Campelo e de sua família, estava dependendo do bom êxito de uma cilada, urdida com uma astúcia rara.

É preciso remontar ao dia da emboscada para conhecer os pormenores da trama.

Deixamos o Marcos Fragoso de rota batida para sua fazenda das Araras, em Inhamuns, acompanhado de seus hóspedes e parentes, assim como do Onofre com a sua bandeira e mais gente da comitiva. O José Bernardo breve se reunira ao amo com a bagagem que fora buscar ao Bargado.

Ao escurecer pararam para dar algum repouso a si e aos animais. Armaram-se as barracas e as redes; e o cozinheiro preparou a ceia, que todos acolheram com a maior satisfação, pois se o almoço fora abundante, em compensação tinha havido nesse dia uma sinalefa completa do jantar.

À mesa, posta sobre forquilhas, praticaram os quatro mancebos acerca do estado das coisas e do modo de as deslindar.

Marcos Fragoso, picado ao vivo em seus brios, era pela desforra pronta:

— Por mim, se não fossem os avisos que eu reconheço prudentes, teria seguido direito para a Oiticica; e hoje mesmo o Campelo conheceria com quem se meteu.

— Também eu entendo que estas coisas apuram-se logo — observou João Correia —, mas não se deve desprezar a estratégia, sobretudo em um assalto. Convém reconhecer a posição do inimigo.

— A estratégia pode servir de muito lá para guerras de soldados — observou Daniel Ferro. — Cá no sertão o que decide é a gente e a valentia. O capitão-mor tem uma escolta de cem homens, além dos agregados e escravos da fazenda. Para atacá-lo é preciso aumentar a nossa bandeira.

— Os senhores são todos homens de guerra — acudiu Ourém —, e pois não estranharão em mim, que sou homem de lei, um voto de paz. Antes de um rompimento formal, que ainda não se deu, penso que muito acertado seria tentarmos uma acomodação honrosa; e para a ajustar ofereço-me eu. Posso partir agora mesmo para a Oiticica, e lá me apresentarei como parlamentário.

— É tempo perdido — replicou Fragoso.

O voto que prevaleceu afinal foi o do Daniel Ferro. Decidiu-se que a comitiva ficaria ali nas vizinhanças de Quixeramobim, enquanto o alferes ia a Inhamuns recrutar uma bandeira numerosa e destemida, com a qual tomassem de assalto a Oiticica, para quebrar a proa do capitão-mor e obrigá-lo a dar ao Fragoso todas as satisfações, sendo a primeira delas a mão de D. Flor.

Tomado este acordo, ergueram-se da ceia; e poucas horas depois partiu o Daniel Ferro com pequena escolta e bagagem, prometendo que antes de uma semana estaria de volta.

Quando Marcos Fragoso dirigia-se à sua rede, saiu-lhe ao encontro Onofre, que o espreitava:

— Ainda me apareces? — perguntou o mancebo, em quem a presença de seu cabo de bandeira veio de novo atear a ira.

— Quem é que se livra de ser logrado uma vez, ainda mais daquela maneira? — retorquiu o coriboca submisso. — Mas o caso está em saber tirar a desforra.

— Já não creio nas tuas bazófias — tornou o mancebo desdenhosamente.

— Nestes oito dias, se não for antes, asseguro ao Sr. capitão que temos o passarinho na gaiola.

— Ou o sendeiro na peia — retrucou Fragoso, aludindo ao recente de desastre do Onofre.

— O Sr. capitão há de ver, se desta feita o engano.

Sempre conseguiu Onofre do patrão que o ouvisse; e então expôs miudamente o ardil que havia tramado, e que já estava àquela hora em via de execução. Para o coriboca era mão de empenho essa, que devia reabiliatá-lo no conceito do Fragoso, e desafrontar a sua fama de cabra fino e manhoso, abalada pelo último revés.

Logo que a comitiva deixara o sítio da emboscada, Onofre tivera uma conversa com a Rosinha e o resultado foi tornarem furtivamente ao Bargado, com o José, irmão da rapariga. Chegados à fazenda, onde tinham deixado as macas, operou-se nos dois ciganos uma transformação completa.

Rosinha tornou-se Águeda, a viúva perseguida, que vinha da Barbalha implorar a proteção do capitão-mor; e José disfarçou-se no velho que devia acompanhá-la até a Oiticica.

O Onofre sabia do caso acontecido com o Vareja; e Rosinha já conhecia bastante a gente da Oiticica pelas conversas do Moirão, que estava sempre a falar do Arnaldo, e a contar as mandingas do sertanejo.

A recomendação que levava a rapariga era insinuar-se na confiança de D. Flor e a pretexto de passeio atraí-la a uma cilada, em que o Onofre de antemão prevenido se apoderasse da donzela e a conduzisse ao Marcos Fragoso.

Se falhasse este plano, devia então Rosinha dispor as coisas para um assalto noturno, avisando ao Onofre da ocasião propícia, e abrindo-lhe a porta da casa para que no meio da confusão fosse raptada a filha do capitão-mor.

Para qualquer dos casos, a fábula do Proença seria de proveito, pois além de explicar o aparecimento da suposta viúva na Oiticica e de granjear-lhe a compaixão das senhoras, contava o Onofre que desse em resultado a partida do capitão-mor com uma forte escolta.

Não partira o fazendeiro, mas enviara o ajudante com cerca de metade de sua gente, de modo que já não era muito de temer a perseguição que naturalmente o Campelo havia de fazer aos roubadores da filha.

Águeda ganhou facilmente as boas graças de D. Flor; para isso não lhe foi preciso empregar a menor arte, bastou a sua formosura, e o luto que a tornava ainda mais interessante. A donzela tomou-se de afeição sincera pela bela viúva.

Todavia desde logo percebeu a astuta cigana que tinha de lutar com um obstáculo sério, e esse era Arnaldo. Já estava ela prevenida de algum modo acerca do sertanejo, pelas proezas que dele contava o Moirão, nos serões da fazenda do Bargado. Mas na manhã seguinte observou uma circunstância que a sobressaltou.

Vira o olhar que Arnaldo fitava em Flor, e concebeu no brilho que acendia aquela pupila negra os lampejos de uma paixão intensa. O sertanejo amava a filha do capitão-mor; e esse amor, não partilhado, e portanto inquieto e sôfrego, devia envolver a donzela em uma solicitude constante.

Águeda adivinhava a vigilância infatigável desses afetos, que vivem de uma adoração mística e se enlevam na contemplação do ídolo, investigando todos os gestos e perscrutando no mínimo acidente o pensamento recôndito. Contava, pois, que perto de D. Flor seria a cada instante o alvo da observação de Arnaldo.

Quando saía com a donzela a passeio, notou a cigana que por dentro do mato a seguia um leve farfalhar da ramagem. Em outra ocasião o atribuiria à brisa ou a algum pássaro, e não faria o menor reparo. Naquela situação, porém, essa circunstância viera avivar a sua desconfiança.

Disfarçadamente relanceava os olhos à espessura, insinuando a vista pelo crivo das folhas, e embora não descobrisse o menor vulto, ela pressentia a proximidade do sertanejo e fora para certificar-se que usara da astúcia de pronunciar o nome de Arnaldo, chamando-o.

O ardil surtira efeito.

Mostrando-se, o sertanejo viera confirmar a suspeita de Águeda, e dera aso a uma nova intriga, que ali prontamente armou a arteira cigana, para escapar à sua vigilância e iludir-lhe a perspicácia.

Tentação

Já tinham soado no sino da capela as últimas badaladas do toque de recolher.

Por toda a fazenda da Oiticica, sujeita a um certo regime militar, apagavam-se os fogos e cessava o burburinho da labutação cotidiana. Só nas noites de festa dispensava o capitão-mor essa rigorosa disciplina, e dava licença para os sambas, que então por desforra atravessavam de sol a sol.

Era uma noite de escuro; mas como o são as noites do sertão, recamadas de estrelas rutilantes, cujas centelhas se cruzam e urdem como a finíssima teia de uma lhama acetinada.

A casa principal acabava de fechar-se; e das portas e janelas apenas escapavam-se pelos interstícios umas réstias de luz, que iam a pouco e pouco extinguindo-se.

Nesse momento um vulto oscilou na sombra, e coseu-se à parede que olhava para o nascente.

Era Arnaldo.

Resvalando ao longo do oitão, chegara à janela do camarim de D. Flor, e uma força irresistível o deteve ali. No gradil das rótulas rescendia um leve perfume, como se por ali tivesse coado a brisa carregada das exalações da baunilha. Arnaldo adivinhou que a donzela antes de recolher-se, viera respirar a frescura da noite e encostara a gentil cabeça na gelosia, onde ficara a fragrância de seus cabelos e de sua cútis acetinada.

Então o sertanejo, que não se animaria nunca a tocar esses cabelos e essa cútis, beijou as grades para colher aquela emanação de D. Flor, e não trocaria decerto a delícia dessa adoração pelas voluptuosas carícias da mulher mais formosa.

Aplicando o ouvido percebeu o sertanejo no interior do aposento um frolido de roupas, acompanhado pelo rumor de um passo breve e sutil. D. Flor volvia pelo aposento, naturalmente ocupada nos vários aprestos do repouso da noite.

Um doce sussurro, como da abelha no seio do rosal, advertiu a Arnaldo que a donzela rezava antes de deitar-se; e involuntariamente também ajoelhou-se para rogar a Deus por ela. Mas acabou suplicando a Flor perdão para a sua ternura.

Terminada a prece, a donzela aproximou-se do leito. O amarrotar das cambraias a atulharem-se indicou ao sertanejo que Flor despia as suas vestes e ia trocá-las pela roupa de dormir.

Através das abas da janela, que lhe escondiam o aposento, enxergou com os olhos d'alma a donzela, naquele instante em que os castos véus a abandonavam; porém seu puro e santo afeto não viu outra coisa senão um anjo vestido de resplendor. Foi como se no céu azul ao deslize de uma nuvem branca de jaspe surgisse uma estrela. A trepidação da luz, cega e tece um véu cintilante, porém mais espesso do que a seda e o linho.

Cessaram de todo os rumores do aposento, sinal de que D. Flor se havia deitado. Ouvindo um respiro brando e sutil como de um passarinho, conheceu Arnaldo que a donzela dormia o sono plácido e feliz.

Só então afastou-se para acudir ao emprazamento que recebera.

O aposento de Águeda ficava do mesmo lado da casa, e era o penúltimo antes do quintal, logo depois do quarto de Alina.

A janela estava cerrada e escura, mas ao olhar de Arnaldo não escapou uma fita imperceptível que a dividia de alto a baixo, e que ele atinou ser o tênue vislumbre de uma candeia velada.

Águeda espreitava por essa fresta a chegada de Arnaldo, receosa de que não viesse, e impaciente com a demora. Além do interesse da recompensa prometida pelo Onofre em nome de Fragoso, outro impulso movia nesse instante a cigana.

Era mulher, e tinha nas veias o sangue ardente do boêmio tocado pelo sol americano. O prazer de fascinar um homem e cativá-lo a seus encantos bastaria para excitá-la; acrescia, porém, que esse homem era um mancebo galhardo e amava outra mulher, o que dava particular sainete à aventura.

Assim prometia-se a Rosinha uma noite de emoções, que à satisfação de sua vaidade reuniria a fácil execução da trama urdida. Para disfarçar a impaciência da espera, entrou a devanear, e sorria-se pensando que no outro dia, quando se apercebessem do desaparecimento dela, Águeda, e de Flor,

Arnaldo as seguiria com certeza, mas talvez não fosse por causa da filha do capitão-mor.

No meio deste devaneio, avistou pela fresta um vulto parado em frente à sua janela. Ergueu-se de chofre e entreabrindo a rótula perguntou em tom submisso:

— É Arnaldo?

— Ele próprio que vem saber para que o chamou aqui, a esta hora.

— Entre! — segredou a moça, abrindo de todo a rótula e afastando-se para dar passagem.

— Não podemos falar aqui mesmo? — tornou Arnaldo, a quem repugnava penetrar no aposento.

Águeda aproximou-se outra vez da janela e travando vivamente das mãos do mancebo, disse-lhe comovida:

— Pelo senhor eu farei tudo! Mas ando espiada. Esse velho que me acompanhou... Se ele o visse aqui, seria a minha perdição. Podem ouvir-nos e o que eu tenho a dizer-lhe ninguém o deve saber, ninguém, senão Arnaldo.

O sertanejo, em extremo admirado daquelas falas, não opôs resistência ao movimento da moça que o atraía a si, convidando-o a entrar. Apoiou-se no parapeito e saltou no aposento, onde a mão tépida de Águeda o conduziu até um estrado que havia junto ao leito.

Fechada a janela, a moça tirou a candeia que havia escondido por detrás de um baú, coberta com uma bacia de rosto, e colocou-a em cima da cantoneira, de onde alumiava todo o aposento.

Foi então que Arnaldo pôde bem admirar a beleza dessa mulher, que até aquele momento só vira de longe, ou de relance, quando ela passeava com D. Flor, em quem iam presos seus olhos.

Águeda tirara o véu de luto. Sua cabeça meneava-se airosamente agitando os bastos e longos cabelos negros, semelhante à palmeira, que embala a sua verde coma ao sopro da brisa. O corpinho de cambraia, cerrando-lhe a fina cintura, abria-se como uma taça esvazada para mostrar o colo.

Tinha as mangas curtas, onde os lindos braços engasta-vam-se apenas em um molho de rendas; a saia, bordada de crivo, descia-lhe até as curvas deixando nua a extremidade de uma perna bem torneada, e o pé largara a chinela para pisar mais sutil.

Notando o olhar do mancebo que devorava os seus encantos, Águeda fez um movimento de espanto, como caindo em si, e lançou mão de uma mantilha de seda, na qual embuçou-se com gesto vergonhoso. Depois foi sentar-se no estrado e disse erguendo timidamente os olhos para Arnaldo, em pé diante dela:

— Sente-se, aqui, perto de mim. O que vou contar-lhe é um segredo de que depende a minha sorte. Jura guardá-lo, Arnaldo?

— Se desconfia de mim, para que arrisca o seu segredo?

— Não; não desconfio, nem é preciso que jure. Sei que é generoso, Arnaldo; e não há de querer o mal de uma pobre mulher, que só tem uma culpa, a de não vencer o seu coração.

Águeda repetiu então a fábula que inventara para explicar sua vinda à Oiticica; mas desta vez inserindo-lhe particularidades do caso, acompanhadas de exclamações e lamentos, em que a arteira rapariga empregava toda a sua habilidade cômica, e jogava com os requebros dos olhos, a volubilidade do semblante e as inflexões lascivas do talhe.

As mulheres têm o talento especial dessa eloquência oca, mas sonora, que certos homens neutros conseguem imitar. Os lábios ressoam como as cordas de um instrumento; ouve-se a música das palavras; mas o que fala é somente o sorriso e o gesto, que não fazem senão repetir o mesmo e constante desejo de atrair e fascinar.

Águeda insistia em minuciosidades pueris, repisava as mesmas coisas, contradizia-se muitas vezes; mas o que ela queria era um pretexto para falar, e bordar com a palavra essa teia de olhados matadores e efusões irresistíveis que a aproximava de Arnaldo e estabelecia entre ambos comunicação íntima.

Por isso, memorando a morte do marido, estremecia de horror, e conchegava-se ao mancebo como para amparar-se com a sua coragem; querendo enternecê-lo, travava-lhe das mãos que apertava nas suas, transmitindo-lhes o seu fluido no toque macio e tépido; outras vezes fingindo um susto, parecia desmaiar, e como sem tino e consciência do que fazia, levava ao seio a destra do sertanejo ainda enlaçada na sua.

— Que susto, meu Deus! Veja como bate o meu coração! — dizia como sufocada.

Arnaldo estava sob a influência maligna desta sedução, de que o advertia a sua perturbação, mas que ele não tinha a força de repelir; porque nesse momento sua alma nobre e altiva era sopitada pelas erupções do sangue.

Aos 21 anos, a besta humana, quando revolta-se contra o espírito que a domina, é uma fera indomável, sobretudo em uma organização pujante como a de Arnaldo. A pura e casta adoração que até ali havia preservado o mancebo de pagar o tributo à matéria e o alheara dos prazeres sensuais, deixara incubar-se o desejo que fazia agora explosão.

O sertanejo já não escutava as palavras da moça, nem entendia o que ela falava. Mas ouvia-lhe a voz harmoniosa, e bebia-lhe nos olhos a beleza, que o embriagava como o suco da jurema, do qual provara uma vez na taba de Anhamum.

Quando a rapariga apertava-lhe as mãos, ou se conchegava ao seu peito, um sentimento de profunda repulsão o invadia; mas, se turbava-lhe a alma, não tinha ele força para retrair o corpo. Ficava imóvel e passivo.

Terminou Águeda a sua narração, convencida de que tinha em seu poder o mancebo; mas também com o tato e experiência que possuía, conheceu que não era ele homem para ousar logo da primeira vez. Que importava? Ela supriria esse acanhamento pela sua afoiteza; contanto que naquela mesma noite alcançasse as duas vitórias porfiadas, a de seu capricho e a de seu interesse.

No desafogo de sua história, Águeda abrira aos poucos a mantilha, que afinal resvalara pelas espáduas, deixando nu o colo. Foi assim que estreitou-se com o mancebo para dizer-lhe:

— Eu sou uma desventurada, Arnaldo!

— O matador de seu marido será castigado. O capitão-mor não prometeu? — murmurou o sertanejo.

— Se fosse essa toda a minha desgraça! Eu já me teria conformado com a vontade de Deus. Mas, além de perder meu marido, ficar ainda sem aquilo que a mulher mais preza neste mundo, a honra?

— Quem é que a quer roubar? — perguntou o sertanejo indignado.

— Um sujeito de Inhamuns, chamado Marcos Fragoso.

— Ele?

— Conhece-o?

O sertanejo acenou com a cabeça.

— Pois esse homem jurou que havia de perder-me; e o velho que me trouxe é um espião pago por meu perseguidor. Não tendo quem me acompanhasse, fiei-me nele, que me ia entregando ao amo. Se não o enganasse fingindo-me doente e pedindo para descansar uma noite na Oiticica, estaria a esta hora perdida, Arnaldo! — exclamou a moça, atirando-se ao peito do sertanejo.

— Sossegue. Aqui está em segurança! — respondeu o mancebo.

— O velho já ameaçou-me!

— Atreveu-se? — disse o sertanejo com um grito de ameaça.

— Ah! eu lhe suplico, Arnaldo! — tornou a moça, lançando-lhe os braços aos ombros. — Não lhe faça mal, seria perder-me!

E Águeda reclinou a cabeça ao seio do sertanejo. Houve um instante de silêncio em que ela ouviu as pulsações violentas desse coração indômito, que parecia estalar antes do que render-se.

A moça ergueu a fronte e mostrou o formoso rosto banhado de lágrimas e sorrisos.

— Não se lembra de mim, Arnaldo?... Nem sequer me viu, embora tivesse os olhos postos em mim — disse com um suspiro.

— Onde? — perguntou o mancebo surpreso.

— No Icó. Quando esteve lá há dois anos. Eu o vi, Arnaldo, e desde esse momento senti que não era mais senhora de mim. Infeliz sina a das mulheres! Os homens, ainda quando não são queridos, têm o consolo de seguir aquela a quem amam. Nós, porém, se roubam-nos o coração, não podemos ir após ele. Casaram-me à força!

A emoção embargou a voz de Águeda, que depois de breve pausa continuou:

— A sorte me trouxe à Oiticica, onde havia de encontrá-lo, Arnaldo, para amparar-me contra o meu perseguidor.

— Não receie, que a defenderei.

— Ao seu lado nada receio, Arnaldo. Desde muito que eu lhe pertenço. Quer uma prova? Exija!

Águeda ficou suspensa, fascinando com o olhar ao mancebo, que a fitava alucinado.

— Fale!... — murmurou ao ouvido de Arnaldo, unindo o seu ao rosto dele. — Que prova quer? Um beijo?...

E descaiu languidamente a cabeça de modo que a boca apinhada, roçando pela face do mancebo, veio embeber-se em seus lábios.

Ao contato desse beijo ardente Arnaldo estremecera, como se visse erguer-se diante dele uma serpente, a cuspir-lhe no rosto sua baba impura. Recuou soltando um rugido surdo, e as mãos ambas impelidas por um instintivo movimento de horror foram cerrar-se no colo da moça.

Por algum tempo o mancebo permaneceu na mesma posição, com o corpo imóvel, os braços hirtos como os braços da forca, os olhos fechados, sentindo nas mãos as retrações convulsivas da mísera mulher as quais ele tomava pelo colear da serpente. As vascas da agonia indicavam-lhe que o réptil ainda vivia, e ele esperava.

Esse pesadelo o dominou de tal modo que fugiu-lhe a lembrança do lugar onde se achava e dos fatos que se haviam passado momentos antes.

Afinal abriu as pálpebras; e viu espavorido que tinha nas mãos a infeliz mulher, com os olhos esbugalhados e a língua saída pela boca escâncara. Rangeriam-lhe os dentes de frio, e das mãos trêmulas escapou o corpo que rolou pelo chão.

De um pulo ganhou o mancebo a janela e desapareceu.

No dia seguinte, ao chegar de sua jornada, Jó encontrou o sertanejo espojado no chão da caverna, falou-lhe, mas ele fitou os olhos e não respondeu. Era a alucinação que durava ainda. A mesma cena da noite debuxava-se em sua alma com formas estupendas e monstruosas.

O velho conhecia estas procelas d'alma; e sabia que, à semelhança das outras que conturbam os elementos, elas só passam quando o céu descarrega os vapores de que estão pejadas as nuvens.

Jó deixou, portanto, Arnaldo ao seu delírio e submergiu-se no passado, onde vivia mais do que no presente, ele que já não tinha futuro.

Decorreram as horas. Era já sobretarde, quando sentiu-se na caverna uma ligeira vibração. Jó e Arnaldo ergueram a cabeça de chofre, e olharam-se. Ambos por um simultâneo movimento deitaram-se no chão e escutaram.

— Cavalos! — disse Jó.
— Montados — acrescentou Arnaldo.
— Trinta.
— Eu contei trinta e um.
— Teu ouvido é melhor.
— Uma escolta a galope!...

Proferindo estas palavras, Arnaldo saiu da caverna seguido pelo velho.

Sua primeira ideia foi que Marcos Fragoso voltava para atacar a Oiticica; mas o número dos cavaleiros que se aproximavam o dissuadiu dessa ideia.

O FOJO

Às sete horas da manhã, D. Flor, notando a ausência de Águeda, que tinha por costume acordar com a primeira claridade do dia, encaminhou-se para o aposento da viúva.

O quarto ainda estava escuro. A donzela supôs que Águeda tivesse passado mal a noite e não quis incomodá-la. Mas à hora do almoço, não a vendo aparecer, nem abrir-se a porta do aposento, assustou-se e foi ter com a mãe.

D. Genoveva acudiu logo; ao repetido bater, ouviu-se um ligeiro rumor, e pouco depois a voz da viúva, que arrastou-se até a porta e a abriu.

Quando as mãos de Arnaldo afrouxaram deixando rolar pelo chão o corpo da cigana, ainda esta respirava, embora pouco faltasse para exalar o último alento.

Por algum tempo ficou prostrada e sem acordo, como um cadáver; mas aos poucos o ar penetrou nos pulmões, restabeleceu-se a respiração; e ela caiu no torpor de que a veio tirar a dona da casa, assustada com um sono tão prolongado.

Desculpou-se a viúva com uma dor violenta que a desacordara e nem tempo lhe deixara de meter-se na cama. D. Genoveva imediatamente recorreu aos seus remédios caseiros; mas a doente os dispensou, dizendo estar habituada àquele achaque, o qual lhe passava com um cordial e algumas horas de repouso.

Tomou um chá de língua de vaca, e deitou-se. Não dormiu, porém; os pensamentos tumultuavam-lhe.

Pensou que era o momento de jogar a última cartada. Arnaldo, naturalmente receoso do que fizera, talvez se ausentasse da casa nesse dia: era preciso aproveitar o ensejo.

Mandou chamar o velho que a acompanhara:

— José, há tempo de avisar o Onofre para esta tarde?

— Ele está alerta, bastam três horas e ainda falta muito para meio-dia.

— Pois então vai. Sabes o lugar?
— A gameleira.
Águeda confirmou com a cabeça.
— Desta vez não nos escapará.

A rapariga estava ansiosa de vingar-se em Flor do insulto de Arnaldo. Nesse instante ela odiava o sertanejo, porém odiava ainda mais a mulher por quem ele a desprezara.

O cigano, deixando a irmã foi ao pasto, onde estava o cavalo que trouxera Águeda, deu-lhe dois nós nas crinas e fez-lhe tais gatimanhas e partes que o animal partiu de carreira pelo tabuleiro afora.

Depois de duas horas de repouso, a cigana ergueu-se com esforço e acompanhou Flor à mesa do jantar, para fortalecer-se com algum alimento de que precisava, pois sentia-se como extenuada.

À tarde, pretendendo que o exercício lhe faria bem, convidou a filha do capitão-mor para saírem a passeio.

Alina achou um pretexto para eximir-se de acompanhar Flor; a sua antipatia pela viúva bem longe de se desvanecer com o trato, ao contrário crescia.

Águeda e Flor desceram ao tabuleiro e foram, como de costume, sentar-se à sombra da gameleira.

No momento em que ali chegaram, o José oculto entre as árvores trocou um sinal com a irmã, e desapareceu na mata. Ia ao encontro do Onofre para guiá-lo ao sítio.

Foi justamente por esse tempo que Arnaldo e Jó saíram da caverna. Não tinham andado cem passos, quando o mancebo parou assaltado por uma ideia terrível.

— Segue, Jó! Eu vou à casa.

Com efeito encaminhou-se direito à habitação da fazenda, tomado de cruel pressentimento. Ao meio do tombador encontrou a Justa:

— Onde está Flor?
— Passou agora mesmo com a viúva.
— Agora? Para lá?...
— Que modos são estes de assustar a gente!
— Corre, mãe, e diz ao capitão-mor que venha salvar a filha, pois a querem roubar.

— Flor!... Roubar Flor!... Minha Nossa Senhora da Penha de França, valei-me!

A sertaneja, a tremer com o susto, não sabia que fazer, se correr à casa para avisar ao capitão-mor ou seguir o filho em busca da donzela. Afinal tornou para a fazenda, mas a cada instante parava, soltando brados descompassados.

— Flor!... Sr. capitão-mor!... Acuda à sua filha!... Acuda à Flor, que a levam! Ai, meu Jesus!

Entretanto Arnaldo, cuja suspeita se confirmara com a informação que lhe dera a mãe, rompia o mato na direção da gameleira, onde esperava encontrar a donzela e a viúva que ele sabia agora ser emissária de Fragoso.

Aos gritos de Justa acudiram afinal umas escravas, que alvoroçaram a casa, mas sem explicar a novidade de que davam rebate. Ouvia-se o nome de D. Flor repetido de todos os lados e entre clamores de susto, mas o que sucedera à donzela, ninguém sabia, senão a Justa, que ainda não saíra do seu desatino.

Afinal chegou a nova ao capitão-mor que estava do outro lado nos currais em companhia de D. Genoveva. O Campelo, não podendo conceber que um perigo qualquer ameaçasse a filha, ali na Oiticica, junto dele, dirigiu-se à casa com a costumada solenidade, contando achar ali Flor.

Quando, porém, a Justa, ainda atarantada, conseguiu dar-lhe o recado de Arnaldo, e ele percebeu o que havia ocorrido, abalou de carreira para a mata, gritando à mulher com uma voz de trovão:

— Meu bacamarte, D. Genoveva! O *Jacaré!*

Atrás do capitão-mor precipitaram-se os homens da escolta e toda a gente da fazenda, que andava perto, e acudira ao clamor.

Quando o fazendeiro tinha já vencido meia distância, romperam quatro cavaleiros à disparada na direção da várzea. Um deles levava nos braços uma mulher, envolta em capa listrada, a debater-se com movimentos desordenados, e soltando estes gritos sufocados:

— Meu pai!... Acuda!... Acuda à sua filha!... Levam-me!... Ai!... ai!... ai!...

Esses gritos não deixavam dúvida. Era Flor que levavam aqueles homens; a capa era a sua, que as escravas logo reconheceram.

Ouviu-se o rugido espantoso do capitão-mor. Nesse momento acabava de alcançá-lo o pajem que trazia o bacamarte mandado por D. Genoveva. Recebendo a arma, o Campelo, sem hesitar, apontou-a na direção do cavaleiro que levava a mulher.

Lembrou-se que podia matar a filha, embora tivesse feito pontaria no cavalo; mas essa filha adorada, ele antes a queria morta por sua mão, do que roubada à sua ternura e profanada por infames.

Dois dos cavaleiros caíram; mas o que levava a mulher e outro passaram incólumes e desapareceram além na várzea.

A esse tempo chegava D. Genoveva montada a cavalo, e acompanhada de pajens que traziam o ruço, assim como de toda a gente que pôde armar às pressas para correr em socorro da filha. Nesse momento ela não gritava; as lágrimas saltavam-lhe dos olhos, os lábios moviam-se rezando, mas sua atenção acudia a tudo com ânimo varonil.

Campelo montou no ruço, e partiram ele, a mulher e a escolta como um turbilhão.

O raptor de sua filha levava grande avanço; mas o capitão-mor não refletia nesse momento. Era impossível que esse homem lhe escapasse; ele o perseguiria até o inferno, e lá mesmo o deixaria estraçalhado por suas mãos depois de ter-lhe arrancado Flor.

Os possantes cavalos do fazendeiro ganhavam sobre os fugitivos, embora estes montassem excelentes poldros dos sertões de Inhamuns, tão afamados entre todos os do Ceará. Mas estavam estes ainda fatigados da jornada, enquanto que os de Quixeramobim andavam repousados.

Já era noite, quando o capitão-mor avistou afinal o vulto negro do cavaleiro: e ferrando as esporas no ruço, atroou os ares com um grito medonho.

Respondeu-lhe uma voz de mulher cujas palavras se ouviram distintamente.

— Salve-me, Sr. capitão-mor, pelo bem que quer à sua filha! Salve-me, e a D. Flor também, que lá ficou nas mãos do Fragoso!

— Esta voz não é de Flor — disse o capitão-mor.

— É da Águeda! — exclamou D. Genoveva. — Então nossa filha?... Nós a desamparamos, Sr. Campelo!...

A voz era efectivamente de Águeda, ou antes, da Rosinha, que, temendo cair nas mãos do capitão-mor, usara daquele novo ardil para sustar a perseguição.

Campelo tinha estacado o cavalo, e não sabia que resolvesse. Foi D. Genoveva que tomou o alvitre de retroceder; o marido acompanhou-a sem hesitação.

Onde, pois, estava Flor, àquela hora, quando seu pai, julgando correr em sua defesa, ao contrário a abandonava?

É preciso tomar a narração de mais alto.

D. Flor conversava mui tranquilamente com Águeda à sombra da gameleira, onde as deixamos sentadas, quando ouviram-se os gritos da Justa.

Embora pela distância não pudesse distinguir as palavras, conhecera a voz que pareceu-lhe alterada e aflita. Ergueu-se inquieta:

— Vamos, D. Águeda!

— Já? Podíamos esperar um instante. Sinto-me tão fatigada!

— Estou ouvindo a voz de mamãe Justa! Não sei o que terá acontecido em casa.

— Que pode ser?... A voz, eu ouço; mas é de uma pessoa que está cantando.

Flor aplicou o ouvido para ver se enganara-se; e desta vez escutou não só os gritos da ama, como o alarido que se levantava na fazenda, e as vozes que chamavam pelo capitão-mor. Então realmente assustada, fez um gesto à viúva e lançou-se na direção da casa.

Águeda, porém, abraçara-se com ela:

— Daqui não sai!

— Não me toque, senhora — disse a moça revoltada.

— Oh! Pode zangar-se, que eu não faço caso de suas fidalguias. Está em meu poder, e daqui ninguém a tira. Ouve?

São cavaleiros a galopar; não tardam aí. À frente deles há de vir o Fragoso, seu namorado!

— Não sairei daqui, mulher, juro; mas não me ponha as mãos e não me insulte.

Falou Flor com tal império e soberania que a cigana calou-se, e recolhendo os braços deixou livre a donzela, mas tomou-lhe o passo, pronta a segurá-la, se quisesse fugir.

Flor sentou-se resignada, tendo por maior desgosto o de lutar com essa mulher, do que o do perigo que a ameaçava. Nesse momento seu espírito nobre e cândido enleava-se em suposições acerca dos acontecimentos extraordinários que a vinham surpreender.

Rosinha alerta e escutando ansiosa o tropel dos cavaleiros, como se os apressasse com seu anelo, voltou-se inquieta para o lado da casa, onde troou nesse momento a voz possante do capitão-mor Campelo, bradando:

— Meu bacamarte, D. Genoveva! O *Jacaré!*...

Então a cigana, temendo que o fazendeiro acudisse a tempo de livrar a filha das garras do Fragoso, correu sobre a donzela, travou-lhe do pulso, e quis arrastá-la ao encontro do troço de cavaleiros.

A donzela recalcou a indignação que sublevava-lhe a alma nobre, e opôs à força uma resistência passiva. Rosinha era mais robusta do que ela, mas nesse dia, prostrada como estava, não podia levá-la por violência.

Metendo a mão no corpete, sacou a cigana um punhalzinho da lâmina fina, como a aspa de um espartilho, e o brandiu sobre a cabeça da donzela:

— Se não me acompanha, mato-a!

D. Flor respondeu-lhe com um soberbo gesto de desprezo, e ficou a olhar desdenhosamente para a arma que a ameaçava. A cigana hesitou um instante; depois lembrou-se que, ferindo a donzela, mais facilmente a arrastaria para o mato.

Quando o punhal descia sobre a espádua de Flor, abriu-se a folhagem e surgiu Arnaldo. Tão medonho era seu aspecto que a cigana ao vê-lo crescer para ela, fugiu espavorida, levando enleada no braço a capa da donzela.

O sertanejo, com a faca desembainhada, arrojou-se a ela, mas a voz de D. Flor o deteve:

— Não a mate, Arnaldo! Agarre-a para que meu pai a castigue.

A cigana, porém, tinha desaparecido; e as falas que já se ouviam dos cavaleiros advertiram a Arnaldo que para salvar D. Flor não havia um instante a perder.

— Venha! — disse ele para a donzela.

— Para onde?

— Para a casa.

— Quem é esta mulher? Que me queria ela?

— Entregá-la ao Marcos Fragoso.

O sertanejo abria a folhagem para que a donzela passasse mais facilmente; porém ainda assim era demorada a sua marcha. As vozes dos cavaleiros aproximavam-se e já entre elas distinguira o mancebo a de Fragoso. Entretanto ainda soavam longe os brados do capitão-mor e o tropel da gente da fazenda.

A poucos passos encontraram Jó, que os buscava:

— Estamos cercados — disse o velho.

Nova dificuldade surgia, e talvez que insuperável. O sítio onde crescia a gameleira fora bem escolhido pela astuta cigana para a cilada que armara. Era uma coroa de mato, que ligava-se à floresta por estreito cordão, como istmo de ilha.

Distante da casa um quarto de légua, e encoberto por um largo bojo da mata, era fácil à escolta do Onofre cercar o caapoão, apoderar-se da donzela ainda quando a acompanhassem outras pessoas e executar a empresa, sem darem rebate à fazenda.

Arnaldo conhecia melhor que ninguém o sítio, e julgou da posição de D. Flor. Não desesperou contudo. Ele e Jó levantariam com seu corpo uma muralha diante de D. Flor e a defenderiam até a chegada do capitão-mor.

Quando já indicava o grosso tronco de um jacarandá para que Flor nele se abrigasse, ressoaram perto daí os gritos abafados que soltava uma voz de mulher, simulando-se de D. Flor, e que iludiram o capitão-mor.

Sucederam-se por momentos estes clamores, fugindo rapidamente para o lado da várzea, e acompanhados do tropel dos cavalos a galope. Foram, porém, abafados pelo grito do Campelo, ao que se seguiu um tiro.

Ao estrondo que estremecera a terra, o sertanejo reconheceu o bacamarte do capitão-mor, como lhe tinha reconhecido a voz, e adivinhou o que se passara.

Águeda, escapando a Arnaldo, correu direito ao encontro da escolta, guiada pelo tropel. Avistando Fragoso que vinha na frente com o Onofre, atirou-se a eles:

— O maldito vaqueiro chegou quando eu ia arrastá-la, e o capitão-mor aí vem! — disse precipitadamente, apontando para a fazenda.

Onofre calculou o lance; era nos transes apertados que mostrava o coriboca seus recursos. Já ele tinha chamado o Corrimboque e dava-lhe suas ordens; depois voltou-se para a rapariga e em poucas palavras a pôs ao corrente do novo trama.

Águeda despiu a saia preta, envolvendo o corpo na capa de D. Flor, e saltou no arção da sela do Corrimboque. Este a tomou nos braços e partiu a galope, seguido de três bandeirantes que lhe serviam de escolta.

Foi então que a astuta cigana, debatendo-se nos braços do cabra, conseguiu iludir com seus gritos ao capitão-mor levando-o após si, e deixando assim o Fragoso livre de estorvos.

Ouvindo esvaecer com a distância o estrépito das patas dos animais, Arnaldo que tinha adivinhado o ardil, convencera-se de que já não podia esperar o socorro do fazendeiro e só devia contar consigo.

Mas que podia ele só com um velho inerme contra tantos inimigos que os cercavam naquele instante, para colhê-los como nas malhas de uma rede?

O Onofre não se abalou com as impaciências do Fragoso. Deixando-o andar às tontas, estendeu a sua gente em roda do caapoão e com os melhores vaqueanos começou a bater o mato em regra, como sabem fazer os sertanejos, a quem não escapa um quati entre as folhas.

Nestas circunstâncias, se Arnaldo tentasse sair do mato, cairia nas mãos dos que faziam o cerco, ou mostrar-se-ia no limpo aos inimigos, que imediatamente se lançariam sobre ele.

Ficando dentro do mato, como livrar-se da batida do Onofre e seus companheiros, cuja marcha convergente sentia-se no atrito das folhas que rumorejavam em todas as direções?

Estas circunstâncias tinham ocorrido simultaneamente e com tamanha rapidez, que entre o primeiro grito da Justa e aquele instante não mediara mais de um quarto de hora.

D. Flor impaciente quisera correr ao encontro do pai, quando lhe ouviu a voz. Jó a reteve explicando-lhe a causa do tiro, bem como da partida precipitada do capitão-mor. A donzela teve então um momento de desânimo.

— Estou perdida! — murmurou.

— Ainda não! — respondeu Arnaldo de manso. — Mas suas mãos não podem romper o mato; é preciso que eu a carregue, Flor.

— Não; prefiro ficar — disse a donzela secamente.

— Outros braços a levarão, mas para arrancá-la à sua casa, e não para restituí-la a seu pai, que lá vai em sua procura. Que responderei ao Sr. capitão-mor, quando ele pedir-me contas de sua filha?

Flor hesitou um momento: depois velou-se de uma fria impassibilidade, fez-se estátua, e caminhou para o sertanejo.

— Leve-me a meu pai.

Arnaldo suspendeu a donzela em seus braços robustos, recomendando-lhe que envolvesse a cabeça e o busto no gibão de couro para defender-se dos galhos e espinhos. Com esse precioso fardo preparou-se para romper o meto.

Nesse transe não se lembrou o mancebo que estreitava o corpo gentil de uma donzela. O que ele carregava era uma relíquia ou a imagem de uma santa, e as formas encantadoras que ele palpava no seio eram de jaspe ou marfim.

Jó pedira a Flor que rompesse um folho de seu vestido. Enquanto Arnaldo desaparecia com a donzela na espessura, o velho esgueirou-se na direção oposta esgarçando a tira de pano pelos crauatás e unhas-de-gato.

O sertanejo chegou depois de algumas voltas a uma brenha atravessada por um trilho de veado. A meio dessa vereda caíra um grosso toro que a atravessava.

Arnaldo lembrou-se que nesse lugar havia um fojo. Como a caça já o conhecia, tinha-o ele condenado por algum tempo, cobrindo com o tronco a boca a fim de mais tarde aproveitá-lo. Mal sabia então que serviço devia prestar-lhe.

Afastando o madeiro e retirando a terra, abriu o alçapão e entrou na cova para examinar, se tinha alguma cobra ou outro objeto capaz de assustar a donzela.

— É preciso esconder-se aqui, Flor.
— Só? — perguntou a donzela.
— Tem medo?
— Não; seja meu coveiro — disse a moça com um sorriso.
— Enterre-me viva.

Arnaldo desceu Flor à cova, fechou o alçapão, cobriu-o novamente de terra, e colocou o toro seco no lugar onde estava. Apagando todos os vestígios que podiam denunciá-lo, grimpou ao tope das árvores, onde zombava dos olhos mais perspicazes.

O Onofre e seus companheiros bateram o mato em todos os sentidos e não descobriram sinal de gente. O Fragoso, irritadíssimo com o novo revés, cobria o seu cabo de bandeira das mais pesadas injúrias, que este sofria com uma calma inalterável, pois entendia que o patrão o pagava não só para servi-lo, como para aturá-lo.

Não achavam D. Flor e todavia tinham certeza que a donzela ali estivera. Rosinha o afirmara e as tiras do vestido rasgado pelos espinhos o provavam. Era impossível que saísse do caapoão sem a verem os do cerco; e que ela não tinha conseguido escapar-se, bem indicava o engano do capitão-mor.

O Onofre, pois, insistia na esperança de afinal descobrir o esconderijo da moça e do sertanejo.

— No chão não está — disse o bandeirista; ainda que ela fosse uma cobrinha cipó, não me escapava. Só pode estar nos ares, aí trepada nalguma árvore.

Por ordem do bandeirista, subiram alguns à copa das árvores e começaram uma ronda pelos galhos. Diversas vezes passaram junto de Arnaldo, que os iludia imitando o canto da graúna. Onde pousava um passarinho, não podia estar oculto um homem. Também por diversas vezes passaram pelo fojo, e Flor ouviu o som dos passos por cima de sua cabeça.

Afinal já fatigados da porfia, escutaram tropel de animais que aproximavam-se rapidamente.

Era sem dúvida o capitão-mor que voltava desenganado; e não tiveram outro remédio senão abandonar a partida e dá-la por perdida.

Quando Arnaldo conduziu Flor à casa, ali acabava de chegar o Leandro Barbalho.

Foi o tropel de seus animais que assustara o Onofre. À primeira notícia, ele arrependeu-se de ter salvado a virgem de sua adoração para vê-la noiva de outro. Não seria melhor morrer com ela vingando-a?

O sobrinho do capitão-mor, encontrando a casa em desordem, ouvia do padre Teles a narração dos estranhos sucessos, quando soube da volta de D. Flor.

Pareceu-lhe inconveniente falar à prima na ausência dos pais e por isso limitou-se a mandar por Alina recado, do pesar que tivera com o desacato feito à sua pessoa.

A INTIMAÇÃO

Depois dos acontecimentos que na véspera à tarde haviam perturbado o sossego da Oiticica, era natural que seus moradores prolongassem um tanto pela manhã o repouso da noite.

Arnaldo apenas restituíra Flor à casa, partiu no Corisco em seguimento do capitão-mor, que só encontrou a três léguas de distância, já de volta.

A notícia que levava-lhe o seu vaqueiro o encheu de tamanha alegria que ele esqueceu-se a ponto de abraçar a mulher diante de toda a gente, e fez o mesmo ao rapaz.

Chegando à casa, depois das efusões do contentamento de ver a filha, entrou com o sobrinho e o capelão em conferência acerca das ocorrências extraordinárias que se acabavam de passar; na ausência do Agrela, foi o padre Teles incumbido de escrever duas cartas aos parentes de Russas e Aracati, chamando-os a toda pressa com a gente que pudessem juntar.

Leandro Barbalho partiria no dia seguinte para reunir uma bandeira no Ouricuri; enquanto o Arnaldo seria incumbido de avisar todos os moradores espalhados pelos campos de Quixeramobim até a serra do Baturité.

O Campelo tinha jurado por suas barbas que havia de castigar o Fragoso ainda que fosse preciso arrasar todo o Inhamuns.

— Hei de trazê-lo à Oiticica amarrado como um negro fugido; e depois de bem surrado, o padre Teles o casará com a negra mais cambaia da fazenda.

Depois da conferência recolheu-se o fazendeiro, mas apesar das fadigas e comoção da véspera, ao romper do dia já estava de pé e saiu fora ao terreiro. Ainda todos dormiam; pela primeira vez deixara-se de ouvir na fazenda o toque de alvorada à hora costumada.

Viu o capitão-mor esvoaçar um bando de urubus à beira da mata e pousar no campo. Embora seja esse um acidente muito comum nas fazendas de criar, desperta sempre a atenção do dono e de seus vaqueiros.

Caminhou Campelo até o fim do terreiro; e daí pôde confusamente avistar os pedaços de carniça, espalhados pelo chão, e que atraíam os abutres. Atinou que eram os corpos dos dois sequazes mortos na véspera pelo tiro de seu bacamarte, e despedaçados pelas patas dos cavalos, quando corriam atrás de Corrimboque.

O capitão-mor não era sanguinário; mas nessa ocasião experimentou um esquisito prazer com aquele espetáculo, e sentiu que não estivessem estendidos no campo todos os sequazes do Fragoso, para que ele os esmagasse sob as patas de seu ruço.

Com pouco apareceu Leandro Barbalho, que já vinha em hábitos de viagem, e só esperava para pôr-se a caminho, que o pagem lhe trouxesse a cavalgadura.

O sobrinho do capitão-mor, filho dos Cariris, onde residiam seus pais antes de mudarem-se para o outro lado da serra do Araripe, era mancebo de 30 anos, de baixa estatura, mas robusto, com ombros largos e a cabeça chata, tipo mais comum do sertanejo cearense e que o distingue de seus vizinhos das províncias limítrofes. Tinha o parecer franco e jovial.

— Pronto, sobrinho? — disse Campelo ao avistá-lo.

Barbalho beijou a mão do capitão-mor com respeito filial e respondeu:

— Já podia estar em caminho, se não fosse a demora do pagem.

— Assim foi bom, porque ontem não tivemos tempo de falar sobre um particular. Sabe por que o mandamos chamar, sobrinho?

— O senhor dirá, meu tio.

— Nós o escolhemos para marido de nossa filha D. Flor.

— Como for de sua vontade, senhor meu tio.

— Vá buscar a gente para ensinarmos ao atrevido do Fragoso, e na volta cuidaremos do noivado.

Ouvindo o galope de um cavalo, o capitão-mor voltou-se, e viu Arnaldo que subia o tombador a toda a carreira do Corisco. Chegando ao terreiro, sem dar-se ao trabalho de parar o animal, o rapaz saltou da sela e caminhou para o fazendeiro.

Depois dos últimos acontecimentos, a súbita vinda do sertanejo àquela hora, sua brusca parada e a inquietação de seu gesto eram de natureza a dar rebate de novos perigos.

Não obstante, o capitão-mor esperou sem nenhuma alteração a notícia que lhe trazia o rapaz.

— O Fragoso aí vem, Sr. capitão-mor.
— Pois atreveu-se?
— E traz muita gente.
— Melhor; não é preciso fazer pontaria.

Tocou-me alarma na Oiticica e imediatamente começaram os preparativos para receber o inimigo. A posição da fazenda oferecia todas as condições favoráveis à defesa; e a construção do edifício principal fora de algum modo copiada das casas fortes, fortes, em que então muitos fazendeiros ricos eram obrigados por segurança a ter sua moradia.

Uma hora depois do aviso de Arnaldo, avistou-se uma grande nuvem de poeira. Era o Marcos Fragoso com sua bandeira.

O Daniel Ferro chegara de Inhamuns naquela madrugada com sua gente; e o Fragoso, irritado com o malogro da véspera, resolveu marchar para a Oiticica sem mais demora. Tinha ele então às suas ordens cerca de quatrocentos homens, que dividiu em três bandeiras, tomando uma para si, e dando as outras ao Daniel Ferro e João Correia.

Arnaldo, que seguira durante a noite o rasto da escolta do Onofre, lá pela madrugada encontrou-se com o Aleixo Vargas, que vinha adiante como explorador. Percebendo a presença do sertanejo, o Moirão escondeu-se; mas conhecendo que já estava descoberto, marchou direito ao rapaz.

— Estimei encontrá-lo, amigo Arnaldo.
— Também eu, Aleixo Vargas. lembra-se do que lhe disse vai para um mês? Que se o achasse a uma légua da Oiticica...
— A que vem isso agora?
— Pelo jeito parece que você está em caminho para lá; e então pergunto-lhe, se já encomendou sua alma a Deus?

— A coisa não é como pensa, Arnaldo; sou eu quem lhe avisa, como seu amigo, que não torne mais à Oiticica, senão está perdido. Tome outro rumo, rapaz.

— Mas então o que está para acontecer?

O Moirão pôs o sertanejo ao corrente do que se havia passado, e da expedição que marchava naquele instante para a fazenda do capitão-mor.

— Obrigado pelo aviso, amigo Aleixo Vargas. Eu não carecia dele — tornou Arnaldo, mostrando o vulto de Jó que aparecera entre a ramagem. Mas sempre lhe digo que veja o que faz; eu só tenho uma palavra.

O vaqueiro dirigiu-se ao velho que lhe disse rapidamente em voz baixa:

— Quatrocentos.

O velho chegava naquele instante de uma excursão. Havia entre essas duas almas, a do solitário e a do sertanejo, tão íntima comunicação que muitas vezes não careciam falar, para entenderem-se entre si e transmitirem-se os seus pensamentos.

Leve mudança de fisionomia, rápido toque de gesto, ou relance d'olhos, eram sinais imperceptíveis para estranhos; mas para eles caracteres vivos, em que liam tão correntemente como em um livro aberto.

O algarismo *quatrocentos*, que o velho acabava de murmurar, não era senão a conclusão do diálogo quase instantâneo, que o seu olhar trocara com o de Arnaldo. O semblante do velho anunciara a chegada do inimigo, e o vaqueiro o interrogara sobre a força que ameaçava a Oiticica.

Nesse momento recordou-se Arnaldo da viagem de Jó, sobre a qual ainda não tivera ocasião de trocar uma palavra:

— E Anhamum? — perguntou Arnaldo.

— Quando parti, ele convocava seus guerreiros.

Foi então que Arnaldo, depois que deixou o velho Jó em segurança na caverna, correu à Oiticica para levar a notícia ao capitão-mor.

As três bandeiras do Marcos Fragoso tomaram posição em volta as casarias da fazenda e estabeleceram um cerco em regra, a fim de cortar toda a comunicação exterior, e evitar que o capitão-mor mandasse aviso à numerosa parentela de Russas, que logo acudiria em seu auxílio.

Quando Campelo viu o poder de gente com que vinha o Marcos Fragoso, e reconheceu que não tinha forças para sair-lhe imediatamente ao encontro e castigar aquela ousadia, o seu orgulho rugiu-lhe n'alma como um tigre na jaula.

Ele, que nunca até esse momento, em uma vida de 50 anos, sofrera um insulto em face, nem encontrara resistência à sua vontade, ser de repente assim afrontado e não poder esmagar o insolente que o provocava!

Nas circunstâncias em que se achava, com sua bandeira reduzida pela expedição do Agrela à Barbalha, uma sortida seria um ato de desespero, que sacrificaria o melhor de sua gente e entregaria a casa e os moradores aos assaltantes.

Não tinha remédio, pois, senão recalcar o seu ímpeto, e aproveitar os recursos que lhe oferecia a Oiticica para uma defesa tenaz, enquanto podia mandar um emissário a seu cunhado Gameiro em Russas.

Concentrou-se, porém, tão profundamente aquela soberba, que desde a chegada do Fragoso às terras da Oiticica não proferiu mais uma palavra e em pé no meio do terreiro esperou o ataque iminente.

Tinha à mão, no ombro dos pagens, seus três famosos bacamartes. O primeiro, conhecido por Jacaré, nome tirado da enorme boca; o segundo, chamado Trovão por causa de seu formidável ribombo; e o terceiro, *Farol*, porque ao disparar levantava um clarão medonho. Todos eram de grosso calibre, que mais parecia de canhão.

Leandro Barbalho ficava-lhe à direita, Arnaldo à esquerda, e toda a gente estava a postos. D. Genoveva, com Flor e Alina, apesar de transidas de susto, já tinham voltado da capela, onde foram pedir a proteção divina; e tomaram todas as providências para socorrer os combatentes e munições, e de pronto curativo no caso de serem feridos.

Depois de longa espera, em que o capitão-mor não via senão um ardil para mais tarde caírem de surpresa, apareceu uma pequena escolta, que vinha do campo inimigo, e dirigia-se à Oiticica, parando a trechos e agitando uma grande bandeira branca.

— É um parlamentário que nos enviam — disse Leandro Barbalho.

O capitão-mor, sem quebrar o silêncio, levantou o braço e apontou o bacamarte. Leandro mediu o alcance da ação, mas não se atreveu a opor-se. Foi Arnaldo que, sem hesitar, lançou a mão ao cano da arma a tempo de evitar o tiro.

Voltou-se Campelo com terrível expressão. O rapaz encostara ao peito a boca do bacamarte:

— Atire em mim, sr. capitão-mor, porém não mate sua mulher e sua filha que estão lá dentro fiadas na prudência, ainda mais do que na coragem de vossa senhoria.

Sentiu o fazendeiro a justeza daquela observação, que fizera calar em seu espírito o rasgo do intrépido vaqueiro, expondo o seu peito à carga do bacamarte.

— Carecemos antes de tudo ganhar tempo — continuou o sertanejo. Nossa posição agora é má; porém esta noite, amanhã ou depois, a sorte pode mudar de repente.

O Manuel Abreu foi ao encontro do parlamentário. Este não era outro senão o licenciado Ourém, que vinha pôr à prova a sua diplomacia em uma negociação cuja dificuldade e risco ele bem previa.

Não havia no campo do Fragoso pessoa mais apta para o delicado mister, e nestas circunstâncias entendeu o licenciado que faltaria a seu dever de cristão e de parente, se não oferecesse os seus serviços de medianeiro para evitar um rompimento funesto a ambas as partes.

Leandro Barbalho adiantou-se para receber no terreiro o parlamentário, e o levou à presença do capitão-mor na sala. Trocada a saudação, afável e insinuante da parte do Ourém, muda e arrogante da parte do capitão-mor; quando aquele dispunha-se a entrar no assunto, foi atalhado pelo fazendeiro:

— O senhor licenciado veio como parlamentário, e com esta segurança foi recebido. Mas veja como fala, porque, se faltar com o respeito que deve ao capitão-mor Gonçalo Pires Campelo, não respondemos por nós. Fique prevenido.

Ditas estas palavras com tom aspero e imperioso, o fazendeiro remeteu-se de novo ao silêncio em que se havia refugiado a sua soberba.

Ourém acudiu logo com pressurosa cortesia:

— Como posso eu faltar com o respeito devido ao Sr. capitão-mor Gonçalo Pires Campelo, quando não trago outro encargo senão o de assegurar-lhe o grande acatamento em que o tem meu primo, o capitão Marcos Fragoso, e do seu vivo desejo de continuar as boas relações de vizinhança em que está com o dono da Oiticica?

— Foi para mostra desse desejo que ele armou toda essa ralé de bandoleiros, e veio pôr cerco à fazenda? — observou Leandro Barbalho em tom de chasco.

— O séquito numeroso que trouxe o capitão Marcos Fragoso não foi para ameaçar, e menos ainda para atacar o dono da Oiticica; mas, ao contrário, com este alardo quis meu primo dar a conhecer as forças de que dispõe, e com que ele se empregará sempre e da melhor vontade no serviço de Sua Senhoria, se...

O Ourém rebuçou esta conjunção com um sorriso dos mais açucarados:

— Se o Sr. capitão-mor, como espera, aceder ao pedido que me incumbiu de fazer em seu nome, e que é ainda uma prova, e a mais significativa, da veneração, que vota à sua pessoa.

O capitão-mor não pestanejou, e permaneceu impassível no aspecto, mas interiormente rugia uma cólera que ameaçava a cada instante fazer irrupção.

— Sabe Vossa Senhoria que outrora usavam os cavalheiros, quando iam a algum torneio, apresentar-se na corte com uma grande comitiva, não por afrontar, mas só para merecer a atenção. A mesma bizarria teve meu primo Marcos Fragoso vindo pedir ao Sr. capitão-mor, como agora o faz por meu intermédio, a mão de sua formosa filha D. Flor, que se o é no nome, excede-lhe nas prendas.

Campelo ficou mudo. O Ourém, tendo esperado debalde a resposta, insistiu:

— O Sr. capitão-mor ouviu o pedido; que decisão devo eu levar a meu primo Marcos Fragoso, que a espera ansioso?

— A mesma que lhe dei a primeira vez — respondeu Campelo.

— As circunstâncias mudaram depois disso.

— Pode ser; mas não mudou a nossa vontade.

— Talvez que Vossa Senhoria deseje algum tempo para melhor refletir?

— Já decidimos.

— Então a resposta do Sr. capitão-mor é?...

— Não!

— Atenda Vossa Senhoria à posição difícil em que vai ficar meu primo Marcos Fragoso, assim desconsiderado, e lembre-se que nem sempre somos senhores de nossas paixões. Este casamento poupará talvez grandes calamidades...

— Não! Não! Não!...

O capitão-mor erguera-se, e atirando ao licenciado aquelas três negativas, cortejou-o com arrogância, intimando assim que estava terminada a conferência.

Ourém compreendeu que, naquela ocasião pelo menos, nada mais tinha ali a fazer, e que sua missão conciliadora podia tornar-se em provocação, se com sua insistência exacerbasse a ira do capitão-mor.

Despediu-se, e tornou ao campo do Fragoso.

Já era então ao declinar do dia. O capitão-mor voltou a ocupar o seu posto no terreiro, acompanhado de três pajens que seguravam os bacamartes já carregados e as munições para carregá-los de novo.

Arnaldo e Leandro Barbalho colocaram-se junto dele, à espera do assalto, que não podia demorar-se depois da maneira rude por que o capitão-mor despedira o parlamentário.

Ao cair da noite anunciou-se novo emissário, portador de uma carta do capitão Marcos Fragoso para o dono da Oiticica.

A CARTA

Fechara-se a noite.

D. Genoveva sentada à cabeceira da mesa de jantar presidia a trabalhos bem estranhos às habituais lidas caseiras. Ajudada de suas escravas enchia de pólvora e bala os cartuchos que enrolava a mão mimosa de D. Flor, com o auxílio da Justa.

Alina e a mãe na outra ponta da mesa faziam fios e rezavam baixinho a *magnífica*.

O capitão-mor, deixando a sua gente de guarda no terreiro, foi ao camarim com padre Teles e Leandro Barbalho para tomar conhecimento da carta do Fragoso.

Padre Teles rompeu o fecho e deu a seguinte leitura:

Ilm. Sr. capitão-mor Gonçalo Pires Campelo

Aos 5 de janeiro do ano de 1765.

Prezadíssimo senhor

Peço vênia a Vossa Senhoria para não tomar por última e definitiva a resposta de que foi portador meu primo Ourém.

Ainda espero que, pesando em sua consumada prudência os males que podem afligir a duas famílias importantes e que sempre viveram em boa vizinhança, há de tornar de seu primeiro alvitre.

Se Vossa Senhoria julga-se ofendido em seus brios, não posso oferecer-lhe mais cabal reparação do que essa de beijar-lhe a mão como filho. Não espero senão o seu agrado para ir pessoalmente render-lhe esse preito de minha submissão.

Resolvi aguardar três dias para dar tempo a que Vossa Senhoria delibere com toda calma. Se expirado este prazo, não tiver eu satisfação de meu pedido, só então, e muito a meu pesar, serei levado à última extremidade; porque também tenho que dar contas de mim aos parentes e amigos, defendendo-me de tão dura afronta.

Guarde Deus a Vossa Senhoria por muitos anos. Deste seu servidor, pronto sempre às suas ordens.

Marcos Antônio Fragoso

Era fácil de reconhecer no estilo da carta a mão diplomática de Ourém. O Fragoso não tinha paciência nem retórica para arredondar esses períodos em que, sob os rendimentos de uma cortesia respeitosa, fazia-se ao fazendeiro a intimação formal de entregar a filha a título de noiva no prazo de três dias, se não queria sujeitar-se a lhe ser arrancada à força.

Esse excesso de deferência com que o licenciado procurou atenuar a cominação, pungiu mais o orgulho do capitão-mor do que uma linguagem grosseira e desabrida. A impossibilidade em que se achava o fazendeiro de repelir a agressão se insinuava nas frases mais polidas da carta, uma ironia que não estava no pensamento do escritor, nem nas intenções do signatário.

Assim ao terminar padre Teles a leitura, Campelo tirou-lhe das mãos o papel, e rasgou-o ao meio. Leandro Barbalho, porém, levantou as duas bandas, e o capelão recordou-se naquela posição estreita de seu caráter sagrado de ministro da religião.

— Vossa Senhoria, Sr. capitão-mor, não me levará a mal que eu, ministro do Senhor e capelão desta casa, faça ouvir neste momento a voz da religião.

Empenhou então o reverendo toda a sua loquela em demonstrar ao fazendeiro a necessidade de ceder por essa vez, a fim de salvar a sua família e a si das desgraças que o ameaçavam. Que valia resistir, se afinal tinha de sofrer a lei do vencedor, como não era lícito duvidar, quando viam-se reduzidos ao minguado número de cinquenta homens contra quatrocentos?

Depois entrou o padre em copiosa argumentação para convencer ao capitão-mor que, no fim das contas, o Fragoso, bem longe de insultá-lo, ao contrário rendia-lhe preito, como ele próprio confessava em sua carta; e se o fervor com que o mancebo procurava esse casamento era uma culpa, atenuava-se com a formosura de D. Flor, que lhe inspirara tão viva paixão.

Leandro Barbalho ouviu em silêncio as ponderações do capelão, e de algum modo aderiu a elas fazendo ao capitão-mor esta declaração:

— O senhor sabe, meu tio, que eu não sirvo de embaraço à sua resolução. Obedeci-lhe aceitando a mão de minha prima; da mesma sorte lhe obedecerei não pensando mais nisso.

O capitão-mor atravessou o aposento e chegando ao corredor, chamou a filha em voz alta:

— Flor!

A donzela acudiu logo. Nas condições em que se achava a fazenda, cada acidente devia sobressaltar, como núncio de novas complicações. A filha do capitão-mor, porém, sabia dominar-se, e quando entrou no camarim, foi com um olhar sereno que ela interrogou a fisionomia das pessoas ali presentes.

— Leia a carta, padre Teles — disse o capitão-mor, significando à filha com um gesto que atendesse.

O capelão reuniu as duas bandas de papel, e obedeceu à ordem do capitão-mor. Finda a leitura, o pai voltou-se para a filha:

— Ouça agora os conselhos do nosso capelão. Fale, padre Teles.

O sacerdote repetiu o que havia dito pouco antes, insistindo, porém, nas razões mais próprias para mover o ânimo da donzela.

— Ouviu Flor? Agora que responde a esta carta?

— Sua filha, meu pai, a filha do capitão-mor Campelo nunca seria esposa do homem que uma vez a insultou, ainda quando ele não se atrevesse a ameaçar-nos como o faz.

Campelo cerrou a filha ao peito:

— Aqui tem a resposta desta carta insolente. Mas nós queremos dá-la de um modo que fique para memória.

O capitão-mor reassumira de repente o gesto imperioso que ele tinha habitualmente e era a expressão de sua índole soberba, mas que ficara como atônito, desde o momento em que reconhecera a impossibilidade de desafrontar-se.

— Ele marcou três dias; não careço de tanto. Amanhã Flor será mulher de Leandro Barbalho.

Arnaldo assomara à porta, ainda a tempo de ouvir estas palavras; uma palidez mortal derramou-se pelo semblante, que nenhum perigo turbava. Quando ele saiu da vertigem que o assaltara, seus olhos fitaram-se na donzela.

Flor abaixou as pálpebras para não ver esse olhar, e respondeu ao pai com uma voz calma, ainda que tocada de leve aspereza:

— Amanhã ou neste momento, meu pai, quando mo ordenar, receberei por esposo meu primo Leandro Barbalho.

O sertanejo levou a mão ao seio para suster o coração que lhe desfalecia, e fugiu dali com a morte n'alma.

Entretanto ele vinha cheio de esperança trazer a paz e a alegria àquela casa, onde lhe estava guardada a dor mais pungente que podiam inflingir à sua alma.

Quando o capitão-mor se recolhera ao camarim para ler a carta, Arnaldo fora sentar-se embaixo da oiticica onde estavam o Manuel Abreu e alguns dos agregados.

À distância de quinhentos passos, avistava-se uma linha escura que cingia o centro da fazenda, como um arco do qual a serra de Santa Maria figurava a corda. Nessa faixa sombria luziam, aqui e ali, pequenos fogos vermelhos, que derramavam pelo espaço um clarão intermitente.

Eram as redes, que movidas ao compassado balanço, ocultavam às vezes o foco da luz e logo o descobriam, fazendo correr pelo campo umas sombras vagas, trêmulas e esguias, que lembravam os fantasmas e espectros das lendas populares.

Manuel Abreu e seus companheiros observavam atentos a linha, que indicava o acampamento das bandeiras do Fragoso e o cerco posto à casa da Oiticica. No prolongamento do arco e ligação dos postos entre si, viam eles o empenho de impedir a comunicação com o exterior.

O dono da Oiticica não podia contar senão com seus próprios recursos, e devia abandonar a esperança de obter socorro de fora; pois antes que este chegasse, o inimigo teria levado de assalto a casa.

— Não ouve um tremor? — perguntou Arnaldo de repente ao feitor. — Talvez tenham esperado pela noite para atacar-nos.

— Mas se agora mesmo veio uma carta do homem! — disse o Abreu.

— Que tem isso? — acudiu o Nicácio. — É manha do cabra. — Então aquele Onofre que é da pelo do cão.

— Não há que fiar! — observou João Coité!

Apesar de suas dúvidas, Manuel Abreu conhecia bem a perspicácia do sertanejo para desprezar o seu aviso. Adiantou-se até o parapeito do terreiro e os companheiros o seguiram para verificar, se com efeito alguma partida se aproximava.

Quando tornaram aos bancos, Arnaldo havia desaparecido. Os outros suspeitaram que ele havia-se divertido à custa do Abreu; e por isso afastara-se dali, para outro ponto do terreiro.

Enganavam-se. Apenas tinham eles voltado as costas, Arnaldo, com uma agilidade, que em outro seria para admirar, mas era nele comezinha, de um salto suspendera-se a um ramo da Oiticica, e sumira-se por entre a espessa folhagem.

Ganhando o tronco, despiu a roupa, que estendeu pelos galhos, e resvalou pela broca da árvore até a cava subterrânea, e gatinhando às vezes como um cão, ou rojando como um réptil, foi sair na boca do fosso.

Daí em diante corria uma levada cheia pelo inverno e que atravessava a linha de cerco estendida pelo inimigo. O sertanejo aproveitou-se do córrego, como de um caminho coberto, para transpor o acampamento.

Seguiu por dentro sutilmente, com água até os olhos. Quando chegou perto das barracas e tendas, os cães latiram, e acudiu logo uma das rondas ligeiras que os capitães das bandeiras tinham estabelecido para melhor guardar os passos entre os postos, e mais apertar o cerco.

Arnaldo, porém, mergulhara, e caminhando por baixo d'água como a lontra ou a capivara, foi surdir muito além, já na floresta. Aplicou então o ouvido e distinguiu o mesmo tremor que pouco antes percebera confusamente, quando estava sentado embaixo da Oiticica, e de que serviu-se para distrair a atenção do Manuel Abreu e sua gente.

Continuou no rumo dessa repercussão da terra, que lhe indicava a marcha de uma multidão. A certa distância ele soltou o berro da jiboia que era o grito de guerra de Anhamum. Outro berro lhe respondeu e o tropel dos passos cessou.

Momentos depois os dois amigos encontravam-se na espessura da floresta.

— Anhamum recebeu sua flecha que tu lhe mandaste, chefe dos tapijaras; e soprou o boré para convocar os seus guerreiros. Ele veio pelo rasto dos inimigos.

— Tu és um amigo fiel, chefe dos Jucás; teus guerreiros terão muitos inimigos a combater, e muitas armas e roupas para levar à sua taba.

Arnaldo sabia quanto os índios eram ávidos daqueles objetos, principalmente dos veludos e sedas de cores vivas, com que se enfeitavam; por isso, embora tivesse confiança na dedicação do chefe, quis por esse modo estimular a gana dos selvagens.

Combinou o sertanejo com o chefe um plano de ataque.

Os selvagens ficariam ocultos na mata, de espreita ao inimigo. No momento de assalto à casa, e a um sinal convencionado, Anhamum cairia sobre as bandeiras do Fragoso, e as meteria entre dois fogos.

Despachou-se também imediatamente um guerreiro para ir ao encontro do Agrela, que Arnaldo supunha já estar àquela hora de volta da Barbalha; pois não era muito que, avisado como fora, desse conta da expedição em oito dias, tanto mais quanto ao chegar a seu destino conheceria a mentira da suposta viúva.

O mensageiro devia prevenir o ajudante do cerco posto à Oiticica; e recomendar-lhe da parte de Arnaldo que aguardasse a ocasião do assalto para dar também sobre o inimigo, e cortar-lhe a retirada.

Tomadas estas disposições, tornou o sertanejo pelo mesmo caminho.

Tinha a sorte do Fragoso em sua mão; e ia oferecer ao capitão-mor a maior satisfação que ele podia experimentar nesse momento: a de castigar a insolência do rapazola que se atrevera a afrontar seu poder.

Maior, porém, era o seu júbilo de arredar para sempre daquele sítio o homem que tinha ousado erguer os olhos para D. Flor e cobiçar a sua beleza.

Imagine-se, pois, do golpe que o trespassou quando, entrando pressuroso no camarim do capitão-mor, ouviu aquelas palavras em que a donzela, conformando-se ao desejo do pai, dava-se por esposa a Leandro Barbalho.

Fugindo, seu primeiro ímpeto foi correr ao terreiro, apanhar as armas que ali estavam de prontidão, dispará-las umas após outras contra a gente do Fragoso, empenhar o combate, e assim provocar a morte.

Mas terminada a luta, ou o capitão-mor vencia, como era de esperar depois das providências tomadas, e Flor se casaria do mesmo modo com o primo, ou o Fragosos lograria seu intento e levaria a esposa que viera tomar à mão armada.

— Não; eu não posso morrer. O capitão-mor vencerá; mas Leandro Barbalho não há de ser marido de Flor

A RESPOSTA

Ia alta a noite.

Na casa da Oiticica reinava o silêncio. A família recolhera-se a tomar algum repouso e o capitão-mor acompanhou a mulher para mais sossegá-la, contando voltar depois para seu posto.

No terreiro também os homens da escolta e mais gente acomodaram-se por baixo da oiticica, ao longo da calçada; e dormiam ao relento, com a cabeça encostada ao braço, e a espingarda segura entre os joelhos.

Os vigias, colocados ao correr do muro, investigavam os corredores, para dar rebate ao menor movimento suspeito do inimigo; e Leandro Barbalho embalançava-se na rede que mandara armar nos ramos da oiticica.

A capela estava aberta; e pelo vão da porta via-se à luz mortiça de uma candeia padre Teles que ali andava dispondo os paramentos e cuidando de outros arranjos para a próxima cerimônia, no que era ajudado por um rapazinho, filho do Abreu, e que lhe servia de sacristão.

Arnaldo, que observava aqueles movimentos com uma ânsia cruel, decidiu-se afinal; e atravessando o terreiro, aproximou-se da rede do Leandro Barbalho.

— Tenho um particular com o senhor — disse-lhe o sertanejo.

— Pode falar, Arnaldo.

— Há de ser em lugar onde ninguém possa ouvir-nos.

— Onde quiser.

O sobrinho do capitão-mor seguiu o sertanejo até a extremidade do terreiro, onde já começavam as encostas da serra. Passava ali o muro do quintal, que vinha do canto da casa e galgava pelos alcantis. Por baixo ficava uma quebrada onde passava um córrego.

Arnaldo escolhera de propósito aquele sítio escuro, onde dois homens podiam bater-se a gosto, sem temer vistas indiscretas. O que sucumbisse rolaria pelo barranco; e não deixaria vestígios que denunciassem a luta.

O sertanejo não demorou a explicação.

— O capitão-mor não tem força para resistir a um assalto; só há um meio de salvá-lo.

— Qual é? — perguntou Barbalho.

— Ficar D. Flor solteira.

Arnaldo era sincero. Naquele instante de angústia que passara, ele tinha jurado não salvar a Oiticica e seus moradores, senão por aquele preço.

— Esse meio, Arnaldo, meu tio não o aceita.

— O Sr. capitão-mor tem seu orgulho; mas o senhor é que não deve consentir em um casamento que será a destruição de toda a família.

— Não tenho que ver nisso — respondeu o mancebo placidamente.

— Assim não lhe importa a desgraça de seus parentes?

— Meu tio Campelo ordenou-me e eu obedeço. Se ele me dissesse "Barbalho, vai agora mesmo àquela canalha do Fragoso, e mete-lhe o relho", eu iria direito ao cabra, e a primeira lambada ninguém lhe a tirava do pelo. O que sucedia era coserem-se ali às facadas; mas o homem nasceu para morrer. Ora, meu tio quer que me case com Flor; é o mesmo, devo fazer-lhe a vontade.

Arnaldo olhou admirado e comovido para o homem que lhe falava com aquela simplicidade heroica.

— Pelo meu gosto ficaria solteiro. Não tenho jeito para aturar mulheres; demais não é nada agradável andar um homem com a morte atrás de si, porque esse Fragoso, quando mesmo escapássemos desta, não descansaria enquanto não me despachasse. Mas devo desafrontar as barbas de meu tio Campelo, e se fosse preciso, eu me casaria até com o diabo em pessoa.

Como o sertanejo não respondesse ainda, o mancebo concluiu:

— Portanto, amigo Arnaldo, se não há outro meio de salvar-nos, vamos dormir, que este não serve.

Quando o sobrinho do capitão-mor afastava-se, Arnaldo, preso de uma comoção profunda, murmurou:

— Eu não posso matar este homem. Mas Flor?...

O sertanejo saltou o barranco; e rodeando o tombador até à levada por onde passara no princípio da noite, de novo atravessou o cerco, mas desta vez para dirigir-se à caverna de Jó.

O velho dormia; despertando ao rumor dos passos de Arnaldo, viu ao tênue vislumbre que entrava pelas fendas o vulto do mancebo.

— Arnaldo!

— Preciso de ti, Jó.

— E por quem ainda ando eu, alma penada, por este mundo, filho?

Arnaldo contou ao velho o que sucedera aquela noite na Oiticica.

— Anhamum chegou.

— Ouvi os seus passos.

— Ele possui um veneno que mata, e outro que faz dormir apenas.

— Conheço.

— Tu lhe pedirás uma seta ervada que faça dormir um homem.

— E um arco.

— Sabes atirar com ele?

— Outrora eu flechava as andorinhas no ar.

— Posso contar contigo?

— Conta com Deus, filho, se ele quiser abençoar-te.

— Não te demores.

— O teu pé não tem a asa de teu desejo, como a terá o meu que é velho e cansado.

Arnaldo tornou à casa. Começava a empalidecer o horizonte. Na habitação e em torno dela reinava o mesmo silêncio. No acampamento do Fragoso, os bandeiristas, fatigados talvez da vigília noturna, entregaram-se ao repouso da madrugada.

Apareceu no patamar o capitão-mor Campelo, que desceu ao terreiro, passou revista à sua gente, visitou os postos que se tinham estabelecido em vários pontos que se tinham estabelecido em vários pontos mais próprios para a resistência e mandou fazer nova distribuição dos cartuchos fabricados naquela noite.

Depois de ter provido à defesa, o senhor da Oiticica chamou o capelão com quem teve uma breve prática. Azoado com as ordens que recebia, o capelão redarguiu:

— Ele não sofrerá, Sr. capitão-mor?

— Que remédio tem senão sofrer?

— E as consequências?

— Tem medo, reverendo?

— Se me dessem um bacamarte, mostraria que um padre é um homem; porém assim de braços cruzados, como um criminoso que vai a fuzilar...

— Temos dito, padre Teles; trate de cumprir as nossas ordens.

O capelão chamou alguns agregados à capela, donde esses homens conduziram para a frente do terreiro, adiante da Oiticica, vários objetos cuja natureza não se podia bem distinguir por causa do escuro que ainda fazia.

À claridade da alvorada que raiava, pôde-se então divisar um altar já vestido de rica toalha de labirinto e renda, desfraldada sobre o frontal de brocado carmesim. Na peanha erguia-se a cruz de pau-santo, com a imagem de Cristo lavrada em prata; dos lados estavam as serpentinas igualmente de prata.

Foi grande a surpresa no campo do Fragoso, quando ali deram com a novidade que ia pelo terreiro da Oiticica.

Uma alvorada de cornetas chamou a atenção de todos, cujas vistas voltaram-se para aquele ponto, e fitaram-se cheias de curiosidade no espetáculo, que se lhes apresentava.

A escolta do capitão-mor formava em duas alas de um e outro lado do terreiro, a partir dos cantos de casa, figurando as naves do altar, que ficava no centro. O menino, que servia de sacristão, acendia com o gancho as velas da serpentina, cuja flama ainda luzia na fosca palidez do crepúsculo.

Ourém, que fora um dos primeiros a acudir ao toque da alvorada, estava conjeturando sobre a significação daquela cena estranha, e ouvia as observações de João Correia e Daniel Ferro:

— É alguma ladainha que vão rezar para pedir a intercessão divina — opinara o último.

— Ou talvez queiram ouvir missa, para que o Espírito Santo inspire ao Campelo uma boa resolução. E não passe de lembrança da mulher, a D. Genoveva.

— E da filha. Que pensa? Ela já estava rendida à ternura do nosso Fragoso, e por seu gosto as coisas tomariam outro jeito.

— Mas, senhores meus — acudiu Ourém —, ladainha ou missa, não tinham eles a capela da fazenda, que lá está aberta?

— É que não caberiam dentro.

— Não é gente da fazenda que lá vem descendo? — atalhou o licenciado, apontando para o Nicácio, que nesse momento deixava o terreiro em busca do acampamento do Fragoso.

— Espere!... E traz carta — acrescentou Daniel Ferro, afirmando a vista.

Fragoso apareceu então. Embora tivesse acordado antes, e ouvisse o toque das cornetas, não quis mostrar-se em desalinho, e primeiro cuidou de compor-se com o apuro do costume, que não dispensava em nenhuma circunstância, quanto mais nesta em que achava-se à vista de D. Flor e podia a cada momento ser chamado à sua gentil presença.

— Então que novidades temos, primo Ourém? — perguntou o capitão.

O licenciado respondeu apontando o portador que aproximava-se, e declamando com ênfase os versos que abrem um dos cantos de *Os Lusíadas*:

> *Depois de procelosa tempestade,*
> *Noturna sombra e sibilante vento,*
> *Traz a manhã serena claridade,*
> *Esperança de* amor *e* casamento.

— Digo *amor* e *casamento*, que para o nosso caso vale tanto como *porto* e *salvamento*; pois, que melhor porto para o coração batido pelo mar proceloso das paixões do que o afeto sereno da esposa; e que melhor salvamento para as calamidades de uma guerra de família do que transformá-la em festa de bodas, e fazer dos inimigos parentes?

Fragoso, alvoroçado com as palavras do Ourém, e com a vista do emissário que parecia confirmá-las, recebia satisfeito essa alvíçaras; mas como acontece quando se alcança a realização de um desejo muitas vezes frustrado, o mancebo ainda vacilava em acreditar na sua felicidade.

— Quem lhe diz, primo Ourém, que essa carta do capitão-mor nos trará tão boa nova?

— Diz-me aquele altar que lá está armado, primo Fragoso. O capitão-mor é soberbo e também desconfiado, cede à intimação porque não tem outro remédio; mas quer fazer as coisas de modo que pareça que é ele quem ordena, guardando-se ao mesmo tempo de alguma futura logração.

— Cuida então que ele vai exigir de mim a condição de casar-me sem mais demora com a filha? — tornou Fragoso a rir.

— Tenho-o como certo. Aquela carta é uma ordem, ou como diríamos em linguagem forense, um mandado cominatório para o capitão Marcos Antônio Fragoso comparecer incontinenti na Oiticica a fim de receber-se em matrimônio com a Sra. D. Flor Pires Campelo, sob pena de, não o fazendo, ser tido e havido por desleal, indigno, etc.

— Boa maneira de sair-se da entalação! — observou João Correia.

— Assim fica parecendo que é ele quem obriga o primo Marcos Fragoso a casar, e não ao contrário; mas, como chegamos ao mesmo fim por este ou aquele modo, que mal nos faz o velho rabugento?

— Eu é que não o admitia, se fosse comigo — exclamou Daniel Ferro.

— Em verdade esse desfecho não me parece muito conforme, primo Ourém — disse Fragoso, abalado pela opinião de seu parente de Inhamuns.

— Não nos venha cá embrulhar o caso, com as suas arrancadas de touro bravo, Daniel Ferro; isto não é vaquejada; trata-se de caça mais fina. E você, primo Fragoso, lembre-se que no fim de contas o capitão-mor Campelo é seu futuro sogro.

Nesse momento o Nicácio que ainda vinha a uns cinquenta passos de distância, fincou no chão uma vara que trazia, e tornou atrás, deixando a carta pegada na ponta da estaca.

Marcos Fragoso e Daniel Ferro trocaram entre si um olhar significativo; e voltaram-se à uma para o licenciado de quem esperavam a explicação de tão singular procedimento.

O Ourém, um tanto enfiado com aquele excesso de prudência, que por certo não indicava mensagem pacífica e amistosa, adiantou-se ao encontro do João Correia, que tinha ido em busca da carta.

— Então, primo Ourém, é assim que se usa intimar os mandados lá no seu foro? — disse Fragoso em tom de mofa.

— Vamos a ver! — respondeu o licenciado, abrindo a carta que lhe entregara o João Correia.

Os quatro amigos leram a um tempo estas poucas palavras escritas em bastardo no meio da folha de papel:

> O capitão-mor de Quixeramobim, Gonçalo Pires Campelo, vai mostrar, ao nascer do sol, o caso que faz das ameaças de um bandoleiro atrevido.

Não se tinha dissipado ainda o pasmo produzido por este repto insolente, quando o sino da capela começou a tanger uns repiques festivos.

Todos os olhares voltaram-se para a casa; e fitaram-se atônitos na cena que ali se desdobrava naquele instante.

O CASAMENTO

O primeiro golpe de luz, jorrando do oriente, foi bater de chapa na frente da casa.

Tinha nascido o sol.

No patamar, acabava de assomar o vulto majestoso do capitão-mor Campelo, que trajava a sua farda de veludo escarlate com recamos e galões dourados.

Os calções eram, como a véstia, de gurgorão branco entretecido de prata; e os coturnos do mais fino cordovão, tinham no salto vermelho a espora de ouro, e na pala do rosto uma fivela de pedrarias.

Ao lado pendia-lhe do talim bordado a espada com bainha também de ouro e copos cravejados de diamantes, como o argolão que prendia-lhe ao pescoço a volta de fina cambrais, cujas pontas caíam sobre os folhos estofados da camisa.

O chapéu de feltro, armado como então usava-se, com a aba da frente apresilhada e um respeitável rabicho com laçada de fita amarela completavam o trajo de cerimônia do capitão-mor.

Com ele saíra D. Genoveva, também vestida de gala, com uma roupa mui rica de veludo azul, alcachofrada de ouro, e coberta de gemas preciosas desde o pente do toucado até os sapatos de cetim.

Colocaram-se ambos, marido e mulher, de um e outro lado da porta, um tanto voltados para dentro como esperando alguém que devia passar.

Apareceu então D. Flor.

A donzela vinha radiante de formosura e graça. Debuxava-lhe o talhe airoso um vestido de lhama de ouro, justo e de estreita roda como usam-se agora à moda daquele tempo.

Uma petrina de cetim azul recamada de rubis como uma faixa de céu estrelado, cerrava-lhe a mimosa cintura, e recortando-se em coração, debuxava um colo do mais perfeito cinzel. Eram dessa mesma teia celeste os chapins em que se engastavam as joias de dois pés de sílfide.

A túnica de veludo carmesim, atufando-se em dois elegantes falbalás, formava a cauda que a gentil donzela arrastava com o altivo garbo de uma rainha.

O toucado alto, composto de crespos que borbulhavam uns sobre outros como as ondas de uma cascata, era coroado por um diadema de brilhantes, que cintilavam aos raios do sol nascente, sobre aquela fronte senhoril, como se a aurora brilhasse da terra para o céu.

Preso por um airão de ouro, o longo véu de alva e finíssima renda de escócia, todo semeado de raminhos de alecrim e flor de laranja, com lizes de ouro, descia-lhe até os pés, e arfando às auras matutinas, formava-lhe uma nuvem diáfana.

Pousava a mão calçada com luva de seda branca no braço de Leandro Barbalho, também trajado com apuro e riqueza e pelo mesmo teor do capitão-mor com a diferença de trazer a casaca de cetim verde de Macau.

A esse tempo, padre Teles vestido com os paramentos sacerdotais, saía da capela acompanhado pelo sacristão, e ia ao encontro do capitão-mor recebê-lo e à sua família de hissope e turíbulo, como era então de rigor fazer aos príncipes e governadores.

D. Flor conduzida pelo cavalheiro, desceu os degraus da escada, e dirigiu-se ao altar, precedida pelo capelão e acompanhada pelo capitão-mor e D. Genoveva. Alina, Justa, e outras mulheres do serviço da casa tiveram licença para assistir à cerimônia.

Faziam parte do séquito e seguiam logo após do capitão-mor, três pajens negros como azeviche, vestidos à moda antiga de pelotes de cetim amarelo os quais levavam ao ombro os bacamartes do dono da Oiticica.

Os agregados da fazenda estavam surpreendidos com aquele espetáculo, cuja significação muitos ainda não atinavam. Nesse enleio, olhando a formosa donzela que passava radiante, parecia-lhes ver a imagem de Nossa Senhora da Conceição no resplendor de sua festa.

D. Flor tinha com efeito em seu puro e níveo semblante a maviosa serenidade que se admira nos mais belos modelos da Santíssima Virgem; e que é como um ressumbro do céu.

Para a casta e altiva donzela, o ato em que tomava parte não era um casamento, nem nesse instante a dominavam os enleios que a cerimônia nupcial produz naturalmente em uma virgem, e os sentimentos que desperta esse transe solene da vida.

D. Flor não se recordava nessa hora senão que ia vingar a sua dignidade ultrajada, e desafrontar o orgulho de seu pai escarnecido pela insolência do Fragoso.

Os mais antigos lembraram-se de D. Genoveva, quando 20 anos antes, e moça gentil como a filha, o capitão-mor Campelo a conduzira o altar, vestida com aquelas mesmas roupas e adereços de gala, que serviam agora a D. Flor.

Naquele tempo era assim, os estofos e fazendas tinham tal dura que passavam de pais a filhos e transmitiam-se por muitas gerações. Hoje em dia os tecidos merecem a mesma fé que as palavras e as ações do homem; são uns ouropéis, de um brilho efêmero, que desaparecem com as modas.

Por isso, quando na véspera Campelo comunicou sua resolução a D. Genoveva, esta não careceu para preparar o trajo de noiva da filha senão de abrir o baú de cedro forrado de primavera, onde guardava as ricas louçanias de suas bodas.

Arnaldo, arredio, contemplava esta cena como desespero n'alma. Quando D. Flor surgiu no fulgor de sua beleza, ele fechou os olhos deslumbrado, como se ostivessem ferido os raios do sol.

Vendo a mulher de sua adoração presa das chamas e estorcendo-se em horríveis convulsões, sem poder salvá-la, não passaria pelos tratos cruéis que sofreu naquele instante.

D. Flor atravessou o terreiro com o seu séquito e foi ajoelhar em frente ao altar sobre a almofada de veludo que ali a esperava. Leandro Barbalho ajoelhou a seu lado, o capitão-mor e D. Genoveva logo após.

O sacerdote começou a celebrar, e toda a gente da fazenda ouviu devotadamente a missa, incluindo a escolta que rezava de mãos postas e com a espingarda abraçada ao peito.

Soou de repente um brado seguido muito de perto de grande alarido e de uma descarga de fuzilaria.

Marcos Fragoso, como seus amigos, tomados da primeira surpresa, não compreenderam logo a significação da cena que tinham diante dos olhos. A distância, produzindo alguma confusão no aspecto dos grupos, não lhes deixou ver claramente a posição de D. Flor ao lado do Leandro Barbalho, e as flores de laranja e ramos de alecrim, emblemas do matrimônio.

Conheceram bem que tratava-se de uma cerimônia religiosa; mas estavam longe do desfecho ordenado pelo capitão-mor, que não lhes acudiu a ideia de um casamento àquela hora, e nas circunstâncias em que se achavam o dono e moradores da Oiticica.

O respeito ao símbolo da redenção e aos sacramentos da igreja, dominou-os a todos; e os teve por algum tempo calados, imóveis, perplexos e curiosos de uma explicação daquela singular ocorrência.

Foi quando o sacerdote, depois de ter levantado a Deus, voltou-se com a hóstia consagrada e administrou a Santa Comunhão a D. Flor primeiro, e a Leandro Barbalho depois, que Fragoso teve súbita revelação do que era até ali um enigma para ele e seus companheiros.

— Inferno! — bradou em fúria. — Vão casar-se.

— O jeito é disso — observou Daniel Ferro.

— Fogo! — ordenou o moço capitão aos seus bandeiristas.

— E a missa? — perguntou o Onofre por desencargo de consciência.

— Leve tudo o diabo! — gritou Fragoso, armando o bacamarte.

— Então, minha gente, começa o fandango. Quero ver esta pontaria! Na cabeça do padre, que é a causa de tudo. Sem padre não se faz casamento.

A bandeira do Onofre com o Marcos Fragoso à frente deu a primeira descarga, e carregou para avançar. João Correia e Daniel Ferro correram ao sítio onde tinham acampado a sua gente, para atacar de seu lado.

Quanto ao Ourém, não tendo conseguido com a sua diplomacia resolver o *casus belli*, reservou-se para mais tarde ajustar a paz; e dando trégua à retórica, passou a mostrar que, sendo preciso, também exercitava-se nas lides de Marte, embora preferisse as de Caliope e Mercúrio.

Ao estrondo da fuzilaria, houve no terreiro da Oiticica uma percussão geral, como era de prever; mas o capitão-mor, erguendo-se de um ímpeto e perfilando a corpulenta estatura, bradou com uma voz formidável:

— Ao fogo, os da escolta. Ninguém mais se mova. Padre, acabe a cerimônia.

Padre Teles compreendeu que sendo ele, não o agente, mas o instrumento da provocação imaginada pelo capitão-mor, devia tornar-se o alvo principal dos tiros do Fragoso empenhado sobretudo em impedir o casamento.

O nosso capelão, fazendo este raciocínio, sentiu um ligeiro arrepio, e encolheu-se um tanto dentro da casula como um jabuti no seu casco, lançando de esguelha um olhar para o campo inimigo. Mas continuou a oficiar como se estivesse na capela entre grossas paredes.

D. Flor, absorta em seus pensamentos, ergueu a fronte ao estampido da fuzilaria, e fitando com sublime expressão a imagem do Cristo suspensa ao crucifixo, seu rosto iluminou-se de um sorriso angélico.

Talvez nesse instante ela entrevisse o martírio com um sentimento de bem-aventurança e pedisse a Jesus a sorte da Mãe Santíssima, esposa e virgem, esposa para desafrontar o orgulho paterno e a sua dignidade, virgem para voar ao céu imaculada como de lá descera sua alma.

Leandro Barbalho teve um ímpeto de impaciência. Queria-se já unido a D. Flor e desembaraçado a cerimônia religiosa para correr ao combate, e desfechar sobre o inimigo os assomos belicosos, que o estremeciam de raiva.

— Depressa, padre!

— Cuida ele que estou aqui num regabofe?

D. Genoveva ajoelhada junto de Flor, estremeceu com a descarga; seu primeiro movimento foi adiantar-se para cobri-la com seu corpo, sentindo não ser-lhe dado repartir-se em duas, uma que ali ficasse, e outra que seguisse o marido.

Do resto das mulheres, todas tiveram medo; mas quem ousaria fugir, quando o capitão-mor expunha sua própria mulher e filha ao maior perigo? Alina, quase desmaiada, caiu sobre os joelhos; e Justa, trêmula de susto, foi colocar-se perto de D. Genoveva, para morrer ao lado de sua filha de criação.

Intimando a sua ordem, o capitão-mor, com a gente da escolta, acudiu a postos e travou o combate com os assaltantes. As descargas sucediam-se com rapidez de um e outro lado, cruzando um fogo rolante, que tornava-se cada vez mais mortífero à proporção que diminuía a distância entre os dois bandos.

O capitão-mor Campelo, em pé em cima do muro, disparava um após outro os três famosos bacamartes que os seus pagens carregavam logo depois do tiro, e ainda assim não bastavam ao seu braço infatigável. A violenta repercussão das armas de tão grosso calibre não abalava o porte desse homem possante, que formava ele só uma bateria de três bocas de fogo.

Por isso em frente do lugar, onde se postava, abria-se um rombo na linha inimiga. Se o Fragoso, ou algum de seus capitães de bandeiras, juntava sua gente em coluna e investia contra a casa, o capitão-mor corria-lhe ao encontro; os três bacamartes vomitavam uma chuva de balas e metralhas, diante da qual o inimigo destroçado rebolcava-se para trás.

Quando os cabras do Onofre viam a boca medonha do *Jacaré*, ou o clarão vermelho do *Farol*, e ouviam o estampido do *Trovão*, diziam baixinho: *ave-maria!*, e apalpavam-se para conhecer se tinham algum estilhaço na pele.

Mais rude e terrível combate era o que nesse instante dava-se n'alma de Arnaldo.

Crivado ao solo como um poste, no meio das balas que zuniam-lhe aos ouvidos, os olhos saltando de D. Flor a Leandro Barbalho e remontando ansiosos à copa da oiticica, ele estava ali como um homem atado ao potro, e dilacerado pelo bárbaro suplício. Uma parte de sua alma, D. Flor a levava após, e debalde ele a chamava a si; outra, o horror do que via a arrancava dali e a arrojava para longe.

Entretanto no meio do fogo rolante, o Campelo ao abaixar o bacamarte fumegante, lançava um olhar rápido para o altar e bradava em tom imperioso:

— Prossiga, padre!

O capelão não carecia de ser instigado; ele compreendia a grande vantagem que havia para todos, começando por si, em terminar brevemente a cerimônia, já que não a pudera evitar como aconselhara e era mais prudente.

Rolos espessos de fumo da pólvora, tangidos pela viração da manhã, se foram condensar no ponto do terreiro onde erguia-se o altar, e envolviam de uma bruma sinistra o grupo formado pelo sacerdote e pelas pessoas ajoelhadas a seus pés.

Essa névoa pardacenta era às vezes iluminada pelos clarões purpúreos dos tiros mais próximos ou pelas balas vermelhas que passavam sibilando e iam perder-se além, ou cravar-se no tronco da oiticica.

Apesar da resistência desesperada do capitão-mor e de sua escolta valente com as armas, não podia esse punhado de homens repelir por mais tempo o assalto bem dirigido das três bandeiras do Fragoso, cada uma delas mais numerosa do que a pequena força dos sitiados.

Assim Campelo já não cuidava senão de dar tempo a que se acabasse de celebrar o casamento para morrer defendendo sua família, e lavando no sangue o insulto que sofrera. A cada tiro que dava, ouvia-se sua voz retumbante gritar:

— Acabe, padre!

Nesse momento o sacerdote estendeu a ponta da estola, sobre a qual é do rito católico unir as mãos dos noivos, no momento de proferirem as palavras sacramentais.

Ouviu-se então um frêmito de terror e a voz de Arnaldo que bradou em um grito de angústia:

— Jó...

Deus não quer

Uma descarga mais próxima tinha alcançado a escolta da Oiticica, e a um e outro lado do capitão-mor tombaram as pilhas de combatentes.

Foi o Xavier um dos que mordeu o pó. Ferido mortalmente, o infeliz estrebuchou no chão; mas soerguendo-se logo sobre o cotovelo, gritou em uma golfada de sangue:

— A absolvição, senhor padre! Pela graça de Deus.

Com supremo arranco, rojou-se por terra como uma serpente, fazendo inauditos esforços para aproximar-se do sacerdote a quem estendia as mãos.

Justa e outras mulheres transidas de horror, mas tocadas de comiseração, tomaram o moribundo nos braços e o levaram ao sacerdote, que ficou perplexo.

— Ele não pode esperar — disse D. Flor erguendo-se.

O capelão suspendeu a celebração do casamento; e tomando os santos óleos administrou a extrema-unção ao morimbundo.

— Está acabado, padre Teles? — bradou o capitão-mor, voltando-se para o altar.

O sacerdote levantou de novo a ponta da estola, e travou da mão de Leandro Barbalho primeiro; depois recebeu a de Flor; mas não chegou a uni-las ambas, porque nesse momento a do noivo fugiu-lhe.

Soara rápido sibilo; uma seta fina e breve, cortando os ares, picara a artéria cervical do sobrinho do capitão-mor. O mancebo ainda ergueu a mão esquerda, supondo-se mordido por uma abelha; mas não a levou ao pescoço. Caiu fulminado.

No meio do estupor causado por esta morte, ninguém tinha notado o salto de Arnaldo, que em um arremesso feroz sacara a faca da bainha, e correu sobre o altar. Ao baque do corpo, ele estacara; mas ainda com o golpe alçado.

Foi D. Flor quem primeiro o avistou, quando as mulheres que a cercavam, cedendo afinal ao terror, fugiam espavoridas, e D. Genoveva abraçada com ela, a puxava para a casa.

— Arnaldo! — disse a donzela, resistindo à sofreguidão materna e acenando ao sertanejo que se aproximasse.

— Recolha-se, Flor — exclamou Arnaldo, recobrando afinal o seu ânimo pronto e resoluto.

— Meu lugar é aqui perto de meu pai — disse ela, mostrando o capitão-mor que não poupava os tiros de seus bacamartes. — Morreremos juntos.

— Não, Flor, não morrerá.

— Fique aqui perto de mim, Arnaldo. Se meu pai cair antes que uma bala me leve, quero que me trespasse o coração com sua faca. Jure-me, Arnaldo! Jure-me, que não cairei viva nas mãos dessa ralé.

— Nem viva nem morta, eu o juro, Flor.

Enquanto Justa, a um aceno dele, agarrava D. Flor e a levava à casa, seguida de D. Genoveva, Arnaldo, galgando o muro, soltou o grito de guerra do chefe Anhamum, e arrojou-se ao combate, montando no corisco, oculto ali perto à sua espera.

Levantou-se além, em torno da linha inimiga a pocema dos Jucás; e uma longa fila de selvagens ornados de penas de canindés e araras coleou pelo campo semelhante a uma serpente monstruosa que enroscasse em seus elos os bandeiristas do Fragoso.

Pouco depois Agrela, à frente de sua escolta, avançou pela várzea e foi cortando a bandeira do João Correia, como a cunha de um machado que penetra no cerne do madeiro e o fende.

Os assaltantes, que já estavam a tomar de escalada o terreiro da Oiticica, atacados pela retaguarda e metidos entre dois fogos, recuaram em desordem atropelando-se.

Quando o capitão-mor e Arnaldo investindo caíram sobre eles, a derrota foi completa. O sertanejo desforrava-se do tempo que perdera, imóvel no terreiro, e pelejava por dez. Seu bacamarte esquentou a ponto de inflamar a pólvora com o calor; então arrancando o arcabuz de um inimigo que sucumbiu, nomeou-o como uma clava.

Fragoso batia-se também com uma sanha de leão. Já os outros fugiam à rédea solta, que ele e o Daniel Ferro ainda sustentavam o choque do inimigo; mas quando as forças contrárias refluíram todas sobre eles, não puderam mais suster o ímpeto, e por sua vez abandonaram o campo.

Enquanto o Campelo, com Arnaldo e Agrela, acossava os fugitivos, e o chefe Anhamum, com seus índios, despojava os cadáveres de que estavam os campos juncados, D. Genoveva tornando do assombro causado pelas útimas cenas, deu ordem às escravas que fossem buscar o corpo de seu sobrinho Leandro Barbalho.

Elas obedeceram; mas o corpo não foi encontrado e ninguém sabia explicar o fato. A velha Filipa que espiava por uma seteira, dizia ter visto um diabo carregando o morto e persignava-se. Mas a descrição que ela dava do tal diabo que tinha chifres amarelos, e chamas a saírem-lhe do corpo, era de um índio bravo com cocar e trofa de penas.

Foi só por tarde que o capitão-mor voltou de perseguir o inimigo e não voltou senão obrigado pela fadiga de sua gente que pelejava desde o romper do dia, e também pela estafados cavalos. Mas o orgulhoso fazendeiro deixou rastejadores para descobrirem a pista do Fragoso; e jurou que em poucos dias se poria a caminho para arrasar a fazenda das Araras nos Inhamuns, e agarrar o atrevido onde quer que ele se escondesse.

A poucos passos da fazenda, Arnaldo viu Jó ao longe, sentado em um toco de pau negro do fogo e com os olhos submergidos no azul do céu.

— Por que tardaste, Jó?

— Aquele homem não te pertencia enquanto a sorte pudesse mudar seu destino. Esperei para ver se Deus mandava uma bala que o levasse.

— Sua vida não corre perigo.

— Sua vida, não; foi sua felicidade que mataste.

— Ele não ama D. Flor.

— Ama sua liberdade, filho.

Arnaldo ficou pensativo; ele sabia que amor é esse da independência, a melhor aura do coração brioso.

— Não te desconsoles, filho; é preciso que os homens se devorem entre si, para que a terra caiba à raça de Caim.

O velho absorveu-se de novo em sua cogitação; e Arnaldo dirigiu-se à Oiticica, onde o capitão-mor já tinha chegado, e achava-se no meio de sua família, depois de haver trocado as efusões do mútuo contentamento.

A recordação da morte de Leandro Barbalho anuviara a alegria que em todos excitava o triunfo inesperado em tão árduas circunstâncias como aquelas em que se achara a fazenda. Mas essa mágoa esqueceu naquele instante de ventura para voltar depois.

O capitão-mor já sabia pelo Agrela de tudo quanto Arnaldo fizera para prevenir o assalto e rechaçá-lo com vantagem. Assim, vendo aproximar-se o sertanejo, ele foi ao seu encontro, e travando-lhe da mão, veio apresentá-lo à mulher e à filha.

— D. Genoveva, aqui está quem salvou-nos. A ele devemos todos a vida, Flor.

— Mais que isso, meu pai; a felicidade de estarmos agora aqui reunidos, e a satisfação de ver castigados aqueles que nos insultaram.

— É assim. Arnaldo, nós queremos dar-lhe uma prova de nossa gratidão pelo serviço que nos prestou. Peça o que quiser.

— O Sr. capitão-mor promete dar-me o que desejo? — perguntou o sertanejo singelamente.

— Não prometemos, e nem juramos. Está feito! O capitão-mor Gonçalo Pires Campelo não é quem manda aqui neste momento; fale, Arnaldo, para ser obedecido.

O sertanejo estremeceu. Uma vertigem passou-lhe pelos olhos, que ele cravou no chão. Afinal recalmando a emoção que lhe tinham causado as palavras do capitão-mor, respondeu já calmo e com voz segura:

— Peço a mão de Alina.

— Essa lhe pertence, Arnaldo, criei-a para ser sua mulher — disse o capitão-mor.

Um leve desmaio perspassara o formoso semblante de D. Flor. Quanto a Alina, sentira-se como envolta por uma chama; a onda, que refluíra do coração, abrasando-lhe as faces, turbou-lhes os sentidos.

— Não peço a mão de Alina para mim — replicara entretanto Arnaldo —, mas para um coração nobre que a merece; para o ajudante Agrela.

— Oh!... — fez o fazendeiro surpreso. — Que diz a isso nosso ajudante?

— Que seria a minha ventura, Sr. capitão-mor, se ela consentisse.

— E para si, Arnaldo, que deseja? — insistiu Campelo.

— Que o Sr. capitão-mor me deixe beijar sua mão; basta-me isso.

— Tu és um homem, e de hoje em diante quero que te chames Arnaldo Louredo Campelo.

Proferindo estas palavras em uma expansão de entusiasmo, o capitão-mor abraçou o sertanejo. Depois tomando a mão de Alina, deu-a ao Agrela.

— As bodas se farão, logo que se acabe o luto por nosso infeliz sobrinho Leandro Barbalho.

Foi cruel o desencanto de Alina, quando ao tornar a si da comoção produzida pelo pedido de Arnaldo, sentiu sua mão na mão do Agrela. A linda moça fitou no sertanejo um olhar de mártir e suas pálpebras, cerrando-se com uma expressão dorida, pareciam desdobrar um sudário para velar a formosa estátua.

Agrela pressentira o que se passava n'alma de Alina e, soltando-lhe a mão, murmurou:

— Não se assuste, Alina. Juro que não aceitarei sua mão, enquanto não ma der de sua livre vontade.

O capitão-mor e D. Genoveva recolheram-se à casa, onde os seguiu Alina; Agrela apertou a mão de Arnaldo e retirou-se também.

Era então ao pôr do sol.

Flor, que pouco antes apartara-se do grupo da família, fora sentar-se no banco da oiticica e engolfou-se nas cismas, que despertavam a lembrança ainda tão recente dos acontecimentos que haviam agitado sua existência feliz e serena.

Arnaldo aproximou-se, e viu o mavioso semblante da donzela tocado de uma doce melancolia, como se o crepúsculo do céu que ela fitava se refletisse em suas feições gentis. Os grandes olhos límpidos e brilhantes empanaram-se; e duas lágrimas rolaram pelas faces rubescentes.

— Está triste, Flor? — disse Arnaldo.

A donzela sobressaltou-se:

— Estou com pena de Leandro.

— Queria-lhe muito? — perguntou Arnaldo trêmulo.

— Era meu primo; e morreu por minha causa.

— Só?...

O sertanejo interrogou o semblante de Flor, que, pousando nele seus olhos aveludados, respondeu:

— Deus não quer que eu me case, Arnaldo!

No transporte do júbilo que inundou-lhe a alma, o sertanejo alçou as mãos cruzadas para render graças ao Deus que lhe conservava pura e imaculada a mulher de sua adoração.

Flor corou; e afastou-se lentamente. Quando seu vulto gracioso passou o limiar da porta, Arnaldo, ajoelhando, beijou o ar ainda impregnado da suave fragrância que a donzela derramava em sua passagem.

Conclusão

Aqui termina a história a que dei o título de *O sertanejo*. O mistério que envolve o passado de Jó só depois veio a revelar-se; e como esses acontecimentos prendem-se intimamente à vida de Arnaldo, guardo-me para referi-los mais tarde, quando escrever o fim do destemido sertanejo cujas proezas foram por muitos anos naqueles gerais o entretenimento dos vaqueiros nos longos serões passados ao relento, durante as noites do inverno.

APÊNDICE

Glossário

Abespinhar – tornar-se irritado, aborrecido e nervoso.
Aboiador – homem que toma conta do gado.
Abrolho – início do desenvolvimento de uma planta ou flor.
Aceiro – barra grande feita de aço.
Achaque – mal-estar, motivo de queixa e preocupação.
Acicate – espora que contem apenas uma ponta de ferro.
Acólito – título dado aos sacerdotes da Igreja Católica que alcançam um posto alto em cargos pequenos.
Acrimônia – severidade, aspereza.
Açulado – instigado, incitado.
Aforçurado – aquele que está apressado.
Agaloado – algo que é guarnecido ou decorado com tiras de ouro ou prata.
Ajaezado – algo ou alguém que está cheio de enfeites ou ornamentos.
Alabastro – mineral encontrado no Egito e na Argélia, muito usado na produção de vasos e objetos arquitetônicos.
Alcantil – rocha alta que apresenta um grande declive; lugar íngreme e escarpado.
Alcatifa Mourisca – tapete árabe, feito de fios coloridos.
Alfaia – ornamento ou peça de decoração.
Alforje – saco duplo, com duas aberturas que formam duas bolsas. Usado para armazenar objetos.
Almécega – resina amarelada, usada na fabricação de vernizes.
Alvejar – tornar algo branco, limpo.
Alvíssara – recompensa dada àquele que traz boas-vindas.
Alvitre – mesmo que conselho.
Aluvião – inundação de terras provocada por um grande volume de água.
Anacoreta – monge cristão que vive sem destino, como um hermitão.

Anexim – provérbio ou frase popular que expressa um conselho ou palavra de sabedoria.
Angelim – árvore nativa do Brasil, com flores roxas.
Angico – árvore nativa do Brasil, de aproximadamente 12 metros e muito cultivada para extração de madeira.
Arcano – algo muito misterioso e secreto.
Arção – armação da sela de montaria, revestida de couro.
Árdego – animal que se mostra impetuoso.
Arrocho – qualquer objeto que possa ser usado para amarrar ou prender algo ou alguém.
Artelho – juntas dos ossos, articulações.
Avantesma – variante de abantesma; o mesmo que assombração, fantasma.
Aprestos – material necessário para se desenvolver alguma coisa.
Baio – sinônimo de caboclo, moreno, amulatado.
Banguê – espécie de tabuleiro, formado por quatro varais. Feito para transportar terra, areia e outros materiais.
Barbatão – aquilo ou aquele que foi criado no mato e que apresenta comportamento bravio.
Basbaque – aquele que se espanta ou se admira com coisas cotidianas.
Belfa – bochecha volumosa.
Biboca – esconderijo de difícil acesso.
Bochorno – vento abafado e de caráter insalubre.
Borraceiro – chuva fraca, chuvisco.
Borraina – fibras que formam o estofamento da cela do cavalo.
Borzeguim – bota fechada na frente por cadarços.
Braga – item de vestuário parecido com um calção largo.
Braúna – árvore nativa do Brasil, de até 17 metros. Sua seiva é medicinal e a da sua casca é extraída uma seiva negra.
Brenha – mata cerrada e densa.
Bruaca – saco ou mala rústica, feitos de couro cru.
Cacimba – buraco cavado no chão para encontrar lençóis de água.
Cachaço – a parte de trás do pescoço de um animal ou pessoa.
Canastra – caixa ou maleta revestida de couro, feita para armazenar roupas e objetos.

Capulho – espécie de capsula que envolve o algodão quando este ainda está no pé.
Cardão – variedade de cavalo de cor ligeiramente azulada.
Carimã – farinha de mandioca.
Carnaúba – palmeira com cerca de 15 metros, típica do nordeste do Brasil. Suas folhas, frutos e madeira são muito utilizadas para diversos propósitos.
Carraspana – equivalente a bebedeira, pileque.
Catana – nome dado a uma faca de lâmina comprida.
Catre – cama de viagem, normalmente dobrável.
Catadura – expressão, aspecto, semblante.
Caterva – grupo de pessoas ou animais.
Chamalote – tecido grosso, de aparência similar ao tafetá.
Chamiço – nome dado ao galho mais fino de uma árvore.
Charamela – instrumento de sopro com som estridente.
Chanca – pé grande e feio.
Chapim – calçado feminino de salto.
Chibante – algo que é chique e extremamente bonito.
Chincho – molde vazado que dá forma ao queijo e deixa escorrer o soro.
Chiqueirador – chicote de couro cru, usado para bater em animais.
Cilha – cinta larga, feita de couro e que ajuda a prender a sela ou a carga nas cavalgaduras.
Clangor – som produzido pelos instrumentos de sopro; forte e estridente.
Clavinotes – um tipo de espingarda curta, usada pelos caçadores.
Colaço (a) – crianças que não são irmãs, mas que foram alimentadas pelo leite materno da mesma mulher. Irmãos de leite.
Cominação – ameaça de castigo ou imposição de alguma penalidade.
Córtice – o mesmo que córtex. É a camada mais externa da estrutura dos órgãos de um vegetal.
Coldre – estojo de couro que fica preso à cintura e armazena armas de fogo.
Colmo – cobertura de moradias feita com palha extraída de diversas plantas.

Confranger – quebrar algo com força, espedaçar.
Crebro – adjetivo: frequente.
Cumieira – o ponto mais alto de um terreno ou moradia, refere-se a cume.
Curiboca – mestiço de branco com índio.
Dardejar – cintilar, emitir raios.
Devesa – mata que circula um terreno.
Dístico – gravação em uma peça de ouro ou escudo.
Donaire – atitude de leveza, graciosidade.
Droguete – tecido feito de lã e que possui baixa qualidade.
Eflúvio – liberação de caráter imperceptível, exalada de um fluido.
Elação – qualidade daquele que é arrogante, elevado.
Embastecer – tornar-se compacto ou espesso.
Embornal – espécie de saco usado para armazenar os alimentos da cavalgaria.
Embuçado – Aquele que está disfarçado, que possui sua identidade encoberta.
Embusteiro – aquele que pratica mentiras e truques. Mesmo que impostor.
Endomingado – vestido com a melhor roupa, adornado.
Engolfar – ficar imerso, ir a fundo.
Enliçar – envolver algo com fio de arame, prender.
Enxurro – equivalente a enxurrada. Grande quantidade de água proveniente de chuvas torrenciais.
Éolo – vento forte.
Escabelo – pequeno banco com apoio para os pés.
Esgalho – ramo novo de um vegetal.
Estipendiado – aquele que é remunerado para fazer serviços ilícitos.
Estofo – tecido encorpado, normalmente feito de algodão ou lã. É usado para revestir sofás ou como tapete.
Estuário – braço do mar, formado pela desembocadura das águas em algum rio.
Exprobação – ato de censura ou crítica.
Fauce – parte superior da garganta, goela.
Fâmulo – empregado que presta serviços domésticos.
Farnel – saco ou bolsa onde são armazenados os suprimentos alimentícios de uma longa viagem.

Fartum – odor muito desagradável e nauseante.
Fojo – buraco profundo, disfarçado com galhos e que serve de armadilha para os animais.
Folho – babado pregueado, característico em roupas de mulher.
Fraga – formação rochosa muito escarpada.
Fraldelim – anágua feminina, saia inferior.
França – ramo superior de uma árvore.
Fratricida – pessoa que mata o próprio irmão.
Gabo – atitude presunçosa e cheia de orgulho.
Galba – relativo ao verde-claro.
Galhardia – qualidade daquele que é garboso, elegante.
Garrulice – hábito de falar muito, tagarelar.
Gameleira – árvore da família das gutíferas. É nativa do Brasil e suas flores são cor-de-rosa.
Gamenho – indivíduo malandro, vadio.
Garraio – modo como são chamados os bezerros até os três anos de idade.
Garrote – pequeno pedaço de pau utilizado para estancar feridas ou apertar a corda dos condenados a estrangulamentos.
Gibão – espécie de casaco curto masculino, usado por debaixo do paletó.
Gizar – traçar, delinear, projetar.
Gorgurão – tecido grosso e resistente.
Granjeio – ator de cultivar a terra, pomares, plantações.
Grelo – primeiro broto que surge na semente.
Guante – luva longa feminina.
Herdade – propriedade rural equivalente a uma fazenda.
Hiante – diz-se daquilo que possui fenda ou buraco muito grandes.
Himeneu – sinônimo de casamento.
Icó – árvore de até 7 metros de altura, natural do nordeste brasileiro.
Ígnea – relativo a fogo.
Ilharga – parte lateral do corpo acima do quadril.
Indômito – não domesticado, indomável.
Istmo – faixa estreita de terra que liga duas áreas de terra maiores.
Jaçanã – ave que habita a América Latina.

Janaúba – espécie de arbusto nativo do Brasil.
Jarrete – parte posterior do joelho.
Jaspe – pedra utilizada como ornamento em função da variedade de suas cores.
Juazeiro – árvore nativa do Brasil, encontrada nas regiões do Piauí e de Minas Gerais.
Juá – fruto do Juazeiro.
Jungir (jungem) – promover a junção; juntar.
Ladino – indivíduo astuto, repleto de manhas.
Laivo – marca ou mancha produzida por uma substância.
Latagão – homem novo, robusto e de grande estatura.
Léria – lábia, fala cujo objetivo é iludir, enganar alguém.
Librés – fardamento utilizado pelos criados das casas nobres e senhoriais.
Liço – cada um dos fios de arame pelos quais passam os fios de tecelagem do tear.
Loquela – eloquência.
Louçã – excessivamente bela, agradável aos olhos.
Louçainha – vestimenta especial para festas de gala.
Louçania – qualidade daquilo que é loução; enfeitado, elegante.
Loquaz – qualidade daquele que fala muito.
Madraço – preguiçoso, vadio.
Magote – ajuntamento de coisas ou pessoas.
Maleita – malária.
Maracanã – ave brasileira.
Maravalha – lascas de madeira utilizadas para fazer fogo.
Marizeira – árvore, também conhecida como umari, encontrada no Brasil.
Massapé – caule do benjoim.
Melopeia – melodia que acompanha qualquer recitação.
Minhoto – referente à região do Minho, em Portugal, ou ao que é seu natural ou habitante.
Mocambeiro – escravo negro fugido que vivia em mocambos ou quilombos.
Modorra – sonolência causada por alguns tipos de doença.
Mofino – o mesmo que covarde.
Nesga – abertura estreita, fenda.

Oiticica – árvore de até 15 metros nativa do Brasil.
Oitizeiro – árvore originária do nordeste brasileiro.
Ornejo – zurro, som emitido por equinos como burros e cavalos.
Ossuário – depósito no cemitério onde são guardados os ossos dos mortos.
Ouropel – lâmina de latão que, após devido tratamento, assemelha-se ao ouro.
Palor – o mesmo que palidez.
Pasmaceira – estado de contemplação sem objetivo definido.
Peanha – pedestal ou pequeno espaço dentro das igrejas onde se de colocam imagens sacras.
Pedrês – que é colorido de preto e branco.
Pegão – grande pilar de sustentação de uma estrutura.
Pegureiro – pastor, aquele que conduz e guarda o gado.
Pejado – envergonhado, tímido
Pelego – pele do carneiro com a lã.
Perscrutar – investigar de maneira minuciosa.
Pistolete – pequena pistola.
Postres – o mesmo que sobremesa.
Procelosa – que traz consigo um temporal, uma tempestade.
Prócera – alto, gigantesco.
Púcaro – vaso de uma asa para líquidos.
Pujança – grande força, vigor.
Quérulo – triste, lamentoso, queixoso.
Rafeiro – cão de raça utilizado para guardar gado.
Rebuço – o mesmo que lapela.
Refega – o mesmo que refrega. Luta, combate.
Recoveiro – indivíduo que faz transporte usando animais de carga.
Relho – chicote, açoitador.
Relicário – cofre, caixa ou lugar onde se guardam relíquias.
Repiquete – água que desce das cabeceiras dos rios em razão das primeiras chuvas.
Repto – ato ou efeito de reptar, desafiar, opor-se.
Rês – qualquer animal quadrúpede que se abate para a alimentação do homem.
Rola – o mesmo que pomba.

Ruço – diz-se do cavalo que possui pelagem preta entremeado de branco e com crinas grisalhas.
Sequaz – capanga, parceiro de crime.
Sesteado – fazer a sesta. Dormir.
Silvaçais – extenso aglomerado de silveiras em alguma área.
Signo-saimão – estrela de Davi.
Sílfide – gênio feminino do ar na mitologia céltica e germânica da Idade Média.
Simonia – comércio de indulgências, sacramentos e qualquer tipo de benefício eclesiástico.
Sinalefa – junção de duas palavras em uma só, por elisão, crase ou sinérese.
Socalco – plataformas cortadas nos morros para que formem degraus.
Soçobrar – naufragar, submergir-se.
Soga – corda de fibra com que se amarra um animal para mantê-lo preso enquanto pasta.
Sopitar – fazer dormir, adormecer.
Sorubim – aquele que é triste, taciturno.
Tabocal – concentração extensa de tabocas (bambu) em uma área.
Tapuia – indígena pertencente à tribo dos tapuias.
Talhe – forma física de algo ou alguém.
Tardo – aquele que faz tudo sem pressa, lento, preguiçoso.
Tarro – recipiente em que se deposita o leite ordenhado.
Tarugo – indivíduo baixo e forte.
Tejuaçu – grande árvore da região norte brasileira.
Tibieza – fraqueza, frouxidão.
Timorato – aquele que tem medo. Medroso, covarde.
Torçal – cordão de seda com fios de ouro.
Torvelim – movimento em espiral. Mesmo que redemoinho.
Touça – parte da planta formada pelo começo do caule e pela base da raiz.
Trabuco – revólver de tamanho avantajado.
Trabuzana – agitação ou período de agitação violenta.
Trêfega – aquele que tem facilidade para ludibriar, enganar as outras pessoas.
Tremedal – área pantanosa, repleta de lodo.

Tropel – grande número de animais ou pessoas movendo-se rapidamente.
Túmida – dilatado, que se expandiu.
Ubérrimo – muito abundante, fértil.
Várzea – planície, grande extensão de terra plana.
Vegôntea – ramo de videira.
Venatório – referente à caça.
Virescência – que, aos poucos, torna-se verde.
Virente – florescente, próspero, viçoso.
Xerém – milho pilado que serve de comida para pintos.
Xexéu – odor desagradável de pessoas ou animais. Fedor.
Zabelês – ave brasileira da família dos tinamídeos.
Zimbrório – cobertura de um edifício, domo.

CONTEXTUALIZAÇÃO DA OBRA

O ROMANTISMO DE JOSÉ DE ALENCAR

Cristina Garófalo Porini*

O Romantismo nasceu, na Europa, como a representação dos ideais burgueses de arte (iniciado em 1790, na Alemanha e na Inglaterra; em 1825, na França e em Portugal; e, finalmente, em 1836, no Brasil). Com a Revolução Francesa, ocorrida em 1789, essa classe social passou a deter não apenas o poder econômico como também o político, e a substituição de parâmetros artísticos foi uma das maneiras de legitimar seu domínio e encerrar definitivamente os ideais clássicos em diversos aspectos. Em consequência, defendendo a Igualdade, a Fraternidade e a Liberdade, o nacionalismo tornou-se um elemento essencial para a elite de cada país incentivar a própria identidade — principalmente aqueles recém-independentes, como o Brasil.

Dessa maneira, o Romantismo chegou ao Brasil bastante vinculado à ideia de validar, reconhecer o que era tipicamente local. No campo político, Dom Pedro II, ciente de que a manutenção da unidade territorial dependia também de elementos culturais, apoiou a criação do Instituto Histórico e Geográfico Brasileiro, em 1838 — entidade responsável por pesquisar, escrever e descrever a geografia, a história e a cultura brasileira. O monarca não foi patrono apenas de tal instituição; Dom Pedro II era um grande mecenas, chegando a receber poetas e escritores românticos no Paço,

---

* Graduada em Letras pela Universidade de São Paulo (USP) e em Relações Públicas pela Faculdade de Comunicação Social Cásper Líbero. É professora de Língua Portuguesa, Literatura e Redação no ensino médio e em cursos pré-vestibulares.

onde realizava reuniões periódicas para discussões literárias e leitura de obras.

O Rio de Janeiro, com tal incentivo, fervilhava: a chegada da Família Real, em 1808, foi apenas o início de profundas transformações. O Romantismo e a Independência impulsionaram a criação de teatros, cafés e livrarias, assim como a publicação de periódicos. Tais folhetins traziam histórias cujos capítulos eram apresentados diariamente, sendo comprados pela crescente classe média: os moços entretinham-se com as aventuras de "capa e espada"; as moças, agora alfabetizadas, preferiam os enredos permeados por casos de amor impossível — e muitas vezes organizavam-se saraus e reuniões para a leitura dessas obras. Assim, o Brasil conheceu autores estrangeiros, como Alexandre Dumas (1802–1870, escritor francês) e seu *O conde de Monte Cristo*, Charles Dickens (1812–1870, escritor inglês) e seu *Oliver Twist* — em tradução de Machado de Assis, e o prolífero Camilo Castelo Branco (1825–1890, escritor português) e seu *Amor de perdição*. A literatura nacional também se movimentou, inclusive pela demanda de que fossem redigidos capítulos diários de diversas obras; esse foi o caso de Joaquim Manuel de Macedo (1820–1882), com *A moreninha*, Manuel Antônio de Almeida (1831–1861) em *Memórias de um sargento de milícias* (sob o pseudônimo de "Um Brasileiro") e José de Alencar (1829–1877).

Natural do Ceará, José de Alencar procedia de uma família de posses, o que lhe assegurou sólida formação acadêmica, formando-se em Direito na Faculdade do Largo de São Francisco, em São Paulo; seu pai fora senador, e a política tornou-se uma de suas ocupações. Escritor consciente de sua época, José de Alencar orientou sua produção literária de acordo com o projeto nacionalista de representar o Brasil por inteiro. Didaticamente, dividem-se seus romances em quatro grupos: os históricos, os indianistas, os urbanos e os regionalistas.

Nos romances históricos, Alencar volta-se para o período colonial, especificamente para o ciclo do ouro, em *Minas de Prata*, e o embate entre Recife e Olinda, em *A guerra dos*

Mascates, ambos lançados em dois volumes. Essa preocupação em demonstrar o então momento presente do país como produto de seu passado aproxima os romances históricos aos indianistas: é, porém, *O guarani*, folhetim lançado em 1857, que faz de José de Alencar um sucesso de público aos vinte e oito anos de idade. A preocupação em fortalecer a identidade nacional é o fundamento do indianismo, aspecto do Romantismo derivado do medievalismo europeu: ao voltar para suas origens, a nação encontra seu herói — no caso brasileiro, aproveita-se o "Mito do Bom Selvagem" (discutido pelo filósofo iluminista Jean-Jacques Rousseau, considerava a população indígena ingênua e boa por natureza), e os leitores do século XIX conhecerão uma galeria de figuras idealizadas, como Peri, de *O guarani*; Poti, de *Iracema*; e *Ubirajara*, protagonista do romance homônimo. Além disso, é nítido o estudo feito pelo autor, esmerando-se na linguagem empregada pelos personagens, no vocabulário escolhido, nos rituais e costumes indígenas, além da fauna e flora locais.

Como se percebe, o ano de 1857 mostrou-se bastante fértil para a produção literária alencariana: além de *O guarani*, o romance *Viuvinha* foi lançado — e a série de romances urbanos, iniciada anteriormente com *Cinco minutos*, foi objeto do autor, sobre a qual ele se debruçou até sua morte, com o lançamento póstumo de *Encarnação*, em 1877. Durante essas duas décadas, os costumes da abastada sociedade carioca foram apresentados para toda a nação: as roupas, as reuniões, as músicas ao piano, as peças de teatro são pano de fundo para uma nova abordagem aos personagens. Seja por intermédio de Lucíola, de romance homônimo, Aurélia, de *Senhora* ou Emília, de *Diva*, a literatura nacional passou a conhecer os perfis femininos traçados com profundidade por José de Alencar; verificou-se, então, uma transição entre as personagens-tipo, como as típicas e previsíveis heroínas românticas, e aquelas que apresentam maior densidade psicológica — neste caso, vivenciando conflitos geralmente relacionados com o poder aquisitivo. Vale ressaltar que essa nova abordagem influenciou outro grande nome da literatura brasileira, Machado de Assis, então amigo de José de Alencar.

Constante em seu projeto de traçar um painel da nação, o autor romântico ainda escreveu romances regionalistas, já em sua última década de vida. Inaugurando essa corrente no Brasil, em 1870 ele lançou *O gaúcho*, situando a narrativa no Rio Grande do Sul; em seguida, *O tronco do ipê*, relacionado à zona da mata cafeicultora do Rio de Janeiro, e *Til*, localizado no interior de São Paulo; finalmente, *O sertanejo* foi ambientado na terra natal do autor, o Ceará. Dessa maneira, o público leitor do século XIX pôde conhecer o Brasil para além da capital carioca: os costumes, as paisagens ricas em detalhes, as festas foram apresentados de maneira generalizada, criando e fortalecendo figuras típicas no imaginário popular.

Ao longo de sua profícua carreira artística, José de Alencar ainda foi um importante dramaturgo. Uma vez que o teatro ganhava fôlego com o empolgado cenário vivido pela sociedade na segunda metade do século XIX, o autor cearense defendeu que peças nacionais se fizessem cada vez mais presentes nos palcos locais. Dentre as próprias colaborações, vale ressaltar duas: *O demônio familiar*, comédia de costumes organizada em torno das peripécias de um escravo, Pedro, responsável por criar intrigas entre as personagens — tudo para que ele alcançasse seu sonho: ser cocheiro; e *As asas de um anjo*, cuja protagonista, uma prostituta, é salva pelo amor, causando polêmica no Rio de Janeiro oitocentista; devido às críticas, a peça foi suspensa por atentar contra a moralidade, mas Alencar retomou o assunto, com novo viés, em *Lucíola*.

Polêmicas, aliás, eram textos comuns nos jornais da época, e José de Alencar não deixava de travá-las quando percebia tal necessidade, mesmo no começo de sua carreira. Um caso bastante interessante e notório em sua vida foi o relacionado entre ele, sob o pseudônimo de "Ig" e Gonçalves de Magalhães, o introdutor do Romantismo no Brasil, com "*Suspiros poéticos e saudades*". Magalhães há anos se dedicava a escrever uma epopeia (poema de origem grega, portanto clássica, de longa extensão, a respeito dos feitos heroicos de um protagonista, real ou imaginário) cujo herói deveria consagrar o indígena como símbolo da nação brasileira. Uma vez que persistia, no contexto brasileiro, a questão de instigar o sentimento de identidade nacional, Dom Pedro II apoiou-o financeiramente, e o longo poema foi publicado em 1856. No entanto, a obra sofreu uma apreciação bastante criteriosa do jovem redator-chefe do jornal *Diário do Rio de Janeiro*, José de Alencar, apontando impropriedades em relação à falta de poesia ao retratar os indígenas, sua cultura, seu vocabulário e inclusive o cenário brasileiro. Uma série de cartas — ou farpas — foi trocada, a ponto de o próprio Dom Pedro II tomar a pena em defesa de Magalhães. Como resultado, Alencar saiu fortalecido do ponto de vista artístico, o que se comprovou facilmente com o sucesso de *O guarani*, lançado no ano seguinte a tal discussão, cujo modelo de poesia e de herói foi seguido pela geração indianista e consagrado pela crítica literária; do ponto de vista político, no entanto, encontrou um inimigo na pessoa do monarca, o qual chegou a comentar a seu respeito que era "teimoso, esse filho de um padre".[2] O imperador, em 1869, iria negar-lhe o cargo de senador do Ceará, apesar de Alencar ter sido o candidato mais votado em sua província — os biógrafos do autor afirmam que este foi o maior golpe sofrido ao longo de sua vida.

Percebe-se, então, que José de Alencar e Dom Pedro II, mesmo que inimigos, tinham a mesma preocupação, uma vez que estavam inseridos no contexto de uma nação recém--independente: era necessário criar e fortalecer a brasilidade, o sentimento daquilo que é tipicamente brasileiro. Indiscutivelmente foi essencial o papel da literatura romântica, especialmente em função dos textos de José de Alencar; a herança do autor se fez presente logo em seguida à sua morte, já em seu contemporâneo Machado de Assis, ao tentar conferir maior profundidade à análise da elite brasileira, e também estaria presente no vindouro século XX, durante a

---

[2] SERRA E GURGEL, J. B. *Os desencontros entre José de Alencar e Dom Pedro II*. Em: <http://www.casadoceara.org.br / index.php?arquivo=pages / blog / perfil_serra / e1209.php.> Acesso em: 15 de março de 2013.

década de 1930, quando os textos regionalistas de Graciliano Ramos, Jorge Amado e José Lins do Rego, entre tantos outros, foram instrumentos de denúncia social, expondo aos leitores o contexto de abandono sob o qual sobreviviam os miseráveis nordestinos.

Questionário[3]

1. Sabemos que Alencar criou uma narrativa "moderna" que procurava formatar a literatura nacional, contribuindo para a edificação do romance brasileiro e da invenção de uma identidade para a jovem nação. De que modo *O sertanejo* se insere neste contexto?

2. Para que servem as comparações do homem com a natureza?

3. O que representa o cenário do sertão do Ceará na obra *O sertanejo*?

4. Faça uma pesquisa a respeito do sertão cearense e do município de Quixeramobim.

5. De que modo se pode caracterizar a personagem Arnaldo Louredo?

6. Como se caracteriza a personagem feminina, D. Flor?

7. Qual a posição (ideológica) do narrador de *O sertanejo* em relação ao Brasil?

8. Por que o romance *O sertanejo* é emblemático para o Romantismo brasileiro?

---

[3] Professores podem obter o gabarito desta seção entrando em contato com o nosso departamento editorial.

9. De que modo Alencar estrutura as situações narrativas de *O sertanejo*?

10. Que circunstâncias sociais brasileiras aparecem no romance e de que maneira são narradas?

QUESTÕES DE VESTIBULAR

1. (UFG) Leia o trecho retirado do prefácio do romance *Sonhos d'ouro*, de José de Alencar.

"Portanto, ilustres e não ilustres representantes da crítica, não se constranjam. Censurem, piquem, ou calem-se como lhes aprouver. Não alcançarão jamais que eu escreva neste meu Brasil coisa que pareça vinda em conversa lá da outra banda, como a fruta que nos mandam em lata (...).

A manga, da primeira vez que a prova, acha-lhe o estrangeiro gosto de terebintina; depois de habituado, regala-se com o sabor delicioso. Assim acontece com os poucos livros realmente brasileiros: o paladar português sente neles um travo; mas se aqui vivem conosco, sob o mesmo clima, atraídos pelos costumes da família e da pátria irmãs, logo ressoam docemente aos ouvidos lusos os nossos idiotismos brasileiros, que dantes lhes destoavam a ponto de os ter em conta de senões."

Assinale a alternativa incorreta.

a) Nesse trecho, José de Alencar argumenta que a literatura brasileira deve ter suas próprias características, sem buscar imitar os clássicos europeus.

b) Esse fragmento é ilustrativo do nacionalismo alencariano, que defendia, nos romances, o uso da língua falada no Brasil.

c) O autor é categórico em suas afirmações, desafiando a crítica a se aliar a ele nessa cruzada pela defesa de uma literatura nacional.

d) Além da metáfora das frutas, um outro argumento utilizado por Alencar é o fato de que o próprio português, morando no Brasil, não encontra mais senões aos nossos idiotismos.

e) O Romantismo foi fundamental para a formação da literatura brasileira, justamente pela sua busca de uma identidade nacional através da língua, dos costumes, da natureza.

2. (UPE) Regionalismo (*O sertanejo* se passa em Quixeramobim, sertão pernambucano);
Idealização tanto dos cenários como dos personagens;
Amor verdadeiro e redentor;
Sentimentalismo.

Considere as seguintes afirmações:

I - Em *O seminarista* e *A escrava Isaura*, Bernardo Guimarães revelou o drama vivido pelos sertanejos, vítimas da miséria e do abandono.

II - Em *Lucíola* e *Senhora*, José de Alencar discute, criticamente, os preconceitos, a hipocrisia e outros problemas morais da sociedade urbana carioca do século XIX.

III - Jose de Alencar, seguindo padrões literários dos folhetins europeus, criou o primeiro romance brasileiro, revelando sua visão idealista da realidade (*O sertanejo*).

Estão corretas:

a) Apenas I.
b) Apenas II.
c) Apenas III.
d) Apenas II e III.
e) I, II e III.

3. (UPE – adaptada) Considere as afirmações que são feitas acerca do Realismo e do Naturalismo e indique se são verdadeiras (V) ou falsas (F).

a) ( ) O Regionalismo, iniciado com *O sertanejo*, de José de Alencar, é a obra típica do Naturalismo no Brasil.

b) ( ) Por razões de dependência cultural, o Realismo, no Brasil, apresenta, muitas das características do Realismo francês.

c) ( ) O Naturalismo defende a tese de que o homem é determinado pelo meio e pelo momento histórico.

d) ( ) O Positivismo exerceu enorme influência sobre as estéticas realista e naturalista, refletida, entre outras coisas, no racionalismo científico de algumas obras.

e) ( ) No Naturalismo, reduz-se a natureza a simples cenário, sem função na narrativa. Assim, a natureza não condiciona nem influencia o comportamento dos personagens.

Gabarito

1. b
2. d
3. f – v – v – v – f

Relação dos Volumes Publicados

1. Dom Casmurro — Machado de Assis
2. O Príncipe — Maquiavel
3. Mensagem — Fernando Pessoa
4. O Lobo do Mar — Jack London
5. A Arte da Prudência — Baltasar Gracián
6. Iracema / Cinco Minutos — José de Alencar
7. Inocência — Visconde de Taunay
8. A Mulher de 30 Anos — Honoré de Balzac
9. A Moreninha — Joaquim Manuel de Macedo
10. A Escrava Isaura — Bernardo Guimarães
11. As Viagens - "Il Milione" — Marco Polo
12. O Retrato de Dorian Gray — Oscar Wilde
13. A Volta ao Mundo em 80 Dias — Júlio Verne
14. A Carne — Júlio Ribeiro
15. Amor de Perdição — Camilo Castelo Branco
16. Sonetos — Luís de Camões
17. O Guarani — José de Alencar
18. Memórias Póstumas de Brás Cubas — Machado de Assis
19. Lira dos Vinte Anos — Álvares de Azevedo
20. Apologia de Sócrates / Banquete — Platão
21. A Metamorfose/Um Artista da Fome/Carta ao Pai — Franz Kafka
22. Assim Falou Zaratustra — Friedrich Nietzsche
23. Triste Fim de Policarpo Quaresma — Lima Barreto
24. A Ilustre Casa de Ramires — Eça de Queirós
25. Memórias de um Sargento de Milícias — Manuel Antônio de Almeida
26. Robinson Crusoé — Daniel Defoe
27. Espumas Flutuantes — Castro Alves
28. O Ateneu — Raul Pompeia
29. O Noviço / O Juiz de Paz da Roça / Quem Casa Quer Casa — Martins Pena
30. A Relíquia — Eça de Queirós
31. O Jogador — Dostoiévski
32. Histórias Extraordinárias — Edgar Allan Poe
33. Os Lusíadas — Luís de Camões
34. As Aventuras de Tom Sawyer — Mark Twain
35. Bola de Sebo e Outros Contos — Guy de Maupassant
36. A República — Platão
37. Elogio da Loucura — Erasmo de Rotterdam
38. Caninos Brancos — Jack London
39. Hamlet — William Shakespeare
40. A Utopia — Thomas More
41. O Processo — Franz Kafka
42. O Médico e o Monstro — Robert Louis Stevenson
43. Ecce Homo — Friedrich Nietzsche
44. O Manifesto do Partido Comunista — Marx e Engels
45. Discurso do Método / Regras para a Direção do Espírito — René Descartes
46. Do Contrato Social — Jean-Jacques Rousseau
47. A Luta pelo Direito — Rudolf von Ihering
48. Dos Delitos e das Penas — Cesare Beccaria
49. A Ética Protestante e o Espírito do Capitalismo — Max Weber
50. O Anticristo — Friedrich Nietzsche
51. Os Sofrimentos do Jovem Werther — Goethe
52. As Flores do Mal — Charles Baudelaire
53. Ética a Nicômaco — Aristóteles
54. A Arte da Guerra — Sun Tzu
55. Imitação de Cristo — Tomas de Kempis
56. Cândido ou o Otimismo — Voltaire
57. Rei Lear — William Shakespeare
58. Frankenstein — Mary Shelley
59. Quincas Borba — Machado de Assis
60. Fedro — Platão
61. Política — Aristóteles
62. A Viuvinha / Encarnação — José de Alencar
63. As Regras do Método Sociológico — Emile Durkheim
64. O Cão dos Baskervilles — Sir Arthur Conan Doyle
65. Contos Escolhidos — Machado de Assis
66. Da Morte / Metafísica do Amor / Do Sofrimento do Mundo — Arthur Schopenhauer
67. As Minas do Rei Salomão — Henry Rider Haggard
68. Manuscritos Econômico-Filosóficos — Karl Marx
69. Um Estudo em Vermelho — Sir Arthur Conan Doyle
70. Meditações — Marco Aurélio
71. A Vida das Abelhas — Maurice Materlinck
72. O Cortiço — Aluísio Azevedo
73. Senhora — José de Alencar
74. Brás, Bexiga e Barra Funda / Laranja da China — Antônio de Alcântara Machado
75. Eugênia Grandet — Honoré de Balzac
76. Contos Gauchescos — João Simões Lopes Neto
77. Esaú e Jacó — Machado de Assis
78. O Desespero Humano — Sören Kierkegaard
79. Dos Deveres — Cícero
80. Ciência e Política — Max Weber
81. Satíricon — Petrônio
82. Eu e Outras Poesias — Augusto dos Anjos
83. Farsa de Inês Pereira / Auto da Barca do Inferno / Auto da Alma — Gil Vicente
84. A Desobediência Civil e Outros Escritos — Henry David Toreau
85. Para Além do Bem e do Mal — Friedrich Nietzsche
86. A Ilha do Tesouro — R. Louis Stevenson
87. Marília de Dirceu — Tomas A. Gonzaga
88. As Aventuras de Pinóquio — Carlo Collodi
89. Segundo Tratado Sobre o Governo — John Locke
90. Amor de Salvação — Camilo Castelo Branco
91. Broquéis/Faróis/Últimos Sonetos — Cruz e Souza
92. I-Juca-Pirama / Os Timbiras / Outros Poemas — Gonçalves Dias
93. Romeu e Julieta — William Shakespeare
94. A Capital Federal — Arthur Azevedo
95. Diário de um Sedutor — Sören Kierkegaard
96. Carta de Pero Vaz de Caminha a El-Rei Sobre o Achamento do Brasil
97. Casa de Pensão — Aluísio Azevedo
98. Macbeth — William Shakespeare

99. Édipo Rei/Antígona
   Sófocles
100. Lucíola
   José de Alencar
101. As Aventuras de Sherlock Holmes
   Sir Arthur Conan Doyle
102. Bom-Crioulo
   Adolfo Caminha
103. Helena
   Machado de Assis
104. Poemas Satíricos
   Gregório de Matos
105. Escritos Políticos / A Arte da Guerra
   Maquiavel
106. Ubirajara
   José de Alencar
107. Diva
   José de Alencar
108. Eurico, o Presbítero
   Alexandre Herculano
109. Os Melhores Contos
   Lima Barreto
110. A Luneta Mágica
   Joaquim Manuel de Macedo
111. Fundamentação da Metafísica dos Costumes e Outros Escritos
   Immanuel Kant
112. O Príncipe e o Mendigo
   Mark Twain
113. O Domínio de Si Mesmo pela Auto-Sugestão Consciente
   Emile Coué
114. O Mulato
   Aluísio Azevedo
115. Sonetos
   Florbela Espanca
116. Uma Estadia no Inferno / Poemas / Carta do Vidente
   Arthur Rimbaud
117. Várias Histórias
   Machado de Assis
118. Fédon
   Platão
119. Poesias
   Olavo Bilac
120. A Conduta para a Vida
   Ralph Waldo Emerson
121. O Livro Vermelho
   Mao Tsé-Tung
122. Oração aos Moços
   Rui Barbosa
123. Otelo, o Mouro de Veneza
   William Shakespeare
124. Ensaios
   Ralph Waldo Emerson
125. De Profundis / Balada do Cárcere de Reading
   Oscar Wilde
126. Crítica da Razão Prática
   Immanuel Kant
127. A Arte de Amar
   Ovídio Naso
128. O Tartufo ou O Impostor
   Molière
129. Metamorfoses
   Ovídio Naso
130. A Gaia Ciência
   Friedrich Nietzsche
131. O Doente Imaginário
   Molière
132. Uma Lágrima de Mulher
   Aluísio Azevedo
133. O Último Adeus de Sherlock Holmes
   Sir Arthur Conan Doyle
134. Canudos - Diário de Uma Expedição
   Euclides da Cunha
135. A Doutrina de Buda
   Siddharta Gautama
136. Tao Te Ching
   Lao-Tsé
137. Da Monarquia / Vida Nova
   Dante Alighieri
138. A Brasileira de Prazins
   Camilo Castelo Branco
139. O Velho da Horta/Quem Tem Farelos?/Auto da Índia
   Gil Vicente
140. O Seminarista
   Bernardo Guimarães
141. O Alienista / Casa Velha
   Machado de Assis
142. Sonetos
   Manuel do Bocage
143. O Mandarim
   Eça de Queirós
144. Noite na Taverna / Macário
   Alvares de Azevedo
145. Viagens na Minha Terra
   Almeida Garrett
146. Sermões Escolhidos
   Padre Antonio Vieira
147. Os Escravos
   Castro Alves
148. O Demônio Familiar
   José de Alencar
149. A Mandrágora / Belfagor, o Arquidiabo
   Maquiavel
150. O Homem
   Aluísio Azevedo
151. Arte Poética
   Aristóteles
152. A Megera Domada
   William Shakespeare
153. Alceste/Electra/Hipólito
   Eurípedes
154. O Sermão da Montanha
   Huberto Rohden
155. O Cabeleira
   Franklin Távora
156. Rubaiyát
   Omar Khayyám
157. Luzia-Homem
   Domingos Olimpio
158. A Cidade e as Serras
   Eça de Queirós
159. A Retirada da Laguna
   Visconde de Taunay
160. A Viagem ao Centro da Terra
   Júlio Verne
161. Caramuru
   Frei Santa Rita Durão
162. Clara dos Anjos
   Lima Barreto
163. Memorial de Aires
   Machado de Assis
164. Bhagavad Gita
   Krishna
165. O Profeta
   Khalil Gibran
166. Aforismos
   Hipócrates
167. Kama Sutra
   Vatsyayana
168. Histórias de Mowgli
   Rudyard Kipling
169. De Alma para Alma
   Huberto Rohden
170. Orações
   Cícero
171. Sabedoria das Parábolas
   Huberto Rohden
172. Salomé
   Oscar Wilde
173. Do Cidadão
   Thomas Hobbes
174. Porque Sofremos
   Huberto Rohden
175. Einstein: o Enigma do Universo
   Huberto Rohden
176. A Mensagem Viva do Cristo
   Huberto Rohden
177. Mahatma Gandhi
   Huberto Rohden
178. A Cidade do Sol
   Tommaso Campanella
179. Setas para o Infinito
   Huberto Rohden
180. A Voz do Silêncio
   Helena Blavatsky
181. Frei Luís de Sousa
   Almeida Garrett
182. Fábulas
   Esopo
183. Cântico de Natal/ Os Carrilhões
   Charles Dickens
184. Contos
   Eça de Queirós
185. O Pai Goriot
   Honoré de Balzac
186. Noites Brancas e Outras Histórias
   Dostoiévski
187. Minha Formação
   Joaquim Nabuco
188. Pragmatismo
   William James
189. Discursos Forenses
   Enrico Ferri
190. Medeia
   Eurípedes
191. Discursos de Acusação
   Enrico Ferri
192. A Ideologia Alemã
   Marx & Engels
193. Prometeu Acorrentado
   Esquilo
   194. Iaiá Garcia
   Machado de Assis
195. Discursos no Instituto dos Advogados Brasileiros / Discurso no Colégio Anchieta
   Rui Barbosa
196. Édipo em Colono
   Sófocles
197. A Arte de Curar pelo Espírito
   Joel S. Goldsmith
198. Jesus, o Filho do Homem
   Khalil Gibran
199. Discurso sobre a Origem e os Fundamentos da Desigualdade entre os Homens
   Jean-Jacques Rousseau
200. Fábulas
   La Fontaine
201. O Sonho de uma Noite de Verão
   William Shakespeare

202. MAQUIAVEL, O PODER
   José Nivaldo Junior
203. RESSURREIÇÃO
   Machado de Assis
204. O CAMINHO DA FELICIDADE
   Huberto Rohden
205. A VELHICE DO PADRE ETERNO
   Guerra Junqueiro
206. O SERTANEJO
   José de Alencar
207. GITANJALI
   Rabindranath Tagore
208. SENSO COMUM
   Thomas Paine
209. CANAÃ
   Graça Aranha
210. O CAMINHO INFINITO
   Joel S. Goldsmith
211. PENSAMENTOS
   Epicuro
212. A LETRA ESCARLATE
   Nathaniel Hawthorne
213. AUTOBIOGRAFIA
   Benjamin Franklin
214. MEMÓRIAS DE SHERLOCK HOLMES
   Sir Arthur Conan Doyle
215. O DEVER DO ADVOGADO / POSSE DE DIREITOS PESSOAIS
   Rui Barbosa
216. O TRONCO DO IPÊ
   José de Alencar
217. O AMANTE DE LADY CHATTERLEY
   D. H. Lawrence
218. CONTOS AMAZÔNICOS
   Inglês de Souza
219. A TEMPESTADE
   William Shakespeare
220. ONDAS
   Euclides da Cunha
221. EDUCAÇÃO DO HOMEM INTEGRAL
   Huberto Rohden
222. NOVOS RUMOS PARA A EDUCAÇÃO
   Huberto Rohden
223. MULHERZINHAS
   Louise May Alcott
224. A MÃO E A LUVA
   Machado de Assis
225. A MORTE DE IVAN ILICH / SENHORES E SERVOS
   Leon Tolstói
226. ÁLCOOIS E OUTROS POEMAS
   Apollinaire
227. PAIS E FILHOS
   Ivan Turguêniev
228. ALICE NO PAÍS DAS MARAVILHAS
   Lewis Carroll
229. À MARGEM DA HISTÓRIA
   Euclides da Cunha
230. VIAGEM AO BRASIL
   Hans Staden
231. O QUINTO EVANGELHO
   Tomé
232. LORDE JIM
   Joseph Conrad
233. CARTAS CHILENAS
   Tomás Antônio Gonzaga
234. ODES MODERNAS
   Antero de Quental
235. DO CATIVEIRO BABILÔNICO DA IGREJA
   Martinho Lutero
236. O CORAÇÃO DAS TREVAS
   Joseph Conrad
237. THAIS
   Anatole France
238. ANDRÔMACA / FEDRA
   Racine
239. AS CATILINÁRIAS
   Cícero
240. RECORDAÇÕES DA CASA DOS MORTOS
   Dostoiévski
241. O MERCADOR DE VENEZA
   William Shakespeare
242. A FILHA DO CAPITÃO / A DAMA DE ESPADAS
   Aleksandr Púchkin
243. ORGULHO E PRECONCEITO
   Jane Austen
244. A VOLTA DO PARAFUSO
   Henry James
245. O GAÚCHO
   José de Alencar
246. TRISTÃO E ISOLDA
   Lenda Medieval Celta de Amor
247. POEMAS COMPLETOS DE ALBERTO CAEIRO
   Fernando Pessoa
248. MAIAKÓVSKI
   Vida e Poesia
249. SONETOS
   William Shakespeare
250. POESIA DE RICARDO REIS
   Fernando Pessoa
251. PAPÉIS AVULSOS
   Machado de Assis
252. CONTOS FLUMINENSES
   Machado de Assis
253. O BOBO
   Alexandre Herculano
254. A ORAÇÃO DA COROA
   Demóstenes
255. O CASTELO
   Franz Kafka
256. O TROVEJAR DO SILÊNCIO
   Joel S. Goldsmith
257. ALICE NA CASA DOS ESPELHOS
   Lewis Carrol
258. MISÉRIA DA FILOSOFIA
   Karl Marx
259. JÚLIO CÉSAR
   William Shakespeare
260. ANTÔNIO E CLEÓPATRA
   William Shakespeare
261. FILOSOFIA DA ARTE
   Huberto Rohden
262. A ALMA ENCANTADORA DAS RUAS
   João do Rio
263. A NORMALISTA
   Adolfo Caminha
264. POLLYANNA
   Eleanor H. Porter
265. AS PUPILAS DO SENHOR REITOR
   Júlio Diniz
266. AS PRIMAVERAS
   Casimiro de Abreu
267. FUNDAMENTOS DO DIREITO
   Léon Duguit
268. DISCURSOS DE METAFÍSICA
   G. W. Leibniz
269. SOCIOLOGIA E FILOSOFIA
   Émile Durkheim
270. CANCIONEIRO
   Fernando Pessoa
271. A DAMA DAS CAMÉLIAS
   Alexandre Dumas (filho)
272. O DIVÓRCIO / AS BASES DA FÉ / E OUTROS TEXTOS
   Rui Barbosa
273. POLLYANNA MOÇA
   Eleanor H. Porter
274. O 18 BRUMÁRIO DE LUÍS BONAPARTE
   Karl Marx
275. TEATRO DE MACHADO DE ASSIS
   Antologia
276. CARTAS PERSAS
   Montesquieu
277. EM COMUNHÃO COM DEUS
   Huberto Rohden
278. RAZÃO E SENSIBILIDADE
   Jane Austen
279. CRÔNICAS SELECIONADAS
   Machado de Assis
280. HISTÓRIAS DA MEIA-NOITE
   Machado de Assis
281. CYRANO DE BERGERAC
   Edmond Rostand
282. O MARAVILHOSO MÁGICO DE OZ
   L. Frank Baum
283. TROCANDO OLHARES
   Florbela Espanca
284. O PENSAMENTO FILOSÓFICO DA ANTIGUIDADE
   Huberto Rohden
285. FILOSOFIA CONTEMPORÂNEA
   Huberto Rohden
286. O ESPÍRITO DA FILOSOFIA ORIENTAL
   Huberto Rohden
287. A PELE DO LOBO / O BADEJO / O DOTE
   Artur Azevedo
288. OS BRUZUNDANGAS
   Lima Barreto
289. A PATA DA GAZELA
   José de Alencar
290. O VALE DO TERROR
   Sir Arthur Conan Doyle
291. O SIGNO DOS QUATRO
   Sir Arthur Conan Doyle
292. AS MÁSCARAS DO DESTINO
   Florbela Espanca
293. A CONFISSÃO DE LÚCIO
   Mário de Sá-Carneiro
294. FALENAS
   Machado de Assis
295. O URAGUAI / A DECLAMAÇÃO TRÁGICA
   Basílio da Gama
296. CRISÁLIDAS
   Machado de Assis
297. AMERICANAS
   Machado de Assis
298. A CARTEIRA DE MEU TIO
   Joaquim Manuel de Macedo
299. CATECISMO DA FILOSOFIA
   Huberto Rohden
300. APOLOGIA DE SÓCRATES
   Platão (Edição bilíngue)
301. RUMO À CONSCIÊNCIA CÓSMICA
   Huberto Rohden
302. COSMOTERAPIA
   Huberto Rohden
303. BODAS DE SANGUE
   Federico García Lorca
304. DISCURSO DA SERVIDÃO VOLUNTÁRIA
   Étienne de La Boétie

305. CATEGORIAS
    Aristóteles
306. MANON LESCAUT
    Abade Prévost
307. TEOGONIA /
    TRABALHO E DIAS
    Hesíodo
308. AS VÍTIMAS-ALGOZES
    Joaquim Manuel de Macedo
309. PERSUASÃO
    Jane Austen
310. AGOSTINHO - Huberto Rohden
311. ROTEIRO CÓSMICO
    Huberto Rohden
312. A QUEDA DUM ANJO
    Camilo Castelo Branco
313. O CRISTO CÓSMICO E OS
    ESSÊNIOS - Huberto Rohden
314. METAFÍSICA DO CRISTIANISMO
    Huberto Rohden
315. REI ÉDIPO - Sófocles
316. LIVRO DOS PROVÉRBIOS
    Salomão
317. HISTÓRIAS DE HORROR
    Howard Phillips Lovecraft
318. O LADRÃO DE CASACA
    Maurice Leblanc
319. TIL
    José de Alencar

SÉRIE OURO
(Livros com mais de 400 p.)

1. LEVIATÃ
   Thomas Hobbes
2. A CIDADE ANTIGA
   Fustel de Coulanges
3. CRÍTICA DA RAZÃO PURA
   Immanuel Kant
4. CONFISSÕES
   Santo Agostinho
5. OS SERTÕES
   Euclides da Cunha
6. DICIONÁRIO FILOSÓFICO
   Voltaire
7. A DIVINA COMÉDIA
   Dante Alighieri
8. ÉTICA DEMONSTRADA À
   MANEIRA DOS GEÔMETRAS
   Baruch de Spinoza
9. DO ESPÍRITO DAS LEIS
   Montesquieu
10. O PRIMO BASÍLIO
    Eça de Queirós
11. O CRIME DO PADRE AMARO
    Eça de Queirós
12. CRIME E CASTIGO
    Dostoiévski
13. FAUSTO
    Goethe
14. O SUICÍDIO
    Émile Durkheim
15. ODISSEIA
    Homero
16. PARAÍSO PERDIDO
    John Milton
17. DRÁCULA
    Bram Stoker
18. ILÍADA
    Homero
19. AS AVENTURAS DE
    HUCKLEBERRY FINN
    Mark Twain
20. PAULO -- O 13º APÓSTOLO
    Ernest Renan
21. ENEIDA
    Virgílio
22. PENSAMENTOS
    Blaise Pascal
23. A ORIGEM DAS ESPÉCIES
    Charles Darwin
24. VIDA DE JESUS
    Ernest Renan
25. MOBY DICK
    Herman Melville
26. OS IRMÃOS KARAMÁZOVI
    Dostoiévski
27. O MORRO DOS VENTOS
    UIVANTES
    Emily Brontë
28. VINTE MIL LÉGUAS
    SUBMARINAS
    Júlio Verne
29. MADAME BOVARY
    Gustave Flaubert
30. O VERMELHO E O NEGRO
    Stendhal
31. OS TRABALHADORES DO MAR
    Victor Hugo
32. A VIDA DOS DOZE CÉSARES
    Suetônio
33. O MOÇO LOIRO
    Joaquim Manuel de Macedo
34. O IDIOTA
    Dostoiévski
35. PAULO DE TARSO
    Huberto Rohden
36. O PEREGRINO
    John Bunyan
37. AS PROFECIAS
    Nostradamus
38. NOVO TESTAMENTO
    Huberto Rohden
39. O CORCUNDA DE NOTRE DAME
    Victor Hugo
40. ARTE DE FURTAR
    Anônimo do século XVII
41. GERMINAL
    Émile Zola
42. FOLHAS DE RELVA
    Walt Whitman
43. BEN-HUR -- UMA HISTÓRIA
    DOS TEMPOS DE CRISTO
    Lew Wallace
44. OS MAIAS
    Eça de Queirós
45. O LIVRO DA MITOLOGIA
    Thomas Bulfinch
46. OS TRÊS MOSQUETEIROS
    Alexandre Dumas
47. POESIA DE
    ÁLVARO DE CAMPOS
    Fernando Pessoa
48. JESUS NAZARENO
    Huberto Rohden
49. GRANDES ESPERANÇAS
    Charles Dickens
50. A EDUCAÇÃO SENTIMENTAL
    Gustave Flaubert
51. O CONDE DE MONTE CRISTO
    (VOLUME I)
    Alexandre Dumas
52. O CONDE DE MONTE CRISTO
    (VOLUME II)
    Alexandre Dumas
53. OS MISERÁVEIS (VOLUME I)
    Victor Hugo
54. OS MISERÁVEIS (VOLUME II)
    Victor Hugo
55. DOM QUIXOTE DE
    LA MANCHA (VOLUME I)
    Miguel de Cervantes
56. DOM QUIXOTE DE
    LA MANCHA (VOLUME II)
    Miguel de Cervantes
57. AS CONFISSÕES
    Jean-Jacques Rousseau
58. CONTOS ESCOLHIDOS
    Artur Azevedo
59. AS AVENTURAS DE ROBIN HOOD
    Howard Pyle
60. MANSFIELD PARK
    Jane Austen